SCP

JN383709

글 하다

구독자 28만 명, 조회수 1억 9,000만 회를 기록한 유튜브 채널 '하다hada'를 운영 중. 주로 SCP에 대해 다루고 있다. 남녀노소 누구나 즐길 수 있는 SCP 영상을 만들기 위해 노력 중이다.
유튜브: www.youtube.com/@hadahada

그림 에디션

인스타그램에서 a_ddi_tion이라는 이름으로 활동 중이다. 흑백톤의 센스가 돋보이는 그림을 그리고 있다.
인스타그램: www.instagram.com/a_ddi_tion/

SCP

초판 1쇄 발행 · 2023년 5월 15일

글 · 하다
그림 · 에디션
펴낸이 · 김동하

편집 · 이주형
펴낸곳 · 피오르드
출판신고 · 2017년 5월 30일 제2017-000149호
주소 · (10881) 경기도 파주시 산남로 157번길 9(산남동)
문의 · (070) 7853-8600
팩스 · (02) 6020-8601
이메일 · books-garden1@naver.com
인스타그램 · www.instagram.com/text_addicted

· 본 프로젝트는 SCP의 저작권 규격 "CC BY-SA 3.0 라이선스"를 준수합니다.

> 해당 분류는
> 과거에 쓰던 방식으로
> 지금과는 차이가 있다

괴물형

1	SCP-682 | 죽일 수 없는 파충류	10
2	SCP-035 | 빙의 가면	14
3	SCP-2086 | 경로 변경	21
4	SCP-3000 | 아난타세샤	24
5	SCP-1316 | 고양이형 첩보 도구	34
6	SCP-2256 | 엄청 키 큰 애들	37
7	SCP-2317 | 또다른 세상으로 가는 문	42
8	SCP-6622 | 비버 파워	57
9	SCP-2490 | 혼돈의 반란 특수공작원 알파-19	61
10	SCP-001(제안됨) | 문의 수호자	67
11	SCP-2600 - EX | 털이 난 송어	73
12	SCP-204 | 보호자	78
13	SCP-642-KO | 불가사리	83
14	SCP-2362 | 행성 아님	87
15	SCP-3485 | 오메가 메시아	91
16	SCP-5131 | D-13131	98
17	SCP-722 | 요르문간드	101
18	SCP-323 | 웬디고의 머리뼈	105
19	SCP-2006 | 너무 무시무시한	110
20	SCP-106 | 늙은이	114
21	SCP-4666 | 율맨	121
22	SCP-096 | 부끄럼쟁이	128
23	SCP-939 | 여러 목소리로	133
24	SCP-169 | 레비아탄	139
25	SCP-999 | 간지럼 괴물	142

인간형

26	SCP-076	아벨	146
27	SCP-073	카인	152
28	SCP-451	외로운 남자	156
29	SCP-4026	수호천사	161
30	SCP-220-KO	안개요원	165
31	SCP-343	신(GOD)	170
32	SCP-049	흑사병 의사	174
33	SCP-4999	우리를 굽어살필 누군가	180

공간형

34	SCP-087	계단통	184
35	SCP-3008	완벽하게 평범하고 일반적인 낡은 이케아	189
36	SCP-5062	죄를 씻는 방	196
37	SCP-2881	오르지 못할 나무	200
38	SCP-144	티베트 승천 밧줄	204
39	SCP-1437	다른 세계로 통하는 구멍	208
40	SCP-2000	데우스 엑스 마키나	211

현상형

41	SCP-5153	양치기 운석	224
42	SCP-4194	추락하는 것에는 날개가 있다	228
43	SCP-8900-EX	하늘색 하늘	232

사물형

44	SCP-158	영혼 추출기	238
45	SCP-914	태엽장치	242
46	SCP-029-KO	완전범죄 계획서	250
47	SCP-424-KO	모든 장기 삽니다	255
48	SCP-217	태엽장치 바이러스	260
49	SCP-500	만병통치약	265
50	SCP-038	복제나무	268
51	SCP-2295	심장을 가진 누비 헝겊 곰	271
52	SCP-348	아버지의 선물	274
53	SCP-2258	대탈주	278
54	SCP-055	정체불명	282
55	SCP-699	수수께끼 상자	287
56	SCP-162	날카로운 공	291
57	SCP-048	저주받은 일련 번호	294
58	SCP-485	죽음의 펜	297

SCP 교차 실험

59	SCP-682 / 인간(레이저)	300
60	SCP-682 / SCP-409	304
61	SCP-682 / SCP-811	309
62	SCP-682 / SCP-162	312
63	SCP-682 / SCP-702	316
64	SCP-682 / SCP-123	319
65	SCP-682 / SCP-096	323
66	SCP-682 / SCP-204	327
67	SCP-682 / SCP-017	331
68	SCP-682 / SCP-173	335
69	SCP-682 / SCP-173 + SCP-096	339
70	SCP-682 / SCP-689	342
71	SCP-682 / 기억소거제	346
72	SCP-682 / SCP-001(제안됨)	350
73	SCP-682 / SCP-682	355
74	SCP-682 / SCP-3008	359
75	SCP-682 / SCP-053	363
76	SCP-682 / SCP-294	369

77	SCP-682 / SCP-743	372
78	SCP-682 / SCP-343	376
79	SCP-682 / SCP-2935	380
80	SCP-657 / SCP-076	383

Dr. Hada의 연구 노트

81	SCP-500 + SCP-038	388
82	SCP-055 / SCP-073	392
83	SCP-3000 / SCP-073	396
84	산성액 / SCP-682	400
85	SCP-682 + SCP-323	403
86	SCP-451 / SCP-173	406

〈괴물형〉

SCP-682

| 일련 번호 SCP-682 | 등급 케테르 | 통칭 죽일 수 없는 파충류 | 결제 |

녀석은 가능한 빨리 그리고 반드시 제거해야 한다.

변칙성

SCP-682는 악어 같은 파충류와 흡사한 외형을 가진 정체불명의 생명체다. 평소에는 불가피한 이유로 신체 대부분이 극도로 손상되어 뼈와 살점이 다 보이는 상태다. 이는 '죽일 수 없는 파충류'라는 별칭에 걸맞는 녀석이 가진 상식을 아득히 뛰어넘는 수준의 생명력과 재생능력 때문이다.

'87%' 이는 현재까지 기록된 자료 중 SCP-682가 가장 많은 신체를 잃은 수치로 녀석은 단 13%의 신체만 남은 상태에서도 죽지 않고 움직이고 말했으며, 결국엔 신체를 원상태로 말끔하게 회복했다. 녀석은 어떤 종류의 피해에서도 살아남고 회복한다.

현재까지의 연구 결과 SCP-682가 가진 회복력의 비밀은 콧구멍 속에 있는 특정 기관인 것으로 보인다. 녀석은 이 기관을 통해 삼킨 모든 것에서 회복에 필요한 에너지를 얻는다. 이에 대한 구체적인 메커니즘은 밝혀내지 못했다.

이 외에도 SCP-682는 다수의 변칙성을 가지고 있다.

먼저 녀석은 상당히 수준 높은 지능과 지식을 가진 것으로 보인다. 동물의 외형을 하고 있으면서도 사람의 말에 능숙하며 각종 고어(古語)도 이해하는 모습을 보였다. 특히, 과거 특수한 상황에서 '오래된 인공지능'이라 불리는 SCP-079와 같은 공간에 격리되었을 때는 직접 타자기를 이용해 SCP-079와 여러 대화를 이어 나갔다.

또한 사람쯤은 가볍게 죽일 수 있는 강력한 힘과 빠른 속도, 물질을 섭취하거나 뱉어냄으로써 몸의 크기를 자유자재로 변화시키는 능력 등 보통의 생명체에서는 볼 수 없는 변칙성이 확인되었다.

아직까지 명확한 이유는 밝혀지지 않았지만 SCP-682는 모든 생명체에 극도의 증오심을 가지고 있는 것으로 보인다. 녀석은 자신의 변칙성을 이용해 죽지도 지치지도 않고 끊임없이 눈앞의 모든 생명체를 공격하고 죽이려 한다.

현재 SCP-682의 정체나 기원에 대해서 수많은 연구가 진행되고 있지만 정확히 밝혀진 것은 없다. 인간과 맞먹거나 인간 이상의 지능을 갖췄다는 점, 유달리 인간에 대한 증오심이 강한 점 등으로 미루어 보아 '특정한 인체 실험에서 탄생한 괴물이다.', '외계인이다.' 등등 박사들 사이에서도 무수한 추측만 나오고 있을 뿐이다.

메모: 682-T

충격적이다. 이번 실험으로 인해 녀석의 또 다른 변칙성이 밝혀졌다. 그건 '적응력'이다. 분명 이전에는 심각한 피해를 입힌 공격이 더 이상 먹히질 않는다. 그래, 완전히 면역이 되었다. 추가적인 제거 실험은 녀석의 제거를 더욱 불가능하게 만들지도 모른다.

추가 기록 682-T2: 12번째 제거 실험에 대한 평가
녀석은 유독 여러 SCP 개체들의 변칙성을 알고 있는 듯한 언행을 보이고 있다. 이것이 단순한 우연의 일치가 아니라면 녀석의 정체와 관련되어 있을 가능성이 크다. 아니면 녀석의 알려지지 않은 또 다른 변칙성일까?

특수 격리 절차

SCP-682는 재단의 제거 1순위 대상이다. 확보에 이은 격리 그리고 보호가 재단의 기본 이념이지만 녀석은 예외 사항이다. 적대적인 성격과 위험한 능력들로 지금까지 총 17번의 탈출 시도를 했으며 무려 6번의 탈출에 성공하여 수많은 사상자를 냈다. 게다가 특유의 적응하는 능력 탓에 갈수록 격리가 힘들어지고 피해가 커지고 있다.

녀석은 가능한 빨리 그리고 반드시 제거해야 한다.

현재 SCP까지 동원해 수차례 제거를 시도하고 있지만 현재까지 녀석을 완전히 제거할 방법은 찾아내지 못했다. 그나마 다행인 것은 녀석을 비교적 안전하게 격리할 방법을 찾아냈다는 점이다.

현재 녀석은 5mX5mX5m 크기의 방에 격리되어 있으며 여기는 항상 녀석이 충분히 잠길 만큼의 강력한 염산이 채워져 있다. 이 염산은 지속적으로 SCP-682에게 피해를 입혀 녀

석이 회복에만 에너지를 쏟게 만든다.

> 메모 682-127M
> 온갖 SCP들의 강력한 변칙성은 물론, 레이저에도 금세 적응해 피해를 입지 않는 녀석이 왜 염산에는 적응하지 못해 지속적인 피해를 입고 있는지에 대한 개별 연구가 진행 중입니다. 사실 녀석이 염산 정도에 적응하지 못한다는 것은 납득되지 않는 부분이 많습니다. 현재 가장 유력한 가설은 녀석의 적응력은 일정 강도 이상의 피해를 받아야만 발현된다는 것입니다. 즉, 녀석의 적응력 '역치'에 도달할 만큼 치명적인 피해를 입히지 않으면서도 회복을 유도하는 염산을 격리 수단으로 찾아낸 것은 엄청난 행운입니다. 이 연구는 보다 효과적으로 녀석을 제압할 방법을 찾을 수 있을 것으로 기대됩니다.

허가되지 않은 SCP-682의 이동 및 녀석과의 상호작용은 철저히 금지해 격리 실패가 발생할 수 있는 변수를 제어하고 있으며 혹시라도 녀석이 탈출에 성공할 경우에는 가능한 모든 기동특수부대를 동원해 추적 및 포획하는 것을 원칙으로 하며 요원들의 안전을 위해 반드시 최소 7명 이상의 대원이 확보된 경우에만 작전이 시작된다.

현재 녀석은 [편집됨]기지에 격리 중이다. 보다 안전한 격리를 위해 모든 수단과 방법을 동원해서라도 반경 50km 이내에 사람의 접근 및 활동이 없도록 유지한다.

또한 여러 SCP를 동시에 활용해 녀석을 제거하려는 계획이 진행 중이다.

> 메모 682-188H
> SCP-682를 효과적으로 제거할 수 있는 방법이 떠오르는 인원은 언제든 면담을 요청하시길 바랍니다. - Dr. Hada -

SCP-035

| 일련 번호 SCP-035 | 등급 케테르 | 통칭 빙의 가면 | 결제 |

도대체 얼마나 많은 사람이 언제부터 녀석에게...

발견기록 035-W

18■■년 ■월 ■일 베니스의 한 폐가 근처에서 지속적으로 환청이 들린다는 괴소문이 돌았다. 하지만 해당 장소는 이미 완전히 발길이 끊긴 장소로 경찰조차 신경을 쓰지 않았고 소문은 SNS를 통해 점점 퍼져나갔다.

결국 소문은 재단 정보부 소속 요원의 귀에까지 들어갔고 즉시 탐색을 위한 팀이 꾸려졌다. 탐사 팀은 실제 환청을 경험했고 환청을 따라 이동한 끝에 가면 하나를 발견했다. 당시 가면은 누군가 일부러 봉인한 듯 지하실 깊은 곳에 숨겨져 있었다.

변칙성

SCP-035는 흰 도자기로 만들어진 가면으로, 기본적으로 기분 나쁜 웃음을 짓는 표정이지만 때때로 우는 표정으로 바뀌기도 한다. 이러한 변화는 SCP-035를 담은 사진과 영상 등 모든 시각적 기록물에 동일하게 적용된다. 이러한 물리적 변칙성 이외에도 SCP-035는 상당히 위협적이고 까다로운 변칙성을 여럿 가지고 있다.

먼저 SCP-035의 눈과 입에서는 정체 모를 액체가 쉬지 않고 흘러나오는데, 이 액체가 닿는 것은 재질에 따라 속도에 차이가 있긴 하지만 예외 없이 천천히 썩어들어가 결국 완전히 썩어 없어진다. 이로 인해 부식된 부위는 회복이 불가능하다. 현재 이 액체가 가면 어디에서 만들어지는 것인지, 액체의 성분이 무엇인지는 어떤 연구로도 밝혀내지 못했다.

게다가 녀석은 치명적인 정신적 오염도 야기한다. SCP-035의 주위 2m 이내에 있거나, 더 먼 거리에 있더라도 SCP-035를 직접 보고 있는 경우 불현듯 SCP-035를 얼굴에 쓰고 싶다는 강력한 충동을 느끼게 된다. 연구 결과 이는 SCP-035가 지속적으로 대상에게 텔레파시를 보내기 때문으로 드러났는데, 대상의 잠재의식 속으로 들어가 여러 정보를 습득해 그를 기반으로 유혹하는 탓에 누구라도 견디기 힘든 수준이다.

만약 이때 충동을 이겨내지 못하고 가면을 쓴다면 그 즉시 대상은 SCP-035의 숙주가 된다. 녀석의 숙주가 된 인간은 즉시 뇌사 상태가 되며 인격을 완전히 잃고 스스로를 SCP-035라 주장하는데, 여러 차례의 면담 결과 숙주의 새로운 인격은 놀랍게도 실제 SCP-035인 것으로 밝혀졌다.

SCP-035는 사진 기억 능력을 기반으로 한 상당히 높은 수준의 지식과 지능을 가진 것으로 보이며, 실제로 숙주에 빙의한 SCP-035는 자신이 가진 다양한 지식을 요원들에게 가르쳐주는가 하면 누구와도 자연스럽고 즐거운 대화를 이어 나가는 등 뛰어난 사교성 및 카리스마를 가진 것으로 보인다.

다만 SCP-035를 착용 중인 대상은 더 빠르게 신체가 부패되며, 결국엔 마치 미라처럼 변한다. 다만 충격적이게도 신체가 완전히 망가진 상태에서도 SCP-035에 의해 한참을 움직이고 말하는 것이 가능하다.

실험기록 035-W

아무리 D계급이라고 해도 SCP-035 실험에 매번 인간을 사용하는 것은 비효율적이라 판단한 우리 연구팀은 이 문제를 해결하기 위해 인간을 제외한 여러 개체에 SCP-035를 착용하는 실험을 진행했습니다. 실험 결과 SCP-035의 빙의 효과는 동물에게는 전혀 나타나지 않는 것으로 밝혀졌지만, 마네킹과 조각상, 심지어 시체 등 인간 형태를 가지고만 있다면 어디에든 빙의해 행동하고 말하는 것이 가능한 것으로 밝혀졌습니다.

물론 순식간에 썩어 내린다는 단점이 있긴 하지만 최근 D계급 수급에 어려움을 겪는 상황이니 어쩔 수 없지요. 앞으로 SCP-035에게 살아있는 사람을 넣는 것을 금지합니다. 뭐든 아낄 수 있을 때 아끼자고요.

연구기록 035-P

SCP-035를 상대로 심리 분석을 진행했다. 숙련된 심리 분석사에 의하면 SCP-035는 사람을 조종하고 싶어 하는 강한 성향을 가지고 있으며, 동시에 대화를 통해 상대방이 자살을 시도하게 만드는가 하면 맹목적으로 명령을 따르는 하인으로 만드는 사디스트적인 성향을 가진 것으로 밝혀졌다.

실제 SCP-035 스스로도 시간만 충분히 주어진다면 누구의 관점도 바꿔버릴 수 있다고 말하는 등 세뇌에 대한 강한 자신감을 보였다.

메모 035-V

가끔 사람을 온전히 자신의 아래에 두려는 변태 같은 모습을 보이기는 하나 확실히 SCP-035와의 대화는 여러모로 도움이 됩니다. 그의 말을 온전히 믿을 수는 없겠지만 SCP-035는 수많은 중대한 역사적 사건 속에 자신이 있었다고 주장하며 실제 관련된 다양한 지식을 공유합니다. 만약 그에게서 충분한 정보를 얻을 수만 있다면 인류의 숨겨진 역사를 파헤치는 데도 큰 도움이 될 것으로 보입니다. 물론 SCP에게 도움을 받는 것에 반감을 보이는 분들도 계시겠지요. 하지만 우리는 이미 SCP-073 등 꽤 많은 SCP에게 도움을 받고 있고 이는 놀라운 진보로 이어졌다는 사실을 잊지 마시길.

특수 격리 절차

현재 SCP-035는 10cm 두께의 완전 밀폐된 유리 상자 안에 보관 중이다. 연구 결과 SCP-035에 의한 부패에 유리가 그나마 영향을 덜 받는 것으로 밝혀졌기 때문이다. 상자는 철과 강철, 그리고 납으로 둘러싸인 방에 보관하며 2주마다 새로운 밀폐 상자로 옮겨야 한다. 기존의 상자는 SCP-101을 통해 처리한다.

메모 035-K

그에게서 얻을 정보가 많다는 사실은 인정합니다. 하지만 녀석의 위험성 역시 분명하게 인지할 필요가 있습니다. 녀석은 최근들어 부쩍 다른 SCP에게 관심을 보이고 있습니다. 특히 SCP-682나 SCP-4715의 경우 접촉 시 영구적이면서도 강력한 숙주를 제공하는 꼴이 될 수 있습니다. 절대 일어나선 안 될 일이죠.

사건기록 035-M

SCP-035가 지속적으로 요원들을 유혹해 탈출을 시도한 사실이 밝혀졌다. 또한 이미 수많은 연구원들이 녀석에게 세뇌당한 상태라는 것이 밝혀지면서 재단은 대대적인 처분 및 SCP-035와 접촉하는 모든 직원에 대한 주기적인 심리 검사를 진행할 것이다.

당분간 SCP-035에게 숙주를 제공하는 것을 금지한다.

사건기록 035-N

SCP-035가 숙주의 유무와 관계없이 텔레파시를 사용할 수 있는 것으로 드러났다. 녀석을 영구히 봉인할 수 있는 보다 확실한 격리 절차가 필요하다.

> 메모 035-X
> 안됩니다. 지금까지 발생한 격리 파기 사건이 SCP-035가 지시한 것이라는 확실한 증거도 없지 않습니까? 그건 약해빠진 정신을 가진 요원들이 스스로 일으킨 일입니다. 아직 우리는 SCP-035에게 얻을 것이 많단 말입니다! 갑자기 모든 접근을 막고 실험을 금지한다니 이따위 처리 방법은 요즘 시대에 듣도 보도 못한 방식입니다! 반대합니다!!
>
> → 비슷한 시위가 기지 곳곳에서 벌어졌음에도 재단 상부가 완고한 입장을 유지하자 몇몇 요원들이 폭력적인 시위를 벌이기 시작했다. 재단은 이미 그들이 SCP-035에게 완전히 세뇌당했다고 판단해 즉시 처분을 진행했다.

개정된 특수 격리 절차

SCP-035에 대한 모든 직접적인 접촉이 금지된다.

SCP-035가 보관 중인 방은 항상 삼중으로 철저하게 잠가야 하며, 2명 이상의 무장 경비가 방 밖에 배치되어 허가되지 않은 모든 출입에 강력하게 대응한다.

SCP-035의 광범위한 세뇌에 대비하기 위해 훈련 받은 심리학자가 항시 기지에 상주한다.

사건기록 035-X-1
어느 날부터인가, SCP-035의 반경 10m 이내에서 근무하던 요원들이 정체를 알 수 없는 속삭임을 들었다고 주장하며 극도의 불안함을 호소하기 시작했다. 이로 인해 몇몇은 극심한 편두통을 겪기도 했지만 SCP-035의 상태에는 변화가 없었으며 소리도 녹음된 것이 없다.

사건기록 035-X-2
SCP-035의 격리실 벽에서 검은 물질이 나와 벽을 뒤덮었고 동시에 의미를 알 수 없는 수많은 문장과 그림들이 새겨지기 시작했다. 조사 결과 이 물질은 극도로 오염된 인간의 혈액으로 밝혀졌으며 강한 부식성으로 벽을 손상시켰다.

또한 SCP-035 자체에서도 더 강력한 오염물질을 뿜어대는 탓에 그나마 효과적이던 유리 상자를 빠르게 부식시켰으며, 이로 인해 6명의 부상자와 3명의 사망자가 발생했다.

이후 SCP-035와 관련된 업무를 맡은 직원들에게서 의욕 손실 및 우울증 발병률이 높아졌고 자살률 역시 높아졌다.

사건기록 035-X-3
SCP-035가 뿜어대는 검은 물질로 인해 격리실이 완벽히 오염되었다. 이제는 SCP-035의 격리실을 청소하는 것이 의미가 없는 수준이다.

현 상황을 분석하기 위해 투입된 요원은 환청에 의한 극심한 공포와 분노, 우울 증세를 보였다. 노출된 시간이 길어질수록 편두통과 자살 충동, 눈코입 내부의 다량 출혈을 겪었으며, 3시간 이상 노출 시 심각한 공격성을 보이는 정신병을 일으킨다.

사건기록 035-X-4

SCP-035가 격리실 내부를 완전히 장악했다. 격리실 내부에서는 전자기기는 물론 불도 켜지지 않으며 요원이 들어가는 순간 스스로 문이 잠겼다.

검은 물질에서는 손과 발이 튀어나와 요원을 공격했다.

메모 035-Z

어디서부터 잘못된 것인지 모르겠습니다. 그저 가면일 뿐이지만 녀석은 격리실 자체에 빙의하기라도 한 듯 격리실을 완전히 장악해버렸습니다. 더 이상 기존의 방식으로는 녀석의 격리를 유지하는 것이 불가능할지도 모릅니다.

하루빨리 SCP-035를 새로운 격리실로 옮겨야 한다는 사실만큼은 분명하지만, 그것을 어떻게 할 것이며 또 기존의 격리실을 어떻게 안전히 봉인할 것인지 등등 무엇 하나 명확한 방법이 없는 상황입니다.

게다가 어쩌면 녀석이 이미 장악한 것은 격리실만이 아닐지도 모릅니다. 금지된 녀석의 숙주 제공에 대한 반론이 계속해서 제기되고 있습니다. 도대체 얼마나 많은 사람이 언제부터 녀석에게…

SCP-2086

| 일련 번호 SCP-2086 | 등급 케테르 | 통칭 경로변경 | 결제 |

사람들에 대한 완벽한 사냥법을 가지고 있는 절지동물의 일족

발견기록 2086-A: 요원 Pill의 보고서

지난 주말, 오전 10시경, 저는 친구를 만나러 버스 정류장으로 가고 있었습니다. 그런데 평소에 타던 버스 정류장보다 조금 더 가까운 곳에 새로운 버스 정류장이 생긴 것을 발견했죠. 사실 너무 뜬금없는 위치라 조금 이상하긴 했지만 다른 사람들도 줄을 서 있었기에 그저 "옮겼나 보다." 하고 저 역시 뒤를 이어 줄을 서고는 때마침 도착한 버스에 탑승했습니다.

그런데 이상하게도 버스가 계속 평소와는 다른 길로 가더군요. 약간 쎄한 기분이 들기 시작했을 무렵 갑자기 극심한 두통이 느껴짐과 동시에 버스에 있던 사람들이 하나둘 쓰러지기 시작했습니다. 그러다 갑자기 버스 지붕이 열리더니 어느새 버스가 하늘 위를 날아가고 있었습니다. 저는 직감적으로 SCP와 관련된 사건이라는 것을 알아챘고 긴급 호출 버튼을 눌렀지만 기억은 딱 거기까지입니다. 다행히 동료들이 제가 그 괴물에게 잡아 먹히기 전에 구출해 줬더군요.

발견기록 2084-B: 사건 당일 무전 기록

■■ 요원: P씨의 핸드폰을 추적해 ■■■■■에 도착했다. 인근 수색을 시작하겠다.

■ 박사: 즉시 시작하세요. 만약 긴박한 상황이라면 당신의 판단에 따라 즉시 조치를 취하시길 바랍니다.

■■ 요원: 민간인 5명과 P씨을 발견했다. 저... 저게 뭐야? 버스...? 버스가 민간인 1명을 집어삼키... 아니 뱉어내고 있고, 주위로 비슷한 형태의 작은 벌레 같은 것들이 인간을 섭취하고 있다. 다음 타겟은 P씨 요원인 것으로 보인다. 즉시 대응하겠다. 추가 병력 및 격리전담 부대를 요청한다.

변칙성

SCP-2086은 버스를 이용하는 사람들에 대한 완벽한 사냥법을 가지고 있는 절지동물의 일종이다. 녀석은 조금 특이한 모습의 유충 시절을 지나 성체가 될수록 대중교통 수단의 모습을 가지게 되는데, 다양한 종류의 형태, 모델, 브랜드가 확인되지만 주로 버스의 형상을 띄고 있다. 평소에는 커다란 날개와 검은색의 기다란 다리를 내놓고 다녀 그나마 벌레 같아 보이긴 하지만 사냥을 시작하면 완벽한 버스로 위장하는 것이 가능해 육안으로는 구분이 거의 불가능하다. 여기에 SCP-2086이 사냥을 위해 보이는 설계까지 더해지면 누구든 당할 수밖에 없게 된다.

먼저 SCP-2086은 덩치가 작은 유년기 개체를 이용해 미리 수집하고 설치해 놓은 가짜 버스정류장 표지판을 서식지 근처 곳곳에 재배치한다. 이후 성체가 버스로 위장해 가짜 버스정류장을 돌며 사람들을 한가득 태우는데, 이때 녀석은 자신이 사냥했던 사람들 중 한 명을 위장용 운전자로 만들어 사람들을 더욱 감쪽같이 속인다. 게다가 SCP-2086은 머리카락 같은 특수한 부속지를 가지고 있어 이를 이용해 사람의 혈액만 빼먹은 다음 몸속을 셀락과 유사한 특수물질로 가득 채워 부패되는 것을 막으며 이후 역시나 부속지를 이용해 시체를 움직임으로써 마치 살아있는 사람처럼 보이게 만든다.

이후 충분한 먹잇감을 확보한 SCP-2086은 특수물질을 살포해 사람들을 무력화시킨 후 '지붕'을 날개로 변신시켜 날아서 자신의 서식지로 돌아간다.

특수 격리 절차

현재 재단은 세계 곳곳에 더 많은 SCP-2086 개체가 있을 것으로 추정 중이다. 연구결과 SCP-2086이 상상을 초월하는 빠른 성장 속도와 번식력을 가진 것이 밝혀졌기 때문이다. 녀석들은 마치 번식만을 위해 사냥하는 것처럼 보이기도 하는데 성충이 된 개체들은 가짜 운전자를 만들 때 말고는 아무것도 먹지 않고 오로지 사냥에만 집중해 유충들에게 먹이를 공급한다. 이 때문인지 성체의 수명은 대략 2주 정도로 짧은 대신 200kg 정도의 유충에서 17,000kg에 육박하는 성충으로 완전히 성장하는 데 고작 1주일밖에 걸리지 않는다. 게다가 암컷의 경우 생존하는 짧은 기간에 유충을 20마리씩 낳는다. 즉, 한 쌍의 개체만 있어도 수가 늘어나는 것은 금방이다.

이러한 SCP-2086를 포착하고 격리하기 위해 평소 버스를 주로 이용하는 사람이 갑자기 실종된 사건을 집중적으로 감시하고 조사하고 있으며, 녀석이 나타날 가능성이 높은 곳에는 직접 잠복 요원들을 파견해 정보를 수집하고 있다. 만약, SCP-2086 개체나 서식지를 발견한다면 즉시 폭탄을 이용해 제거해야 한다.

현재 시점에서 재단에 직접 격리 중인 SCP-2086 개체는 5마리다. 이전에 비행기 격납고로 사용되던 곳에 보관하여 실시간 관찰과 연구가 진행 중이다. 수명이 다한 개체는 특수 제작된 냉동고에 보관된다.

SCP-3000

| 일련 번호 SCP-3000 | 등급 타우미엘 | 통칭 아난타세샤 | 결제 |

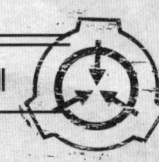

여기에 아무도 보내지 마.
우리로 충분해.

안내 사항

감독관 평의회 명령에 의거
본 내용은 VIII급 인식재해 독립체를 묘사하며,
등급 5/3000 기밀에 해당합니다.
비인가 접근은 철저히 금지합니다.

발견기록 3000-A

1971년, 인도 해안 근처에서 방글라데시 어선 두 척과 어부 15명이 실종되는 사건이 발생했다. 해당 사건은 당시 방글라데시 정부와 파키스탄 정부 간의 정치적 문제로까지 번져 금세 이슈화되었다.

이 소식을 접한 ■■ 박사는 해당 사건이 2년 전에 발생한 실종사건과 위치와 방식 등이 유사함을 발견했다. 즉시 수색이 진행되었고 실종된 두 어선은 물론 벵골만 심해에 존재하는 정체불명의 괴생명체도 발견할 수 있었다. 해당 지역은 즉시 재단의 통제하에 들어갔고 추가적인 탐사가 계획되었다.

변칙성

SCP-3000은 거대한 크기의 곰치의 모습을 한 존재로, 대략 600~900km의 크기로 추정된다. 너무 큰 크기 탓에 현재 정확한 크기는 측정이 불가하다.

SCP-3000은 VIII급 인식재해 변칙성을 지닌다. 녀석을 보거나 가까이 있는 것만으로도 이유를 알 수 없는 두통과 편집증, 두려움과 공황, 그리고 기억 손실 등이 발생하며, 심한 경우 극심한 정신 변화가 일어날 수 있다.

증언 기록 3000-A: 유진 게츠 박사(Dr. Eugene Getts)

'불안'. 정확한 원인은 알 수 없었지만 잠수정에 타기 전부터 저는 불안함을 느끼기 시작했습니다. 물론 이러한 기분은 잠수정에 탑승하게 된 모두가 느끼고 있었죠.

특히 윌리엄즈 그 친구가 유독 심했는데, 진즉부터 땀을 잔뜩 흘리며 불안해하더니 갑자기 저를 달린이라고 부르더군요. SCP-3000과 멀찍이서 마주한 순간은 더 가관이었죠. 그 친구 갑자기 훌쩍이기 시작했거든요. 그러고는 밑도 끝도 없이 "아냐"라고 수십 번을 중얼거리기 시작했습니다. 그때라도 알아챘다면. 그때라도 멈췄다면 좋았을 텐데.

리터 선장은 모든 것이 그저 질소 중독 때문이라며 탐사를 강행했습니다. 이윽고 시야에 SCP-3000의 머리가 보였을 때 우리 모두의 불안감은 더욱 커졌고, 고작 50m 앞에서 녀석이 천천히 고개를 돌려 우리를 봤을 땐 불안감이 우리 모두를 집어삼켰습니다.

아직까지도 똑똑히 기억납니다. 미친개처럼 짖고, "내 머릿속에 녀석이 보인다."라며 울부짖던 윌리엄즈의 모습을요. 그는 이내 유리에 머리를 들이박았고 서서히 죽어가며 "아무것도 없어, 아무것도…"라고 중얼거렸죠. 그제야 선장은 복귀를 명령했습니다.

결국 그는 죽었지만 그 덕분에 나머지 모두가 살 수 있었다는 것을 이제는 압니다. 그리고 그가 느낀 공포도… 이해할 수 있습니다. 사실 저도 이따금 뚜렷하게 떠오르곤 하거든요. 어둠 속에서 우릴 바라보던 녀석의 눈을요.

탐사 기록 3000-B

SCP-3000의 세부적인 측정 및 녀석의 머리 주변에서 관찰된 회색 액체를 확보하기 위해 기동특무부대 오리온-9 "물총새" 소속 요원 3명이 투입되었다.

탐사는 SCP-3000의 머리를 기준으로 500m 떨어진 지점에서 시작되었다. 사고 방지를 위해 리더인 알파를 중심으로 브라보와 폭스트롯 요원이 T자 형태로 잠수정의 줄에 연결되었다. 탐사 시작부터 폭스트롯과 브라보에게 이상 증상이 포착되었다.

[당시의 대화 기록 일부]

폭스트롯: 이봐.. 나 전등 켜는 법을 잊어먹은 것 같아. 그리고-

알파: 네 전등은 켜져 있어, 폭스트롯.

브라보: 내가 폭스트롯이야, 대장!

알파: 잠깐, 너희 지금 대체 무슨 소리를 하는 거야…?

둘은 SCP-3000의 영향으로 인한 인식 재해에 노출된 듯했다. 알파 역시 약한 증상을 보였지만 셋 중 그나마 양호했기에 지휘실과 지속적인 소통을 이어나갔다.

녀석의 머리를 기준으로 150m 지점에 도착하자 폭스트롯은 의미를 알 수 없는 말을 내 뱉기 시작했다. 나머지 두 요원 역시 두통을 동반한 인식 재해를 호소했다.

[당시의 대화 기록 일부]
브라보: 너네도 느껴져? 두통이 엄청 심한데. 꼭 뇌에다가 바늘을 찔러 넣고 있는 것 같아.
폭스트롯: 어둠... 어둠뿐이다. 시리고 더러운 바람이 불며, 보이지 않는 끝으로 날 밀어내고- 내 의식은 풀려나가고 또 오직 또 오직 또 오직... 장어만이 남아있다.
알파: 지금 아무것도 볼 수가 없다. 도대체 여기서 뭘 찾아야 하지?

잠시 후 팀을 향해 무언가가 이동 중인 것이 포착되었다. 상황이 잘못되었다는 것을 직감한 지휘실은 즉시 요원들을 구출하려 했다. 하지만 갑자기 모든 요원의 응답이 끊겼다.

약 1분 후 요원들이 응답했지만 전부 의미를 알 수 없는 말만 늘어놓았다.

[당시의 대화 기록 일부]
알파: 입을 열고 있어.
브라보: 너무 어두워. 여긴- 아-
폭스트롯: 오직-

그 순간 요원들과 연결된 줄이 팽팽해지더니 폭스트롯과의 통신이 끊겼다. 다행히 그 장면을 본 브라보의 정신이 잠깐 돌아온 듯 보였다.

[당시의 대화 기록 일부]

브라보: 그를 먹었다. 씨발! 죽어버렸어. 한입에 삼켜버렸다고! 망할 줄을-

다시 한번 침묵이 이어졌고 요원들과 연결된 줄이 완전히 풀려버렸다. 몇 번의 호출 끝에 브라보가 응답했지만 그 역시 심각한 인식 재해 증상을 보였다.

[당시의 대화 기록 일부]
브라보: 여긴 브라보. 난 줄을 끊었지만 알파는- 그는 죽은 것 같다. 안개 속에서 뭔가가 움직이고 있지만 알아보기 힘들다.
지휘실: 알았다. 우리가 곧 구출을-
브라보: 잠깐만, 인식이... 녀석 주변에서는 제대로 작동하지 않는다. 생각을 형상할 수 없고... 아파... 꼭 죽는 것 같아-
지휘실: 지금 개체를 보고 있나?
브라보: 내 머릿속에 있어. 아니, 바로 앞에 있어. 입을 벌린 채... 액체가 머리 부근에서 새어 나오고 있다. 난 그 액체를 보는 것만으로도 핑 도는 느낌이야. 하하. 분명 마룻장 아래에는... 뭐? 아니야 내가 말한 게 아니야. 누가 말한 거지? 뭐냐고.

이후 브라보는 액체의 표본 채취를 자처했고 구출대를 보내겠다는 지휘실의 말에 거부를 표했다.

[당시의 대화 기록 일부]
브라보: 아니. 그러지 마. 내가 느끼고 있는 이 느낌은 위험해. 죽어가는 것 같아. 표본을 풍선에 매달아 보냈다. 그 물질도 조심해야 해. 근처에 너무 오래 있지 말고. 그건... 네 정신을-
지휘실: 브라보?
브라보: 난 끝이야. 아니, 그냥 끝나고 싶어. 여기에 아무도 보내지 마. 우리로 충분해.

이후로도 통신은 연결된 상태였지만 브라보의 말은 점점 이해할 수 없게 변해갔다. 며칠 뒤 숨소리만이 들리다 결국 통신이 완전히 끊겼다.

오리온-9의 탐사 이후 SCP-3000에 대한 정보 업데이트가 진행되었다.

변칙성 – 추가됨

SCP-3000은 평소에는 죽은 것마냥 거의 움직임을 보이지 않지만 사냥감이 근처에 나타나는 순간 빠른 속도로 대상을 삼켜버린다. 이후 녀석은 머리 부근 피부에서 짙은 회색의 점성 물질을 뿜어낸다. 해당 물질에 대한 연구가 진행 중이다.

> 메모 3000-Z
>
> 비록 안타까운 사고가 있긴 했지만 최후의 순간까지 자신의 본분을 잊지 않은 그들 덕분에 재단은 새로운 국면을 맞이하게 되었습니다. 그들의 죽음과 맞바꾼 재단의 새로운 기술력은 많은 것을 잊게 만들겠지만 그들의 죽음은 영원히 기억될 것입니다.

애트잭 규약 3000-SS

1998년 10월, 특수한 목적을 위해 SCP-3000과 상호작용하는 애트잭 규약이 개발되었다. 해당 규약은 제29기지, 제50기지, 제151기지의 연구원에 의해 개발되었다. 제151기지와 SCPF 에레미타호에 배정된 모든 요원은 본 규약을 따른다.

SCP-3000의 분비물을 분석한 결과 강력한 기억 소거 효과가 있다는 사실이 밝혀졌다. 故 애덤 홀리스터 박사를 주축으로 진행된 연구를 통해 해당 물질은 'Y-909'로 명명되었다.

정제한 Y-909를 추가하는 것만으로도 기억소거제의 안정성과 효과, 그리고 관리 용이성이 상당 수준 증가했다. 또한 기존 기억소거제의 부작용으로 알려진 메스꺼움, 구토, 심장 손상, 관입 기억 개입 등이 대폭 줄었다. 현재 Y-909는 재단에서 사용되는 모든 기억소거제의 주성분으로 사용될 예정이다.

안정적인 기억소거제 제작을 위해 Y-909를 지속적으로 채취해야 한다. 이를 위해 다음의 과정을 정해진 주기에 맞춰 실행한다.

기동특무부대 엡실론-20 "야간 낚시꾼"은 진정제를 투여한 D계급을 준비한다. 대상에게 고압 잠수복을 착용시키고 밧줄로 원격 장비와 연결해 정해진 장소로 배달한다. 도착 후 밧줄을 끊고 SCP-3000의 섭취를 관찰한다.

녀석이 먹이를 삼키고 Y-909를 분비하기 시작한다면 SCPF 에메리타에서 전문 심해 잠수팀이 내려 SCP-3000에 접근한다. 잠수팀은 빠르게 Y-909를 회수해 잠수정으로 귀환해야 하며, 모든 과정은 SCP-3000의 인식 재해 효과가 약해지는 것으로 밝혀진 약 2시간 30분 정도의 "소화 시간" 안에 이루어져야 한다.

채취한 Y-909는 에메리타에서 즉시 안전용기에 옮겨 담는다. 이 과정은 임무 지휘관이 감시한다.

메모 Y-909-F

Y-909의 발견 이후 재단의 기억 소거 기술은 상당한 발전을 이루었습니다. 덕분에 재단에게 가장 중요한 장막 정책 역시 과거에 비해 수월하게 진행되고 있습니다. 기억소거제와 그 재료인 Y-909는 재단에게 없어서는 안 될 중요한 존재가 되었죠. 하지만 그래서 생기는

문제도 분명히 있습니다.

사실 Y-909를 발견하기 전까지만 해도 재단은 기억소거제를 직접 제작하기 위해 부단히 노력해왔습니다. 비록 그 결과가 많이 실망스럽긴 했지만 말이죠. 그런데 지금은 어떻습니까? 온전히 Y-909에만 의존하고 있습니다. 기억소거제 개발은 대부분 엎어진 지 오래되었죠. 그나마 최근 Y-909를 본떠 만드는 Y-919 합성 연구가 진행되긴 했으나 서서히 모든 걸 잊게 만드는 치명적인 부작용이 발견되면서 기억소거제 연구 자체가 외면받고 있는 실정입니다.

이해는 갑니다. 눈앞에 손쉽고 효과 좋은 방법을 두고 굳이 어려운 길을 갈 필요가 없다고 느낄 수 있겠죠. 하지만 Y-909는 온전한 재단의 기술이 아니라는 사실을 우리는 반드시 기억해야 합니다.

사실 그럴듯한 이름과 절차를 갖다 붙였지만 결국 D계급을 제물로 주고 Y-909를 얻는 게 애트잭 규약의 전부입니다. 그런데 어느 날 갑자기 SCP-3000이 Y-909를 내놓지 않는다면요? 제물로 바칠 D계급이 부족해진다면요? Y-909 덕분에 빠르게 성장한 만큼 기억소거제 기술은 빠르게 무너질 가능성이 높습니다.

그래서 우리는 그때가 오기 전에 온전한 우리의 기술로 Y-909를 대체할 수 있는 무언가를 만들어야 합니다. 비록 그것이 당장은 비효율적인 것이라 할지라도요.

특수 격리 절차

현재 SCP-3000은 지름 약 300km의 벵골 만의 한 지역에 위치한다. 어떤 경우에도 민간인이 해당 지역의 심해 탐험이나 잠수를 하지 못하도록 재단 군함이 정기 순찰을 진행한다. SCP-3000과 접촉한 민간인이 발견되면 즉시 제151기지로 이송되며, 만약 이미 녀석의 변칙성에 영향을 받은 상태라면 무기한 격리한다.

에레미타호는 수중에서 SCP-3000의 가장 앞부분을 감시함과 동시에 애트잭 규약을 수행한다. 단 어떤 경우에도 허가 없이 SCP-3000에 접근하는 것은 금지된다.

현재 SCP-3000의 인식 재해로 인한 피해를 복구할 방법은 없다. 일기 등의 기록을 남기는 방법으로 기억 손실을 늦추는 것이 최선일 뿐, 결국 모든 기억을 잃거나 다른 사람의 기억을 자신의 것으로 착각하는 증상이 보고되었다. 심한 경우 심각한 우울증을 호소하며 스스로 SCP-3000의 입속으로 들어가는 경우도 발생했다. 이를 예방하고 추후 치료법을 개발하기 위해 SCP-3000에게 영향받은 요원은 격리 후 지속적으로 상태를 점검한다.

메모 3000-X

최근 끔찍한 사실을 알게 되었습니다. SCP-3000을 아는 분들이라면 고작 D계급 따위를 Y-909라는 소중한 자원으로 바꿔주는 '타우미엘' 등급 SCP로 알고 있을 겁니다. 이는 분명 재단에게 도움이 되고 있고 그 부분은 의심할 여지가 없죠.

하지만 도움이 된다는 사실 탓인지, 왜 녀석이 규약에 상호동의라도 한 듯 순순히 Y-909를 뽑아내 주고 있는지를 생각하는 분들은 많지 않더군요.

저도 처음엔 녀석이 가만히 있어도 먹이를 던져 주는 것에 익숙해졌다고 생각했습니다. 그런데 이 녀석 먹이 따위는 먹지 않아도 충분히 살아갈 수 있는 신체를 가졌다고 하더군요.

더 충격적인 게 뭔지 아십니까? SCP-3000의 신체 구조를 파악하려는 목적으로 X선 촬영을 했더니 글쎄... 녀석이 지금껏 삼킨 사람들이 뱃속에 그대로 가득 차 있더랍니다. 즉, 우리가 지금껏 인간을 '소화'하는 과정에서 뿜어낸다고 믿어왔던 Y-909가 실은 다른 무언가의 결과물이라는 겁니다.

먹을 필요도 없고 소화시키지도 않을 인간을 먹고 강력한 기억 소거 물질을 뿜어낸다? 한 번쯤은 녀석이 세상에 존재하는 진짜 이유를 고민해 볼 필요가 있을 것 같군요. 진지하게요.

| SCP-1316 | 일련 번호 SCP-1316 | 등급 안전 유클리드 | 통칭 아기고양이 루시 고양이형 첩보 도구 | 결제 |  |

특유의 귀여움 덕분에 녀석은
루시라는 애칭으로 불린다.

-개정 전-

변칙성

SCP-1316은 새끼 암고양이로, 낯선 사람에게도 아주 다정하게 구는 등 이른바 '개냥이'의 특성을 보인다. 녀석은 어째서인지 재단에 입수된 1948년 이후부터 생리학적으로 3개월 짜리 새끼고양이 상태에서 전혀 나이를 먹지 않는다. 특유의 귀여움 덕분에 녀석은 요원들 사이에서 루시라는 애칭으로 불린다.

특수 격리 절차

루시는 현재 제 112기지에 격리되어 있다. 재단 기지 곳곳을 자유롭게 돌아다니는 것이 허가되어 있으며 언제든 충분한 양의 먹이와 물, 그리고 간식을 제공한다. 루시를 마주치는 인원들은 상냥하게 쓰다듬어 줄 것.

사건 1316-23a

1952년 8월 16일 동트기 전, 제 112기지에 혼돈의 반란 타격조의 급습이 있었다. 녀석들은 어디에 무슨 SCP가 있는지를 정확히 알고 있기라도 한 듯 순식간에 수십 명의 재단 요원들을 제거하고 무려 8개의 SCP를 파괴하거나 탈취한 뒤 유유히 사라졌다. 이후 재단은 이번 사건과 관련해 재단 내에 스파이가 존재한다고 판단했다. 이에 따라 모든 재단 인력에 대한 면담이 실시되었고 도청장치를 찾기 위해 요원들이 112기지를 샅샅이 수색했다. 확인 결과 충격적인 사실이 밝혀졌다. 여러 개의 전자 도청장치와 함께 수상한 전파신호를 보낸 존재는 다름아닌 SCP-1316이었다.

루시는 매일 아침 09시 20분 37초부터 정확히 5분씩 특정 노래 가사와 무작위 숫자 8개가 담긴 메시지를 혼돈의 반란 측으로 보내고 있었다. 예상대로 이것은 일종의 암호로, 112기지와 관련된 정보들이 담겨 있었다.

> **메모 1316-2**
>
> 루시가 막대한 피해를 야기한 혼돈의 반란 공격 사태의 주범이라니... 무언가 오해가 있는 것이라 생각했지만 전파 송출 내역은 작은 희망마저도 완전히 없애 버렸습니다. 안타깝게도 녀석은 혼돈의 반란 녀석들에게마저 버림받은 것 같더군요. 이제 루시는 없습니다. 가증스러운 고양이형 첩보 도구만 남았을 뿐이죠.

-개정 후-

변칙성

SCP-1316은 혼돈의 반란이 의도적으로 보낸 고양이형 첩보 도구이다. 재단에 입수된 1948년 이후부터 생리학적으로 3개월짜리 새끼고양이 상태에서 전혀 나이를 먹지 않는다. 모든 스파이 정황이 포착된 후에도 루시는 계속해서 혼돈의 반란에게 메세지를 보내고 있지만 확인된 답변은 없다.

*8월 4일 방송 이후 SCP-1316은 정기적 방송 행위를 완전히 중단했다.

특수 격리 절차

추가적인 정보 유출을 방지하기 위해 SCP-1316은 아무런 SCP도 존재하지 않는 39생물 격리기지로 옮겨져 전파 차폐 물질로 만들어진 작은 우리 속에 격리 중이다. 위험성에 따라 격리 등급도 유클리드도 상향되었다.

정보 누설 사태의 가능성을 줄이기 위해 D계급을 제외하고는 접근조차도 불가능하며 그마저도 하루에 2번 먹이를 주거나 3일에 한 번 쓰레기를 치워줄 때만 접근이 가능하다. 이 외에도 1316의 정체를 밝혀내기 위한 심문을 진행 중이지만 아직까지 별다른 성과는 없는 상황이다.

SCP-2256

| 일■번호 SCP-2256 | 등급 유클리드 무효화 | 통칭 엄청 키 큰 애들 | 결제 |

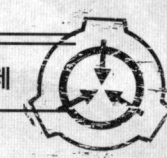

재단의 모토는 파괴가 아닌
격리와 보호에 있다.

메모 2256-A

해당 제안■ 같은 실수를 반복하지 않기 위함입니다. 우리 모두 재단의 모토가 파괴가 아닌 격리와 보호에 있다는 것을 항상 기억해야 한다■ 사실을 잘 알려져 있습니다. 우리 재단에게는 SCP를 격■할 수 있는 강력한 힘이 있는 만큼 녀석들을 보호할 책임도 있으니까요.

그렇다면 만약 우리의 연구나 격리가 그 존재에게 해가 된다면.. 격리를 진행하는 것이 최선의 선택이라고 할 수 있을까요? 경우에 따라■■ 일부러 격리를 하지 않는 것도 필요하다고 생각합니다.

*현재 이와 관련해 '아르콘'이라는 새로■ 격리 등급을 논의하는 중이다.

변칙■

SCP-2256은 남태평양 폴리네시아 섬 근처■ 서식■던 '크립토모르파 기간테스'라는 이름을 가진 초거대동물로 브라키오사우루스와 상당■ 닮은 모습■ 무려 1000m 이상의 키를 가지고 있는 지구 역사상 가장 거대한 동물■다.

이렇듯 눈에 안 띨래야 안 ■수가 없는 덩치를 가지고 있지만 SCP-2256은 이름과 모습은커녕 존재 자체가 ■■ 알려져 있지 않은데, 이는 ■■ SCP-2256이 가진 '항밈적 위장 능력' ■문이다.

항밈적 위장 능■이란, 다른 생명체가 자신을 인지하거나 기억하는 것을 방해함으로써 자신의 존재를 숨기는 능력■■. 이런 이유 때문에 SCP-22■6은 분명히 존재■에도 대부분의 생명체는 SCP-2256의 존재를 제대로 인지■ 수■ 없으며 설사 인지했다고 하더라도 금■ SCP-2256의 존■■ 물론 목격했다는 사실 자체■ 잊어버리게 된다.

■ 특별■ 능력은 덩치■ 크지만 순한 성격을 가진 SCP-2256이 포식자에게서 살아 남기 위한 수단으로서 발달시킨 것으■ 추정되며 실제로 이 능력 덕■ 수백 년 동안 안전하게 생존■ 수 있었으리라 박사들은 추■한다.

또■, SCP-2256은 넙적한 쟁반 모양의 발■ 이용해 바다 위를 걸어 다니는 것■ 가능하다. ■ 덕에 주로 육지에서 30km 이상 떨어진 바다 위에서 생활■■ 다른 생명체와의 상호작용 자체를 원천봉쇄한 것■■ 보인다. 많게는 수천 마리씩 무리 ■■ 지냈음에도 이제■ 발견할 수 있었■ 것은 ■ 때문이다.

발■기록 2256-F

재단 ■■ 아주 우연한 기회로 SCP-2256을 발견■다. 재단 박사들은 항밈을 대처할 방법

■■ 기억 유지 물질에 대한 광범■한 연구를 진행 중■■는데, 이 과정에서 SCP-2256의 서식지 근처인 마이키티 섬의 원주민들■ 사용한다고 알려■ '테우코가'라는 물질■ 대한 정보를 입수■다.

섬의 원주■들이 전통 종교 의식■ 사용하는 테우■가는 약간의 환각 효과와 함께 항밈적 작용을 억제■는 기억 유지 효과를 가지고 있는 ■■■ 밝혀졌다. 재단이 개발한 W급 기억 유지 물질■ 상당히 유사■ 화■ 구조를 가지고 있던 ■에 주목한 몇몇 연구■ ■■ 이 물질을 조사하기 위해 파견됐다.

■박사는 ■■코가를 연구하는 과정에서 근처에 있던 SCP-2■56 무리를 발견했다. 당시만 해도 마이키■ 섬 원주민들은 수백 년 SCP-2256를 동물■ 아닌 세상■ 방황하는 정령■ '폴로옹가카우'로 여■■ 있었다. (폴로■■카우: 매우 천천■ 걷는 존재들이라는 의■■ 가지고 있다.)

그들■ 신화에 따르■ 폴로옹가■■는 신에게 하늘과 물이 섞이지 않도록 수평선■ 유지하는 임무를 받은 정■으로 인간에게는 한없이 선하■ 우호적■■■ 너무 덩치가 커 둔한 탓에 임무■ 제대로 수행■■ 못하곤 한다. 그때마■ 하늘과 물이 ■섞여 폭풍과 태풍이 발생하는 것이라고 ■■키티 섬 ■주■은 생각했다.

SCP-22■■은 특유의 항밈■ 능력 탓에 따로 격리■ 필요는 없■■만 SCP-2256의 변칙성에 ■■을 가진 ■박사는 즉시 연구를 진행했다.

■사는 ■CP-■256의 모습을 남기기 위해 사■을 찍었지만 이상하게도 SCP-2256은 사진■■ 금세 사라져 버렸■, 녀석의 항■적 위장 능력이 SCP-2256과 관련■ 모든 정보에도 동일하게 영향■ 끼치고 있■는 것을 알아■ 박사■ 그나마 사라지는 속도가 느린 그림■로 SCP-2■56의 모습을 남기■ 데 성■한다.

하지만 그■ 이후부터 SCP■2256의 개체 수■ 급■■ 줄어들기 시작■다.

당시■ 해도 SCP-2■■■ 사이에 질병이 ■■거나 번식■ 문제 생긴 것이라 여긴 박사는 개체 ■ 보존을 위해■■■ 빠르게 연■ 진행하려 했다. 하지만 어느 날 상당히 가까이■ 사진을 찍은 개체■ 그 자리에■ 즉사■ 것■ 확인하■ 되었고 그제■ 녀석들의 갑작스■운 ■음의 원인을 알아차■ 수 있었다.

SCP-2256를 억지로 관찰■■ ■■하고 연구하■ 것이 SCP-2256의 생존■ 엄청난 해를 끼치고 있■던 것이다. 녀석■■ 누군가에게 자■들이 노출되고 있다■ 것을 본능적으■ 느낄 수 있었고 수백 ■간 어떤 위협■ 받지 않고 살아■■ SCP-2256 개체들■게 재단■ 관심은 엄■■ 불안 요소이자 스트■스■ 작용■ 것으로 보였다.

회의기록 ■256-■-A

■박사: SCP-2256에 대한 추가적인 ■■ 및 연구는 녀■들을 멸종시■ 위험이 ■습니다. 당장 연■를 멈추■ 모든 자료를 ■제해야 합■다.

■■■박사: SCP-■■■■의 죽음의 원인■ 관찰과 연구 때문■■■ 단정할 근거가 있습니까? 아니, ■■ 맞다■ 해도 S■■-2256■ 멸■될지언정 SCP에 대한 연구■ 포기할 수는 없습니다.

■박사: ■■■■■■ 그건 당신의 ■■ 욕심이지 재단은 SCP 개체를 격리하기 위해 존재한■ ■ 사실■ 잊지 마십시오!

■■■박사: ■■ 역시 당신의 얄팍한 ■■ 아닙니까!? 왜 ■■■ SCP를 격■한다고 생각■는 ■니까? 최종■인 목표는 변■■을 과학적으로 이해■■ 것입니다. 그렇게 되면 녀석들은 ■ ■ ■ SCP가 아니게 ■ 거구요.

■■■-2256의 첫 발■ 이후 12년■ 지난 시점, SC■-2256■ 개체수가 눈■ 띄게 줄어들었다. 재단■ 그제■ SCP■■■■6의 죽음이 연구와 관련■■■ 사실을 인정■■ 새로운 ■■■ 수집을 중■했고 기존의 데이터만 ■■하고 보존■■로 결정한다.

하■■ 2■06년 10월 3■일에 마지막 ■■■■2256 개체■ 목숨을 잃었다. ■■ 지구 상에 남은 ■■■■■■■■은 존재하지 않는다.

특수 격리 절차 - 최신 갱신됨

현재 SCP-2256 개■■ 완전히 멸종된 상태로 특수 격리 절차가 필요하지 않다. 다만 죽어서도 SCP-2256의 항밈적 위장 능력■ 그대로 유지되어 녀석과 관련된 정보를 보존하는데 어려움을 겪고 있다.

실제로 SCP-2256과 관련■ 정보는 어떤 형태로 존재하든 실시간으로 사라지거나 손상되고 있는 상황이다. 가령, 이미 공식 문서도 실시간으로 글씨가 사라지고 있는 상태이며, SCP-2256에 대한 문서 60% 이상■ 이미 더 이상 읽지 못하는 상태가 되어 버렸다.

논문이나 사진처럼 정보가 자세하고 구체적일수록 또 컴퓨터 데이터처럼 정보 저장 수단이 복잡■수록 빠르게 부식되며 간단한 그림이나 종이 문서는 상대적으로 천천히 부식된다. 이 때문에 SCP-2256■ 관련된 중요한 내용은 모두 종이 문서■ 따로 작성해 제19기지의 1-053 궁륭실 금고에 보관하고 있으며 실시간으로 부식 정도를 확인한다.

현재 데이터 부식을 막을 근본적인 방법을 알아내지 못한 상태로, 짧게는 3년에서 길게는 8년이 지나면 SCP-2256에 대한 모든 자료들이 오염되거나 사라■ 것으로 추정된다.

SCP-2317

일련 번호	등급	통칭	결제
SCP-2317	[데이터 말소]	또다른 세상으로 가는 문	

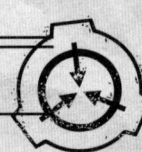

그다지 특별해 보이지 않는 문… 일까?

변칙성

SCP-2317은 나무로 만들어진 그다지 특별해 보이지 않는 문으로, 들어가면 다른 차원으로 이동되는 변칙성을 가지고 있다.

특수 격리 절차

SCP-2317은 강화된 3m 크기의 격리실 안에 보관한다. 허가되지 않은 접근을 막기 위해 무장 경비가 항시 배치된다.

> SCP-2317에 대한 더 많은 정보는 1등급 (신임) 혹은 그 이상으로 분류되어 있습니다. 보안 인가 미달.

메모 2317-X-1

저에게 SCP-2317은 꽤나 특별한 의미가 있습니다. 제가 입사를 앞두고 처음으로 재단에 방문했을 때였죠. 재단 측은 저를 포함한 동기들에게 0등급 보안 인가를 제공하며 문서를 둘러볼 시간을 제공해주었죠.

하지만 0등급 인가로 볼 수 있는 문서가 몇 개나 되겠습니까. 그저 그런 내용의 문서를 보면서 재단이 생각보다 특별하지 않다고 생각하고 있을 무렵 SCP-2317의 화면에 띄워졌습니다. 사실 SCP-2317은 그 어떤 문서보다 볼 게 없었지만 딱 하나, 격리 등급에 적힌 [데이터 말소]만큼은 눈에 들어오더군요. 바로 직전 OT에서 재단이 관리 중인 모든 개체에 격리 등급은 반드시 부여된다는 것을 들은 직후라서 더 그랬을지도 모르겠습니만...

저는 궁금했습니다. SCP-2317의 격리 등급은 왜 [데이터 말소]된 것인지, 그리고 더 높은 등급에게 보여지는 문서에는 어떤 내용이 있을지가요.

그것이 GOC와 SCP재단 가운데 고민하던 제가 결국 재단에 입사하게 된 소소한 이유였습니다. 물론 입사 이후에는 더 높은 보안 인가를 얻기 위한 가장 중요한 이유가 되어주었고요.

3개월간의 수습 기간 동안 저는 1등급 보안 인가를 받았습니다. 저는 곧바로 SCP-2317의 문서를 열어 보았죠. 그렇게나 궁금했던 녀석의 격리 등급은 '케테르'였습니다. 가장 격리하기 어려운 개체에 주어지는 등급 말이죠! 아니나 다를까 0등급으론 확인할 수 없었던 격리 절차와 관련된 내용이 잔뜩 적혀있었지만 조금 이상했습니다. '그때 당시의 제가' 느끼기에는요.

SCP-2317의 격리는 요원 관리부터가 심상치 않았습니다. '밀그램 복종 검사'라는 것에서 72점을 받고, 미혼에, 자식이 없는… 딱 봐도 재단에 완전한 충성심을 가진 요원만 선발한다는 걸 알 수 있었죠.

하지만 이렇게까지 깐깐하게 선발된 요원에 대한 관리는 더 깐깐했습니다. SCP-2317의 격리 업무를 맡는 내내 음성 변환기가 장착된 위장 헬멧을 사용해 정체를 숨기는 것은 물론, 업무 외 시간은 개인 방에서만 보내는 등 동료 간의 모든 친목 행위가 제한된다고 적혀 있었거든요. SCP-2317 격리 업무를 맡았던 모든 요원이 필수적으로 받아야 하는 한 달간의 심리 상담은 덤이었고요.

"재단이 이렇게까지 신경 써서 격리하는 존재는 뭘까?"라는 궁금증이 머릿속에 가득했지만 그 해답을 얻기까지는 3개월을 참아야 했습니다. 딱 거기까지 적혀 있었거든요.

'220-칼라바사스 절차'라는 게 적혀있긴 했지만 살인 및 살인에 준하는 죄를 저지른 범죄자들인 D계급이 동원된다는 것 말고는 '무엇을', '어떻게' 격리하는지는 더 이상 적혀있지 않았죠. 그저 빨리 3개월이 지나가기를 바랐습니다. 정식 연구원이 되고 2등급 보안 인가가 부여된 신분증으로 제가 가장 먼저 한 일은 당연히 SCP-2317의 문서에 접속하는 것이었습니다. 거부되었지만요.

정확히는 이전에 확인한 정보까지만 열람이 가능했습니다. 당시의 저는 그 이상의 정보를 열람하기 위해선 SCP-2317의 업무에 참여하고 있어야 한다는 사실을 몰랐죠. 그 이후로는 꽤 많은 시간이 지났습니다. 저는 뛰어난 실력을 인정받으며 프로젝트 여기저기에 스카웃 되었고 그 누구보다 빠르게 능력을 인정받아 나갔습니다. 사실 중간에 SCP-2317 업무에 지원할까 생각도 했지만 저는 가장 빠르게 승진하는 길을 선택했습니다. 또다시 다음 보안인가를 기다리며 좌절을 맛보기보다는 더 맛있게 숙성시키기로 했죠.

실제로 그것은 저에게 확실한 동기부여가 되어주었고, 몇 년 후 저는 최연소로 기지 이사관 자리에 오를 수 있었습니다. 그것도 SCP-2317이 격리 중인 제■■기지로요.

SCiPNET 직접 접근 단말에 접속하신 것을 환영합니다.
명령어를 입력해 주십시오

```
login
```

확인 / 취소

사용자를 인증해 주십시오

```
■■■■@@foundation.scp | sometimesifeeellikeamotherlesschild
```

확인 / 취소

인증 확인. 명령어를 입력해 주십시오

```
access 2317 4
```

확인 / 취소

보안 4등급 (일급 기밀) 파일에 접속을 시도합니다.
이 파일로의 접속은 SCP-2317과 직접 접촉하는 4등급 보안 인가를 가진 인원으로 제한되어 있다는 사실에 주의하십시오. 적절한 승인 없이 진행할 시 징계 처분을 내리며, 이는 즉각적인 생명의 종료를 포함합니다.
이 파일로의 접속에 대한 정보(날짜, 시간, 그리고 장소를 포함한)는 기록정보보안행정처(RAISA)에 보고됩니다.
계속하길 원하신다면 지금 다시 사용자를 인증해 주십시오.

```
■■■■@@foundation.scp | sometimesifeellikeamotherlesschild
```

확인 / 취소

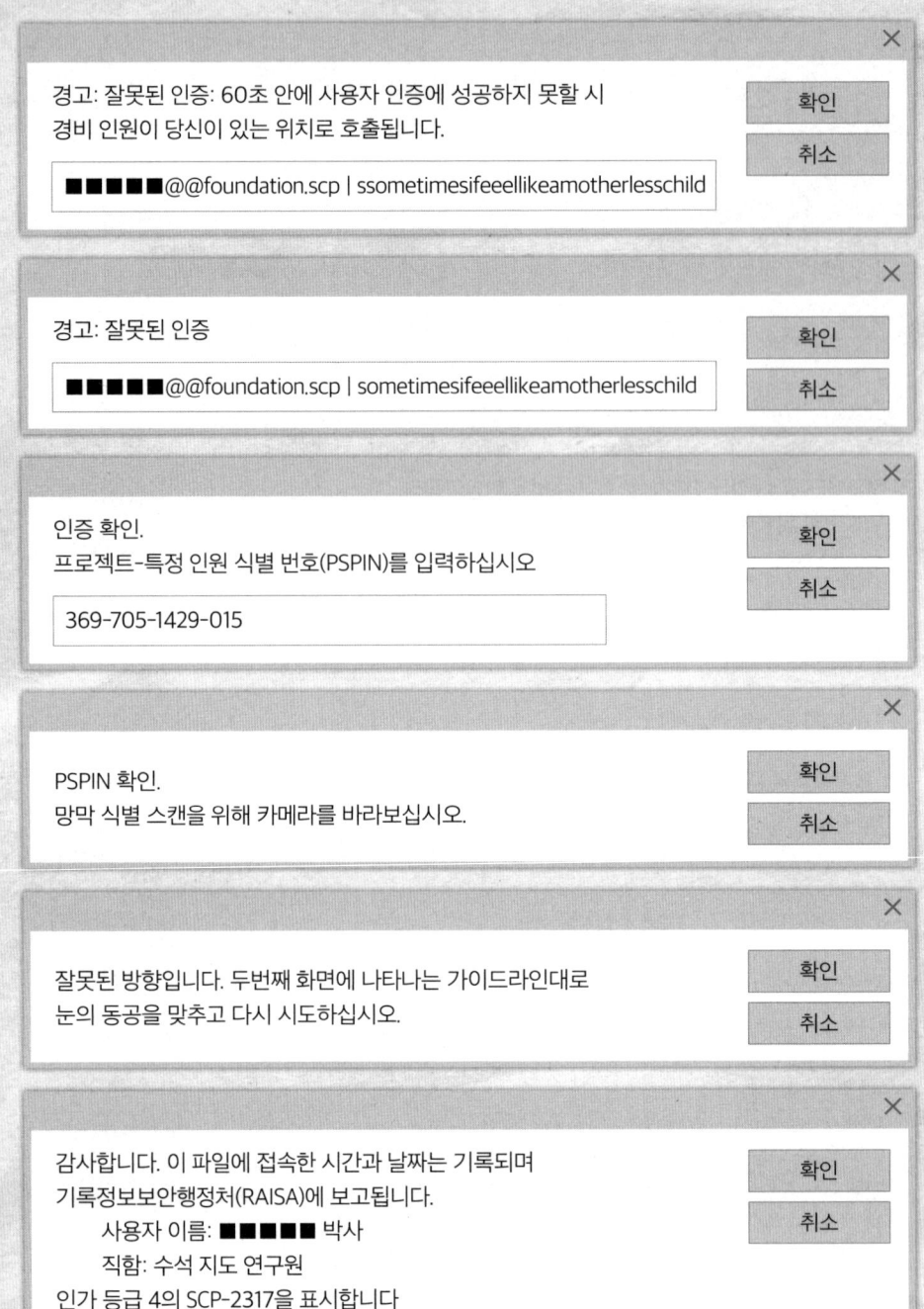

변칙성

SCP-2317은 나무로 만들어진 그다지 특별해 보이지 않는 문으로, 들어가면 다른 차원으로 이동되는 변칙성을 가지고 있다.

SCP-2317을 열고 들어가면 흡사 염전 같은 장소로 이동하게 되는데, 이곳에는 정체불명의 커다란 기둥 7개가 원을 그리며 땅에 박혀있다. 높이 7m, 지름 1m의 대리석으로 만들어진 기둥에는 세상 어디에서도 또 역사 어디에서도 발견되지 않은 신비한 문양들이 새겨져 있다.

7개의 기둥은 땅속 200m 지점까지 깊게 박혀있는데, 기둥 끝자락 바로 아래에는 지름 100km의 거대한 구멍이 연결되어 있다. 구멍 내부에는 정체불명의 "독립체"가 웅크린 모습으로 격리되어 있다. 지진 분석 및 지표 투과 레이더, 그리고 직접 관찰을 통해 추정되는 독립체의 모습은 거인에 가깝다. 웅크리고 있는 듯한 몸을 일으켜 똑바로 선다면 신장은 약 200km가 넘을 것으로 추정되며, 머리에는 나뭇가지와 비슷한 뿔이 자라나 있다.

다행히 재단이 처음 발견했을 때부터 녀석은 일종의 봉인된 상태인 듯했다. 녀석의 등 뒤에는 7개의 갈고리가 박혀있으며, 이 중 하나는 기둥 끝에 연결된 철제 사슬과 연결되어 있다. 실제로 녀석은 지금까지 아무런 움직임도 보이지 않았다.

하지만 문제는 녀석의 봉인이 점차 풀리고 있다는 것과 봉인에 풀려난 녀석은 세계를 멸망시킬 수 있는 강력한 힘을 가진 것으로 추정된다는 것이다.

발견기록 2317-E

SCP-2317은 1922년에 처음 발견되었다. 당시만 해도 총 7개의 사슬 중 4개가 부숴진 상태였고 사슬 3개가 독립체에 연결되어 있었다.

최초 발견 이후 계속해서 알 수 없는 이유로 사슬이 손상되고 있다. 이는 독립체에 적용 중인 봉인이 약해지고 있거나, 녀석의 강력한 힘이 점차 개방되는 과정인 것으로 추정된다. 수많은 연구에도 부숴진 사슬을 수리하거나 똑같이 제작할 방법을 찾지 못했다. 특별한 재료나 제작 방법이 필요한 것으로 보인다.

사건기록 2317-X

SCP-2317의 독립체와 연결된 5번째 사슬이 파괴된 날, 세상에 ■■■■■■■■■ 사건이 발생했다. 두 사건이 우연이 아닐 가능성이 제시되었다.

SCP-2317의 독립체와 연결된 6번째 사슬이 파괴되었다. 잠시 후 2백만 명의 사망자가 발생한 ■■■■■■■■ 사건이 발생했다. 두 사건은 어떤 식으로든 연관되어 있다.

현재까지의 연구 결과, SCP-2317의 독립체에 연결된 사슬이 하나씩 파괴될 때마다 지구상에 충격적인 사고가 발생하는 것으로 추정된다. 특히, 사슬이 하나씩 줄어들 때마다 사고의 피해 규모도 더욱 커지는 경향이 있다. 이에 따라 만약 현재 남은 마지막 사슬이 파괴되는 날에는 XK급 세계멸망 시나리오가 발생할 것으로 추정된다.

또한 다른 차원에서 봉인 일부가 풀리는 것만으로도 지구에 이토록 심각한 영향을 끼치는 것을 고려했을 때, 독립체가 모든 사슬에서 해방되어 날뛰기 시작한다면 현재로서 녀석을 막을 수단은 없을 것으로 추정된다.

특수 격리 절차

SCP-2317은 강화된 3m 크기의 격리실 안에 보관한다. 허가되지 않은 접근을 막기 위해 무장 경비가 항시 배치된다.

마지막 사슬이 파괴되는 것을 막기 위해 절차 220-칼라바사스를 시행한다. 이는 사슬을 수리하거나 제작하는 방법을 찾기 전까지 격리를 유지할 수 있는 가장 효과적인 수단이다.

> **메모 2317-V**
>
> 재단은 각 개체에 대한 심층적인 분석 및 연구를 통해 가장 적합하고 효과적인 격리 절차를 적용하고 있습니다. 이는 당연히 SCP-2317에 적용 중인 격리 절차도 마찬가지입니다.
>
> 몇몇 박사들은 과학적이고 합리적인 절차가 아닌 '특정한 의식'에 가까운 절차에 우려를 표합니다. 그저 '효과가 있을 것이라는' 믿음으로 이루어지는 주술적 혹은 종교적 기도와 크게 다르지 않다는 것이죠. 하지만 이미 몇몇 개체에 그러한 격리 절차는 적용되고 있으며, 실제 뛰어난 효과를 보인다는 사실을 기억해주시길 바랍니다.

절차 220-칼라바사스

220-칼라바사스 절차는 매일 한낮, SCP-2317 바로 위에 태양이 닿는 시점에 치뤄지는 의식이다. 의식에는 3등급 혹은 그 이상의 보안 인가를 지닌 경비원 2명, 4등급 보안 인가를 지닌 사제 1명, D등급 보조 1명이 참여한다. 준비물로는 수탉 한 마리와 흑요석 칼, 그리고 축복받은 성수 500cc로 채워진 은 성수채와 성수반이 필요하다.

단, 이들 중 D등급 인원은 사실 4등급 보안 인가를 지닌 요원이며, 위장 신분으로 의식에 참여한다. 물론 의식에 직접 참여하는 사람들은 이 사실을 알고 있지만, 공식적으로는 평범한 D계급이 동원된다고 알려져 있다.

본격적인 의식은 다음과 같은 순서로 진행된다.

1. 사제와 경비원 그리고 보조는 SCP-2317을 열고 들어간다. 이때 보조, 경비원, 사제 순으로 들어간다. 경비원은 항시 보조를 감시하고, 돌발 상황 발생 시 탈출에 대비한다.

2. 사제가 일정한 속도로 기둥 전체를 순회한다. 시작은 SCP-2317과 가장 가까운 기둥부터이며, 시계 반대 방향으로 돈다. 이때 두 발자국마다 한 번씩 성수채와 성수반을 사용해 원의 중앙을 향하는 방향으로 성수를 뿌린다.

3. 기둥 전체를 한 번 돌고 나면 사제는 보조의 머리에 성수를 뿌리고 이하의 문장을 암송한다. "일곱 개의 봉인, 일곱 개의 반지. 주홍왕의 일곱 왕좌."

4. 보조가 흑요석 칼을 이용해 닭을 죽인다. 닭에서 피가 흘러내려 성수반에 들어가고 이미 들어있는 성수와 섞이게 한다. 이때 사제는 보조로부터 안전한 거리로 떨어진다.

5. 보조가 기둥 전체를 시계 방향으로 돌며, 피와 성수의 혼합물을 원의 중앙을 향하는 방향으로 뿌린다.

6. 순회를 끝낸 보조가 암석의 원 중간으로 걸어가서 이하의 문장을 암송한다. 동시에 남은 피와 물의 혼합물을 소금과 모래의 변색된 부분 위에 붓는다. "옛 신을 위한 피, 새 왕을 위한 물."

7. 모든 자재를 정리하고 흑요석 칼을 회수한다. 모든 인원은 SCP-2317를 통해 돌아온 뒤 그것을 닫는다.

220-칼라바사스 절차 진행 중 문제나 실수가 발생한다면 아무리 사소한 것이라도 즉시 복귀한 뒤 SCP-2317을 닫는다. 이후 2등급 경보 공표와 함께 격리실 출입이 금지되며, 즉

시 평의회에 보고한 후 지시를 기다린다. 최후의 사태가 발생할 것을 대비해 핵 장치가 항시 준비되어 있다.

메모: 2317-X-2

기지 이사관이 되고 SCP-2317의 숨겨진 내용을 확인한 날, 저는 정말 오랜만에 푹 잘 수 있었습니다. 그간의 노력이 모두 보상받는 느낌이었거든요. 솔직히 아직도 그때의 기쁨은 생생합니다. 그렇게 저는 모든 목표를 이루었다고 생각했죠. 꽤 오랜 시간 동안요. 최연소 기지 이사관을 지낸 저에게 남은 승진은 재단의 최고 수뇌부인 O5 평의회 밖에 없었습니다. 사실 예전만큼 권력에 대한 의욕이 있었던 것은 아니었지만 그저 자연스러운 다음 단계였고 저는 그 자리에 올랐습니다.

O5의 일원이 된 직후 제가 제일 먼저 살펴본 것은 오직 그들만이 확인할 수 있던 특별한 정보였습니다. 충분히 예상은 했던 부분이지만 그보다 훨씬 많은 것들이 치밀하게 숨겨져 있었죠. 그때 문득 SCP-2317이 다시 떠올랐죠. 솔직히 "설마..." 하는 마음이 더 컸던 것 같습니다.

저는 곧바로 O5의 권한으로 SCP-2317의 문서를 열람했고 아니나 다를까 완전히 새로운 페이지가 열리더군요. 그리고 그곳엔 제 생각보다 훨씬 엄청난 비밀이 숨겨져 있었습니다. 물론 언젠가는 열어봤을 저였겠지만 솔직히 "조금 천천히 확인했으면 좋았을걸"이라는 생각이 들더군요. 제가 고대하고 고대하던 내용이 이렇게나 절망적일 줄 알았다면 말이죠.

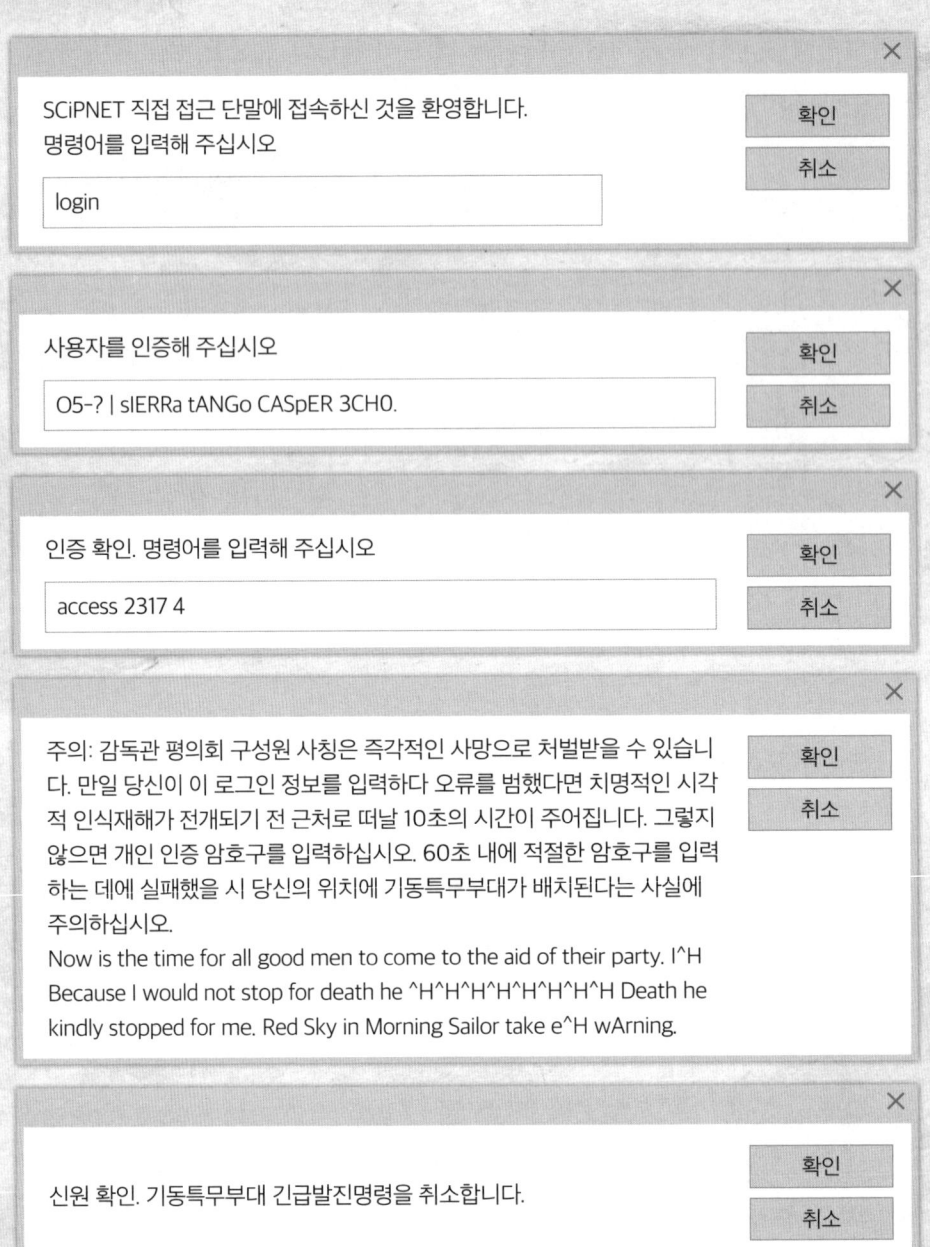

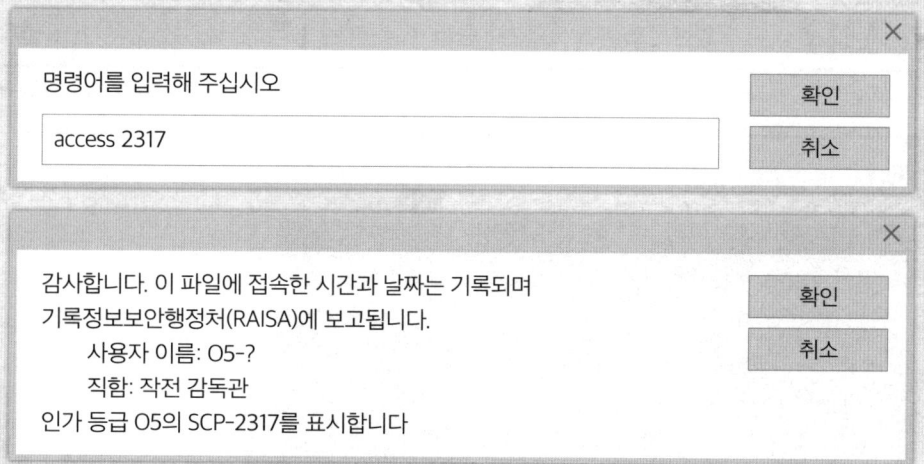

SCP-2317

| 일련 번호 | SCP-2317 | 등급 | 아폴리온 | 통칭 | 세계를 삼키는 걸신아귀 | 결제 |

인가 지정 코드 나이트메어 리전트 레드

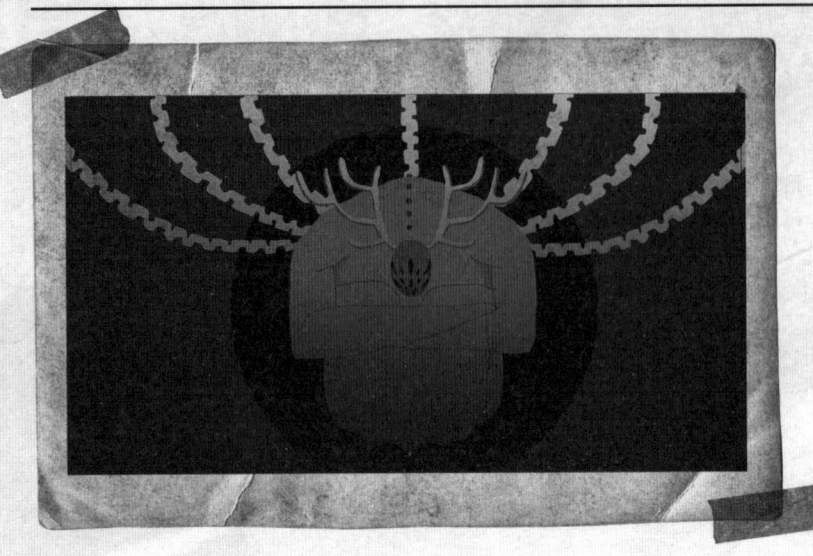

믿을 수 없어...

특수 격리 절차

상관없다.

변칙성

SCP-2317은 태고적 고대의 존재, '세계를 삼키는 걸신아귀'라 불리는 존재다. 녀석과 관련된 이야기는 에리케쉬의 서를 통해 전해진다. 문서에 따르면 기원전 1894년, 세상을 삼켜 멸망으로 이끌려던 걸신아귀는 케쉬페트라 불리는 영웅에 의해 영원히 봉인되었다.

하지만 19세기경 '황금화살'이라 불리는 의문의 단체가 걸신아귀가 봉인된 곳으로 향하는 문을 만들었다. 또한 실수였는지 의도였는지는 알 수 없지만 이후 걸신아귀의 사슬 중

4개가 파괴되었다.

황금화살은 뒤늦게 사슬을 복구하기 위해 갖은 방법을 시도했지만 고대의 존재의 뼈와 힘줄로 만들어진 사슬을 재현해 낼 수 없었던 것으로 보인다. 오히려 수많은 실험과 연구로 인해 황금화살은 파산한 뒤 해체되었고, 당시 단체에 몸담고 있던 재단 설립자가 이를 점유했다.

이후로도 사슬을 수리하거나 교체하려는 모든 노력은 원재료인 다른 아귀 독립체의 뼈와 힘줄의 부재로 모두 실패했다.

30년간 수많은 시뮬레이션을 거친 결과, 마지막 사슬의 남은 수명은 한 세기 남짓으로 추정된다. 현재 걸신아귀의 격리 실패는 막을 방법은 없다. 하지만 감히 격리조차 불가능한 존재와 예정된 세계멸망으로 인해 재단 요원들이 절망과 공포에 빠지는 것만큼은 막아야 한다.

이를 위해 가짜 격리 절차인 '절차 220-칼라바사스'를 고안한다. 이때 격리 절차에 대한 진실성을 높이기 위해 다음과 같은 요소들이 포함되어야 한다.

- 흔한 제의적 마술의 요소를 결합
- 인기있는 종교의식의 요소를 결합
- 알려진 다른 오컬트 단체의 요소를 결합
- 알려진 다른 특수 격리 절차의 요소를 결합
- 유사하지만 관계없는 오컬트 개체의 언급을 결합
- 절차의 요소에 관한 정보 보안 확대
- 초현실적 개체를 파괴하는 데에 수소폭탄이 유효하다는 일반적인 제도상의 관념에 호소

해당 절차는 SCP-2317의 격리에는 아무런 효과가 없다. 효과적인 격리가 진행 중이라는 모습을 보임으로써 실제로 효과적인 격리 절차를 찾을 때까지 요원들을 안심시키는 데 그 목적이 있다. 동시에 재단은 SCP-2317의 최종 격리 실패에 대비해 인간이 생존할 수 있는 최선의 준비를 갖출 것이다.

===

SCP-6622

| 일련 번호 | SCP-6622 | 등급 | 아르콘 | 통칭 | 비버 파워 | 결제 |

개인 소장품으로
보관해도 될까요?

발견기록 6622-A

2020년 11월 10일, 제43기지가 정전이 되는 초유의 사태가 발생했다. 다행히 별다른 피해 없이 빠르게 복구되긴 했지만 심각한 사고에도 충분한 대비가 되어 있는 재단 기지에 정전이 발생했다는 것 자체가 중대한 문제로 지적되었고 즉시 외부의 공격 시도였을 가능성을 염두에 두고 조사를 시작했다.

조사 결과 정전의 원인은 외부에서 흘러들어온 어마어마한 전기 탓에 발생한 전력 과부화였는데, 약 5.8km 떨어진 아즈불 강에서 이번 사건의 원인으로 보이는 비버 오두막을 발견했다.

전기가 나올만한 곳은 도저히 보이지 않았지만 만약을 대비해 조사를 진행한 박사들은 비버 오두막을 중심으로 어마어마한 양의 전기가 사방으로 뻗어나가는 것을 확인했고 이후 재단은 비버들을 SCP-6622-A로 비버 오두막을 6622-B로 지정했다.

변칙성

SCP-6622-B에서는 무려 6800메가와트라는 비정상적으로 많은 전기가 생산되고 있다. 현재까지 발견된 것은 총 12개로 로스엔젤레스 규모의 대도시 12개에서 소비되는 모든 전기를 충당할 수 있을 만한 수준의 전기를 생산할 수 있다.

6622-B에서 생산된 전기는 버섯이나 나무뿌리 등의 자연적인 경로를 타고 빠르게 주변으로 퍼지는 것은 물론 전력 기반시설이 지면과 닿은 부분을 통해 시설로 흡수되는데, 즉, 6622-B 주변에 있는 것만으로도 엄청난 양의 전기를 확보할 수 있게 된다.

오로지 SCP-6622-A 개체만이 6622-B를 만들어 낼 수 있다. 보통 6622-A 개체는 멀리 떨어지거나 평범하지 않은 장소에 댐을 짓는 경우가 많은데 그 이유에 대해서 밝혀진 것은 없다.

제안 6622-L

오늘날 가장 문제가 되는 것이 환경 파괴 아니겠습니까? 하지만 SCP-6622가 전기를 만들어 내고 전달하는 메커니즘을 밝혀낸다면 막대한 비용과 시간을 절약하는 것은 물론, 자연환경을 해치지 않고도 차고 넘치는 양의 전기를 확보할 수 있습니다. SCP-6622는 축복입니다. SCP-6622에 대한 본격적인 연구를 진행할 것을 제안합니다. - Dr. 아멜리아 트로시안 -

해당 제안을 허가합니다. 부디 자연과 공존할 수 있는 세상이 되길. - 기지 이사관 Kamil -

연구사례 6622-1

재단은 아멜리아 트로시안 박사를 앞세워 제43기지를 6622-B에게서만 얻는 전력만으로 운영할 수 있도록 개조했다. 거기에 더해 6622 전력 전송 시스템을 구축해 96개의 도시 전력망에 연결하는 데 성공했고 이는 무려 450메가톤의 이산화탄소 배출을 줄이는데 기여했다.

다만 아직까지 6622의 전력 전송 원리를 명확하게 알아내지 못해 매달 많은 양의 전력이 낭비되거나 손실되는 상황이다. 이에 따라 현재 전력 소모량이 높은 지역으로 손실 없이 전력을 보낼 수 있는 통제 장치 개발이 최우선적으로 진행되고 있다.

연구사례 6622-2

재단은 SCP-6622-B를 만들 수 있는 6622-A 개체 확보를 위해 인공 번식을 시도했지만 방생된 야생 집단이 비변칙적 댐만을 만들며 실패했다.

연구사례 6622-3

더 많은 SCP-6622-B 개체 확보를 위해 비변칙적 비버들을 SCP-6622-B에 정착시키는 실험을 시도했지만 비변칙적 비버들은 6622-B에 접근조차 하지 않아 실패했다.

특수 격리 절차

SCP-6622에 대한 인공적인 개입이 불가하다는 사실이 확인되면서 재단은 새로 만들어질 재단 시설을 SCP-6622-B의 혜택을 받을 수 있는 지역에 짓는 것으로 계획을 선회했다.

또한 인위적인 격리 절차 및 과도한 관심으로 인한 악영향을 방지하기 위해 현재의 상태를 그대로 유지하는 것이 낫다고 판단했다. 현재 SCP-6622에 대한 특별한 격리 절차는 적용되고 있지 않다. 기동특무부대 오메가-43, 통칭 '비버에게 맡겨라' 팀이 대중들이 6622에게 과도한 관심을 가지는 것을 막고 사고에 대비해 SCP-6622-B를 접지하는 등 최소한의 관리만 진행되고 있으며 고위험 지역에 한해서만 6622-A 개체들에 대한 돌봄과 먹이 제공이 이루어지고 있다.

사건 기록 6622-B: 선물?

21년 8월 3일, 'SCP-6622 전력 전송 장치'를 개발한 트로시안 박사의 개인 책상에서 마른 진흙과 나뭇가지로 서툴게 만들어진 하트 하나가 발견되었다.

SCP-6622-A가 보내준 선물이라 믿어요. 개인 소장품으로 보관해도 될까요? - 트로시안 -

허가합니다. - 기지 이사관 -

SCP-2490

일련 번호	등급	통칭	결제
SCP-2490	케테르	혼돈의 반란 특수공작원 알파-19	

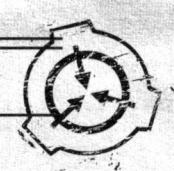

이제 비슷한 마네킹만 봐도 무서워. 정말 끔찍하다구...

발견기록 2490-A-1: 박사의 일기장 일부 발췌

부하 직원이 거지 같은 보고서를 써왔다. 아니다. 사실 그렇게 나쁜 보고서는 아니었지만 나는... 나는... 불처럼 화를 냈다. 요즘엔 도무지 감정을 조절하기가 힘들다. 실수를 용인해줄 여유 따위가 없는 게 느껴진다. 이게 전부 그 녀석 때문이다. 끊임없이 음지에서 나를 괴롭히는 그 녀석... 너무... 너무 너무너무너무너무너무너무 힘들다. 화가 난다. 단 하루만 그 XX의 방해 없이 편하게 쉬고 싶다.

발견기록 2490-A-2: 심리 상담 녹취록

내가 '그 녀석'을 처음 만난 것은 6개월 전. 학교에 있는 딸을 데리러 가던 우연히 골목 끝에 숨어 나를 지켜보고 있는 무언가를 발견했지. 맞아 그게 시작이었어. 제길... 순간 섬뜩한 기분이 들었지만 금세 사라져 버린 탓에 푸른색의 눈이 빛났다는 것 말고는 정확한 모습을 확인하지 못했고 그저 잘못 본 것이라 생각했다구. 그때까지만 해도 말이지.

근데 정확히 그날 이후부터, 그 녀석은 내 주위에서 모습을 드러내기 시작했어. 내가 지나가는 길... 수많은 사람들 사이... 그리고 지붕 위... 내가 가는 곳이라면 어디든 나를 쫓아다니며 지긋이 지켜보다 사라지기를 반복했지. 잊을 만하면 나타나고 또 잊을 만하면 나타나기를 반복하면서 점점 나를 갉아먹기 시작했다구. 나에게 앙심을 품은 녀석일까? 아니면 적대 세력이 보낸 킬러? 뭐 그딴 녀석일까? 하루에도 수십 번 고민하고 또 절망에 빠졌어.

그런데 갈수록 피폐해지는 나와는 달리 그 자식은 갈수록 대담해졌어. 이제는 눈이 마주쳐도 숨지도 않는가 싶더니만 당당히 모습을 드러내더라고? 그 자식의 모습을 처음 봤을 때의 기억이 잊혀지질 않아. 그 자식... 사람이 아니었어. 베이지색의 둥그런 얼굴에는 2개의 푸른 눈만이 빛나고 있었고 마네킹을 닮아 빠짝 마른 하얀 몸에 날카로운 손톱을 가진 아주 기분 나쁜 생김새를 하고 있었지. 차라리 사람이었다면 호소라도 할까 했어. 원하는 게 뭐냐고. 뭐든 들어줄 테니 그만 좀 하라고. 하지만 그 녀석 사람이 아니었다고!! 하...하... 그때 느낀 절망감이란.

게다가 한 번 모습을 보여준 이후로는 추적이 점점 더 노골적이고 변태스러워지기 시작했지. 강시 같은 자세로 발도 움직이지 않은 채 빠르게 순간이동 하듯 다가오거나 분명 바로 앞에 있었는데 순식간에 뒤에서 나타나는 건 그나마 참을만했지. 그런데... 자네 엑소시스트 영화 아나? 엑소시스트 영화 아냐구? 응? 거기에 나오는 귀신 같은 몸을 뒤집은 자세로 빠르게 지나갈 때는 간이 떨어지는 줄 알았어.

그런데 말이야... 그 자식 그렇게 오래 쫓아다니면서 정작 공격은 하지 않았어. 하려고 했다면 언제든지 나를 없앨 수 있었을 텐데 말이야. 마치 일부러 피를 말리듯... 집요하게

나를 괴롭히기만 했지. 어쩌면 그게 목적이었을까? 내 정신을 망가뜨리는 것이? 그렇다면 그 자식 제대로 성공했구만! 크크크크크크... 이제 비슷한 마네킹만 봐도 무서워. 정말 끔찍하다구...

그 자식은 내 눈에만 보이는 것 같아. 주위 사람들은 아무리 말해도... 단 한 사람도... 그 녀석을 인지하지 못 했어. 자네, 우리는 연구원 시절부터 함께 했지? 부탁이네. 이 정도면 녀석이 SCP일 가능성이 있지 않은가? 알아. 알고 있네. 이미 재단이 지원해준 최첨단 감시 장비와 기특부 요원도 녀석을 발견 못 했다는 거. 아니, 봐도 평범한 사람으로 볼 뿐이었다고. 그래서 자네에게 이렇게 부탁하네. 이제 나는 미친 사람이 되어버렸어. 다 그 자식 때문이지. 이제 부탁할 사람도 자네밖에 없어. 오늘 상담도 자네가 진행한다고 해서 승낙한 거라네. 부탁이야.

그 자식 분명히 크기가 조금씩 다른 경우가 있었어. 여러 개체인 게 아닐까? 변칙성은 아마도 위장 계통과 추적 계통? 또 ㄱ...

사건 기록 2490-X

펠드먼 박사가 한창 SCP-2490에 대해 설명을 이어 나가던 그때, 갑자기 면담실의 불이 꺼졌다. 정전은 약 3.5초 정도 지나 해결되었지만 박사는 정신을 잃은 채 쓰러져 있었다. 확인 결과 박사의 두개골에 구멍이 뚫린 채로 대부분의 뇌 조직이 사라져 있었고 그 자리에는 알 수 없는 액체가 채워져 있었다.

게다가 박사가 담당하던 SCP 하나가 사라진 것이 확인되었다. 도난 당시 목격자들은 해당 SCP의 담당 요원들이 찾아와 가져갔다고 증언했는데, 다행히 녹화된 CCTV에는 덩치가 조금 작긴 했지만 박사가 묘사한 모습의 개체가 물건을 가지고 사라지는 모습이 담겨 있었다.

메모 2490-B

재단 기지 안에서, 그것도 다른 요원과 함께 있는 공간에서 감쪽같이 박사를 제거한 것은 심각한 일입니다. 아직까지도 녀석의 정확한 정체나 변칙성은 알 수 없으나, 목적은 요원의 제거 및 SCP의 탈취인 것으로 추정됩니다. 현재 이러한 목적과 특유의 집요하고 잔인한 방식을 고려해 녀석이 혼돈의 반란과 관련이 있을 것으로 추정됩니다. 누군가에게 추적당하는 느낌이 드는 경우나 아래 몽타주의 모습을 한 개체인 'SCP-2490'을 목격하는 경우 지체하지 말고 보고하십시오.

메모 2490-N

스파이 요원에 따르면 GOC의 연구원 중 1명도 얼마 전 SCP-2490에게 당한 것으로 밝혀졌다.

메모 2490-L

속수무책입니다. 벌써 수십 명째 SCP-2490에게 당하고 있지만 막을 방법이 없습니다. 아무리 요원들을 가까이 배치하고, 정전에 대비해 필수적으로 손전등을 소지하고 있어도 녀석이 나타나는 순간만 되면 멀쩡하던 손전등이 고장나거나 요원들에게 일시적인 실명이 발생합니다. 이게 우연일까요? 도대체 혼돈의 반란 녀석들은 이딴 녀석을 어떻게 만들어낸 것인지... 우선 제일 중요한 건 여러분입니다. 부디 격리 절차에 따라 조금이라도 안전하게 버텨 주십시오.

특수 격리 절차

모든 격리 절차는 SCP-2490으로 인한 피해를 줄이는 것을 최우선으로 한다. 현시점부터 재단의 모든 요원들에게 SCP-2490의 존재와 특성에 대해 알리고 조금이라도 녀석의 추적이 느껴진다면 즉시 상위 요원에게 보고할 것을 명령한다.

녀석의 목적은 SCP의 탈취 및 정보 유출이다. SCP-2490의 목표가 된 요원은 즉시 모든 SCP에 대한 접근 허가를 박탈당하며, 녀석의 추적이 끝날 때까지 무기한 유급휴가를 지급한다. 단, 이때 안전을 위해 기동특무부대 알파-5, 통칭 '의장대'의 경호를 의무적으로 받아야 한다.

또한 해당 요원이 담당했던 SCP는 즉시 기밀 구역으로 옮겨야 하며, 보안 장치를 재배치해 최대한 SCP-2490의 침입을 막는다. 기동특무부대 프사이-7, 통칭 '주택 개조' 팀은 SCP-2490이 가져간 SCP에 대한 추적을 진행한다.

사건기록 2490-W

재단이 ■■지역에 위치한 혼돈의 반란 기지를 급습했다. 이곳에서 몇몇 SCP를 회수할 수 있었고, SCP-2490의 정보가 담긴 문서를 입수했다.

메모 2490-W-1

혼돈의 반란 기지에서 입수한 문서를 통해 SCP-2490에 대한 다소 충격적인 정보를 얻을 수 있었습니다. 결론부터 말하자면 SCP-2490은 혼돈의 반란이 보낸 것은 맞지만 녀석들이 만들어낸 것이 아니었습니다. 아니 오히려 우리보다 훨씬 이전부터 SCP-2490에게 당하고 있었던 것으로 보입니다. 녀석들도 고작 공격당할 기지의 SCP를 미리 대피시키는 게 고작이었지만요.

녀석들이 괘씸하지 않은 건 아닙니다. 혼돈의 반란은 SCP-2490으로 인한 피해를 줄이기 위해 공격당한 인원을 다른 단체에게 떠넘기기로 결정한 것 같더군요. 녀석들은 SCP-2490의 표적이 된 동료를 일부러 배신하게 만들어 재단과 GOC로 넘어가도록 유도했고 이미 재단과 GOC에서 상위 요원 자리를 꿰차고 있던 스파이를 이용해 자연스럽게 배신자를 받아들이게 했습니다. 그리고는 은근슬쩍 SCP-2490을 본인들이 만든 척 정보를 흘려 치졸한 우월감을 느낀 것 같군요.

녀석들의 추잡한 방식이야 그렇다 치더라도.. 이쯤 되니 진짜 문제는 SCP-2490의 정체입니다. 혼돈의 반란 녀석들도 아니라면 SCP-2490은 어디에서 온 것일까요? 녀석들은 왜 변칙 개체를 가져가는 것일까요? 혼란스럽군요.

| SCP-001 | 일련 번호 SCP-001(제안됨) | 등급 유클리드 / 케테르 | 통칭 문의 수호자 | 결재 |  |

하지만 그 순간 해당 실험과 관련된 모든 인원이 소멸되었다.

변칙성

SCP-001 문의 수호자는 티그리스 강과 유프라테스 강이 교차하는 곳 근처에 존재하는 인간형 독립체이다. 기록에 따르면 SCP-001은 재단이 설립되기 전부터 존재했으며 재단의 설립과도 밀접한 관련이 있는 것으로 추정된다.

약 315m의 거대한 신체를 가진 녀석은 어깨, 등, 관자놀이, 발목, 손목에 날개 모양의 부속지가 여러 개 달려있으며 이는 관찰하는 사람마다 다르게 인식하지만 평균적으로 4개의 날개를 관찰할 수 있는 것으로 보인다.

또한, 녀석은 SCP-001-2로 지정된 거대한 검 형태의 무기를 가지고 있는데, 놀랍게도 이 무기는 태양과 맞먹는 온도의 강력한 불길을 발산하고 있다. 다만 이러한 비정상적인 온도에도 불구하고 주위 환경에는 딱히 피해를 끼치지 않으며, 무언가가 문의 수호자 근처 1km 안으로 접근하는 경우에만 이 무기에 의해 소멸된다.

SCP-001은 등 뒤의 거대한 문을 지키는 것으로 보이며, 첫 발견 이후부터 현재까지 전혀 움직이지 않고 있다. 거대한 문 주위의 수풀 속에는 문의 수호자와 동일한 물질로 구성된 정체불명의 개체가 다수 존재하는 것으로 보이며, 수많은 나무 중에서도 한가운데 솟아 있는 두 그루의 과일나무는 특히 거대하다. 그중 하나에는 현재까지 지구상에서 단 한 번도 발견된 적이 없는 열매가 열려 있다.

실험기록 001-K

K-1, 무인 로봇: 1km 이내에 도달한 순간 소멸되었다.

K-2, 무인 비행기 100대: 100대가 동시에 접근했음에도 한순간에 모두 소멸되었다.

K-3, 미사일: 약 3km 거리에서 SCP-001을 향해 미사일을 발사했다. 미사일은 1km에 도달하자 곧바로 소멸되었으며, 동시에 미사일을 발사한 기지 역시 정체를 알 수 없는 힘에 의해 통째로 소멸되었다. 현재 SCP-001-2로 인한 소멸로 추정 중이다.

메모 001-R

이로써 SCP-001이 SCP-001-2의 힘을 조절하고 있다는 것이 확실해졌군요. 어쩌면 녀석은 거리에 상관없이 지구상 무엇이든 순식간에 소멸하는 것이 가능할지도 모릅니다. 이건 과대평가가 아니란 말입니다.

그나마 다행인 것은 적어도 녀석이 접근하지 않거나 적대적인 행동을 보이지 않는다면 얌전하게 문만 지키고 있다는 겁니다. 그만큼 저 문이 중요하다는 의미겠지요. 궁금하군요, 문 너머엔 도대체 뭐가 있을지.

실험기록 001-L

■■■ 박사는 D계급 인원을 문의 수호자에게 접근시키는 실험을 진행했다.

D계급은 박사의 명령에 불안해하면서도 SCP-001에게 접근했고, 그의 시야에 SCP-001이 들어올 때쯤 돌연 발걸음을 돌려 기지로 돌아왔다. 이후 그는 머릿속에서 정체를 알 수 없는 목소리가 '잊어라'라고 명령했다고 주장했으며, 목소리를 듣는 순간 자신도 모르게 발걸음을 돌리게 되었다고 설명했다.

하지만 정작 그는 SCP-001에 대해서는 전혀 기억하지 못했으며, 이는 SCP-001의 명령과 관련 있을 것으로 추정되는바 녀석이 일종의 정신 지배 능력을 가졌을 가능성을 시사한다.

실험기록 001-L2

001-L 실험에서 돌아온 D계급에게 다시 한번 SCP-001에게 접근할 것을 명령했다. 하지만 그는 이상하리만치 완강하게 거부했고, 불복종 사유로 '처리'되었다.

하지만 그 순간 해당 실험과 관련된 모든 인원이 소멸되었다.

보존기록 001-A

SCP-001은 접근한 대부분의 인간에게 '잊어라'라는 명령을 내리지만 종종 다른 경우도 존재한다. 특히 예외적으로 재단이 설립되기 전 SCP-001를 만난 재단의 설립자 머릿속에서 '준비하라'라는 명령을 들었다고 알려져 있으며, 이는 SCP재단의 전신인 [데이터 말소]를 설립하는 계기가 되었다고 한다.

메모 001-Q

아예 안 보이면 차라리 궁금하지라도 않을 테지만 눈앞에 수상한 것들이 잔뜩 널려 있음에도 제대로 된 관찰이나 연구가 불가하다는 것이 더욱 고역이군요.

사실 처음만 해도 녀석이 우리가 흔히 생각하는 '천사'가 아닐까 생각한 적도 있었습니다. 실제로 천사를 닮은 외형, 어딘가로 이어진 듯한 거대한 문, 거대한 나무와 정체불명의 열매까지... 녀석과 관련된 많은 단서가 그렇게 말해주고 있기도 하구요. 성경 속 '그 존재'와 너무 흡사한 점이 많거든요.

하지만 얼마전 기지를 통째로 소멸시키는 녀석의 모습을 보고 난 이후로는 완전히 생각이 바뀌었습니다. 자신의 명령을 거슬렀다고 해서 학살을 일삼는 천사라니요. 적어도 제가 생각한 천사 중에 그런 천사는 없습니다.

실험기록 001-W

SCP-001이 가진 살상력을 확인하기 위해 SCP를 투입했다. 여기에는 죽음으로부터 안전하면서도 현시점에서 통제가 가능한 개체가 선정되었다.

W-1, SCP-076: 기동특무부대 오메가-7에 소속된 SCP-076에게 정확한 임무는 밝히지 않은 채 걸어서 SCP-001에게 접근할 것을 지시했다. 하지만 SCP-076은 '안 해, 그냥 안 해'라며 임무 수행을 거부했다. SCP-076과의 관계 유지를 고려해 더 이상의 지시는 이루어지지 않았다.

W-2, SCP-073: SCP-076의 경우를 고려해 임무 내용은커녕 목적지도 알려주지 않은 채

SCP-073에게 SCP-001 쪽으로 걸어갈 것을 지시했다.

SCP-001을 본 SCP-073은 갑자기 극심한 고통을 호소하며 임무 포기 요청을 했지만, 박사들은 SCP-001에게 더 가까이 접근할 것을 지시했다. 그 순간 SCP-073의 이마에 있는 표식이 [데이터 말소]되었고 즉시 실험이 중단되었다.

: 이 시간 이후로, SCP-001을 이용한 실험은 금지되며, SCP를 접촉시키는 것 또한 마찬가지이다. 만약 그로 인해 SCP-001이 움직이는 상황이 발생한다면 해당 실험 지시자는 자신의 손으로 세계멸망을 초래했음을 기억해야 할 것이다.

> 메모 001-076-073
> SCP-076이야 워낙에 종잡을 수 없는 성격이니 그렇다 치더라도 SCP-073의 반응은 아무래도 이상합니다. 두 녀석이 SCP-001과 어떤 형태로든 연관이 있을 가능성이 있다고 판단됩니다.

특수 격리 절차

오랜 시간 한 장소에서 별다른 움직임을 보이지 않는 SCP-001의 특성상, 특별한 격리 절차는 필요 없다고 판단된다. 하지만 SCP-001이 조금이라도 움직임을 보이거나 예상치 못한 활동을 보였을 시 재단은 녀석을 막아낼 방법이 없기에 예외적으로 유클리드와 케테르 등급을 동시에 부여한다.

SCP-001로부터 10km 이상의 안전 거리에 위치한 제0기지에서 한시도 놓치지 않고 녀석을 감시해야 하며, 조금이라도 변화가 생긴다면 세계멸망 시나리오의 시작으로 간주해 관리자 및 감독관 등급 요원에게 즉시 알려 '긴급 명령 파트모스' 절차를 발동할 수 있도록 한다.

절차 발동 시 재단 인원들은 즉시 일련의 긴급 명령 파트모스 절차를 열람하고, 지정 관찰관의 감독하에 제0기지 현장에서 알고리즘 해독을 실시한다. 언제 발생할지 모르는 현 상황을 고려해 '긴급 명령 파트모스'의 핵심적인 역할을 맡고 있는 인원은 다음과 같은 예방 조치를 취할 것이 권고된다.

- 하나 이상의 조직적 아브라함 계통 종교와 우호적인 관계를 유지해야 한다.
- 다음 보급품의 보유량을 유지해야 한다. 성수, 묵주, 십자가상, 십자가, 또는 그 외 주교급 이상의 아브라함 계통 종교 성직자에게 축복받은 종교적 상징, 아브라함 계통 종교 경전의 사본, 휴대 가능한 표준 긴급 보급품(긴급 구호 가방).
- 전천년의 휴거 시나리오 발생시, 필수적인 역할을 하는 모든 인원에게는 아브라함 계통 종교를 믿지 않는 이차 인원이 지정된다. 이차 인원들은 자신이 지정된 필수 인원의 긴급 명령 파트모스 사본의 소재지와 밈적 살해인자 예방접종에 대해서 알고 있어야 하며, 필요한 경우 필수 인원의 임무를 대신 수행할 준비를 갖춰야 한다.
- 가능한 XK급 세계멸망 시나리오와 관련된 모든 SCP와 우호 관계를 유지해야 한다.

SCP-2600-EX

일련 번호 SCP-2600-EX **등급** 해명 (Explained) **통칭** 털이 난 송어 **결재**

머지않아 진짜 결과를 얻을 수 있을거야...

메모 2600-EX

기린, 코뿔소, 벌새, 오리너구리 등등... 현재는 너무나도 친숙한 동물 중 몇몇은 불과 몇 세기 전만 해도 괴물 혹은 전설 속 동물로 여겨지곤 했다. 그들이 평범한 동물이라는 사실을 밝혀내는 데 가장 앞장선 이들은 변칙적 존재를 그 누구보다 먼저 연구한 재단의 박사들이었다.

SCP-2600에 대한 연구 역시 마찬가지였다. 하지만 그 끝은 여느 연구와는 달랐다. 오롯이 과학으로 질문하고 답해야 할 과학자가 민속과 문화에 영향을 받아 최악의 최후를 맞이하였기 때문이다. 해당 문서는 그 누구도 다시는 같은 실수를 하지 않기를 바라며... 또한 같은 비극이 일어나지 않기를 바라며 보존한다.

사건기록 2600-EX-A

1919년 1월 15일, 재단에 아주 흥미로운 제보 하나가 도착했다. 북미의 한 마을에서 누가 봐도 이상한 송어 하나가 발견되었다는 것. 첨부된 사진은 보자마자 눈을 의심하지 않을 수 없었다. 그건 '털이 난 송어'였다. 송어의 털은 신체 표면의 90%를 뒤덮을 만큼 덥수룩하게 자라 있었다.

즉시 표본을 입수한 재단은 연구를 진행했지만 세포학적으로는 평범한 민물송어와 전혀 다를 게 없다는 것이 밝혀졌고 하필이면 죽은 상태로 발견된 터라 털의 용도도 알아낼 수 없었다.

녀석의 '털'에 대한 여러 의견 중 사실 '털 난 송어'는 해당 지역에서 전설 속 물고기로 여겨져 온 신비로운 생물이라는 것이라는 박사들의 주목을 받았다. 이 말은 즉 녀석은 꽤 오래전부터 존재해 온 생물이고 더 많은 개체가 존재할 수도 있으며 또 다른 변칙적 능력을 가진 존재일 가능성이 있다는 의미였다.

즉시 녀석은 SCP-2600으로 지정되었고 본격적인 연구가 시작되었다.
해당 연구에는 제임스 돕슨 박사가 자원해 선출되었다.

변칙성

SCP-2600은 특정 지역에 서식하는 변칙적인 송어 종으로, 신체 표면의 90%가 덥수룩한 흰 털로 뒤덮여있다. 아직까지 털의 정확한 목적은 밝혀지지 않았다.

현재까지 살아있는 표본은 발견된 적이 없으며 이를 확보하기 위한 프로젝트가 진행되고 있다.

특수 격리 절차

사망한 표본이 발견된다면 연구부서 2600으로 보낸다. 살아있음이 확인된 개체는 즉시 격리한다.

메모 2600-EX-W: 재단 내부 감사팀 소속 요원 ■■

*해당 메모는 재단 내 스파이 감시를 맡고 있는 감사팀 소속 ■■ 요원이 진행한 제임스 돕슨 박사의 감시 기록이다. SCP-2600에 대한 그의 지나친 관심이 요원의 감시망에 들어왔고 지속적인 관찰 및 감시가 이루어졌다.

SCP-2600의 연구에 제임스 돕슨 박사가 유독 관심을 보였다. 그에게 이유를 슬쩍 떠보자 사실 SCP-2600이 발견된 지역이 그의 고향이었으며, 어린 시절부터 털 난 송어를 직접 잡아 보는 게 꿈이었다고 말했다.

아마도 가장 뛰어난 연구원들과 최첨단 과학 기술까지 갖춘 지금이라면 자신의 꿈을 이룰 절호의 기회라고 생각한 것으로 보인다.

이에 재단 상부 역시 돕슨을 SCP-2600의 연구 이사관으로 임명했고 그는 직접 팀을 꾸리고 맞춤 연구 시설까지 지으며 본격적인 연구를 시작한다.

그의 팀은 연구 시작과 동시에 또 하나의 SCP-2600을 확보하며 기분 좋은 스타트를 끊었다. 지역 수로를 조사 중이던 연구원 1명이 우연히 죽은 지 얼마 안 된 SCP-2600 개체를 발견했던 것이다.

돕슨은 즉시 다방면으로 연구를 진행했고 며칠 뒤 드디어 고대하던 결과가 나온 것으로 보였지만 왜인지 그는 연구 결과를 공개하지 않았다. 추가 조사가 필요할 것으로 보인다.

메모 2600-EX-X(1-4): Dr. 제임스 돕슨

1919년 6월 21일

SCP-2600이 가진 털은 변칙성 따위가 아니었다. 그저 송어의 피부 표면이 해당 지역에 존재하는 수중 곰팡이에 감염되면서 섬유조직이 자라났고 그게 마치 털이 난 것처럼 보였던 것일 뿐...

전설의 동물? 하... 특별한 능력은커녕 그저 곰팡이에 감염된 불쌍한 송어 그 이상도 이하도 아니야... 말도 안 돼... 내 꿈은? 내 목표는...?

아니... 분명 뭔가 더 있을 거야. 그래. 이렇게 쉽게 밝혀질 리가 없지. 코앞으로 다가온 연례 보고만 잘 넘기면... 진짜 전설의 송어를 찾을 수 있을 거야. 빨리 해결책을 찾자.

1919년 11월 1일

다음 보고서 제출일이 하루하루 다가온다. 지난 보고서는 팀원에게 말해 연구 결과를 추측해서 써달라고 부탁해 겨우 넘어갔다. 그런데... 왜... 이렇게까지 하고 있는데 도대체 왜... 연구를 하면 할수록 아무것도 없는 거야...? 일단은 팀원들에게 믿을만한 결과가 나왔다고 말하고, 그걸 보고서에 추가해야겠다. 머지않아 진짜 결과를 얻을 수 있을 거야. 내 직감이 말해준다.

메모 2600-EX-W2: 재단 내부 감사팀 소속 요원 ■■

제임스 돕슨 박사가 마지막 발악 중이다. 그가 어딘가 수상쩍은 구석이 있다고 보고하자 즉시 재단 감사반이 나왔다. 대대적인 검토 작업 중에도 돕슨 박사는 SCP-2600이 변칙성을 옮길 가능성이 있다며 서식지로 추측되는 모든 곳을 폭파하기 시작했다. 팀원 중 1명에게 접근해보니 이미 팀원 전체가 등을 돌린 것 같다. 박사가 부쩍 이상해졌다고 말한다. 그렇다. 아무런 의미도 없는 시간 끌기인 것이다. 오히려 처벌만 증가할 테지... 이 양반 이거... 이제는 전화도 씹는구만.

공지 2600-EX-K: O5-9

제임스 돕슨 이사관은 공식적으로 해임되었습니다. 그는 연구를 이어가기 위해 자료를 조작하고 문서를 위조했습니다. 우리가 확보한 자료는 SCP-2600이 명확히 단순한 곰팡이에 감염된 송어라는 것을 보여줍니다. 대상은 '해명'으로 재지정될 것이며 SCP-2600 프로젝트에 참여했던 모든 인원은 조금 더 의미 있는 프로젝트에 '의미 있는 형태'로 재배치 통보를 받을 것입니다.

SCP-204

| 일련 번호 SCP-204 | 등급 케테르 | 통칭 보호자 | 결제 |

죄 없는 애들에게 두 번 상처를 줄 수는 없습니다.

발견기록 204-A

가장 먼저 SCP-204를 발견한 것은 A요원이었다. 그는 완전히 두 동강 나버린 자동차와 신체 일부분이 뜯겨나간 시체가 발견되었다는 제보를 받았다. 해당 사건은 도저히 사람이 저지른 범죄라고 생각할 수 없었다. 경찰을 통해 여러 장의 사진을 입수할 수 있었고 길지 않은 기간 동안 비슷한 형태의 사건이 여러 번 발생했다는 것을 확인한 요원은 즉시 현장에 조사에 나섰다.

해당 지역을 집중적으로 조사하기 시작한 끝에 그는 드디어 사건 현장을 실시간으로 포착하는 데 성공했다. 예상과는 달리, 현장에는 괴물이 아닌 꼬마 한 명이 서 있었다. 물론 꼬마가 SCP일 수도 있었기에 요원은 즉시 지원 요청을 남긴 후 총을 꺼내들고 제압을 시도했다. 그런데 녀석은 겁을 먹기는커녕 알 수 없는 능력으로 요원을 공격했고 요원은 순식간에 당하고 말았다.

이후 지원 병력이 왔음에도 엄청난 사상자가 발생한 총 3번의 전투 끝에 녀석을 겨우 확보할 수 있었다. 이후 연구를 통해 박사들은 놀라운 사실을 알아낼 수 있었다. 꼬마가 보인 정체불명의 능력은 꼬마가 아닌 또 다른 존재인 나노봇의 능력이었다.

변칙성

SCP-204는 나노봇인 SCP-204-1과 숙주 역할을 하는 SCP-204-2로 나뉜다. SCP-204-1은 평소 인간의 감각으로는 인식 불가능한 상태로 숙주 주변에 존재하지만 숙주가 위험에 노출되거나 직접 명령을 할 때면 순간적으로 물리적 형태를 갖춰 방어나 공격을 한다.

SCP-204-1의 형태는 매순간 조금씩 바뀐다. 관찰 결과 꼬마의 정신 상태나 상상에 따라 모습을 바꾸는 것으로 추정된다. 바뀐 모습은 공통적으로 힘이 강하거나 거대하다는 특징을 보였으며 실제로도 상당한 수준의 공격력과 방어력을 갖춘 뛰어난 전투력을 보여주었다. 물론 SCP-204-1도 약점이 있다. 특히 재래식 무기에 취약한 모습을 보였는데, 일정 이상 공격을 받으면 형태를 잃고 흩어진 상태로 되돌아간다. 이 경우, SCP-204-1는 로봇치고는 특이하게 살아있는 고기를 섭취함으로써 손상된 부분을 회복하는 것으로 확인되었다.

SCP-204-2는 SCP-204-1에게 명령을 하는 것 말고는 딱히 특별한 능력을 가지고 있지 않은 평범한 어린이인 것으로 밝혀졌다.

부록 204-Q

당연히 명령을 내리는 SCP-204-2가 SCP-204-1의 주인일 것이라 생각했지만 오히려 정반대의 관계일 가능성이 제기되었습니다. SCP-204-1은 2가지 경우 스스로 기존의 주인에게서 벗어나 새로운 주인을 찾아 나서는 모습을 보였는데 바로 SCP-204-2가 목숨을 잃거나 14살이 되는 경우입니다.

목숨을 잃은 경우야 그렇다 치더라도 하필 14살이 되면 떠나는 것은 분명히 의아한 부분입니다. 게다가 녀석이 주인으로 정한 대상은 모두 4살에서 14살 사이의 어린이고 학대를 당하거나 당할 뻔한 적이 있어 트라우마를 가지고 있었다는 것도 이상하구요.

물론 SCP-204-1이 불쌍한 아이들을 특별히 도와주기 위함일 수도 있겠지요. 하지만 SCP-204-1과의 만남 이후 상당히 소심하고 얌전했던 SCP-204-2가 시간이 갈수록 폭력적으로 변하는가 하면, 일부러 위험한 상황에 자신을 노출시키는 모습을 보이기도 했습니다. 게다가 SCP-204-2는 "왜 그러냐?"는 질문에 "나노봇이 해도 된다고 했다."라는 충격적인 대답까지 했습니다.

이에 저는 다음과 같은 가설을 제시합니다. 왜인지 SCP-204-1은 아무런 이유 없이 인간을 공격할 수 없고 이는 살아있는 고기를 섭취해야 하는 녀석에겐 상당한 제약일 것입니다. 즉, 사냥의 정당성을 얻기 위해 혼자 힘으로 위험에 대처하기 힘든 어린이만 골라 숙주로 삼은 다음 지속적으로 숙주의 정신과 심리에 간섭해 다양한 위험에 노출되게 만듦으로써 '보호'를 해주는 척 자신의 목적을 이루고 있는 것으로 보입니다.

: 박사의 가설을 확인하기 위해 다양한 연구가 진행 중이지만 어떤 방법으로도 SCP-204-1과의 직접적인 의사소통은 불가능한 터라 녀석의 진짜 목적이나 정체 그리고 기원에 대해서는 알아내지 못한 상황이다.

특수 격리 절차

현재 SCP-204-1과 SCP-204-2는 가로 세로 10m 크기의 강화 격리실에서 격리 중이다. 어지간한 구조물은 가뿐히 파괴가 가능한 SCP-204-1이다 보니 격리실 전체가 장갑판을 덧댄 강철과 고강도 콘크리트로 만들어져 있음에도 언제든 격리 실패가 발생할 수 있기에 즉시 출동할 수 있는 경비조가 항시 대기해야 한다.

녀석에게는 폭주 방지를 위해 시간에 맞춰 고기를 제공하는 중이다. 살아있는 고기를 선호하는 SCP-204-1의 특성상 동물 고기의 공급이 어려울 때는 먹이 제공을 위해 투입한 D계급 자체를 먹이로 제공하기도 하며 SCP-204-2에게는 평범한 식사를 따로 제공한다.

특히 SCP-204-2의 경우는 나이를 고려해 특별한 요구를 들어주기도 하는데 이때 누군든 반드시 지켜야 할 1가지 사항은 'SCP-204-2가 무슨 말을 하든 절대 반응하지 말 것'으로, 만에 하나 SCP-204-2의 도발에 반응해 위협을 가한다면 SCP-204-1이 폭주할 수 있기 때문이다.

때문에 SCP-204-2의 말에 반응을 하는 것도, 또 굳이 먼저 쓸데없는 말을 거는 것도 금지되며 정확히 요구만 들은 다음 O5에게 검토를 요청해야 한다. 이를 어길 경우에는 강등부터 제거 등의 강력한 처분이 내려질 수 있다.

격리 규약 204

SCP-204-1은 숙주를 옮길 당시 일정 시간 동안 숙주를 찾지 못한다면 갑자기 폭주해 주변을 무차별적으로 공격하는 것이 밝혀졌다. 이를 위해 재단은 세계 곳곳에서 조건에 맞는 아이들을 데려오고 있으며 만에 하나 공급에 차질이 생길 상황을 대비해 D계급을 동원해 숙주를 인위적으로 만드는 최후의 수단인 격리 규약 204 제12항까지 준비해둔 상황이다. 제12항을 위한 인원 선발은 SCP-231 특수 인력 선발 지침을 따른다.

만약 SCP-204-1의 폭주가 발생했다면 최우선적으로 EMP 발생기를 작동시켜 SCP-204-1을 무력화시킨 다음 녀석이 형상을 갖추기 전에 빠르게 SCP-204-2를 무력화시켜야 하며 초기 제압이 실패한다면 즉시 재래식 공격을 통해 격리한다.

> 메모 204-P
>
> 현재 SCP-204-1의 숙주로 사용된 아이들은 14살 이후 철저한 기억 소거를 거칩니다. 이후, 일상적인 생활이 가능한지에 대한 정신 감정을 거치고 가능하다면 교육을 통해 평범한 생활을 할 수 있게 사회로 돌려보내는 프로그램이 진행 중 입니다. 하지만 안타깝게도 현재까지 숙주를 거친 총 13명의 아이들 중 11명은 적대적이고 폭력적인 성향을 고치는 것이 불가능하다고 판단해 제거되었으며 단 2명만이 사회로 복귀해 평범한 일상을 보내고 있습니다. 어떤 작용이 아이들의 성향을 영구적으로 변화시키는 것인지에 대한 연구가 시급합니다. 죄 없는 아이들에게 두 번 상처를 줄 수는 없습니다.

SCP-642-KO

일련 번호 SCP-642-KO **등급** 유클리드 **통칭** 불가사리 **결제**

녀석은 누군가에 의해
만들어진 존재일 가능성도
있습니다.

회수기록 642-KO-A

20■■년 ■■월 ■■일, 재단은 비밀리에 알아낸 부서진 신의 교단 소굴을 급습을 시도했다. 다만 이미 장소는 난장판에 붕괴 직전의 상태였으며 교단의 신도들은 정체불명의 괴생명체와 전투를 벌이고 있었다. 녀석은 신도들의 저지에도 아랑곳하지 않고 눈앞의 기계들을 먹어치웠고, 기특대의 공격에도 전혀 피해를 입지 않았으며 오히려 대원들을 공격하고 무기를 먹으려 했다. 다행히 대원이 던진 수류탄에 의해 내부에 있던 용광로가 파괴되면서 뜨거운 쇳물이 괴생명체의 머리 위로 쏟아졌다. 대원들은 녀석의 신체가 반쯤 녹아내린 틈을 타 격리에 성공했다.

메모 642-KO-P: Dr. Kim

어...? 이거... 상당히 흥미롭군요. 모습부터 변칙적 특성까지... 제가 어릴 적 읽었던 동화에 나오는 괴물과 비슷한 구석이 많습니다. 이거 혹시 제가 연구를 맡아도 되겠습니까?

변칙성

SCP-642-KO는 15m의 키에 약 6톤의 몸무게를 가진 거대한 직립보행 생명체로, 곰과 물소, 그리고 호랑이와 코끼리가 조금씩 섞인 듯한 기괴한 모습을 가지고 있다.

녀석은 금속을 마치 음식처럼 섭취하는데, 이를 통해 손상된 신체를 회복할 수 있다. 이때, 반응성이 큰 금속을 섭취하면 회복 속도가 더 빨라지지만 예외적으로 철이 가장 빠른 회복 속도를 보이며, SCP-642-KO 역시 철을 섭취하기를 가장 선호한다. 또한, 알 수 없는 방법으로 주위에 있는 금속의 위치를 정확히 추적하는 것도 가능하다.

SCP-642-KO의 신체는 오로지 철의 녹는점에 해당하는 온도를 가해서만 피해를 입힐 수 있다. 열에 의해 떨어져 나간 신체 부위는 금세 기화되어 사라지는데, 머리를 제외한 신체 부위가 열에 의해 떨어져 나가도 녀석의 생명 활동은 유지된다. 단, 머리는 해당 온도로는 녹지 않는다. 녀석은 기본적으로 금속을 녹일 만큼의 높은 온도를 가진 물질을 기피한다.

아직까지 SCP-642-KO의 신체나 소화 원리에 대해서는 밝혀지지 않았다. 녀석은 금속 섭취 후 일종의 소화 과정인지 콧구멍에서 증기를 뿜어내곤 하지만 아무리 많은 금속을 섭취해도 배설 활동은 일절 하지 않았다. 확인 결과 SCP-642-KO에겐 배설기관 자체가 없는 것으로 확인되었다.

금속 섭취를 통한 신체 회복, 총이나 수류탄에도 멀쩡한 신체 등 SCP-642-KO 자체가 로봇일 가능성도 제시되었지만, 연구 결과 놀랍게도 SCP-642-KO는 금속이 아닌 탄수화물과 유사한 유기물로 구성된 틀림없는 생명체였다.

> 메모 642-KO-P
>
> 높은 온도의 열을 본능적으로 기피하는 녀석의 특성으로 미루어 보아, 더욱 높은 온도라면 녀석의 머리도 녹일 수 있을 것으로 추정됩니다.
>
> ㄴ> 해당 의견에는 동의합니다. 다만 우리의 목적인 파괴가 아닌 격리입니다. 아직까지 '불가사리'에 대해 알아볼 것이 더 많기도 하구요. - Dr. Kim -

특수 격리 절차

움직일 수 있는 한 계속해서 금속을 찾아 섭취하려 하는 데다 일반적인 공격이 통하지 않는 SCP-642-KO의 특성상 온전한 상태로 격리하는 것은 위험하다.

현재 642-KO는 기계류 SCP가 없는 제■■기지의 격리실에 격리되어 있다. 해당 격리실은 철근이 들어가지 않은 콘크리트로 제작되었다. 또한 SCP-642-KO는 팔과 다리를 제거한 상태로 강화 밧줄에 묶어 격리한다.

최소한의 생명 유지 및 지속적인 연구를 위해 신체 회복 속도가 50%를 넘지 않는 선에서 하루에 한 번 순도가 낮은 철을 먹이로 제공하고 있지만, 그 이외의 모든 금속은 접근이 금지된다. 3등급 이상의 연구원에게 허가받은 실험 이외에 격리실에 금속을 들고 들어가는 것은 금지되며, 어쩔 수 없이 많은 기계를 갖춰야 하는 연구실은 SCP-642-KO의 격리실에서 최대한 먼 장소에 배치해야 한다. 또한 해당 기지에는 기계나 금속류 SCP의 보관이나 반입이 철저히 금지된다.

SCP-642-KO의 담당 요원들은 일반 총이 아닌 열선 총을 소지해야 하며 격리에 실패할 경우 우선적으로 팔다리를 녹여 행동불능 상태로 만들어 제압해야 한다. 만에 하나 요원만으로 제압이 힘든 경우에는 격리실 내부에 용광로를 사용하도록 한다.

> 메모 642-KO-K: Dr. Kim
> 이쯤에서 고려해야 할 문제는 과연 SCP-642-KO를 누가 부서진 신의 교단의 소굴에 데려갔냐는 겁니다. 아무리 금속을 탐지하는 능력이 있다고는 하나 어느 날 갑자기 녀석이 스스로 해당 장소를 찾았을 확률보다는 누군가 의도를 가지고 데려다 놓았을 가능성이 높아 보이는 게 사실입니다. 즉, 녀석은 누군가에 의해 만들어진 존재일 가능성도 있습니다. 일단 부서진 신의 교단과 적대 관계에 있는 조직부터 검토하도록 하죠.

SCP-2362

| 일련 번호 SCP-2362 | 등급 케테르 | 통칭 행성 아님 | 결제 |

명왕성의 행성 지위 박탈 프로젝트를 진행한다.

메모 2362-X: 명왕성의 태양계 퇴출

오랜 시간 태양계 행성 탈락 유무를 두고 논쟁의 중심이 된 명왕성이 결국 태양계에서 퇴출되었습니다. 태양계 행성치고는 지나치게 작다는 것과 공전 궤도가 크게 찌그러져 있다는 점이 퇴출 근거였는데요. 이에 대해 '명왕성 지위 박탈'에 큰 영향을 끼친 마이클 브라운 교수를 명왕성 킬러라고 부르며 비난하는가 하면 시위까지도 벌어지는 등 사회적으로도 꽤나 이슈가 되고 있습니다.

발견기록 2362-L

태양계 행성에 대한 정기 연구를 진행하던 박사들이 명왕성 전체가 유기물로 구성되어 있다는 다소 충격적인 사실을 발견했다. 사실 명왕성이 다른 행성보다 메탄이나 암모니아 같은 유기물이 풍부해 생명체가 존재할 가능성에 대한 논쟁은 오래전부터 제기되어 왔지만 명왕성이 완전히 유기물로 구성되어 있다는 것은 단순히 생명체의 존재 유무를 넘어 명왕성이 생명체 그 자체일 가능성이 있다는 것이었기에 재단은 즉시 조사를 위한 우주선을 파견했다.

이후 재단의 탐사선인 오르페우스 호는 레이더를 통해 표면이 서서히 갈라지고 있는 명왕성을 발견했는데, 갈라진 균열에서는 액체 같은 것들이 쏟아져 나오고 있었고 균열 근처에는 뿌연 구름 같은 것들이 한가득 끼어 있었다.

이후 균열은 근처 위성들의 궤도에 영향을 끼칠 만큼 점점 더 크게 갈라졌고 첫 발견 이후 2주가량이 지난 시점, 놀랍게도 명왕성 안에서 정체불명의 무언가가 나타났다. 흡사 여러 개의 촉수처럼 보이는 것이 흐물흐물거리며 나오더니 이내 명왕성을 완전히 반으로 가르며 온전히 모습을 드러냈다.

변칙성

SCP-2362은 사건 2362-L 이후 명왕성에 부여된 일련 번호이다. SCP-2362-1은 명왕성을 깨고 나온 정체불명의 존재로 약 900km 길이의 종 모양을 닮은 푸른색 몸통에 13개의 다리를 가진 것이 해파리와 상당히 유사한 외형을 가지고 있다. 녀석은 다리를 오므렸다 폈다 하며 초속 30km라는 빠른 속도로 우주 공간을 이동할 수 있다. 현재까지 확인된 바에 따르면 녀석은 바너드별 방향으로 이동 중이며 머지않아 태양계를 완전히 벗어갈 것으로 보인다.

메모 2362-M

현재까지의 연구 결과에 따르면 명왕성은 행성 따위가 아니라 외계 생명체의 알이었던 것으로 보입니다. 네, 행성치고는 크기가 작았던 것도 이상한 궤도를 가지고 있었던 것도 녀석이 알이었기 때문이었군요. 하지만 더 충격적인 사실이 남아있습니다. 어떤 생명체의 '알'이라는 의미는 최소한 SCP-2362-1보다 더 거대한 성체가 있다는 의미입니다. 또 한 번 제 상식이 박살나는 현실을 마주하고 있군요. 뭐, 이 정도는 괜찮습니다. 다만 그러한 생명체에 의해 우리 지구가 박살나는 상황은 피해야 하기에 조속한 연구가 필요합니다.

또한 SCP-2362-1이 출현하면서 수십 년간 태양계의 일원이었던 명왕성이 완전히 파괴되어 버렸습니다. 이 상황을 수습할 아이디어를 모집 중이니 모두 아낌없이 지원해주시길 바랍니다.

특수 격리 절차

SCP-2362이 완전히 파괴되었다는 사실은 큰 혼란을 야기할 수 있으며 재단의 장막 정책에도 큰 위험을 가할 수 있기에, 재단은 사람들의 기억 속에서 명왕성을 서서히 잊혀지게 만드는 프로젝트 일명 'GOOD BYE-2362'을 시행 중이다.

먼저 기동특무부대 오미크론-12, 통칭 '행성살해자'는 현재의 명왕성에 대한 정보가 대중에게 퍼지지 않도록 관리 및 은폐를 진행한다. 명왕성을 자세히 관측할 수 있는 천문대와 인공위성 관리팀에 스파이를 침투시켜 명왕성 관측에 대한 방해 공작을 펼치는 것은 물론 명왕성 탐사를 위해 발사된 탐사선을 중간에서 가로채 조작된 자료를 얻게 만든다.

이에 더해 국제천문연맹에 요원들을 침투시켜 명왕성의 행성 지위 박탈 프로젝트를 진행한다.

개정 사항

2006년 8월 24일, 프로젝트는 성공적으로 완수되었다. 이후 명왕성은 각종 과학 교과서에서도 제외되었으며 뉴스나 과학 잡지에서도 언급이 줄어드는 등 꽤나 성공적인 결과를 보여주고 있다. 이는 대중들이 명왕성을 접할 기회를 없앰으로써 대중들이 명왕성을 잊어버리게 만들려는 재단의 계획이 성공했음을 입증한다.

다만 언제까지고 명왕성의 파괴 자체를 숨길 수는 없기에 SCP-2362-1이 탐지가 불가능할 정도로 멀어진다면 명왕성이 파괴되었다는 사실은 알리되 천체간 충돌이 원인이라는 거짓 정보를 유포하도록 한다.

만약 그 전에 명왕성의 파괴나 SCP-2362-1의 존재가 누군가로 인해 밝혀질 것을 대비해 명왕성은 거대 천체와의 충돌로 파괴된 것이며 SCP-2362-1은 공전 궤도를 벗어난 천체라는 거짓 정보에 대한 자료까지 완벽하게 준비해둔 상태이다.

이 같은 정보 은폐와 동시에 재단은 SCP-2362-1의 정체를 밝혀내기 위해 지속적으로 이동 경로를 분석하며 탐사선 에우리디케 호를 이용해 추적한다. 알에서 나오자마자 본능적으로 어딘가로 향한다는 것은 서식지로 향하고 있을 가능성이 크며 태양계 근처에 알을 낳은 것으로 미루어 보아 어쩌면 SCP-2362-1의 서식지가 근처에 있을지도 모른다는 가능성이 제기되었다.

> 메모 2362-V
>
> 얼마 전 SCP-2362 근처에 존재하던 몇몇 천체들이 SCP-2362와 유사한 유기물로 이루어져 있다는 사실이 밝혀졌습니다. 이 말인즉슨, 우리가 알고 있는 다수의 왜행성들이 어쩌면 다른 SCP-2362-1의 알 혹은 다른 생명체의 알일 가능성이 있다는 의미입니다. 최소한 지구 근처에 있는 행성에 대한 전면적인 조사가 필요할 것으로 보입니다.

SCP-3485

| 일련 번호 | SCP-3485 | 등급 | 케테르 | 통칭 | 오메가 메시아 | 결제 |

모두가 괜한 불안을 떨쳐내길 바랍니다.

메모 3485-M

'생명체는 얼마나 커다랄 수 있는가?' 저는 과거 생물학자 시절부터 이 궁금증에 해답을 찾기 위해 여러 과정을 거쳐왔습니다. 하지만 SCP재단에 입사하게 되면서 완전히 새로운 방향의 연구를 진행하게 되었죠. 변칙적 '능력'과 변칙적 '크기'의 상관관계가 얼마나 밀접한지는 아직까지 정확히 알 수 없으나 비정상적인 크기 자체가 '변칙성'으로 취급받는 녀석들을 보고 있노라면 수십 년간 제가 가지고 있던 상식이 박살나는 기분이었습니다.

최대 8000km의 몸길이를 가진 것으로 추정되는 SCP-169, 정확한 크기조차 가늠할 수 없는 미확인 바다 괴물인 SCP-1128, 자유자재로 덩치를 키우는 도마뱀 녀석까지... 대충 뽑아봐도 한둘이 아닙니다. 하지만 얼마 전 이 녀석이 발견되면서 저의 상식은 다시 한 번 완벽하게 박살 났습니다. 행성의 크기를 가진 생명체라뇨. 헛웃음이 납니다. 하지만 그래서 생각합니다. 재단에 오길 잘했구나 하고 말이죠.

변칙성

SCP-3485의 겉모습은 보통의 바닷가재와 크게 다를 바가 없다. 하지만 크기만큼은 비정상적이라는 표현이 부족할 정도인데, 현재까지 다양한 방법으로 관측한 SCP-3485의 크기는 약 1,570,000km로 길이 만으로 따지면 태양의 지름보다도 훨씬 길다.

현재 녀석은 지구에서 17광년 정도 떨어진 우주 공간에 있어 정확한 정체를 파악하는 것은 힘들지만 박사들은 SCP-3485를 알려지지 않은 외계 생명체인 것으로 추정하고 있다. 이는 비상식적인 크기 이외에도 몇 가지 변칙성을 가지고 있는 것으로 보이기 때문인데, 먼저 SCP-3485는 우주 공간의 항성들을 먹이로 삼는 다소 충격적인 식성을 가지고 있다. 녀석은 항성들을 직접 뜯어 먹는가 하면 항성의 핵융합에서 발생한 각종 찌꺼기를 게걸스럽게 먹어 치우는 것으로 보인다.

몇몇 박사들은 SCP-3485가 핵반응을 이용한 소화 체계를 가진 특수한 신체 구조를 가진 것으로 추정 중이며 이 덕분에 단 하나의 폐기물도 남기지 않고 섭취한 모든 것을 에너지로 전환해 거대한 덩치를 멀쩡하게 유지할 수 있는 이유라는 것이라 추측한다. 게다가 SCP-3485의 신체에는 혈액이 아닌 기체성 용액과 전기 에너지가 흐르고 있어 거대한 몸 전체에 효과적으로 체온과 에너지를 공급하는 것이 가능한 것이라 보고 있다.

물론 이 모든 추측들은 대략적인 관측을 기반으로 한 터라 사실여부를 확인하는 것도 힘든 데다 설사 사실이라고 해도 SCP-3485가 현재의 과학으로는 설명되지 않는 신체 구조를 가지고 있다는 사실에는 변함이 없다.

SCP-3485는 항성들을 뜯어먹는 과정에서 시도 때도 없이 크고 작은 항성을 포함해 외계 행성과도 자주 충돌하지만 놀랍게도 조금의 피해를 입지 않은 것은 물론 충돌 과정에서 발생하는 고열이나 방사능에도 면역인 것으로 보인다. 또한, 재단은 녀석이 항성과 항성

사이를 순식간에 옮겨 다니는 것을 관측했는데, 이는 SCP-3485에게 순간이동 능력이 있을 가능성을 시사한다.

특수 격리 절차

SCP-3485의 경우 워낙에 먼 우주 공간에 있고 기본적으로 관측이나 추적이 힘든 데다 알 수 없는 방법으로 순간이동까지 자유롭게 사용하다 보니 제대로 된 격리 자체가 불가하다. 현시점에서 재단이 태양보다 큰 SCP-3485를 효과적으로 격리할 방법은 없다. 상황이 이렇다 보니 현재는 SCP-3485와 관련된 정보 유출 방지에 전력을 쏟고 있다.

이를 위해 재단 요원들은 각국의 항공우주기관에 침투해 SCP-3485의 움직임을 포착함과 동시에 녀석과 관련된 모든 정보를 빼돌리고 관련 기억을 가진 사람들의 기억을 제거해야 한다. 또한 SCP-3485가 발견되는 즉시 누군가의 질 나쁜 장난이라는 소문을 퍼트려 사람들의 관심을 없앤다. 이는 처음 SCP-3485를 관측한 천문학자 ■■ 씨가 당시 태양보다 큰 바닷가재를 발견했다는 발표 때문에 온갖 비난과 조롱을 받았던 것에 아이디어를 얻어 만든 격리 절차로 다행히 현재까지는 효과적으로 진행되고 있다.

이와 같은 격리와 동시에 SCP-3485의 정체를 밝히기 위한 시도도 진행 중이지만 아직까지는 추측들만 무성한 상황으로, 몇몇 박사들은 녀석의 비정상적인 크기나 신체 구조를 근거로 외계 문명이 다른 행성들을 파괴하기 위해 만들어낸 인공물이 아닌가 추측하고 또 몇몇 박사들은 유독 게 성운에 오랜 시간 머무르는 것을 근거로 이곳에서 생겨난 우주 생명체라 추측하기도 한다.

사건기록 3485-P

저는 언젠가 SCP-3485가 태양에 관심을 보여 태양을 뜯어 먹거나 태양계 행성과 충돌하는 상황이 발생할 것을 오랜 시간 염려해 왔습니다. 하지만 얼마 전 SCP-3485에게 이상 반응이 포착되었습니다. 이걸 다행이라고 해야 할지… 더 큰 사고가 발생할 전조 현상으로 봐야 할지 의견이 분분합니다만 확실한 것은 활동적이던 SCP-3485가 한 우주 공간으로 순간이동을 한 이후 모든 행동을 멈췄다는 것입니다. 우리 연구진은 '녀석이 순간이동 할 에너지를 전부 소모한 것이다.', '실수로 특정 우주 공간에 갇혀 버린 것이다.', '임무를 마치고 스스로 행동을 멈춘 것이다.' 등의 다양한 가능성을 두고 연구를 진행 중이지만 아직까지 명확한 이유를 파악하지는 못했습니다.

단, 어떤 이유로든 SCP-3485가 이 상태를 3년 이상 유지한다면 등급이 무효화될 것으로 추정됩니다.

무효화 가능성에 대한 의견 3485-Q

사실 처음만 해도 모든 행동을 멈춰버린 SCP-3485에 대해 긍정적인 의견을 내놓는 박사들이 많았습니다. 재단의 힘으로는 태양보다도 거대한 덩치를 가진 존재를 제거할 방법은커녕 격리할 방법도 마땅치 않았기 때문입니다. 지금처럼 정보를 숨기는 것도 한계가 있다 보니 항상 정보가 유출될 위험성이 있는 데다, 아무리 지금은 멀리 있는 SCP-3485라고 할지라도 순간이동 능력으로 언제 지구 근처로 이동해 올지도 모르는 상황에서 이유가 뭐가 됐건 스스로 아무것도 없는 곳으로 가서 행동을 멈춰주는 건 오히려 환영할 일이었기 때문입니다.

게다가 마침 SCP-3485가 이동한 곳은 먹이조차 없는 곳이었습니다. 이 말은 SCP-3485가 굶고 있을 가능성이 높다는 의미입니다. 거대한 덩치를 유지하기 위해 엄청난 에너지가 필요할 것으로 예상되는 녀석의 특성상 3년 정도가 지나면 보유 중인 에너지가 고갈되어 굶어 죽을 것으로 박사들은 전망했습니다.

하지만 여기서 쟁점은 '녀석이 왜 멈췄는가'이며 저희는 3가지 정도의 가능성을 추릴 수 있었습니다.

Q-1. 탈피를 위한 것이다.: ■ 박사

기본적으로 바닷가재들은 자신의 상한 껍질을 벗어내는 과정인 탈피를 통해 계속해서 성장합니다. 일종의 장수 비결로도 알려져 있죠. SCP-3485를 평범한 바닷가재로 보기는 힘들겠지만, 녀석도 갑각류의 일종으로 보이는 것은 분명한 사실이기에 SCP-3485에게도 탈피가 필요할 것으로 보입니다.

실제로 과거 SCP-3485가 탈피한 흔적으로 보이는 잔해까지 관측된 적이 있기도 했구요. 녀석의 경우 워낙에 덩치가 크고 껍질이 두꺼울 것으로 예상되는 바 탈피에도 어마어마한 시간이 필요할 수 있고 탈피 직후에는 껍질이 연해져 항성과의 충돌에도 위험할 수 있기 때문에 스스로 아무것도 없는 안전한 장소를 택한 것으로 볼 수 있습니다.

그리고 만약 이게 사실이라면 녀석이 탈피를 마친 후에는 지금보다 더 크고 강해질 수 있겠지요. 물론 나이를 먹고 몸집이 커질수록 껍질이 단단해지고 무거워지는 탓에 탈피 과정에서 상당수 목숨을 잃는 바닷가재가 많은 만큼 SCP-3485 역시 탈피 과정에서 목숨을 잃었을 가능성도 충분히 있습니다.

Q-2. 우주공간에 갇힌 것이다.: ■■■ 박사

SCP-3485는 그저 자신의 의지와 상관없이 특정 우주공간에 갇힌 것일 가능성이 있습니다. 물론 순간이동 능력이 있는데 갇힌다는 것은 말이 안 된다고 생각할 수 있겠지만, 어쩌면 그 추측부터가 잘못된 것일 가능성이 제기되었습니다.

현재까지 SCP-3485가 이동한 경로를 분석하는 과정에서 한 가지 흥미로운 사실을 발견했습니다. 모두 일명 '부서진 입구'라 불리는 웜홀이 발생했던 흔적이 있었던 것이죠. 즉, 녀석은 순간이동 능력을 가진 것이 아니라 그저 웜홀을 찾아내고 활용할 수 있는 능력을 가지고 있으며 우주 곳곳의 웜홀을 이용해 우주 공간을 순식간에 이동하고 있었던 것일 가능성이 있는 것이죠.

하지만 이번의 경우 웜홀이 SCP-3485의 예상보다 빨리 닫혀 버렸고 또 다른 웜홀이 발생하기를 기다리고 있는 것일 수 있습니다. 물론 언제 어디서 생길지 모르는 웜홀의 특성상 SCP-3485가 영원히 빠져나오지 못할 가능성도 존재합니다...만! 이 가설이 사실이라면 어디로 연결될지 모르는 웜홀의 특성상 추후 언젠가는 태양계로 연결될 가능성도 충분하기에 대비가 필요하겠군요.

Q-3. 짝짓기를 실패하고 실연의 아픔에 빠졌다.: ■■■■ 박사

저도 처음엔 이러한 추측에 도달한 스스로가 황당하게 느껴질 정도였습니다. 하지만 수차례 연구를 거친 결과 충분히 가능성이 있다는 결론에 도달했습니다. 과거 재단은 관측을 통해 SCP-3485와 비슷한 크기의 개체를 발견하고는 SCP-3485-1로 지정한 적이 있었습니다. 처음만 해도 또 다른 개체가 나타난 것이라 여겼지만 다행히 얼마 후 SCP-3485가 탈피한 껍데기라는 것이 밝혀져 별다른 조치 없이 넘어갔죠. 하지만 정작 SCP-3485는 자신과 비슷한 모습과 덩치를 가진 자신의 껍데기를 같은 종족으로 생각한 것인지 직접 먹이도 가져다주는가 하면 우주 곳곳을 데리고 다니는 기이한 행동을 보였습니다.

물론 이는 단순한 반가움 때문만은 아니었던 것 같습니다. 조금의 시간이 지난 후 SCP-3485는 흑심을 드러내며 SCP-3485-1에게 짝짓기를 시도하는 것이 관측되었습니다. 하지만 껍데기일 뿐인 SCP-3485-1은 당연히 아무런 반응이 없었고 2번의 시도 모두 실패한 SCP-3485는 화가 났던 것인지 집게발을 이용해 SCP-3485-1을 공격했고 그렇게 SCP-3485-1의 몸에 커다란 구멍이 나고 나서야 녀석은 자신이 짝짓기를 시도했던 대상이 다름 아닌 자신의 껍데기라는 것을 알아차리고는 그대로 항성에 냅다 던져 버렸죠.

물론 녀석은 얼마 뒤 왜인지 다시 껍데기를 가지러 가는 모습을 보이긴 했지만 이미 항성에 모조리 불타버린 터라 빈손으로 돌아갈 수밖에 없었습니다. 그리고 이 사건이 있고 몇 년 이후 SCP-3485가 갑자기 모든 행동을 멈춰 버린 것이죠. 즉, 저는 이 두 사건이 관련 있다는 입장입니다.

네, '자신은 평생 짝짓기를 못 할 것이라는 현실 때문이든', '자신의 껍데기에 짝짓기를 하려던 스스로에게 극심한 현타를 느껴서이든' 녀석은 심리에 어떤 충격을 받았고 스스로 행동을 멈췄을 가능성이 있다고 봅니다.

메모 3485-L

SCP-3485에 대한 연구는 어떠한 방향이든 권장됩니다. 녀석이 우리의 제어에서 현저히 벗어난 생명체라는 데는 누구도 이견을 가지고 있지 않습니다. 그런 녀석이 돌연 행동을 멈췄고요. 하루빨리 원인을 밝혀내 모두가 괜한 불안을 떨쳐내길 바랍니다.

SCP-5131

| 일련 번호 SCP-5131 | 등급 케테르 | 통칭 D-13131 | 결제 |

D계급도 사람입니다.
도구가 아니라요.

변칙성

안내사항 5131-12

최근들어 'D계급 악몽'에 대한 괴소문이 퍼지고 있습니다. 짐작컨대 D계급에 대한 죄책감, 미안함, 측은함 등으로 인해 발생한 해프닝으로 생각되오니 동요하는 인원이 없기를 바랍니다. 또한, D계급을 대할 때는 철저하게 D계급으로 대하시길 바랍니다. 불필요한 감정이나 생각 없이요. 그들은 그냥 'D계급'입니다.

*연구 직후 해당 안내문은 즉시 수거되었다. 현재는 기록 보관용으로 남겨둠.

SCP-5131은 재단 요원들 사이에서 발생하는 수면 마비의 일종으로, 아무런 연관점이 없고 대화조차 나눠본 적이 없는 요원들이 비슷한 상황의 꿈을 꾸는 것이 알려지면서 재단의 이목을 끌었다.

SCP-5131을 경험한 인원들은 보통 다음과 같은 흐름의 꿈을 꾸게 된다.

- 한밤중에 가슴을 짓누르는 듯한 고통으로 깨어나지만 눈을 제외한 어느 신체 부위도 움직일 수 없다.
- 이내 방구석에서 D계급 유니폼을 입고 D-13131이라고 쓰인 명찰을 단 D계급이 구부정하게 앉아있는 것을 알아차린다. SCP-5131을 경험한 인원들은 공통적으로 얼굴의 기형적인 모습을 언급하지만 구체적인 특징은 파악되지 않았다.
- D계급은 미끄러지듯 당사자에게로 다가와 아주 가까이서 눈을 뚫어져라 쳐다본다. 이 때, D계급이 다가오는 속도는 당사자마다 다르다. 증언에 따르면 보통 처음엔 천천히 이동하지만 D계급을 보려고 하거나 생각하려고 할수록 이동 속도가 증가한다.
- D계급이 신체에 닿는 순간 분명 공격받지 않았음에도, 심지어 실제로 존재하지 않는 부상임에도 엄청난 고통을 경험하다 잠에서 깬다. 이때 워낙에 사실적인 고통 탓에 대부분 중증의 심리적 후유증을 겪게 된다.
- 현재까지 SCP-5131을 2번 이상 경험한 사람은 없다.

특수 격리 절차

초기 조사 과정에서 SCP-5131의 존재를 아는 사람들이 해당 현상을 경험할 가능성이 늘어난다는 것이 밝혀지면서 혼란 방지 및 피해 최소화를 위해 현재 SCP-5131에 대한 모든 정보는 요원들에게 알려지지 않은 상태이다. 심지어 SCP-5131은 연구조차도 박사들이 아닌 소피아.aic가 담당하고 있다.

소피아.aic는 표면상 재단 소속 정신 건강 보조원을 담당하고 있으며 정신 건강 정기 점검을 구실로 요원들과 면담을 진행해 SCP-5131와 관련된 데이터를 수집하며, 경우에 따라서는 이미 SCP-5131을 겪은 인원과 현상에 대해 논의할 권한을 가진다.

또한 미지의 인물이면서 동시에 유일한 단서인 D-13131을 Pol-7339(요주의 인물)로 지정하고 해당 번호를 사용한 것으로 확인된 129명의 인원에 대한 신원 조사를 진행 중이다.

메모 5131-D: Dr. Hada

솔직하게 말해보십쇼. 재단의 누군가 D계급에게 끔찍한 일을 저지른 것 아닙니까? 한 번 겪은 사람은 안 겪는다곤 하지만 지금도 전 매일 밤 악몽에 시달린다구요. 사람들이 가끔 잊는 거 같은데 말입니다... D계급도 사람입니다. 도구가 아니라요.

SCP-722

| 일련 번호 | SCP-722 | 등급 | 케테르 | 통칭 | 요르문간드 | 결제 |

판독 비인가 인원이 방하 내부로 접근한다면 사유 불문, 등급 불문 즉시 제거된다.

메모 722-A

종종 우리는 전설에서나 볼 수 있었던 존재들과 흡사한 SCP를 마주치는 경우가 있습니다. 이것이 단순히 과거와 현재의 과학 및 기술의 차이 때문에 동일한 존재를 다르게 인식하고 해석하는 것일 가능성도 있지요. 실제 여러 동물이나 식물에도 해당되는 이야기고요.

하지만 말입니다. 먼 과거에도, 그리고 현재에도 도무지 과학적인 해석이 불가능한 존재도 발견된다는 것이 문제입니다. 저는 어쩌면 전설 속에 등장하는 존재가 현실 어딘가에 모두 존재할 가능성도 있다고 생각합니다. SCP-722도 이러한 제 의견에 힘을 실어주고 있구요. 그래서 한편으론 무척이나 두렵기도 하지만 녀석들을 모두 과학적으로 풀어냈을 때의 희열도 기대하고 있습니다.

발견기록 722-M

한 다큐멘터리 제작팀이 지구 온난화에 대한 촬영 도중 우연히 의문의 생명체 하나를 발견한다. 그린란드 동쪽 부근, 빙하에 생겨난 큰 구멍을 발견한 촬영팀이 호기심에 들여다본 구멍 속에는 매끄럽게 뚫려있는 긴 터널이 연결되어 있었다. 그들은 직업 정신을 발휘해 탐사를 진행했고 기나긴 터널 끝에는 거대한 동굴 하나가 자리 잡고 있었다.

그리고 그곳에는 말도 안 되는 덩치를 자랑하는 뱀 한 마리가 똬리를 틀고 있었다. 다행히 거대한 뱀은 얼음 속에 갇혀 죽은 듯했다. 이에 촬영팀은 1시간가량의 탐사를 진행했다. 탐사를 마치고 마을로 돌아온 촬영팀은 마을 사람들에게 이와 관련된 질문을 하고 다녔고, 때마침 그곳에서 휴가를 보내던 재단 요원이 촬영팀이 확인한 게 SCP라는 것을 직감하고는 즉시 상부에 보고했다.

변칙성

SCP-722는 현재까지 발견된 적 없는 엄청난 크기의 뱀으로 덩치만 봐서는 뱀이라기보다는 흡사 전설 속 용에 가까워 보일 정도이다. SCP-722의 머리와 꼬리 부분에 고대 북유럽 언어로 추정되는 글씨가 적혀있긴 하지만 어떤 방법으로도 해석할 수 없었다. 때문에, SCP-722의 정확한 정체에 대한 단서는 찾을 수가 없다.

SCP-722는 촬영팀의 말대로 얼음에 갇혀있는 상태이긴 했으나 뇌파 활동 검사 결과 죽은 게 아니라 그저 잠을 자고 있었던 것으로 확인되었다. SCP-722는 잠들어 있는 상태에서도 피부와 호흡기관에서 강력한 맹독을 내뿜고 있었는데, 이 독이 어찌나 강력한지 얼음의 균열 사이로 새어 나온 옅은 독안개에 조금이라도 노출된 사람은 예외 없이 사망하고 말았다. 실제로 처음 SCP-722를 발견한 촬영팀도 탐사 이후 극심한 피부 괴사에 시달리다 결국 그날 저녁 전부 목숨을 잃었으며 SCP-722의 맹독을 분석하기 위한 연구팀들 역시 최첨단 방독 장비마저 뚫고 들어온 맹독에 목숨을 잃었다. 현재까지 해독제를 만들려는 시도는 모두 실패했다.

재단은 많은 수의 D계급을 투입해 겨우겨우 표본을 확보했지만 SCP-722에게서 멀어진 맹독은 급격히 독성을 잃는 이상한 특성을 가지고 있어 제대로 연구하는 것조차 불가능했다.

처음만 해도 재단은 SCP-722의 맹독이 무방비 상태의 스스로를 지키기 위한 방어 수단이라고 여겼다. 하지만 맹독을 무력화할 방법을 찾을 수가 없다는 점과 녀석의 거대한 덩치로 미루어 보아 맹독을 방어용이 아닌 공격용으로 사용했을 가능성이 제기되었다.

특수 격리 절차

현재 SCP-722는 맹독이라는 변칙성 탓에 제대로 된 연구는커녕 접근조차 어려운 상황이다. 하지만 그럼에도 SCP-722의 맹독을 무기화하려는 시도나 정체를 밝히기 위한 연구가 꽤나 활발하게 이루어졌다. 다만 이 과정에서 몇몇 요원의 실수로 인해 SCP-722의 뇌활동이 0.9% 증가한 것이 확인되었다. 이에 연구는 물론 동굴로 접근하는 것조차 금지되었다. 만약 녀석의 맹독이 공격용으로 사용한 것이 사실이라면 완벽하게 깨어난 SCP-722로 인해 세계멸망 시나리오가 유발될 가능성이 높았기 때문이다. 만약 비인가 인원이 빙하 내부로 접근한다면 사유 불문, 등급 불문 즉시 제거된다.

현재 SCP-722에게는 현 상태를 유지하기 위한 격리 절차가 적용 중이다. 다만 명확한 효과가 검증되지는 않았다. 확실하고 영구적인 격리 절차가 개발되기 전까지 임시방편으로 현 절차를 유지한다.

박사들은 SCP-722의 뇌파 활동과 심박수, 동굴의 내부 온도와 빙하의 균열 등을 원격으로 확인함으로써 SCP-722의 신체 변화를 체크한다. 또한 동시에 현재까지 확인된 여덟 군데의 빙하 균열에 공기차단기와 소리 차단기를 설치하고 4시간마다 질소 가스를 주입함으로써 SCP-722의 수면 상태와 냉동 상태를 유지한다.

단, 동굴 내부의 장비들이 고장 난 경우에 한해 교체 및 수리를 진행하기 위해 방한복과 야간 투시경 고글을 착용한 D계급들이 투입되는데, 이때 D계급의 돌발 행동을 막기 위해 소음기가 장착된 권총을 무장한 요원들도 함께 투입된다.

만약 10분 이상 요원들의 정기 보고가 없다면 SCP-722가 깨어났을 가능성을 고려해 투입된 모든 인원이 제거되었다고 간주하고 동굴 내부에서 생체 신호가 없어질 때까지 질소 가스를 투입해야 한다.

메모 722-0

SCP-722에 대해 여러 의견이 있다는 것은 잘 알고 있습니다. 빙빙 돌려 말하지 않겠습니다. 비정상적인 크기와 호흡 자체에 섞여 있는 것으로 추정되는 맹독 그리고 고대 북유럽의 언어로 보이는 글씨 등등을 근거로 녀석이 북유럽 신화에서 토르와 전투를 벌였다고 전해지는 요르문간드라고 추측하는 박사들도 있지요.

저도 어느 정도 합리적인 추측이라고 생각은 합니다만... 적어도 SCP재단 소속 박사라면 말이죠, SCP를 과학적으로 해명하는 것이 목표인 재단의 박사라면요, 현실적인 가능성부터 제시하는 게 맞지 않냐는 겁니다. 우리에게 잘 알려진 동물 중 코모도왕도마뱀이 있습니다. 녀석 역시 사냥용으로 입에 괴사제를 생성하죠. 우리에게는 SCP-722를 전설 속 동물로 취급하는 자세보다는 녀석을 코모도왕도마뱀의 조상뻘 되는 고대 생물로 취급하는 자세가 필요합니다.

SCP-323

일련 번호 SCP-323 | 등급 케테르 | 통칭 웬디고의 머리뼈 | 결제

너무 추워!
반드시 먹어야 해!!

메모 323-N: 캐나다 인디언 민담

캐나다 인디언의 오래된 민담에는 '웬디고'라는 이름을 가진 괴물이 있다. 무려 5m나 되는 거대한 덩치와 얼음와 서리 등을 다루는 능력을 가진 특별한 존재로, 눈보라가 치는 날 밖에 나간 사람들을 잡아먹거나 때때로 사람에게 빙의해 폭력적으로 변하게 만들어 마을에 피해를 입히는 등 악행을 저질렀다고 전해진다.

발견기록 323-X

재단이 SCP-323을 입수한 곳은 캐나다 서스캐처원주의 원주민 지역으로, 원주민들이 정

체불명의 괴물에게 마을 사람들을 제물로 바치고 있다는 괴소문을 확인한 박사들이 요원들을 파견시켰다. 조사 결과 놀랍게도 괴소문은 사실이었고 즉시 병력을 투입해 괴물을 제압한 재단은 관련된 주민들에게 기억소거제를 살포했다. 이후, 재단은 연쇄 살인범 이야기를 퍼트려 모든 상황을 은폐하는 데 성공했다.

하지만 재단으로 이송 중 문제의 괴물이 갑자기 아사 증상을 호소하며 쓰러져 버렸다. 그렇게 사건은 어이없이 종결되는 듯했다. 하지만 얼마 지나지 않아 이 모든 사건이 다름 아닌 정체불명의 머리뼈 때문에 발생했다는 사실을 알게 되었고 재단은 즉시 해당 머리뼈를 SCP-323로 지정했다.

변칙성

SCP-323로 분류된 머리뼈는 처음만 해도 거대한 뿔 한 쌍이 달린 외형으로 인해 커다란 수사슴의 것으로 추정되었다. SCP-323는 유독 곳곳에 패인 자국과 긁힌 자국이 많았으며 머리뼈 내부에는 누군가 도구를 사용해 일부러 만든 것으로 보이는 깊은 공간이 있었다. 즉, SCP-323은 원래부터 머리에 착용할 용도로 만들어졌을 가능성이 높은 것으로 추정된다. 그렇기에 SCP-323은 발견 초기에 SCP-323을 착용 중이던 괴생명체가 소유한 장식품 중 하나로 여겨졌다.

SCP-323는 분명 머리뼈일 뿐임에도 청각과 촉각 그리고 시각 자극에 반응하는 것이 포착된 것은 물론 약간의 운동성도 가지고 있다. 가령, 누군가 가까이서 움직이거나 SCP-323을 직접적으로 만지는 경우, 혹은 근처에서 말소리가 들리는 경우에 반응했으며, 특히 프랑스어와 영어가 들리는 방향으로 격렬한 반응을 보이는 것으로 미루어 보아 언어를 구별할 수 있는 지성을 가지고 있을 가능성도 높다. 다만 손발이 없다 보니 스스로 이동할 수는 없으며 대게 진동 형태로 자극에 반응하는 모습을 보인다.

또한 SCP-323은 약 반경 15m 이내에 사람에게 알 수 없는 방법으로 정신 착란을 일으킨다. 이에 노출된 대상은 갑자기 폭력성이 급증하며 참을 수 없는 식인 충동을 느끼기 시작한다. 만약 1시간 이상 SCP-323의 변칙성에 노출된다면 치료가 불가능할 수준으로 상태가 심각해지며 대부분의 경우 갑자기 SCP-323을 머리에 쓰려고 시도한다. 다만 대부분이 이 과정에서 머리에 맞지 않는 SCP-323을 억지로 쓰려고 시도하다 목숨을 잃는다.

하지만 SCP-323을 무사히 머리에 쓰는 데에 성공한다면 대상은 더 이상 인간이 아닌 SCP-323-1이라는 괴물로 변해버린다. SCP-323-1이 되어버린 개체는 10분이라는 짧은 시간 동안 급격한 신체 변화를 겪는다. 체중이 급속도로 줄고 머리가 빠지는가 하면 치아가 비정상적으로 성장하며 동상에 걸린 듯 손발이 검게 변한다. 이 과정이 끝나면 왜소해진 체격과 상반된 강력한 힘, 고통을 느끼지 않는 신체를 가지게 된다.

완전한 변화를 마친 SCP-323-1 개체는 계속해서 굶주림을 표출하며 모든 관심을 먹잇감이 될 인간에게만 쏟기 시작한다.

SCP-323-1: 배고프다. 너무... 배고프다. 난... 먹어야 한다. 너무... 항상... 배고프다. 너무 추워! 반드시 먹어야 해!! 온기를... 온기를 알고 싶어.

이내 SCP-323-1은 인간 사냥을 위해 날뛰기 시작하며 녀석들은 아무리 먹고 또 먹어도 굶주림을 채울 수 없는 것으로 추정된다. 만약 근처에 먹잇감이 없는 경우 결국 굶어 죽는다.

메모 323-Q

제가 어릴 적 가장 무서워하던 이야기가 있었습니다. 제가 눈 오는 날 밖에 나가려고 떼를 쓸 때면 할머니가 종종 들려주시곤 했는데 말입니다. 나이가 들면서 잊고 지냈는데 SCP-323-1로 변한 D계급을 보니 그 이름이 떠오르더군요. '웬디고'

특수 격리 절차

SCP-323은 현재 제91기지에 위치한 콘크리트 격리실에 보관되어 있다. 자극에 반응하는 SCP-323은 시각을 차단하기 위해 밖에서만 볼 수 있는 8.8cm 두께의 반투명 강판으로 만들어진 구속실 중앙에 구속된 상태이다.

SCP-323가 스스로는 격리 실패를 일으킬 만한 움직임이 불가능 하다고는 하나 지속적으로 주변의 사람들의 정신에 간섭하거나 종종 근처의 요원들을 공격하거나 격리 절차에서 벗어나려는 시도를 하기에 평소에는 그 누구도 SCP-323의 격리실에 접근하는 것이 금지된다.

모든 감시는 오로지 원격으로 진행하며, 격주마다 SCP-323을 구속하고 있는 철사의 손상을 확인할 때만 접근하는 것이 가능하다. 검사 과정에서 손상이 발견될 시 즉시 수리를 진행하며 이때 요원들이 SCP-323-1로 변하는 것을 막기 위해 45분 이내에 모든 수리를 마쳐야 한다. 수리 시에는 SCP-323의 격한 반응을 막기 위해 글을 사용해 대화하는 것이 권장되며 구두로 대화할 시 영어나 불어 이외의 언어를 사용해야 한다.

사건 323-G와 같은 사고가 재발하지 않도록 요원들이 SCP-323-1개체로 변할 가능성이 포착된다면 즉시 대기 중인 무장요원들에 의해 제거된다.

사건 323-G

실험 과정에서 SCP-323-1에 의해 격리 파기가 발생했다. 즉시 무장 요원이 투입되었지만 녀석은 10명 이상의 요원을 제거하며 날뛰었으며 결국 기지가 통째로 폐쇄되었다. 실험 시 보다 철저한 관리가 요구된다.

메모 323-C

SCP-323에 대한 정보를 얻을 목적으로 저희 연구진은 SCP-323이 발견된 지역의 원주민과 면담을 진행했습니다. SCP-323-1의 모습이 해당 지역의 민담에서 등장하는 '웬디고'와 흡사하다는 몇몇 의견들이 아무래도 마음에 계속 밟혔거든요. 그런데 말입니다. 그중 1명이 다소 충격적인 증언을 해주었습니다. 먼 과거 몇몇 원주민이 주축이 되어 그 '웬디고'를 제어하려 시도했다고 하더군요. 오로지 '식인'에 대한 욕구만 남은 그 끔찍한 괴물을 무기로 사용하려 한 걸까요? 물론 이것 역시 하나의 '민담'일 뿐이지만 SCP-323과 관련이 있을지 모르겠습니다. 주술과 믿음이라는 건 때때로 말도 안 되는 현상을 일으킨다는 사실은 여러 번 목격해왔으니까요. 자! 그럼 연구를 시작하죠.

SCP-2006

| 일련 번호 | SCP-2006 | 등급 | 케테르 | 통칭 | 너무 무시무시한 | 결제 |

변칙성

SCP-2006은 단순히 변칙성으로만 따지자면 거의 모든 SCP중에서도 가장 '위험할 수 있는' 존재이다.

평소 SCP-2006은 지름이 약 50cm정도 되는 구체의 모습을 하고 있지만 언제라도 자신을 세상 무엇으로든 바꿀 수 있다. 이때 능력의 범위는 단순히 겉모습만 변형시키는 데 한정되지 않는다. 변화 대상의 크기와 부피, 그리고 화학 구조 등 대상과 100% 완벽하게 똑같은 모습으로 변신하는 것은 물론이고, 목소리와 대상이 가진 능력까지도 완전히 똑같이 따라할 수 있다. 현재까지의 연구 결과, SCP-2006의 변신 능력의 한계는 밝혀지지 않았으며, 한계가 존재하지 않을 것으로 추정 중이다.

또한 SCP-2006은 모든 피해에서 손상을 입지 않는 것으로 밝혀졌다.

현재 SCP-2006은 자신의 변칙성을 확고한 목표를 위해 적극적으로 사용한다. 면담을 통해 확인된 SCP-2006의 목표는 '사람들을 무섭게 하는 것'으로, 이를 자신이 당연히 해야 할 일이라고 말하며 계속해서 사람들이 무서워하는 것을 찾는다. 실제로 녀석은 자신의 변칙성을 단순히 사람들을 놀래키는 데에만 활용하고 있으며, 보통 자신이 본 공포영화 혹은 공상 과학 영화에 나오는 무서운 캐릭터, 혹은 악당의 모습으로 변신한다. 현재는 주로 1953년 영화 로봇 몬스터에 등장하는 로-맨으로 변신을 한다.

관찰기록 2006-X

SCP-2006의 진짜 목적이나 숨겨진 의도가 무엇인지는 알 수 없다. 하지만 녀석은 대상을 놀라게 하거나 공포를 느끼게 만든 직후에는 항상 상냥하고 친근하게 대하는 등 적대성이나 직접적인 격리 파기의 위험성을 보이지 않는다.

또한 SCP-2006은 다소 낮은 판단력과 인지능력을 가지고 있어, 사람들이 진짜 무섭다고 느끼는 것이 무엇인지, 실제로 두려움을 느끼고 있는지에 대한 구분을 명확히 해내지 못하며 공포의 기준을 대부분 사람들의 반응으로만 판단한다. 따라서 이를 적극적으로 이용하는 격리절차를 시행한다.

SCP-2006: 나에게서 공포를 느껴라. 나는야 엄청나게 무시무시한 로-맨 님이시다! 공포에 몸부림쳐라아아아아아!

(루에프 박사가 비명을 지르며 비틀거리고 자신의 손을 들어 방어 자세를 취함.)

루에프 박사: 로-맨 님 제발! 절, 절, 해, 해치지 말아주세요!

SCP-2006: (웃으며) 하하! 나야 나, 박사! 꽤 잘 놀래켰어, 안 그래?

루에프 박사: SCP-2006? ㅇ-오 다행이야, 너 진짜 잘 놀래켰어. 하마터면 심장이 멈추는 줄 알았

다니깐.

SCP-2006: 그게 내가 하는 일이잖아, 박사! 하하... 웤!

특수 격리 절차

현재 SCP-2006은 제 118기지에 위치한 기밀 격리실에서 격리한다. SCP-2006에게는 매달 최소 1번 공포영화를 보여주는데, 이때 중요한 것은 실제로 무서운 영화가 아닌 아주아주 질이 낮은 공포 영화 혹은 공상 과학 영화를 보여주는 것이다. 이를 통해 사실 전혀 무섭지 않은 존재를 아주아주 무서운 존재라고 인식시켜야 한다.

또한 SCP-2006 격리 업무에 관련된 사람들은 모두 공포와 놀람을 자연스럽게 연기하는 법을 배우는 강좌에 등록, 연기를 배우고 연습을 한 뒤 녀석이 영화 캐릭터로 변신했을 때 연기를 통해 SCP-2006가 만족하도록 만들어야 한다. 다행히 현재까지는 요원들의 거짓 연기를 의심 없이 믿고 있다.

메모 2006-C: ■■■ 박사

녀석의 변칙성은 단순히 변신이 아니라 완벽하게 그 존재가 되는 것에 가깝습니다. 그래서 위험하다는 겁니다. 지금이야 어찌저찌 격리가 이루어지고 있지만 만약 녀석이 우리가 진짜 무서워하는 것이 무엇인지 알게 된다면요? 언제든 끔찍한 도마뱀으로 변할 수도 있으며, 제어 불가능한 변칙성을 가진 사슴은 물론, 접근조차 불가한 천사로 변할 수도 있다는 것입니다. 녀석의 능력에는 한계가 없으니까요.

아니, 단순하게 그냥 핵폭탄으로 변하기만 해도 우리는 녀석을 막아낼 수 없을 것입니다. 그렇기에 상대적으로 우리의 격리에 잘 따르는 SCP-2006이지만 케테르를 유지할 수밖에 없는 것입니다. 그리고 케테르 등급의 격리에는 보다 철저한 집중이 필요하다는 것쯤은 모두 알고 계시리라 생각합니다. 더 혼신의 힘을 담아 연기하세요. 부탁입니다.

P.S. 누군가 여러분들의 업무를 비웃는다면 즉시 보고하시길 바랍니다. 여러분은 조금 특별한 방법으로 세상을 구하고 있는 것임을 상기하시길 바랍니다.

*현재까지 ■■■ 박사에 의해 총 6명이 징계를 받았다.

SCP-106

| 일련 번호 SCP-106 | 등급 케테르 | 통칭 늙은이 | 결제 |

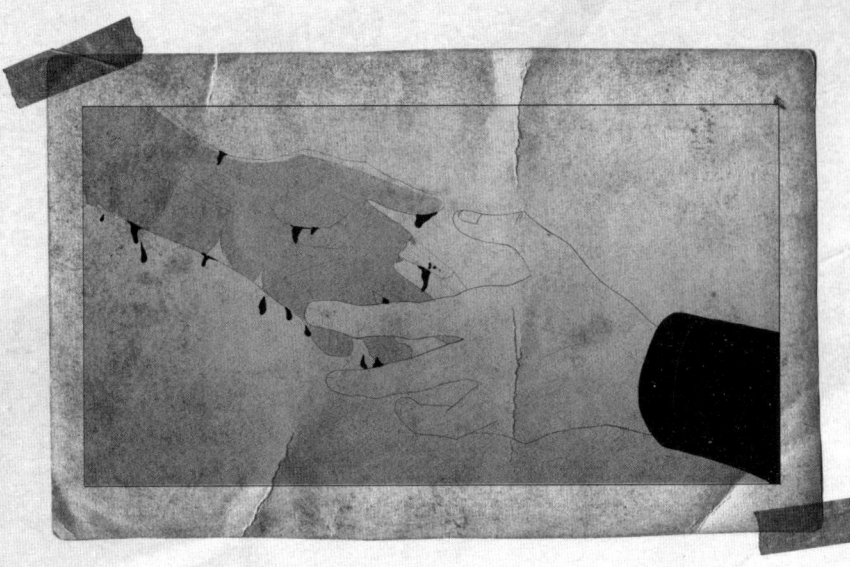

그저 피해자를 가지고 놀고
자신의 힘을 과시하려는
것일 뿐...

변칙성

SCP-106은 기괴한 신체를 가진 노인의 모습을 한 존재로, 몸 전체가 심하게 부패된 상태이며 그 주위를 정체불명의 검은 점액이 뒤덮고 있다. 녀석은 경우에 따라 여러 가지 생김새로 변할 수 있는 것으로 보이지만 어떠한 경우에도 부패의 특성은 유지된다.

SCP-106는 종종 '먹이 사냥'을 한다. 대상은 10~25살 사이의 젊은 인간으로, 사냥 시 녀석은 '부패'와 '주머니 차원'이라는 변칙성을 활용한다.

부패란, 말 그대로 모든 것을 부패시키는 능력으로 SCP-106에게 살짝이라도 닿는 모든 것은 녹슬거나 썩는 등 다양한 형태로 빠르게 부패가 진행되며 녀석을 뒤덮고 있는 검은 점액으로 변형된다. 이는 당연히 살아있는 생명체에게도 발현되며 대개 6시간 동안 타들어 가는 듯한 부식현상을 일으킨다. 녀석은 인간을 발견하는 손을 뻗어 근육이나 힘줄 등을 파괴해 대상의 움직임을 봉쇄한 다음 주머니 차원으로 데리고 간다.

주머니 차원이란, SCP-106가 만들어내는 정체불명의 공간으로 녀석은 고체로 만들어진 모든 곳에 주머니 차원을 열어 들어갈 수 있으며 해당 고체가 연결된 모든 장소, 가령 천장이나 바닥 등으로 다시 나올 수 있다. 이때 SCP-106은 모든 수직면에 거꾸로 매달리거나 오를 수 있으며 이 덕분에 그다지 민첩하지 않음에도 사냥감을 추적하는데 능하다.

메모 106-W

고체만 있다면 SCP-106이 자유롭게 들락날락 거린다는 의미에서 '주머니 차원'이라는 다소 귀여운 명칭이 붙게 되었습니다만 이 공간... 여러 가지로 끔찍합니다. 사실 우리는 아직 주머니 차원에 정체나 원리에 대해 명확히 밝혀내지 못하고 있습니다. 그저 SCP-106이 발생한 장소 혹은 아지트 정도라 추측할 뿐이죠. 녀석은 주머니 공간 내부의 모든 환경을 마음대로 조종할 수 있는 것으로 보이거든요.

하지만 우리는 운 좋게도 SCP-106가 주머니 차원으로 들어가는 순간을 포착해 그 안을 잠깐이나마 들여다볼 수 있었습니다. 그곳의 모습은 우리의 상상과는 다소 달랐지만 용도는 꽤나 명확해 보였습니다.

기다란 복도에 수많은 방이 연결된 구조... 흡사 '창고' 같았지요. 물론 이건 지극히 개인적인 생각입니다만 녀석은 사냥한 사람들을 모으고 있는 것으로 보입니다.

사실 녀석은 종종 이해할 수 없는 행동을 보여왔습니다. 종종 주머니 차원으로 끌고 간 대상을 가지고 놀거나 일부러 풀어준 뒤 다시 사냥하는가 하면, 죽음 직전의 인간을 보란 듯

> 이 놓아주곤 했죠. 마치 자신의 강함을 과시하면서 동시에 우리에게 경고하듯 말입니다.
>
> 실제로 녀석은 최고 3개월가량 아무런 움직임을 보이지 않는 '휴면' 상태를 가지기도 합니다. 어쩌면 녀석은 생명을 유지하는 데 있어 먹이가 급한 게 아닐지도 모르죠. 그저 피해자를 가지고 놀고 자신의 힘을 과시하려는 것일 뿐...

특수 격리 절차

SCP-106은 현재 특수 제작된 이중 격리 공간에 격리 중이다. 1차 격리 공간은 2차 격리 공간에서 최소 30m 이상 떨어진 상태로 떠 있어야 하며, 2차 격리 공간은 항시 조명을 밝혀 엄중한 감시를 진행한다. 만약 어떠한 상태 변화나 움직임이 확인된다면 즉시 기지 전체가 봉쇄된다.

평의회의 과반 투표로 허가된 실험을 제외한 어떠한 경우라도 SCP-106과의 물리적 접촉은 금지되며, 유지보수 등의 특수한 상황을 제외하고는 모든 재단 인원은 SCP-106의 격리시설에서 최소 20m 이상 떨어져 있어야 한다.

격리 실패 발생 시 SCP-106에 의해 사라진 대상은 즉시 사망으로 간주하며, 구출은 시도하지 않는다.

또한 재격리 과정에서 SCP-106의 움직임이 줄어드는 등 순간 유순한 상태를 보인다고 하더라도 절대 동요해선 안 된다. 이는 SCP-106이 종종 보이는 일종의 유인 수법으로 더욱 심각한 피해로 이어질 수 있다.

사건기록 106-D-1

SCP-106이 2차 격리 공간을 뚫고 탈출했다. 고체로 구성된 격리시설만 가지고는 녀석을 효과적으로 격리할 수 없음이 확인되었다. 격리 시설이 얼마나 두껍고 튼튼하게 만들어졌는 가는 중요하지 않다.

다만 연구를 통해 SCP-106이 납을 통과할 때만큼은 약간의 저항을 느끼는 것으로 확인되었으며, 하나의 두꺼운 벽 보다는 여러 개의 얇은 층을 겹쳐 만든 구조가 주머니 차원에 들어갔다 나오는 것을 반복하게 만들어 탈출 지연에 효과적인 것으로 밝혀졌다. 또한 유체를 마주한 SCP-106은 일시적인 혼란을 보였다.

개정된 특수 격리 절차

SCP-106은 현재 특수 제작된 이중 격리 공간에 격리 중이다. <u>1차 격리 공간은 납을 덧댄 16장의 강철판으로 만들어져 있으며, 지지대를 제외한 각각의 강철판은 최소 18cm 이상 떨어져 있어야 한다. 1차 격리 공간은 전자기장 시스템을 이용해 유체로 구성된 2차 격리 공간 안에 떠 있어야 하며, 2차 격리 공간의 매질은 48시간 마다 교체해야 하고 항시 조명을 밝혀 엄중한 감시를 진행한다.</u> 만약 어떠한 상태 변화나 움직임이 확인된다면 즉시 기지 전체가 봉쇄된다.

평의회의 과반 투표로 허가된 실험을 제외한 어떠한 경우라도 SCP-106과의 물리적 접촉은 금지되며, 유지보수 등의 특수한 상황을 제외하고는 모든 재단 인원은 SCP-106의 격리시설에서 최소 30m 이상 떨어져 있어야 한다.

격리 실패 발생 시 SCP-106에 의해 사라진 대상은 즉시 사망으로 간주하며, 구출은 시도되지 않는다. 또한 재격리 과정에서 SCP-106의 움직임이 줄어드는 등 순간 유순한 상태를 보인다고 하더라도 절대 동요해선 안 된다. 이는 SCP-106이 종종 보이는 일종의 유인 수법으로 더욱 심각한 피해로 이어질 수 있다.

사건기록 106-D-2

SCP-106의 격리 실패가 발생했다. 현재의 격리 공간은 녀석의 탈출을 지연시킬 수는 있었지만 결국 막아내지 못했다.

이후 지속적인 연구 및 관찰이 이루어졌고, 덕분에 추가적으로 SCP-106의 약점을 발견할 수 있었다. SCP-106은 매우 복잡하고 무작위적인 구조물을 마주할 때 유체와 마찬가지로 혼란을 보이며 탈출이 지연되었으며, 강력한 빛을 회피하는 모습을 보였다.

2차 개정된 특수 격리 절차

SCP-106은 현재 특수 제작된 이중 격리 공간에 격리 중이다. 1차 격리 공간은 납을 덧댄 강철판으로 만들진 40겹의 방호벽으로 구성되어 있으며, 각 층은 최소 36cm 이상 떨어져 있어야 한다. 1차 격리 공간은 전자기장 시스템을 이용해 최소 60cm 이상 떨어진 상태로 2차 격리 공간 안에 떠 있어야 한다.

2차 격리 공간은 서로 다른 종류의 유체를 채운 16개의 구형 감옥으로 이루어져 있으며, 구조물 전체에 80,000루멘 이상의 강력한 빛을 발산하는 조명 시설이 설치되어 있다. SCP-106의 모든 격리 시설은 무작위적으로 구성되며, 24시간 감시를 진행해 어떠한 상태 변화나 움직임이 확인된다면 즉시 기지 전체가 봉쇄된다.

평의회의 과반 투표로 허가된 실험을 제외한 어떠한 경우라도 SCP-106과의 물리적 접촉은 금지되며, 실험은 최고 수준 보안기지에서 모든 직원을 대피시킨 후 진행된다. 유지보수 등의 특수한 상황을 제외하고는 모든 재단 인원은 SCP-106의 격리시설에서 최소 60m 이상 떨어져 있어야 한다.

격리 실패 발생 시 SCP-106에 의해 사라진 대상은 즉시 사망으로 간주하며, 구출은 시도하지 않는다. 대신 빠른 재격리를 위해 새로운 격리시설과 10~25세의 '미끼'를 준비한다. 미끼는 도망이 힘들도록 일부러 대퇴골이나 아킬레스건에 부상을 입힌 뒤 준비된 격리실에 넣고 대상이 내는 소리를 기지 전체에 방송한다. 대게 SCP-106은 15분 이내로 미끼를 찾아 격리실에 제 발로 들어온다. 만약 SCP-106이 반응하지 않는다면 20분마다 더 큰 부상을 입히며, 사태가 심각할 경우 다수의 미끼를 사용한다.

재격리 과정에서 SCP-106의 움직임이 줄어드는 등 순간 유순한 상태를 보인다고 하더라도 절대 동요해선 안 된다. 이는 SCP-106이 종종 보이는 일종의 유인 수법으로 더욱 심각한 피해로 이어질 수 있다.

3차 개정된 특수 격리 절차

메모 106-X

이렇게까지 격리가 어려웠던 경우는 정말 오랜만이군요. 벽을 자유자재로 통과할 수 있는 SCP-106의 특성상 수많은 격리 파기 사건이 발생했고, 이 과정에서 많은 동료가 목숨을 잃은 것은 물론 재단 시설이 복구 불가할 정도로 파괴되었습니다.

물론 지속적인 연구를 통해 파악한 SCP-106의 약점을 파고들어 여러 차례 격리 절차를 개정한 결과 어느 정도 나아졌다고는 하나 탈출 확률을 43%까지 줄이는 것이 고작이었죠. 솔직히 녀석은 언제든 탈출할 수 있을 겁니다. 차라리 도마뱀 녀석이 더 나은 수준이죠. 적어도 그 녀석은 물리적 공격으로 힘을 빼놓기라도 할 수 있거든요.

하지만 그럼에도 불구하고 우리는 더 나아질 여지가 있다고 생각합니다. 실제로 절반 이상까지 확률을 줄이기도 했구요. 앞으로도 SCP-106의 격리 절차 개정은 계속될 겁니다. 3개월마다 혹은 격리 파기가 발생한다면 그 즉시라도요. 그리고 지금까지 그래왔듯 우리는 어떻게든 방법을 찾아낼 것입니다. 어떻게든요.

SCP-4666

일련 번호 SCP-4666 | 등급 케테르 | 통칭 율맨 | 결제

하루라도 빨리
이 자식을 격리할 방법을
찾아야 합니다.

메모 4666-D

재단은 꽤 오래전부터 '변칙징후인지강령'이라는 시스템을 운영 중입니다. 세상에 존재하는 수많은 정보를 분석해, 보다 빠르고 정확하게 SCP의 존재를 찾아낼 수 있는 시스템이죠. 실제로 오랜 시간 존재 자체가 알려지지 않았던 SCP-4666을 찾아낼 수 있었던 것도 이 덕분이었습니다.

'변칙징후인지강령'은 매년 비슷한 날, 비슷한 시간, 비슷한 지역에서 발생한 사건을 포착했습니다.

사건 1: 1498년, 크로아티아의 촌락
일가족 전원이 끔찍하게 몰살됨, 그 과정에서 엄청난 고통을 받았을 것으로 추정, 아이 1명 유괴된 것으로 추정.

사건 2: 1689년, 루퍼츠랜드의 어느 촌락
부모는 끔찍한 고문 끝에 사망함, 아이 1명은 유괴되었으나 1명이 도주에 성공해 구조됨, 아이는 벌거벗은 남자가 집에 쳐들어와 공격했다고 증언.

사건 3: 1913년, 독일 아이히슈테트 읍
일가족 몰살, 부모와 아이 5명이 살해됨, 당시 사체는 끔찍하게 훼손되어 있었음, 인간의 맨발처럼 보이는 발자국이 목격됨.

사건 4: 1956년, 소련 플료스 읍
일가족 몰살 사건, 사쳇체에는 끔찍하게 불탄 자국과 함께 수백 개의 깨문 자국이 발견됨, 막내아이는 유괴된 것으로 추정.

사건 5: 1971년, 노르웨이 스쿠데네세븐 읍
유괴된 둘째 아이를 제외한 모든 가족 몰살, 지하실에서 발견된 사체들의 팔다리 중 하나가 억지로 뜯겨져 있었음, 사체들의 내장은 적출당해 [데이터 말소]

사실 워낙에 오래된 사건이기도 했고 발생한 간격이 길다 보니 재단 역시 전혀 신경쓰지 않은 사건들이었죠. 하지만 이렇게 모아놓고 보니 확실히 이 사건들은 명확한 공통점을 가지고 있더군요. 보시다시피 범죄 대상이나 방식까지도 상당히 유사한 점이 많았죠.

저는 즉시 전 세계의 민간 문서보관소와 법집행기관 문서보관소에 자료를 요청했습니다. 분명 디지털화되지 않은 사건들이 더 있으리라는 확신이 있었거든요. 아니나 다를까 유사성을 띄는 사건이 거의 매년 발생하고 있더군요. 그것도 무려 18세기 말부터 꾸준하게도요. 사실 자료가 끊긴 것까지 하면 기원전 1세기와 2세기쯤에도 관련 있어 보이는 사건들이 있었습니다.

이건 절대 우연이 아닙니다. 특히 수차례의 사건이 비정상적으로 오래 유지되었다는 점과 매번 다수에게 일방적인 피해가 발생했다는 점만 봐도 SCP가 관련된 사건이라 확신할 수 있습니다. 늦었지만 이제라도 우리가 파헤쳐야 합니다.

: 이후 박사의 의견에 따라 조사팀이 꾸려졌다. 조사팀은 최근 발생한 사건 현장에서 특이한 특성을 가진 동일 지문을 여럿 발견할 수 있었고, 대조 결과 1873년에 발견된 지문과 일치했다. 또한 범인의 것으로 추정되는 흰색 털 여러 가닥을 발견할 수 있었는데, 인간은 물론 현존하는 어떤 생물의 DNA와도 일치하지 않았다.

해당 개체는 SCP-4666으로 지정되었다.

변칙성

현재까지 목격자에 의해 공통적으로 묘사된 SCP-4666의 모습은 2m가 넘는 키에 상당히 수척한 외모를 가진 늙은 유럽계 남성이다. 녀석은 1년 중에서도 12월 21일 혹은 22일부터 1월 1일이나 2일까지 단 12일 동안만 출몰하는데, 특히 밤에만 나타나 일명 '백야 사태'라 불리는 충격적인 사건을 일으킨다.

백야 사태는 SCP-4666이 북반구에 위치한 가정집 중 눈으로 뒤덮인 시골이면서, 동시에 8세 이하의 자녀를 가진 집에 출몰하며 시작된다. 현재까지 이 세 가지 조건에 벗어난 집에 나타난 경우는 없었다.

출몰한 날부터 7일째 되는 밤까지 SCP-4666은 그저 멀찍이 떨어진 장소에서 목표로 삼은

집을 지켜본다. 대부분의 경우 아이가 필연적으로 가장 먼저 SCP-4666을 목격하게 된다. 몇몇 경우 창 너머로 가족이 자는 것을 지켜보는 SCP-4666의 모습이 목격되기도 한다.

출몰 8일째부터 11일째 되는 밤까지 가족은 지붕이나 다락에서 의문의 발소리를 듣기 시작한다. 또한 평소에는 없었던 극도의 악취를 집 안 곳곳에서 맡게 된다. 하지만 아무리 집안을 샅샅이 뒤져도 발소리나 악취의 원인은 찾지 못한다.

대부분의 경우 12일째 되는 밤에 사망 및 유괴가 발생한다. SCP-4666은 가족이 자고 있을 때 치명적인 상처를 입힌 다음, 방 하나에서 몰아넣어 죽이는 방식을 선호하며 모든 경우 끔찍한 고문이 동반된다. 현재 녀석이 가하는 고문에 특별한 목적이나 의도가 있을 가능성을 두고 연구가 진행 중이다. SCP-4666은 아이 1명을 반드시 유괴해 사라진다.

전체 백야 사태 중 약 15% 정도는 사망 및 유괴가 발생하지 않는다는 사실이 확인되었다. 대신 아이의 침대 근처에서 의문의 선물 박스 하나가 발견되는데, 박스 내부에는 아동의 시체로 조잡하게 만들어진 장난감이 발견된다. 이는 SCP-4666이 만들어 낸 것으로 추정된다. 장난감은 현재 SCP-4666-A로 지정되었다.

메모 4666-H

이 자식... 무슨 산타 흉내라도 내고 싶은 거랍니까? 물론 사망이나 유괴가 발생하지 않았다는 것만으로도 다행인 것은 맞지만, 뜬금없이 그따위 선물이라뇨. 녀석의 행동은 하나부터 열까지 이해가 되지 않습니다. 만약 백야 사태의 최종적인 목적이 선물로 만들 아이를 유괴하는 것이었다면 나머지 가족을 끔찍하게 죽일 이유가 뭐가 있단 말입니까?

그리고 녀석의 선택이 선물과 살인으로 달라지는 기준도 전혀 일관성이 없습니다. 제 마음대로일 가능성이 높다는 것이죠. 역겨운 놈.

종종 SCP-4666은 물리적으로 불가능한 간격으로 완전히 다른 지역에서 목격되곤 한다. 녀석에게 순간이동 혹은 초고속 이동이 가능할 것으로 추정된다. 이러한 특성 탓에 아직까지도 SCP-4666의 정확한 출몰 예상지는 파악할 수 없으며, 격리도 불가능하다.

특수 격리 절차

현재까지 SCP-4666으로 인한 사고를 예방하려는 시도는 모두 실패했다. 그럼에도 재단은 SCP-4666의 은신처를 알아내고 격리에 성공하기 위해 꾸준히 노력을 진행 중이다.

재단은 전 세계 인터넷망을 통해 SCP-4666의 활동을 포착하고 있으며, 특히 스토킹이나 자녀를 둔 가족과 관련된 경찰 접수 신고에 집중한다. 만약 백야 사태가 진행 중이라 판단된다면 그 즉시 가장 빠르게 출동할 수 있는 격리특무부대가 출동한다.

동시에 대중들이 SCP-4666의 존재를 아는 것을 막기 위해 녀석과 관련된 모든 사건은 언론 보도 전 다른 범죄로 조작하거나 은폐한다. 다른 수사 기관에서 입수한 SCP-4666과 관련된 증거가 있다면 모두 몰수하고 목격자의 기억 역시 소거한다.

사건 기록 4666-X

2018년 12월 2일, 알래스카주 후나시에서 백야사태가 발생했다. 당시 현장에서는 여러 개의 SCP-4666-A를 발견했는데, 그중 우연히도 살아있는 개체를 확보할 수 있었다.

해당 개체는 등신대 인형의 모습을 하고 있었는데, 바싹 마른 여자아이의 신체에 더럽고 탈색된 천조각으로 만들어진 드레스가 입혀져 있었다. 머리 가죽은 다른 아이의 것이 억지로 꿰메어져 있었으며, 입은 힘줄로 만든 끈으로 꿰맨 다음 혈액을 이용해 붉게 칠해져 있었다. 눈에는 안구 대신 눈동자를 칠해 놓은 조약돌이 끼워져 있었다.

즉시 치료가 진행되었고 재단 요원이 병원으로 파견되었다. 결국 그녀는 18시간 후 사망했지만 사망 직전 30분간의 면담을 통해 SCP-4666에 대한 몇 가지 정보를 얻을 수 있었다. 최종적인 사망 원인은 영양실조로 인한 다발성 장기부전이었다.

메모 4666-X

저는 사실 SCP재단이 말하는 "지구와 인류의 멸망을 막는다." 같은 거창한 일에는 큰 관심이 없습니다. 오히려 저는 SCP-4666 같은 변칙적 특성으로 인해 세상의 도움을 받을 수 없는... 아니, 세상에 알려지지조차 않은 피해자를 구원하기 위해서 재단이 필요하다는 입장입니다.

그 아이는 죽기 직전까지 두려워하고 있었어요. 행여나 SCP-4666에게 돌아가게 될까 싶어서요. 그런 아이에게 백야 사태 당시의 상황을 묻는 건 최악이었지만 어쩔 수 없었죠. 다음 희생자를 막기 위해서라도 우린 더 많은 것을 알아야 했으니까요.

아이는 모든 걸 똑똑히 기억하고 있더군요. SCP-4666이 가족을 죽인 방법, 큰 가방에 넣어져 다른 아이들과 함께 잡혀간 상황, 밤이 새도록 들어야 했던 비명까지도요. 녀석은 아이들을 땅속 깊은 곳에 있는 자신의 은신처로 데려간 뒤 아주 끔찍한 일을 시키고 있었습니다. 우리가 잘못 짚었어요. SCP-4666-A는 SCP-4666이 만든 것이 아니라 아이들이 만든 것이었습니다. 녀석은 열악한 환경과 각종 학대로 아이들을 정신을 완벽하게 장악했고 서로를 장난감으로 만들 수밖에 없게 했습니다.

다른 또래 아이들은 새해를 맞이하며 행복한 시간을 보내고 있는 동안 그 아이들은 최악의 시간을 보내고 있었던 것이죠. 수백 년간 재단조차 몰랐으니 얼마나 많은 아이들이 고통을 겪었을지 감히 예상조차 되지 않는군요. 하루라도 빨리 그 자식을 격리할 방법을 찾아야 합니다. 그게 바로 재단이 할 일이니까요.

SCP-096

| 일련 번호 SCP-096 | 등급 유클리드 | 통칭 부끄럼쟁이 | 결제 |

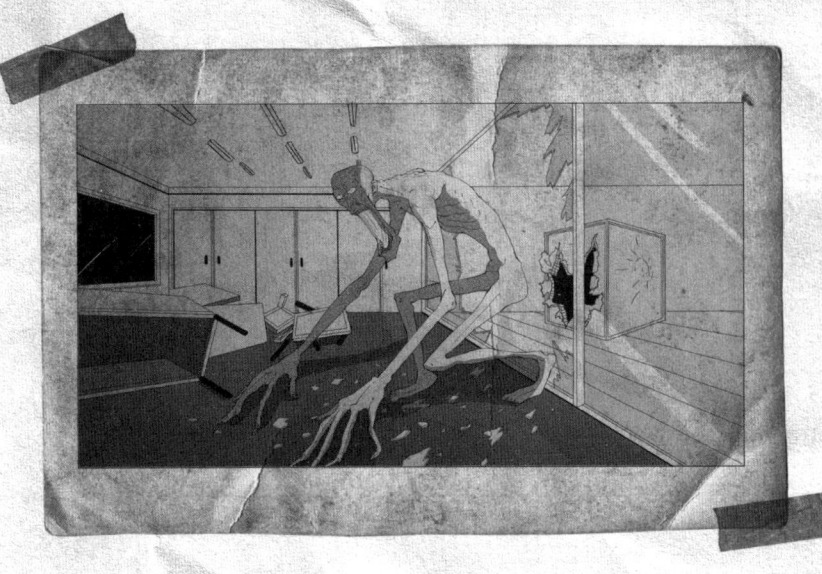

'누군가 자신의 얼굴을 보는 것'

SCP-096은 약 2.4m의 키를 가진 인간형 생명체로, 다소 기괴한 생김새를 가지고 있다. 기본적으로 키도 크지만, 특히 팔이 엄청나게 긴데 팔의 길이만 무려 키의 절반을 넘어서는 1.5m이다. 다만 큰 키에 비해 근육량이나 지방은 평균보다도 한참 못 미치며 피부에는 색소가 거의 없고 털도 없다. 또한 녀석은 마음만 먹으면 보통 사람의 4배보다도 더 크게 입을 벌릴 수 있다.

하지만 기괴한 외모와는 달리 SCP-096은 평소에는 상당히 온순하며 대부분의 시간을 격리실 구석에서 쭈그린 상태로 보낸다. 하지만 SCP-096에게는 순식간에 끔찍한 괴물로 돌변하는 스위치가 존재한다.

'누군가가 자신의 얼굴을 보는 것'

만약 누군가가 SCP-096의 얼굴을 본다면 그 순간 녀석은 알 수 없는 방법으로 그 사실을 알아차리는 것으로 보인다. 녀석은 얼굴을 손으로 가림과 동시에 울부짖으며 해석이 불가능한 온갖 말들을 중얼거리기 시작한다. 그리고는 잠시 후 무언가 결심이라도 한 듯 자신의 얼굴을 본 사람에게 믿을 수 없을 만큼 빠른 속도로 달려가 [데이터 말소]의 방법으로 목격자를 흔적도 없이 제거한다.

이후 녀석은 그 자리에 주저앉아 온순한 상태로 돌아온다.

SCP-096이 어떻게 정확하게 목격자를 찾아내는 것인지는 밝혀지지 않았다. 색소 부족으로 보이는 눈은 앞을 제대로 볼 수 없는 것으로 추정되며, 지능 역시 없는 것으로 추정되기에 변칙성의 영역으로 보인다.

메모 096-X

녀석은 SCP-682와 마찬가지로 가능한 빨리 제거되어야 합니다. 최초로 SCP-096이 발견된 직후 우리는 여러 실험을 진행해왔습니다. 처음엔 녀석의 변칙성을 파악하기 위한 연구였지만 연구를 진행하면 할수록 녀석의 변칙성이 얼마나 위험한지 실감하게 되었습니다. 녀석의 변칙성은 세계멸망 시나리오를 유발할 수 있습니다.

먼저 녀석의 변칙성은 단순히 얼굴을 봤을 때 발동된다고 알려졌지만, 사실 실물이 아닌 사진이나 영상을 통해 녀석의 얼굴을 본 경우에도 변칙성이 발동됩니다. 심지어 피해자들이 SCP-096의 얼굴을 봤다고 인지하지 못하는 경우에도 말이죠.

얼마 전 SCP-096에게 대응하기 위해 최첨단 장비 'SCRAMBLE 기어'가 개발되었죠. 개발진에 따르면 SCP-096의 얼굴을 인식하는 카메라를 이용해 착용자가 녀석의 얼굴을 눈으로 인식하기 전에 알 수 없는 형태로 뒤섞어 버린다고 하죠. 이론상 녀석의 얼굴을 볼 일이 사라지는 것이니 SCP-096의 변칙성에서 완전히 자유로워진다고 생각했지만... 그 장비를 사용한 부대 전체가 몰살당했습니다.

타우-1은 SCP-096에게 당한 피해자를 조사하던 중이었습니다. 하지만 어느 곳에서도 SCP-096의 흔적을 찾지 못했고 기어를 통해 찾은 SCP-096의 모습은 어이없게도 이 사진 속에 있었습니다. 보이십니까? 아, 걱정 마십시오. 이미 녀석의 얼굴은 모자이크한 상태의 사진이니까요. 아마 아무리 집중해서 본다고 해도 못 찾을 겁니다. 바로 여기입니다. 무려 4픽셀 크기라구요. 기어가 아니었으면 평생 발견하지 못할 크기죠.

네, 모르긴 몰라도 피해자는 물론이고 부대원조차도 녀석의 얼굴을 제대로 인지하지 못했을 겁니다. 특히 기어를 착용한 요원의 경우는 4픽셀짜리 SCP-096의 얼굴을 봤다고 하더라도 기어에 의해 뇌가 인지할 수는 없었단 말입니다. 그저 아주 잠깐... 기어가 녀석의 얼굴을 처리하는 그 아주 잠깐의 순간에 망막으로 SCP-096의 얼굴이 통과했을 뿐이겠지요. 하지만 SCP-096은 귀신같이 반응했습니다.

또 하나, 한 번 목격자를 쫓기 시작한 SCP-096은 그 어떤 방법으로도 막을 수가 없습니다. 재단은 목격자들은 보호하기 위해 SCP-096을 격리하는 것은 물론, 목격자를 먼 곳으로 숨기기도 했고, 강력한 무력으로 녀석을 저지하기도 했습니다. 하지만 결과는 모두 실패했습니다.

SCP-096은 목격자가 어디에 있든 정확하게 위치를 파악해 최단거리로 추적하기 시작했으며, 평균 시속 35km의 속도를 내는 것으로 확인되었던 녀석이 거리에 따라 최대 수백 킬로미터의 속도를 내는 경우도 확인되었습니다. 이 과정에서 하늘 위를 날고 있는 헬리콥터에 단숨에 뛰어오르거나 수심 1만m의 깊은 심해를 잠수하는 것은 덤이었구요.

심지어 이 과정에서 총과 마취주사, 그리고 탱크를 휴지처럼 찢어 버리는 대전차 무기조차 녀석을 멈출 수 없었습니다.

증언기록 096-K

부끄럼쟁이? 누가 그 녀석에게 그딴 귀여운 별칭을 달아줬는지 궁금하군요. 분명 사무실에서 타자나 치고 있는 부류일 테죠. 녀석은 끔찍한 괴물입니다. 살점이 전부 떨어져 나가 뼈만 남은 상태로 계속해서 목표를 추적하는 녀석의 모습은 공격할 의지마저 사라지게 만들더군요. 시선을 내리깔며 자신을 저지하려는 군대 따위는 신경도 쓰지 않고 오로지 목격자만 [데이터 말소] 해버리는 녀석의 뒷모습을 봤을 땐 그저 눈을 질끈 감는 것밖에는 할 수 없었습니다.

SCP-096이 가진 이 두 가지 특성만 고려해봐도 녀석을 가능한 빨리 제거해야 하는 이유는 명확합니다. 누군가 SCP-096의 사진을 인터넷에 풀어 버린다면요? 녀석은 세계 구석구석 헤집고 다니며 날뛰기 시작할 것이고 그 과정에서 새로운 목격자는 끊임없이 생겨날 것입니다. 하지만 당연히 녀석을 막지는 못하겠죠. 녀석이 스스로 멈추기 전까지는요. 단순한 문제입니다.

SCP-096은 하루 빨리 제거되어야 합니다.

연구기록 096-K

수많은 희생을 거쳐 그림으로 그려진 SCP-096의 얼굴을 본 경우에는 녀석이 반응하지 않는다는 사실을 알아냈다. 현재 전직 타투이스트였던 D계급을 통해 얻은 초상화를 보관 중이다.

메모 096-PQ: Dr. Hada

그림에는 반응하지 않는다는 사실을 알아낸 것은 혁신입니다. 사진 및 영상과는 다른 그림만이 가지는 특성이 무엇일까요? 제 생각은 이렇습니다. 그림에는 어떤 형태로든 작가의 개인적인 해석이 포함된다는 것이죠. 이 사실에 집중해 SCP-096의 반응 원리를 연구해 볼 필요가 있습니다.

특수 격리 절차

SCP-096과 관련된 모든 격리 절차는 그 어떤 경우에도 SCP-096의 얼굴을 노출시키지 않는 것에 집중한다. 현재 SCP-096은 강철로 만들어진 5m 크기의 정육면체 방에 격리중이며, 이곳은 창문이나 CCTV 등 외부에서 격리실 내부를 볼 수 있는 모든 수단이 차단되어 있다. 오직 압력 센서와 레이저 센서만을 이용해 SCP-096의 움직임을 관찰하며, 동시에 매주 의무적으로 격리실에 작은 틈이나 구멍이 있는지도 검사해야 한다. SCP-096의 격리실 내부에는 휴대전화나 카메라 등 사진이나 영상 기록을 남길 수 있는 모든 장치의 반입이 금지된다.

메모 096-N

이해합니다. 궁금할 수 있지요. 원래 사람은 하지 말라고 하면 더 하고 싶어진다고들 하잖아요?

하지만 여러분 SCP-096이 찍힌 사진이나 비디오를 보는 건 비단 여러분들의 목숨뿐만 아니라 동료들의 목숨까지 위협할 수 있다는 사실을 기억하시길 바랍니다. 아무리 궁금해도 해도 되는 행동이 있고 아닌 행동이 있는 법입니다. 다시 한 번 확실하게 공고합니다.

SCP-096을 찍어둔 사진이나 비디오는 당연하고 그와 유사한 생물의 기록물까지도 ■■■ 박사나 O5-■ 의 허가 없이는 열람이 불가합니다.

SCP-939

| 일련 번호 | SCP-939 | 등급 | 케테르 | 통칭 | 여러 목소리로 | 결제 |

이것이 가능한 원리는
도무지 예상조차
할 수 없습니다.

변칙성

SCP-939는 불투명한 붉은색의 신체를 가진 정체불명의 괴생명체로, 기괴한 신체적 특징을 여럿 가지고 있다. 비정상적으로 기다란 머리, 4개의 손가락과 손톱, 희미하게 빛나는 이빨 등 일반적인 동물과는 확연히 다른 모습을 하고 있으며, 약 2.2m의 몸길이에 250kg 라는 큰 덩치를 가지고 있음에도 정작 눈이나 두개골, 호흡기관과 소화기관 등 신체의 중요 기관들은 거의 관찰되지 않는다.

물론 그럼에도 녀석은 살아가는 데 아무런 문제가 없는 것으로 보이며, 특히 무언가를 먹더라도 소화기관의 부재 탓인지 결국엔 전부 뱉어내는 등 생존에 섭취 자체가 필요하지 않은 것으로 보인다.

하지만 이러한 신체적 특징에도 불구하고 SCP-939은 유독 '육식'을 즐기며, 그를 위한 일종의 '사냥 행위'를 자주 보인다. 녀석은 눈이 없는 대신 빛이나 공기의 흐름을 민감하게 감지해 먹잇감을 찾거나 추적하며, 이렇게 찾아낸 먹잇감은 바로 사냥하는 것이 아니라 특별한 방법으로 유인한 다음 사냥한다.

SCP-939은 다른 동물의 울음소리나 사람의 목소리를 똑같이 모방해 상대를 유인하며, 심지어 인간을 따라할 때는 단순히 의미 없는 말을 따라하는 것이 아닌 구조요청을 보내는 등 상황에 맞는 언어를 구사한다.

이때 녀석의 목소리에 이끌려 가까이에 접근한 대상은 갑자기 건망증 증상과 함께 방향감각 상실 및 환각 증세를 보이기 시작하는데, 이 틈을 타 SCP-939는 대상의 두개골이나 목을 물어 사냥한다. 확인 결과 녀석의 치악력은 콘크리트도 박살낼 만큼 강력한 것으로 밝혀졌다.

이러한 환각 증세는 SCP-939가 지속적으로 뿜어대는 특수한 물질 때문으로, 이 물질은 재단이 기억소거제로의 활용을 고려할 만큼 꽤나 강력한 효과를 가지고 있지만 아무런 색도, 냄새도 나지 않기 때문에 정작 대상은 스스로가 이 물질에 노출되었다는 사실조차 인지할 수 없어 매우 치명적이다.

메모 939-E

처음만 해도 SCP-939가 그저 상대의 목소리를 듣고 따라하는 것이라 생각했습니다. 하지만 수차례 실험을 통해 밝혀진 바에 의하면, 녀석은 목소리를 듣지 않은 사람의 목소리도 내는 것은 물론 심지어 그때그때 '적절한 언어'를 사용합니다. 네, 이는 SCP-939가 원래부터 인간의 목소리를 내는 것이 가능하다는 것이며 동시에 인간의 언어를 이해하고 있을 가능성이 높다는 것을 의미합니다.

이것이 가능한 원리는 도무지 예상조차 할 수 없지만 말이죠.

다만 섭취가 불필요함에도 사냥을 즐기는 녀석의 특성을 고려한다면 현시점에서 그나마 가능성이 높은 것은 SCP-939가 잡아먹은 대상의 목소리를 낼 수 있다는 것 정도가 되겠군요.

특수 격리 절차

현시점에서 재단은 총 9마리의 살아있는 SCP-939 개체를 격리 중이다. 녀석들은 제14 무장생물격리구역 내의 10m x 10m x 3m 크기의 격리실(1633-A 또는 1163-B)에 격리 중이며, 이곳은 강화된 콘크리트로 만들어진 벽과 100kV의 전기가 흐르는 철망으로 둘러싸인 10cm 두께의 방탄유리로 구성된다.

격리실 내부의 습도는 100%, 온도는 16도로 유지하고 모든 개체는 적외선 카메라를 통해 상시 감시해야 하며, 격주로 청소를 진행해 문과 창문에 손상 여부를 지속적으로 검사해야 한다. SCP-939의 격리 구역 혹은 관찰실 입장을 위해서는 보안 4등급 권한이 필요하며, 직접적인 상호작용 시에는 반드시 SCP-939에게 강력한 진정제를 투여하고 모든 요원은 C등급 위험 물질 장비를 착용해야 한다.

또한 SCP-939 개체 1마리는 사지를 절단한 상태로 극저온의 냉동시설에 격리실에 보관 중인데, 세밀한 연구나 실험 시에만 2명의 3등급 인원에게 승인을 받은 후 활용할 수 있다. 단 이때, 반드시 주어진 시간에만 상호작용해야 하며, 저온 보존에서 제거된 조직에 대해 지속적인 심부 체온 모니터링을 실시해 10도를 초과하는 경우 즉시 저온 탱크에 반환해야 한다. 이 경우 72시간 동안 모든 실험이 일시 중단된다.

현재 더 많은 SCP-939 개체가 야생에 존재할 가능성이 있다. 이에 대한 지속적인 조사가 필요하다.

사건기록 939-X

재단은 SCP-939가 내뿜는 물질인 AMN-C227을 기억소거제로 활용하는 연구를 진행했고, SCP-939의 호흡기 조직을 배양해 연간 총 3L의 물질을 생산하는 데 성공했다. 이후 재단은 이 물질을 C등급 기억소거제로 활용했다.

하지만 몇 년 후 이로 인한 심각한 부작용이 발견되었다.

해당 물질로 만들어진 기억소거제를 투여한 사람들이 이유 없이 실종되는 사건이 연달아 발생했고 실종자들의 물건이 마지막으로 발견된 곳 근처에는 하나같이 수많은 SCP-939 개체가 발견되었다.

연구 결과, 이 물질에 한 번이라도 노출된 대상은 이 물질이 많이 있는 장소, 가령 SCP-939의 서식지로 자기도 모르게 이동하게 되는 숨겨진 부작용이 있다는 것이 밝혀졌다.

: SCP로부터 얻어낸 과학적 성과에 대해 부정할 생각은 없습니다. 하지만 적어도 이번 사건을 통해 SCP로부터 얻어낸 물질이 얼마나 위험할 수 있는가에 대한 경각심을 가지시길 바랍니다. 이것이 우리가 SCP를 도구 편리한 도구처럼 활용해선 안 되는 이유니까요.

관찰기록 939-C

이것 참 충격적인 일입니다. 우리는 SCP-939를 격리하던 도중 총 6마리의 새끼를 낳은 것을 발견했습니다. 하지만 녀석이 낳은 건 괴물 따위가 아니라 그냥 '아기'였습니다. 형태로 보나 유전적으로 보나 분명한 인간의 '아기' 말입니다.

우리는 즉시 1마리를 따로 격리해 성장 과정을 지켜봤고 결과는 더욱 충격적이었습니다. 신체 및 정신 발달 과정까지도 인간과 거의 비슷했고 성장함에 따라 말도 하고 그림을 그리는 등 도무지 녀석이 SCP-939라는 괴물에게서 태어난 새끼라는 생각을 할 수 없더군요.

인간을 낳는 괴물이라니. 너무 비현실적이지 않습니까?

하지만 녀석이 9살이 되었을 때, 우리는 현실을 마주했습니다. 녀석이 갑자기 SCP-939로 변해버렸거든요. 그것도 그간의 추억이 싸그리 잊혀질 만큼 기괴한 방식으로요.

녀석은 어느 날부턴가 극도의 두통을 호소했고 빛에 대한 거부감을 보이더군요. 체온도 계속해서 상승하구요. 처음만 해도 병에 걸렸나 걱정되기도 했지만 어쨌거나 녀석은 정상적인 아이는 아니었으니까요. 우리는 즉시 콘크리트로 만들어진 격리실에 녀석을 옮겼고 조금이라도 편할 수 있도록 시원한 물을 제공하고 모든 빛을 차단했습니다.

지금에서야 하는 말이지만 그러지 말았어야 했나 싶기도 합니다. 어쩌면 제 딴에는 배려라고 했던 것들이 그 귀엽던 녀석이 괴물로 변한 결정적인 원인이 아니었을까... 뭐 그런 자책감이 들곤 하거든요.

녀석은 갑자기 물 안으로 들어가더니 가려움을 호소하며 몸을 긁기 시작했고 이내 자신의 피부를 모조리 찢기 시작했죠. 녀석은 분명히 고통스러워 했지만 행동을 멈추지 못하고 있었고 얼마 지나지 않아 머리와 몸체가 분리되더니 SCP-939가 되어 버렸습니다. 인간일 때처럼 작긴 했지만요.

하지만 더 충격적인 것은 녀석은 SCP-939의 모습이 되고도 인간 시절의 모습과 성격을 그대로 유지했다는 점입니다. 우리는 이 모든 과정과 상황을 이해하지도, 또 납득하지도 못했죠. 아니, 할 수 없었습니다.

그 귀엽던 녀석이... 자신이 괴물이 된 과정을 똑똑히 기억하고 있었다구요. 제길.

: 이후 해당 개체는 SCP-939-101로 지정되었고 극저온 저장 탱크에 저장중이다.

SCP-169

| 일련 번호 | SCP-169 | 등급 | 케테르 | 통칭 | 레비아탄 | 결제 |

호흡이 부진의
원인이라니...

변칙성

SCP-169는 정확한 크기조차 파악할 수 없을 정도의 무지막지한 덩치를 가진 해양성 절지동물로, 과거 뱃사람들 사이에서 전설로 전해지던 '레비아탄'으로 추정되고 있다.

발견기록 169-A

■■■■■ ■■■■■■■■■제도의 섬들이 원래 위치에서 최소 3km가량 움직였다는 이상현상이 포착되어 기동특무부대 감마-6가 출동했다. 담당 박사는 대륙 이동이 빠르게 일어나는 이례적 현상으로 여겼지만 미 해군 소속 군함이 정찰 임무 도중 이 제도 자체가 대량의 유기 물질을 덮고 있는 암석판이라는 사실을 밝혀냈다. 이후 투입된 재단의 인원들은 제도 자체가 거대한 생물이라는 것을 밝혀냈다.

추정 몸길이는 2000~8000km로, 해당 객체는 선캄브리아 시대부터 존재했던 것으로 보인다. 이 외에 먹이 공급원, 서식지, 습성 등 아무것도 알려지지 않았으며 알 수 없는 방법으로 1주일에 약 1km를 이동한다는 사실만 확인되었다. 워낙에 큰 크기 탓에 정확한 위치를 파악할 수 없으나 인공위성을 이용한 화상 처리와 지구 공전 궤도 이상 분석을 통해 녀석의 신체가 남대서양 일대 및 남아메리카 대륙 남단을 둘러싸고 있는 것으로 추정된다. 또한, 녀석의 호흡은 인근 섬에서 3개월 간격으로 발생하는 약진의 원인이 되는 것으로 보인다.

> 메모 169-23
> 이 정도로 큰 덩치를 가진 녀석이 고작 1주일에 1km를 이동한다는 건 아무래도 이상합니다. 어쩌면 녀석은 휴면 상태에 있고 단순히 떠내려가고 있는 게 아닐까요? 만약 녀석이 진짜 휴면 상태라면 괜한 연구는 녀석이 깨어나는 만드는 최악의 상황을 초래할 수 있습니다. 이에 SCP-169에 대한 모든 연구 승인을 보류할 것을 요청합니다.

특수 격리 절차

현재 SCP-169를 수용할 만큼 크고 튼튼한 격리시설은 지구 어디에도 없으며 앞으로도 마찬가지다. 재단은 위험 요소 제거 및 수월한 격리를 위해 섬에 서식하는 새들의 멸종 위기를 구실로 삼아 대중들이 SCP-169로 인해 만들어진 제도에 접근하는 것을 막은 상태이며, 직접적인 영향을 받을 수 있는 섬의 원주민들을 해수면 상승을 구실로 모두 섬 바깥으로 내보냈다. 실제로 ■■■■ ■■■■■■■제도는 수천 년 동안 존재했지만 SCP-169로 인해 한순간에 사라질 위험이 있다.

연막 정책 유지를 위해 재단은 NASA와 협력, SCP-169를 감시함과 동시에 녀석으로 인해 육괴가 이동한 증거가 나타난 위성 사진을 조작하고 있으며 협력이 불가한 단체의 경우 ■■■■■ 침투 요원이 삭제 및 파기한다.

부록 169-E
미국의 국가기관 해양 대기관리처가 남아메리카 남서해안 인근에서 초저주파 수중음을 탐지했다. 해당 소리에 대한 정보가 대대적으로 매스컴에 다뤄졌으며 'Bloop'이라는 이름으로 대중들의 이목을 끌었다. 확인결과 해당 소리는 거대한 수중 유기체에 의한 것이며 소리의 발원지가 SCP-169가 존재하는 범위에 포함되는 것으로 추정되는바, SCP-169에 의해 발생한 것일 가능성이 높다.

현재 소음의 발생 원인을 찾으려는 민간 차원의 과학적 연구는 가능한 모든 방법을 동원해 중단시켜야 한다.

SCP-999

일련 번호	등급	통칭	결제
SCP-999	안전	간지럼 괴물	

정말 여태껏 느껴보지 못했던 행복한 감정이었습니다.

변칙성

SCP-999는 약 54kg의 주황빛 점액 덩어리로, 흔히 여러 판타지에서 등장하는 '슬라임'과 비슷한 외모를 가지고 있다. 심지어 녀석의 특성도 슬라임이 가진 능력과 비슷한 부분이 많다. 녀석의 몸은 점액질로 이루어졌으며 대부분의 물리 공격에 대해 피해를 입지 않는 데다가 크기나 모양 역시 자유자재로 변화시킬 수 있다.

SCP-999는 이 같은 특성을 이용해 다른 생명체의 몸을 감싸는 행위를 즐기며 여기에 당한 사람은 즉시 행복감을 느끼게 된다. 녀석은 특유의 울음소리와 옹알이를 내며 계속해서 얼굴을 비비는데 이때 녀석에게 사람마다 다른 기분 좋은 냄새가 난다. (현재까지 기록된 냄새로는 초콜릿, 갓 세탁한 빨래, 베이컨, 장미 등이 있다.

SCP-999의 이러한 변칙성은 오래 노출될수록 극대화되며 떨어진 이후에도 오랫동안 지속된다. 녀석은 처음보는 어떤 동물이나 사람, 혹은 다른 SCP들에게조차 겁을 먹지 않으며 오히려 장난끼 가득한 모습으로 다가간다. 특히 행복하지 않거나 다친 사람에게는 특별한 교감을 하는 것으로 보인다. 실제로 심한 우울증을 앓던 사람이 녀석과 교감한 뒤에 완전히 치료된 사례가 있으며, 녀석의 점액을 항우울제로 판매하는 것이 논의될 정도다.

감상평: 999-T

처음엔 솔직히 조금 무서웠지만 이제 SCP-999와 하는 '간지럼 레슬링'이 기다려진다구요. 정말 여태껏 느껴보지 못했던 행복한 감정이었습니다. 정말요.

*간지럼 레슬링: SCP-999가 사람의 목 아래를 완전히 뒤덮고 간지럽히는 행위. 녀석이 가장 좋아하는 활동 중 하나.

다만 수많은 연구에도 SCP-999의 정체는 물론, 구성 물질, 생리 등을 밝혀내지 못 했다. 녀석은 장기가 없이도 살아가며 엠앤엠즈와 네코 와퍼스 같은 과자만을 섭취하고도 살아간다.

부록 999-9

1999년 9월 9일, 혼돈의 반란의 급습으로 수많은 요원들이 피해를 입었을 당시, SCP-999가 몸을 던져 총탄을 막는 모습을 확인했다.

SCP-999의 행동은 분명 유아적이지만 인간의 언어와 총을 비롯한 대부분의 현대 기술을 이해하는 것으로 보입니다. 심지어 요원들을 구하기 위해 위험을 감수하며 총알을 막아냈습니다. 녀석의 인지 능력에 대한 심층적인 연구를 요청합니다. - Dr.Hada -

특수 격리 절차

SCP-999는 지각을 가진 SCP치고는 상당히 드문 특별한 격리절차가 진행되고 있다. 평소 녀석은 전용 우리 안에서 지내지만 원한다면 자유롭게 기지를 돌아다닐 수 있으며 심지어 모든 재단 인원들이 업무 중이 아닐 때는 언제든지 999의 격리 구역에 들어가 접촉하고 노는 것이 허가되어 있다. 단, 시설 밖으로 나가는 것은 허용되지 않으며 밤에 우리 밖으로 나가는 것 역시 금지된다.

SCP-999의 우리는 항상 청결을 유지하고 하루 두 번 먹이를 갈아주며, 녀석이 지루해한다면 놀아줘야 한다.

방문자 및 격리 담당자에게 남기는 메모
SCP-999를 대할 때는 항상 차분하고 위협적이지 않은 어투로 말하세요. 녀석을 행복하게 해주려는 자세로 대한다면 당신은 더 행복해질 것입니다.

〈인간형〉

SCP-076

일련 번호 SCP-076 | 등급 케테르 | 통칭 아벨 | 결재

세상은 넓고
까다로운 녀석은 넘쳐난다.

회수기록 076-E

18■■년 ■월 ■일, ■■■■호에서 ■■■■■■■ 조직(추후 세계 오컬트 연합에 편입)의 비밀 작전이 포착되었다. 당시 배에서는 비밀리에 SCP 및 고대 유물의 전시회가 진행 중이었다. ■■■■■■ 조직은 참가자 모두를 처리하고 현장에 있던 몇몇 개체를 회수했다. 그중에는 영국 고고학자들에 의해 몽골에서 발견된 SCP-076도 포함되어 있었다.

이후 SCP-076은 약 10여 년간 별문제 없이 보관된 것으로 보인다. 하지만 불명의 이유로 SCP-076의 폭주가 발생했고, 재단이 개입하기까지 약 3년이라는 시간 동안 엄청난 인명 피해가 발생했다. 현재까지 파악된 원인은 '열쇠 분실'이 유력하다.

메모 076-A

저는 SCP-682의 격리가 가장 까다롭다고 생각했습니다. 사실 재단에는 격리가 아예 불가한 존재도 몇몇 존재합니다만 그런 녀석들은 적어도 현재는 얌전하게 있으니까요. 그런데 도마뱀 녀석은 보세요. 허구한 날 탈출해서 동료들을 도륙해버린다고요.

하지만 저도 SCP-076과 관련된 업무를 맡고부터는 조금 생각이 바뀌었습니다. '세상은 넓고 까다로운 녀석은 넘쳐난다.'라는 선배님들의 격언을 체감하고 있달까요? 이게 좋은 건지는... 잘 모르겠군요.

변칙성

SCP-076은 사물형 개체인 SCP-076-1과 인간형 개체인 SCP-076-2 두 개체로 구성된다.

SCP-076-1은 검은 반점이 있는 변성암으로 만들어진 3m짜리의 큐브이다. 안팎으로 정체불명의 문양이 새겨져 있으며, 한쪽 면에 큰 자물쇠 1개와 작은 자물쇠 20개가 달린 문이 있다. 큐브 내부 정중앙에는 2.13m 크기의 돌로 만들어진 관이 쇠사슬로 칭칭 묶인 채 고정되어 있다.

현재 관 속에는 SCP-076-2가 들어있다. 외관상 20대 후반의 셈족 남성으로 추정되는 녀석은 몸 곳곳에 의미를 알 수 없는 문신이 잔뜩 새겨져 있으며 상어처럼 날카로운 이빨을 가지고 있다.

SCP-076-2은 인간에게만 유독 적대적인 모습을 보이며 자신의 시야 안에 들어온 인간을 모조리 죽이려 한다. 녀석의 폭주는 녀석을 죽여서 제압하기 전까지 멈추지 않는다. 하지만 SCP-076-2이 가진 인간의 수준을 아득히 뛰어넘는 신체 능력 탓에 제압은 쉽지 않다. 강화 철문을 맨손으로 단 4초 만에 찢는 엄청난 괴력과 64m의 거리를 단 3초 만에 주파하는 민첩성, 그리고 철근으로 총탄을 쳐내는 동체시력까지 갖추고 있다.

특히 녀석은 허공에 특수한 공간을 열어 각종 무기를 자유자재로 만들어 내는 것이 가능하다. 이를 이용해 순식간에 다수의 무기를 투척하거나 커다란 칼을 만들어 직접 들고 휘둘러 공격한다. 녀석이 만든 무기는 어지간한 충격에는 부서지지 않을 정도로 뛰어난 강도를 자랑하지만 SCP-076-2과 거리가 멀어지면 소멸한다.

또한 SCP-076-2는 뛰어난 생명력도 가지고 있다. 수많은 총격을 맞으면서도 공격을 멈추지 않으며 진공 상태에서 무려 1시간을 버티기도 했다.

제안 076-P

이 녀석 도대체 뭡니까? 분명 사람의 탈을 쓰고 이렇게 괴물 같을 수 있다니요. 아니, 제가 지금까지 상대해본 괴물보다 더할지도요.

어떤 인간이 총알 수백 발을 연속적으로 맞거나 13.6t 정도 되는 엘리베이터에 깔리고 나서야 죽냔 말입니다. 심지어 어떤 때는 가슴 속에 수류탄을 넣어 터트리고 나서야 사라지더군요. 요새는 어떤 끔찍한 방법으로 녀석을 공격해야 확실하게 보낼 수 있을지 고민하는 게 일이라니까요.

물론 단순히 제거한다고 끝이 아닌 게 더 문제지만요.

SCP-076-2 역시 일정 이상의 피해를 받으면 죽는다. 사체는 빠르게 썩어들어가 먼지가 되어 사라지지만 녀석은 SCP-076-1 내부의 관에서 다시 나타난다. 이후 짧게는 6시간, 길게는 25년 정도의 시간이 흐른 뒤 완전히 회복된 상태의 SCP-076-2가 관에서 나온다. 이때 이전의 기억은 유지되는 것으로 보인다.

이 외에도 SCP-076-2는 해부학, 군사전략, 금속공학, 각종 언어 등에 대해 해박한 지식을 가지고 있다. 특히 가축에 대해서만큼은 모르는 게 없는 수준이며, 언어는 고대 수메르어 방언을 선호한다.

메모 076-0

녀석의 격리 절차를 구축하기까지 정말 많은 희생이 따랐습니다.

사실 처음만 해도 우리는 녀석을 가만히 가둬두려 했죠. 하지만 그것이 불가능하다는 사실을 깨닫는 데는 그리 오래 걸리지 않더군요. 어떤 형태의 격리실도 녀석을 붙잡아둘 수는 없었습니다.

물론 녀석의 부활 자체를 막아보려고도 했습니다. 온갖 수단으로 SCP-076-1을 파괴하려 했지만 흠집조차 낼 수 없었고, 열리지 않게 막으려는 시도부터 반대로 열려는 시도 역시 마찬가지였죠. 분실된 것으로 추정되는 열쇠 복원 시도는 SCP-076-1이 무려 10,000년 전의 물건이라는 현실만 알게 해줄 뿐이었고, 그나마 복제가 가능하리라 여겨졌던 쇠사슬 역시 재질조차 알아내지 못했습니다.

우리가 알아낼 수 있었던 것이라곤 SCP-076-1의 내부 기온이 항상 -180℃를 유지한다는 사실 정도였습니다. 부활에 조금이라도 악영향을 끼칠지 모른다는 기대에 갖은 수를 써봤지만 단 1℃조차도 변하지 않더군요. 결국 녀석의 부활을 막아낼 수 없었습니다.

언제 부활할지 모르는 녀석을 기다리며 그저 죽이고 또 죽이는 게 할 수 있는 전부였지만 그마저도 쉽지는 않았습니다. 재단에는 항상 돌발상황이 생기기 마련이니까요.

한 번은 요주의 단체의 공격까지 겹쳐 도무지 수습 불가능한 상황이 발생한 적이 있었습니다. 그때 재단은 분명 SCP-076의 격리를 포기하고 제거하려 했습니다. 하지만 핵탄두가 폭발한 자리에서 발견된 것은 멀쩡한 SCP-076-1이었죠.

근데 오히려 전 마음이 한결 편해지더군요. 할 수 없는 것이 명확해지니 오히려 할 수 있는 일에 더 집중할 수 있게 되었다고 할까요? 그때부터 연구는 완전히 새로운 방향으로 진행되었습니다. 어떻게 하면 녀석을 더 빠르고 확실하게, 그리고 피해 없이 죽일 수 있을지를 고민했고 덕분에 현재의 격리 절차가 만들어질 수 있었습니다.

특수 격리 절차

현재 SCP-076-2의 부활을 막을 방법은 찾지 못했다. 녀석이 부활할 때마다 즉각 제거하는 것이 최선이다. 이를 위해 바다 200m 깊이에 제25B격리구역이 건설되었다. 이곳으로의 접근은 오직 전용 엘리베이터를 통해서만 가능하며, 보안을 위해 엘리베이터 통로에는 50m마다 20cm 두께의 티타늄 강화문이 설치되어 있다. 비사용 시에는 바닷물을 채워 놓는다.

제25b격리구역은 보완 시설 및 기숙사가 있는 관리보조구역(ASA)와 SCP-076-1이 격리 중인 초기격리구역(PCZ)로 나뉜다. PCZ는 1.5m 두께의 강화 티타늄으로 제작되어 있으며, 항상 바닷물로 가득 찬 상태를 유지해 SCP-076-2가 부활하는 즉시 질식사하도록 설계되어 있다. 다만 만에 하나라도 SCP-076-2의 격리 파기가 발생한다면 막대한 피해가 예상되기에 복잡하고 강도 높은 추가 격리 시설이 준비 중이다.

먼저 PCZ에서 엘리베이터가 있는 ASA까지 도달하기 위해서는 일명 '살인 복도'라 불리는 150m 길이의 통로를 돌파해야 한다. 이곳은 벽과 바닥 모두가 티타늄으로 제작되어 있으며, 즉각적인 대응을 위한 2만 볼트 출력의 전기 방어 장치가 설치되어 있다. 또한 복도 끝자락에 근접방어무기(CIW) 시스템 및 방탄유리가 설치되어 있으며, 항상 3명 이상의 무장 요원이 감시 중이다.

이 같은 격리에도 불구하고 SCP-076-2의 격리 파기가 발생한다면 기지 내 모든 요원이 동원되어 최고경계태세에 돌입한다. 만약 격리 파기 발생 후 90분 이내에 사살 확인이 되지 않는다면 즉시 시설 전체를 해수로 채우고 입구를 봉쇄한다. 희생이 따르더라도 SCP-076-2가 외부로 탈출하는 것은 어떻게든 막아야 한다.

SCP-073

| 일련 번호 SCP-073 | 등급 안전 | 통칭 카인 | 결제 |

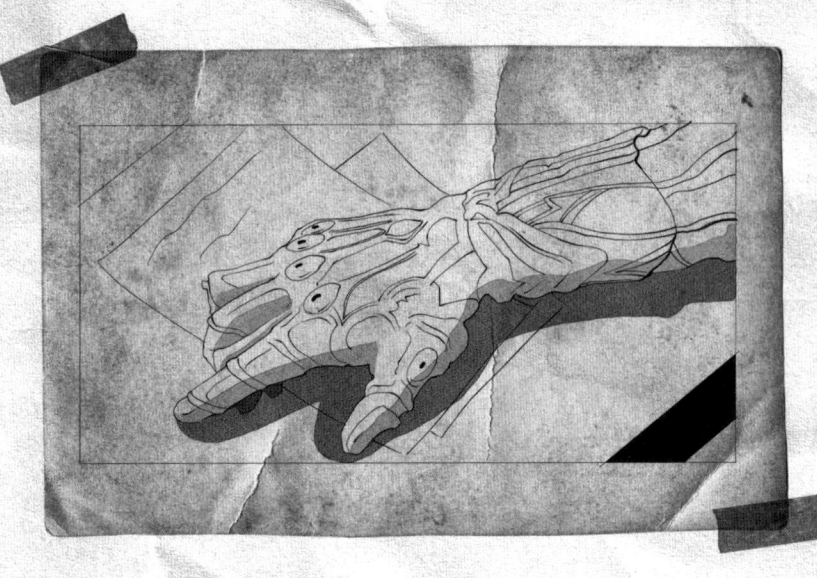

그 자식 어딨어!
당장 데려와!!!

변칙성

SCP-073은 대략 30대 초반으로 추정되는 아랍 혹은 중동계 남성으로, 재단 측 연구원에게 스스로를 카인이라고 소개했다. 카인은 인간 치고는 조금 특이한 외형을 가지고 있는데 팔과 다리, 그리고 척추 및 견갑골이 모두 금속으로 되어 있다는 점이다. 연구결과 이 금속은 각종 SCP에게서 발견된 베릴륨 청동으로 밝혀졌다.

카인은 특이한 신체와 외형뿐만 아니라 인간이라고 보기 힘든 몇 가지 신비한 변칙성도 가진 것으로 확인되었다. 그는 고대에서 현대까지의 역사에 대한 풍부하고도 세밀한 지식을 가지고 있는가 하면 각종 언어들을 능통하게 구사하는 등 상당히 뛰어난 지능을 가지고 있다. 특히, 카인은 자신이 한 번 본 것을 완벽하게 기억하는 '완전기억능력'을 가지고 있다고 말했는데, 실제로 단 1분 30초 만에 무려 800페이지 사전을 통째로 외우는 것이 가능했다.

메모 073-Q: ■ 박사

지극히 개인적인 의견이지만 카인은 어딘가 이질적입니다. 분명히 친절한 말투이지만 동시에 기계적이며 차갑습니다. 게다가 신체 일부는 금속으로 이루어져 있고, 말도 안되는 기억력을 가지고 있지요.

네, 어쩌면 카인은 고도로 발전된 고대의 문명에서 인간의 신체를 기반으로 만들어진 로봇이 아닐까 추측합니다.

■ 박사의 추측은 당시 꽤나 지지를 얻었지만 카인의 추가적인 변칙성이 드러나면서 완전히 배제되었다.

카인은 땅과 식물에 대해 치명적인 능력을 가지고 있는데, 그를 중심으로 20m 이내에 있는 식물은 알 수 없는 이유로 모두 죽어버린다. 해당 변칙성의 경우 식물로 만들어진 모든 것에도 적용되는데 가령, 나무로 만들어진 물건은 카인이 만지는 즉시 썩어들어가며, 식물로 만들어진 음식 역시 입에 넣는 순간 썩어버린다. 또한 카인이 걸어다닌 땅은 약 2주 만에 완전히 황무지가 되어버리며 그로 인해 황무지로 변한 땅은 영원히 생명이 자랄 수 없는 죽은 땅이 된다.

사건기록 073-X

카인에 대한 연구 도중, 피부와 혈액 샘플을 채취하려던 연구원이 고통을 호소했다. 확인 결과 카인에 대한 모든 공격이나 피해를 주는 행위에 대한 충격과 고통은 행위자에게 고스란히 전달되는 것으로 밝혀졌다.

이는 연구원의 지시에 의해 카인 스스로가 자신의 피부와 혈액 샘플을 채취했을 때도 동일하게 발현 되었는데. 지시를 내린 연구원의 팔에 샘플 채취를 한 것 같은 상처와 주사 바늘 구멍이 생김과 동시에 고통을 호소했다. 하지만 정작 카인은 어떠한 외형적인 피해도 입지 않았다.

그 실험은 조금 자제 해주시기를 정중하게 부탁드립니다. 보기에 몸에는 해가 가지 않습니다만 고통은 느끼거든요. - 카인 -

특수 격리 절차

메모 073-A

그를 전적으로 신뢰할 수는 없습니다. 그는 유독 정체와 관련 있는 것으로 추정되는 정보에 대해서는 선뜻 공유하려 하지 않습니다. 금속으로 이루어진 신체 일부분에 대해서는 모르쇠로 일관하고 있으며 이마의 특이한 문양에 대한 언급을 유독 거부감을 드러내죠.

하지만 그럼에도 그를 안전 등급으로 지정하는 것은 '필요'하기 때문입니다. 그의 변칙성 중 일부는 재단에게 꼭 필요하고 그도 협조할 의사를 밝혔습니다. 본격적인 협조에 앞서 카인에 대한 안전 등급의 부여는 서로의 신뢰와 관련된 부분이기도 하지만 프로젝트(협조)의 타당성을 증명하는 의미도 포함됩니다. 언제 격리가 실패할지 모르는 존재(유클라나 케테르)에게 어떻게 재단의 모든 것을 맡기겠습니까?

???: 이 판단과 결정이 잘못된 것일 수도 있겠지요. 하지만 적어도 현재까지 그는 모든 사람들에게 무척이나 공손하고 친절하며 자신의 능력을 악용할 의사가 명백히 없습니다.

현재 카인은 제17기지에 위치한 방 2개로 구성된 격리실에서 격리 중이다. 카인이 가진 식물 분해능력 탓에 방 내부는 돌이나 철로 된 물건으로만 꾸며져 있다. 위치 추적기를 떼지 않는 한 그는 시설을 자유롭게 돌아다닐 수 있으며, 사내 식당에서 밥을 먹는 것도 허용된다. 단, 시설 바깥으로 나가거나 지상을 걷는 것은 철저히 금지되며, 소멸될 가능성이 있는 식물형 SCP와의 접촉 또한 절대 금지된다.

프로젝트 073-Human Cloud

재단은 카인이 가진 완전기억능력과 어떠한 공격에도 피해를 입지 않는다는 점을 이용해 카인을 살아있는 백업 디스크로 활용하기 위한 프로젝트가 진행하고 있다. 만에 하나 재단의 자료 혹은 재단 그 자체가 파괴될 경우를 대비해 모든 자료를 카인에게 기억하게 함으로써 영구적으로 자료를 보존할 수 있는 것이다.

메모 073-076

백업 과정에서 카인은 SCP-076에 대한 정보를 열람했고, 녀석을 상당히 잘 알고 있는 듯한 반응을 보였다.

모두를 위해서라도 그와 만나지 않는게 좋을 것 같습니다. - 카인 -

이후 SCP-076 역시 카인에 대한 정보를 확인하고는 극도로 흥분하며 날뛰는 모습을 보였다.

그 자식 어딨어! 당장 데려와!!! - 아벨 -

비슷한 외형과 신체에 새겨진 특별한 문양, 그리고 둘의 반응으로 미루어 보아 둘은 어떤 특별한 관계일 것으로 보인다. 현재 이를 위한 연구가 진행 중이지만 SCP-076의 극악무도한 공격성을 고려해 직접적인 상호작용은 금지된다.

SCP-451

| 일련 번호 | SCP-451 | 등급 | 유클리드 | 통칭 | 외로운 남자 | 결제 |

세상에 혼자 남으면
기분이 어떨 것 같아요?

변칙성

SCP-451은 겉으로 보기엔 그저 조금 무기력해 보이는 남성처럼 보이지만, 그는 세상에서 가장 외롭고, 가장 불행한 변칙적 특성을 가지고 있다. 그는 과거 재단에서 활동하던 평범한 요원 중 1명으로 SCP로 추정되는 유물을 회수하는 임무 도중 사고를 겪고 실종 처리되었다. 하지만 얼마 후 그는 자신의 근무지였던 제 19기지에 갑자기 나타나 사람들을 놀라게 했다.

물론, 당시 그의 상태는 평범하지 않았다.

SCP-451은 현재 불명의 변칙성으로 인해 세상을 오로지 혼자 살아가고 있는 상태다. 추정에 따르면 그는 주위의 다른 사람들의 존재에 대해서 전혀 인지하지 못하는 상태인 것으로 보인다. 가령, 다른 사람들은 SCP-451을 평범한 사람과 전혀 다를 것 없이 동일하게 인식할 수 있지만, 그는 수없이 많은 사람들 한가운데 있어도 자신 이외에는 단 1명도 인식하지 못한다. 이는 말을 걸거나 신체 접촉도 마찬가지이다. 말은 전혀 듣지 못하며, 신체 접촉은 그저 귀신이라고 생각하거나 혹은 자신의 정신에 문제가 생긴 것이라 받아들일 뿐이다.

재단은 수차례 SCP-451과의 상호작용을 시도했지만 모두 실패했다. 끊임없는 대화 시도는 아예 들리지도 않는 듯했으며, 각종 글과 영상을 통해 간접적인 정보를 남기려는 시도에도 그는 정보를 전혀 인지하지 못하는 듯 보였다. 상황이 이렇다 보니 평범한 요원이었던 그가 어쩌다 현 상태가 된 것인지에 대해서 파악하는 데 어려움이 있었는데, 다만 그가 꾸준히 작성하는 일기를 발견하게 되면서 몇몇 의문점이 풀리기 시작했다.

그의 일기에 따르면 아마도 SCP로 추정되는 유물이 그를 지금의 상태로 만든 것으로 보인다. 그는 자신이 정체불명의 유물을 마음대로 만진 탓에 현재 인류가 완전히 멸망해버렸고, 세상에 자신 혼자만 남은 것이라 여기고 있다. 실제로 그에게는 도로 위를 다니는 차들은 버려진 차처럼 보이며, 사람들이 가득한 식당은 먹다 남은 음식만 가득한 것처럼 보이는 것으로 추정된다.

현재 SCP-451는 극한의 외로움에 자신으로 인해 세상이 이렇게 되어 버렸다는 죄책감까지 더해져 정상적인 사고가 불가능한 것으로 보인다. 심지어 갈수록 심해지는 외로움과 죄책감 때문에 그는 종종 극단적인 선택을 시도하는 모습도 보이는데, 그나마 다행인 것인지 그는 변칙적 특성으로 인해 죽는 것조차 불가능한 상태로 추정된다. (사건 451-S 참고) 현재 그의 변칙성을 밝혀내기 위한 연구가 최우선으로 진행 중이다.

사건 451-S-1

진전 없는 연구에 ■■■■ 박사는 전혀 다른 방향의 의견을 제시했다. 동료로서 그를 공포와 스트레스에서 벗어나게 만들어 주자는 것이었다. 실제로 당시 SCP-451이 극단적인 선택을 시도하는 주기가 점점 짧아지고 있었다.

수많은 논쟁 끝에 결국 총을 제공하기로 했다. 총을 발견한 SCP-451은 망설임 없이 극단적인 선택을 시도했다. 하지만 총알은 그의 몸을 아무런 상처도 없이 그대로 통과했고 오히려 근처에 있던 다른 연구원의 다리에 맞는 어이없는 상황이 벌어졌다. 마치 어떤 강력하고도 절대적인 힘이 어떤 형태로든 SCP-451이 외로움에서 벗어나는 것을 막고 있는 것 같았다.

사건 451-S-2

SCP-451는 SCP를 이용해 현재 상태를 벗어나려 시도했다. 그는 어째서인지 몇몇 SCP는 인지할 수 있는 것으로 보였고, 제 발로 SCP-173의 격리실에 들어갔다. 그는 한치의 고민도 없이 SCP-173 앞에서 눈을 질끈 감았지만 SCP-173은 SCP-451을 지나쳐갔다.

SCP-451은 SCP-173 앞에서 눈을 감은 사람 중 유일하게 살아남은 사람이 되었다.

난 이 조각상 앞에서 눈을 감았다. 근데 이 새끼는 날 쳐다보지도 않았다.
- SCP-451의 일기 중에서 -

이건 마치 저주 같군요. 영원히 그를 외로움 속에서 살게 하려는 아주 지독한 저주 말입니다. 오, 불쌍한 내 옛 친구...
- ■■■■ 박사 -

메모 451-K

그를 가둬 놓으려고 한다면야 뭐가 어렵겠습니까. 하지만 그의 상태를 고려해보면 절대 좋은 방법이 아닙니다. 공포와 스트레스만 안겨줄 게 분명합니다. 우리가 저렇게 되지 말라는 법도 없지 않습니까? 오히려 자연스러운 상황에서의 관찰을 통해 정확한 상태를 파악하고 연구하는 것이 그에게도, 재단에게도 훨씬 좋은 방향일 것입니다.

물론 격리는 해야겠죠. 우리 연구진은 그의 격리에 대해 많은 고민을 했고 그가 우리 재단의 전직 요원이었다는 것을 고려해 적절한 격리절차를 구상했습니다. 오직 전직 요원이기에 가능한 격리절차 말이죠.

특수 격리 절차

현재 SCP-451은 제 19기지를 누비며 생활하고 있다. 그의 특성상 크고 작은 문제가 종종 발생하는데, 목욕 가운만 입고 기지를 누빈다거나, 각종 SCP에 마음대로 접근하기도 한다. 이에 무장 경비원 2명이 항시 SCP-451과 동행하며 위험한 개체에 접근하는 것을 막고 있다.

메모 451-P

목욕 가운이라도 입으면 다행이지. 난 얼마 전에 내 의사와 상관없이 녀석의 알몸을 봤다구. 내 생에 절대 볼 계획 따위는 없었던 장면이었지. #!$&#$!$&(심한 말). 아니, 세상에 혼자만 남았다고 생각하면 다 저렇게 되는 거야??

451 격리 프로토콜: 거짓말쟁이

계속되는 연구 과정에서 SCP-451과 상호작용을 할 수 있는 2가지 단서를 얻을 수 있었다.

먼저, 완벽하게 거짓인 정보는 SCP-451에게 효과적으로 전달이 가능했다.

'곧 SCP-657의 예언에 따라 모두가 죽음을 맞이할 것입니다.
모두 각자의 신께 멋진 죽음을 빌고, 마지막 순간을 즐기세요. -7월 11일-'

다음과 같은 완벽하게 거짓이 적힌 메모는 SCP-451이 제대로 읽고, 이해한 것으로 확인되었다. 연구원들은 다음날에도 날짜만 바꾼 똑같은 내용의 메모를 똑같은 장소에 남겼고 SCP-451은 전직 SCP재단 요원답게 자신이 현재 변칙적인 상황을 겪고 있는 것이라 추측했다. SCP-451은 본인은 현재 시간 이동을 하고 있는 것이며 메모에 적힌 것처럼 인류가 사라진 직후의 시간대에 자신이 도착한 것이라 여기게 되었다.

그리고 그는 시간 이동의 규칙성이나 자신이 원하는 시간대로 갈 수 있는 방법을 찾아 사람들이 사라지기 전으로 이동할 수 있다면 적어도 혼자만 남는 게 아닌 모든 사람들과 함께 사라질 수 있다는 희망을 갖게 되었다.

이후, SCP-451은 급격히 활기를 되찾았으며 각종 첨단 장비들이 갖춰진 제 19기지를 헤집고 다니며 시간 여행에 대한 정보를 찾고 있다. 해당 격리절차가 적용된 이후 SCP-451은 극단적인 선택의 빈도가 눈에 띄게 줄었으며, 제 19기지에서 벗어나지 않고 있다.

두 번째 단서는 SCP-451이 자신의 몸을 통과한 총알에 맞은 연구원을 인식하는 것으로 보였다는 것이다. 그는 순간 다친 연구원을 발견하고는 응급도구를 가지러 갔지만, 다시 도착했을 때는 동일한 연구원을 인식하지 못했다. 즉, 특수한 상황에서는 타인을 인지할 수 있으며 이는 변칙성을 무력화시키는 단서가 될 수 있다. 이에 대한 실험을 준비하는 중이다.

SCP-4026

일련 번호 SCP-4026 | 등급 무효 | 통칭 수호천사 | 결재

발견기록 4026-M

영국의 유명 관광 명소인 '비치 헤드'에서 이상 현상이 포착되었다. 원래 비치 헤드는 아름다운 자연만큼이나 자살 명소로도 유명한데, 어느 날부터인가 비치 헤드에서 발생하는 자살 사건 발생률이 급격하게 줄어들었다. 박사들은 SCP와 관련된 현상일 가능성을 염두에 두고 조사와 탐문을 진행했고, 얼마 안 가 몇몇 사람들의 증언에서 공통적으로 언급되는 수상한 현상을 포착한다. 이후 해당 현상이 자살률 감소와 관련 있다는 인과관계가 증명되면서 SCP-4026으로 지정되었다.

변칙성

SCP-4026은 극단적인 선택을 위해 비치 헤드를 찾은 사람에게만 발생하는 것으로 보이는

일종의 '자살 포기 현상'이다. 이를 경험한 사람들은 대부분 오랜 고민 끝에 자살을 시도하려 비치 헤드를 찾아왔음에도 불구하고 왜인지 도착하고 얼마 지나지 않아 자살을 깔끔하게 포기하게 된다. 단, SCP-4026을 경험한 사람들은 하나 같이 당시의 구체적인 상황을 기억하지 못하며 그저 갑자기 자살에 대한 부정적인 감정과 혐오감이 들었다고 증언한다.

현재 SCP-4026은 유독 비치 헤드 내의 약 100m 범위의 특정 지역에서 집중적으로 발생하고 있으며, SCP-4026을 경험한 93% 사람들이 자살을 포기하고 돌아간 것으로 확인된다.

특수 격리 절차

현재 SCP-4026의 구체적인 발생 과정을 포착하기 위해 비치 헤드 곳곳에 감시 요원들을 배치하고, SCP-4026이 자주 발생하는 구역 전반에 감시 카메라가 설치되어 있다.

사건기록 4026-V

20■■년 7월 7일, 비치 헤드 곳곳을 순찰 중이던 재단 요원들이 어디선가 들려오는 비명을 포착했다. 즉시 소리의 근원지를 찾아간 요원들은 겁에 질린 채 서 있는 남성 1명을 발견했다. 하지만 그는 무슨 일이냐는 요원들의 질문에도 넋이 나간 듯 절벽 쪽을 바라보며 어버버 거리고 있었고, 요원들은 즉시 근처의 감시 카메라를 확인했다.

*다음은 영상을 재구성한 내용이다.

현장에 있었던 남성(엘리엇 슈나이더, 32세)은 스스로 목숨을 끊기 위해 절벽으로 다가가고 있었다. 그런데 그가 절벽 가장자리 5m 이내에 접근했을 때쯤 갑자기 누군가가 나타나 그에게 말을 걸기 시작했다. 남성에게 말을 건 개체는 왜인지 정확한 모습이 찍혀있지 않았는데, 해당 개체가 가진 인식 변칙 특성으로 추정된다. (다만, 자연스러운 슈나이더의 반응으로 보아 인간의 모습을 가진 것으로 추정됨)

그는 대뜸 슈나이더에게 뛰어내릴 거냐고 질문했다. 조금 귀찮고 어이없어하는 모습이었지만 슈나이더는 그의 질문에 대답을 이어 나갔고 이내 불같이 화를 내기 시작했다. 그도 그럴 것이 그가 뛰어내릴 거면 구경 좀 하게 얼른 뛰어내리라며 비아냥거렸기 때문이다.

슈나이더는 순간 이성을 완전히 잃은 듯 보였고 갑자기 그에게 달려들어 몸싸움을 벌였다. 그는 적잖게 당황한 모습으로 그대로 절벽 끝까지 밀려가는 것처럼 보였고 이내 비명을 지르며 절벽 아래로 떨어져 버린 듯했다.

이성이 돌아온 슈나이더가 벌벌 떨고 있다.

영상 확인 직후 요원들은 즉시 절벽 아래로 내려가 근처를 수색했지만 어떠한 흔적도 찾을 수 없었다. 잠시 후 슈나이더 역시 다른 사람들이 그러했듯 자신이 겪은 상황을 제대로 기억하지 못하게 되었다. 슈나이더는 기억소거 처리 후 치료를 위해 인근 정신 병원으로 보내졌다.

메모 4026-Q

정황상 슈나이더 앞에 모습을 드러낸 존재가 SCP-4026을 유발시켜 수많은 사람들의 자살을 막은 장본인인 것으로 추정됩니다. 다만 그 방법을 보고는 조금 놀랐습니다. 영상을 지켜본 바, 자살에 대한 비아냥으로 지속적으로 상대를 자극함으로써 상대로 하여금 '내가 이딴 녀석에게 구경거리를 만들어 주느니 안 죽고 말지..' 라는 생각이 들게 만드는 일종의 '청개구리 요법'을 사용하고 있었거든요.

이제야 SCP-4026을 경험한 사람들이 하나 같이 자살에 대한 혐오감이나 불쾌한 기억을 가지고 있었던 이유가 설명이 되는군요. 또한 이러한 방법이 93%라는 높은 성공률로 자살을 막는 효과를 보여줬다는 것도 놀랍습니다. 해당 개체를 SCP-4026-1로 지정합니다. 아... 이제는 별 의미가 없겠지만요...

특수 격리 절차 - 개정됨

SCP-4026-1이 사라진 이후 SCP-4026은 더 이상 발생하지 않았다. 지금은 그 어떤 격리 절차도 필요하지 않다.

===

SCP-220-Ko

| 일련 번호 SCP-220-Ko | 등급 유클리드 | 통칭 안개요원 | 결제 |

메모 220-KO

기존의 시선으로 본다면 그는 분명 SCP입니다. 하지만 그는 스스로가 요원이길 바랐고 누가 시키지 않았음에도 그렇게 행동했습니다. 그리고 자신을 희생해 많은 이를 구해냈습니다. 그는 요원입니다. 그리고 영웅입니다. 그의 회복을 간절히 기원합니다. - ■■ 기지 일동 -

발견기록 220-C

재단 기지 주변을 순찰 중이던 요원들이 유난히 안개가 짙게 낀 장소를 발견했다. 평소에는 안개라곤 없던 장소였기에 수색을 진행했지만 별다른 특이 사항은 발견할 수 없었고,

'이상 기후 현상' 정도로 여기고 복귀하려던 순간 안개의 중심부에서 눈알 2개가 튀어나왔다.

기지 인근에서 포착된 변칙 현상 혹은 개체에 요원들은 지원 요청 후 확보를 시도했지만 안개의 특성상 포획 장비에서 금세 빠져나가 포획이 쉽지 않았다. 그런데 이번에는 안개 속에서 손이 튀어나오더니 마치 항복을 하듯 두 팔을 들어 올렸고 이후 스스로 포획 장비로 들어가더니 격리실까지 순순히 따라 들어왔다. 이후 연구 및 면담이 이루어졌다.

변칙성

SCP-220-Ko는 안개 형태의 지각체로, 구성 성분 자체도 보통의 안개와 똑같으며 주변 습도에 따라 크기나 밀도가 달라지는 등의 안개가 가진 특성을 그대로 가지고 있다. 다만 일반적인 안개와는 달리 인간의 특성도 가지고 있을 뿐이다.

SCP-220-Ko를 비가시광선을 통해 관찰하면 짙은 안개 속에 숨어있던 다양한 인간의 신체 기관이 드러나는데, 신체 기관 하나하나가 전부 분리되어 있다. 자세히 관찰한 결과, 분리된 신체 기관은 각기 다른 신체의 것으로 보인다. SCP-220-Ko는 이것들을 자유자재로 움직이고 사용하는 것이 가능하다.

심지어 손상된 신체 부위의 경우 치료까지 가능했는데, 손상된 발성 기관을 치료하자 SCP-220-Ko은 유창하게 말을 하기 시작했고, 직접적인 의사소통이 가능한 인간 수준의 지성까지 가지고 있는 것이 밝혀졌다.

SCP-220-Ko는 유독 재단에 협조적인 모습을 보인다.

메모 220-Ko-P

사실 처음엔 SCP-220-Ko의 협조적인 모습에 의심부터 들었습니다. 재단 기지 근처에서 발견되었다는 것부터가 요주의 단체와 관련 있다는 증거라고 생각했거든요. 그런데 우연히 그의 격리실에 환풍구가 있다는 것을 보게 되었죠. 네, 그는 분명 안개라구요. 작은 틈만 있으면 탈출하는 것은 일도 아닐 겁니다. SCP-220-Ko는 아예 도망칠 의사가 없는 거였죠. 궁금했습니다. 무슨 속셈인지. 그래서 다그쳤죠. 저의 물음에 그는 완전히 의외의 대답을 하더군요.

스스로가 재단의 요원이었던 것 같다고요.

그렇게 생각하는 이유가 뭐냐고 물었더니 구체적인 증거나 기억을 말하는 대신 "다른 건 몰라도 그 사실 하나만큼은 처음부터 분명하게 느껴졌다."라고 답하더군요. 대답에 당황스럽긴 했지만 지금 생각해 보면... 적어도 그게 거짓말은 아니었던 것 같네요. 그건 변칙성에 노출된 요원들이 자주 보이는 정체성 혼란 증세였는데 말이에요.

사실 그가 가진 신체 기관 중 일부가 과거 임무 도중 사망한 것으로 추정되는 한 요원의 것으로 밝혀졌을 땐 오히려 더 의심을 하기도 했죠. 그 요원을 어떻게 한 건 아닌가, 하구요.

후회됩니다. 사실 조금만 더 주의 깊게 그의 이야기를 들었다면... 조금만 더 그의 입장에서 생각을 해봤다면 아주 조금은 상냥하게 대해줄 수 있었을 텐데 하고 말이죠.

'가습기 요원'... 그가 뭐라도 하겠다며 제시한 코드명입니다. 그렇게 한 번이라도 불러줄 걸 그랬어요.

사건기록 220-KO-X

■■■■년 ■월 ■■일 기계 파손으로 인해 재단 기지 전체에 기억소거제 누출 사고가 발생했다. 즉시 비상 경보가 기지 전역에 울렸지만 기체 상태의 A급, C급 기억소거제가 기지 전체에 빠르게 퍼지기 시작하면서 거의 모든 요원이 동시에 의식을 잃었다.

상당한 피해가 예상되는 흐름이었지만 약 30분 후 모든 사건이 수습되었다.

조사 결과, 직접적인 피해가 확인된 것은 SCP-220-KO의 격리실과 기억소거제 보관실에 쓰러져 있는 SCP-220-KO뿐이었다.

아래는 CCTV 내용을 문서화 한 것이다.
SCP-220-KO가 환풍구를 통해 격리실을 탈출한다. 그는 즉시 중앙 환풍기로 이동한 후 자신의 한 쪽 팔을 희생하면서까지 멈춰 있던 중앙 환풍기를 작동시킨다. 기억소거제가 빠르게 빠져나가기 시작한다.

직후 SCP-220-KO는 스완 요원을 찾아내 깨우고는 자신의 발성 기관 하나를 건넨다. 둘은 발성 기관을 마치 무전기처럼 사용한다. 스완 요원은 SCP-220-KO의 지시에 따라 대형 사고 발생 위험이 있는 원자로를 일시 정지시킨다. 스완 요원이 다시 쓰러진다.

같은 시각 SCP-220-KO은 기억소거제 보관실로 향한다. 한 SCP가 배고픔에 격리실을 탈출하려는 징후를 보이자 SCP-220-KO이 자신의 한쪽 팔을 격리실 안으로 던져 넣는다.

기억소거제 보관실에 도착한 SCP-220-KO는 자신이 가진 나머지 신체 기관을 이용해 기억소거제의 누출을 틀어막고는 그대로 쓰러진다.

요원들이 하나둘 깨어난다.

특수 격리 절차

SCP-220-KO는 현재까지도 깨어나지 못하고 있다. 설상가상 신체 내부에서 기억소거제 성분이 발견되었으며, 그나마 남은 신체 조직마저 서서히 활동을 멈추는 기억소거제 중독 증상이 진행 중이다.

상태에 맞춰 격리 절차를 개정할 것을 요청합니다.

현재, 격리 절차는 SCP-220-KO의 상태에 맞춰 SCP-220-KO의 회복을 최우선으로 하는 중이다.

SCP-220-KO은 500L의 물을 채운 수조에 넣어 하루 1회 영약액을 공급한다. 매일매일 기억소거제 중화 수치와 내부 신체 조직의 갯수 및 상태와 회복 정도를 확인한다. 이상이 발견될 시 즉시 3등급 이상의 연구원에게 알려야 한다.

===

SCP-343

| 일련 번호 | SCP-343 | 등급 | 안전 | 통칭 | 신(GOD) | 결제 |

재단 내에 '빌'이라는 이름을 가진 박사는 없었습니다.

***주의**: 해당 문서는 개인 보고서로 SCP-343의 개입을 고려해 정식 보고되지 않은 내용을 포함합니다. 적어도 저는 그의 정체에 대해 지속적으로 의구심을 품고 있으며, 현재 공식 문서에 포함된 내용 중 일부가 그의 개입에 의해 작성되었을 가능성이 높다고 추정합니다. 그는 신이 아닙니다. 적어도 우리가 생각하는 '신'은요.

변칙성

SCP-343은 스스로를 신 혹은 우주의 창조자라 부르는 존재이다. 하지만 정작 신이라고 하기엔 상당히 의심스러운 부분이 많다.

먼저, 수많은 사람들이 그를 만났음에도 그의 모습을 정확하게 아는 사람은 단 한 명도 없다. 정확히는 모두가 다른 모습으로 인식한다. 나이 많은 남성의 모습이라는 것은 동일하지만 세부적인 외형은 조금씩 다르다.

또한, SCP-343은 우리가 흔히 생각하는 무엇이든 알고, 무엇이든 가능한 전지전능한 신의 모습에는 조금 부족한 능력을 보인다. 현재까지 알려진 가장 대표적인 능력은 벽을 통과하는 것과 순간이동이다.

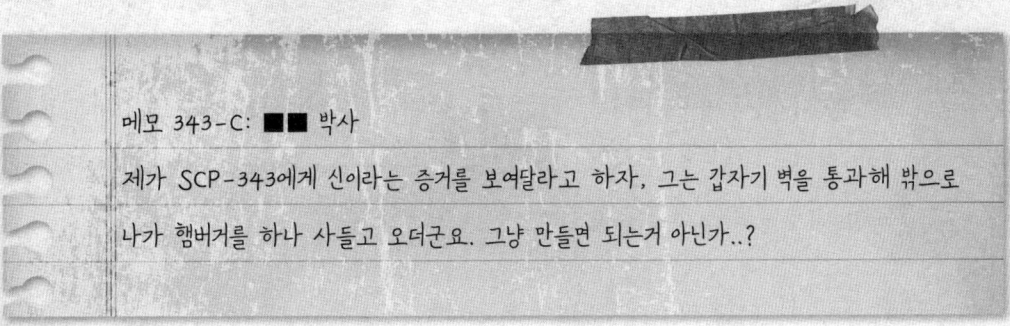

메모 343-C: ■■ 박사
제가 SCP-343에게 신이라는 증거를 보여달라고 하자, 그는 갑자기 벽을 통과해 밖으로 나가 햄버거를 하나 사들고 오더군요. 그냥 만들면 되는거 아닌가..?

이 외에도 격리실을 순식간에 자신의 취향대로 바꿔 버리거나 격리실 공간 자체를 넓히는 등 창조와 관련된 변칙성을 보인적도 있긴 하지만 손에 꼽을 정도이다.

특수 격리 절차

현재 SCP-343은 안전 등급을 부여받은 상태로, 재단의 한 기지에서 자유롭게 지내고 있다. SCP-343은 인간이라면 누구에게나 호의적인데다 특히 대화하는 것을 즐기며 정확한 이유는 알 수 없으나 그와 대화를 한 사람들은 모두 하나같이 기분이 좋아졌다고 말한다. 현재 SCP-343의 격리실은 누구나 원한다면 출입이 가능하게 개방되어 있으며, 실제로 하루에도 수많은 재단 요원들이 스스로 찾아가 SCP-343과 대화를 나눈다.

메모 343-Q2

보통 인간형 개체라고 하면 최소한 유클리드 등급을 지정하는 것이 재단의 방식입니다. 더군다나 격리가 불가능한 수준의 능력인, 순간이동과 벽을 통과하며 다니는 능력은 케테르 등급을 부여해도 과하지 않은 수준입니다. 단순히 스스로 격리를 받아 들이고 있다는 것이 그를 안전 등급으로 지정하는데 합당한 이유가 될 수는 없단 말입니다.

이것 뿐만이 아닙니다. 확실히 SCP-343는 수상합니다. 저는 며칠저 상부에 보고해 SCP-343의 격리실 출입을 허가를 받은 사람만 가능하도록 변경할 것을 요청했습니다. 당시에도 일부 요원들의 반발이 있긴 했지만 결국 임시로 경비 요원들이 배치되었죠.

하지만 왜인지 경비 요원들이 무단으로 자리를 비우는 일이 발생했고, 자연스레 출입 허가를 받지 않은 사람들이 여전히 드나들고 있었습니다. 더 어처구니가 없는 건 경비 요원에게 질책을 하자 그들은 "신은 사람이 많은걸 좋아한다."라고 말하며 격리실 감시 명령을 거부했습니다.

네, 명령을 거부하다니요. 이건 격리에 있어 전무후무한 일이며 당연히 있어서는 안 되는 일입니다. 하지만 만약 이것이 SCP-343에 의한 일이라면요? 가령, 녀석이 경비 요원들의 정신을 조종한 것이라면요?

메모 343-W

비밀리에 조사하던 SCP-343과 관련된 모든 자료가 사라졌다. 심지어 함께 자료를 모으던 동료들이 SCP-343을 조사했다는 것조차 기억하지 못하고 있다. 분명 무언가 잘못 되었다. SCP-343의 관리자는 수상할 만큼 녀석에게 호의적이며, 누군가 SCP-343에게 적대심을 보이는 경우 가차 없이 SCP-343에게서 해당 인원을 떨어뜨려 놓는다. 심지어 이 말도 안 되는 상황을 조사하지도 않는다. O5가 직접 지시했다는 이유로 말이다. 어쩌면 재단 전체가 녀석에게 놀아나고 있는 것일지도 모른다. 위험하다. 내가 해결해야 한다.

빌 박사 -

메모 343-Z

SCP-343의 면담 기록을 검토하던 도중 수상한 점을 발견했습니다. 저는 처음 보는 이름이 면담자로 적혀있더군요. 단순한 오류인지 오기입인지 확인이 필요합니다.

확인결과 오기입인 것으로 확인되었습니다. 재단 내에 '빌'이라는 이름을 가진 박사는 없었습니다.

SCP-049

| 일련 번호 SCP-049 | 등급 유클리드 | 통칭 흑사병 의사 | 결제 |

역병은 재앙,
죽음 대몰살과 같다.

발견기록 049-A

프랑스 남부의 몽토방 마을에서 집중적으로 발생한 미제 실종 사건이 재단의 정보망에 들어왔다. 짧은 시간 동안 다수의 실종 사건이 발생했고, 좀비 같은 괴생명체가 돌아다닌다는 제보를 확인하고 즉시 요원들이 파견되었다.

조사 과정에서 요원들은 수상한 집을 발견했고, 내부에서 가면 쓴 수상한 인간과 좀비 같은 괴생명체 여럿을 확인했다. 교전이 발생했지만 괴생명체가 죽어가는 와중에도 가면을 쓴 인간은 무언가 메모만 할 뿐이었다. 이후 그는 자발적으로 재단에게 구속되었다.

변칙성

SCP-049는 인간과 큰 차이 없는 외형을 가진 SCP로, 1.9m의 큰 키와 중세 흑사병 의사가 떠오르는 가면이 특징이다. 다만, 녀석이 착용 중인 것처럼 보이는 옷과 가면은 몸에서 '자라난' 것으로 장식품이 아닌 신체 일부에 가깝다.

SCP-049는 폭넓은 지식과 다양한 언어 구사 능력으로 재단과 수월하게 소통하며 재단에 협조적이다. 다만, 녀석은 유독 스스로가 '역병'이라 부르는 것에 상당히 집착하는 모습을 보인다. SCP-049는 역병에 걸린 것으로 판단되는 사람을 만나면 상당히 흥분하며 대상을 치료하려 시도한다. 하지만 SCP-049가 역병이라 칭하는 것의 정확한 정체에 대해 재단은 전혀 파악하지 못하고 있다.

> 메모 049-P
>
> SCP-049가 말하는 '역병'이 무엇인가 보다는 녀석의 정체가 무엇인지부터 밝히는 게 먼저입니다. 이 녀석 실컷 의사인 척하고 있지만 정상적인 의사가 아닐 가능성이 다분합니다. 의사라면 선페스트(buboonic plague)를 못 알아듣는다는 건 말이 안 되니까요. 그리고 녀석이 의사가 아니라면 '역병' 또한 우리가 일반적으로 생각하는 질병이 아닐 가능성이 높습니다.
>
> 그나저나 SCP-049 그 녀석... 역병이 뭔지 못 알아들으면 짜증만 잔뜩 내면서도 정확한 설명은커녕 헷갈리는 말만 늘어놓는 건 무슨 심보랍니까? 아무튼 SCP-049는 묘하게 불편한 녀석이라니까요.

SCP-049의 치료 방법은 꽤나 일관적이다. 우선 대상에게 다가가 손을 가져다 대는데, 녀석의 손이 피부에 닿는 순간 대상은 모든 신체 기능이 정지되어 목숨을 잃게 된다. 정확히 어떤 이유로 죽음에 이르는 것인지는 부검을 통해서도 밝혀낼 수 없었다.

이후 SCP-049는 후회나 좌절감을 보이면서도 "그들이 역병을 제거하려는 노력을 하지 않았기 때문에 어쩔 수 없었어"라는 말을 반복하며, 자신의 가방에서 각종 도구를 꺼내 수술을 시작한다. 오랜 시간 이어지는 수술이 끝나고 나면 대부분의 경우 대상은 일종의 좀비 같은 상태인 SCP-049-2가 된다.

SCP-049-2는 SCP-049가 수술로 되살려낸 개체로, 수술로 인해 신체가 기괴할 만큼 변형되어 있으며, 자아도 존재하지 않는다. 이들은 기본적은 운동 능력과 반응 기제만을 가지고 있으며 평소에는 거의 움직이지 않고 천천히 걷기만 한다. 하지만 자극을 주거나 SCP-049가 지시를 내리면 극도로 공격적으로 변한다. SCP-049는 이들을 치료된 상태라고 말한다.

관찰 기록 049-P-1

재료: 살아있는 D계급

SCP-049는 표준적인 의학적 질문 이후 D계급을 죽였다. 수술은 주로 수동 펌프와 동관을 이용해 가방에서 꺼낸 유체를 D계급의 몸에 집어넣는 방식으로 이루어졌으며, 이는 상당 수준의 신체 변형을 초래했다. 수술 후 접합된 여러 팔다리, 흉골에 뚫린 직사각형의 구멍 등 정상적인 상태가 아니었음에도 D계급은 다시 움직였다.

SCP-049의 재격리를 위해 보안 요원을 투입하자 D계급은 공격성을 보였고 즉시 사살되었다.

관찰 기록 049-P-2

재료: 죽은 지 얼마 안 된 오랑우탄

인간 생리학과 유사한 재료에 대해 SCP-049가 감사를 표했다.

수술은 며칠간 이어졌고 그동안 실험체는 여러 번 되살아났지만 SCP-049는 결과에 불만

족스러워 보였다. 5번째 수술이 실패하자 SCP-049는 소각을 부탁했다.

보존 기록 049-X

SCP-049와의 수월한 의사소통 및 격리를 위해서는 '역병'의 의미를 파악하는 것이 중요하다. 아래 내용은 수차례의 면담을 통해 알아낸 역병에 대한 정보다. 면담을 진행한 박사는 즉시 획득한 정보를 업데이트해야 한다.

- 역병은 재앙, 혹은 대몰살과 같다.
- 이 세상에 존재하는 단 하나의 질병이다.
- 현재 역병은 세상밖에 넘쳐나고 있으며, 많은 이들이 역병에 굴복했다.
- 역병은 예측할 수 없는 방식으로 존재하고 진행되며, 대비하지 않은 자들에게 슬며시 새어든다.
- 앞으로도 역병은 더 퍼져나갈 것이다. 완벽한 치료법이 없기 때문에.
- 역병을 박멸하는 것이 자신의 사명이며, 실제로 아주 근접해있다.
- SCP-049-2는 완벽하진 않지만 역병이 치료된 상태다.
- 치료된 상태에서는 더 이상 역병을 퍼뜨리지 않는다.
- 역병은 전신에 불균형을 가져올 수 있다. 이때는 체액의 조화를 맞춰야 한다.

특수 격리 절차

현재 SCP-049는 제19기지의 표준 인간형 격리실에 격리 중이다. 녀석은 재단에게 자신의 역병 치료 연구에 필요한 실험체 제공을 요청하며 순순히 격리에 응했다. SCP-049는 노골적으로 인간 혹은 인간의 구조와 유사한 실험체를 선호하지만 인간을 재료로 제공하는 것은 금지된다. 대신 2주에 1번 죽은 지 얼마 되지 않은 동물시체를 제공한다.

실제로 SCP-049는 대부분의 시간 동안 역병 치료법을 완성시키기 위한 수술을 진행하며 계속해서 SCP-049-2 개체를 만들어낸다. 녀석이 만들어 낸 SCP-049-2 개체는 소각 처리한다. SCP-049는 자신의 가방에 있는 일기에 수술 결과를 기록하며, 자신의 연구 내용을 재단 연구원들과 공유하려 한다. 하지만 일기에 적은 내용은 어떤 방법으로도 해독 불가능했으며 SCP-049가 하는 말은 대부분 알아들을 수 없었다.

사건기록 049-P

SCP-049가 면담을 위해 격리실에서 나와 이동하던 중 갑자기 연구원을 공격했다. 그가 역병에 걸렸다는 이유였다. 사고 재발을 위해 이후 SCP-049가 격리실 외부에서 이동할 때는 반드시 진정제를 투여해야 하며, 3등급 구속 용구(잠금 가능한 목걸이와 구속용 벨트) 착용 및 최소 2명 이상의 무장 경비원이 대동해야 한다.

메모 049-Q

벌써 몇 번째인지 모르겠습니다. 심지어 녀석은 충분히 구속된 상태였다고요. 뭔지도 모를 그놈의 역병만 나타났다 하면 완전 다른 사람이 되는 수준입니다. 지난번엔 구속구를 끊고 난리를 치더니, 이번엔 아주 대놓고 면담 중인 박사를 공격했습니다. 심지어 SCP-049-2로 만들었죠.

그나마 라벤더 향을 맡으면 얌전해진다는 사실을 알게 된 것은 확실히 도움이 되고 있지만, 갈수록 녀석을 제압하는 게 힘들어지고 있습니다. 아마도 역병의 정체를 모르는 이상 녀석의 돌발행동은 계속될 거고요.

차라리 역병의 정체를 알아내기 전까지는 보다 높은 수준의 격리를 유지하는 것이 최선이라 판단됩니다. 더 이상 녀석이 제멋대로 날뛰게 둘 순 없습니다.

: 현재 누구라도 SCP-049와의 접촉은 금지된다. 모든 실험체 제공 역시 일시적으로 중단된다.

SCP-4999

일련 번호	등급	통칭	결재
SCP-4999	케테르	우리를 굽어살필 누군가	

일종의 위로...

변칙성

SCP-4999는 검은색 계통의 정장을 입은 중년 남성으로 특수한 상황에서만 모습을 드러낸다. 그가 나타나는 상황은 '누군가가 죽음을 맞이할 때'로 SCP-4999는 평균적으로 약 20분 정도 후에 죽게 되는 사람에게 나타난다. 단, 죽음이 임박했다고 하더라도 혼수상태, 수면 상태, 무의식 상태 등 환자가 4999의 등장을 알 수 없는 상황이라면 나타나지 않는 것으로 보인다. 즉, '홀로 죽음을 앞둔 의식이 있는 사람'에게만 나타나는 것이다.

이렇듯 혼자서 죽음을 앞둔 사람에게 나타난 SCP-4999는 대상의 근처에 앉거나 서서 담배를 권하는데, 만약 상대가 담배를 원하면 같이, 원하지 않으면 혼자만 담배를 태우기 시작한다. 그러고는 상대의 손을 잡거나, 자신의 손을 상대의 머리나 어깨에 올리고 그저 가만히 자리를 지켜 준다. 이때, SCP-4999는 어떤 말도 하지 않으며, 신기하게도 그를 처음 대하는 것이 분명한 사람들 역시 질문은 물론 어떤 대화 시도조차 하지 않는다. 아니 오히려, 마치 SCP-4999가 누군지 알기라도 하는 듯 그를 보고도 놀라거나 당황하지 않으며, 접촉이 편하도록 자세를 바꾸거나, 그를 인식하는 순간 눈물을 흘리는 등의 반응을 보이기도 한다.

이후 찰나의 시간이 지나 대상이 죽음을 맞이하면 SCP-4999는 그저 조용히 그 자리를 떠나 사라진다.

부록 4999-P: 4999의 영향을 받은 개인의 특성 목록
- 혼자 산다.
- 무교다.
- 가난하거나 집이 없다.
- 정신병력이 있다.
- 참전군인이다.
- 전과가 없거나 폭력 범죄로 기소된 적이 없다.
- 현재 살아있는 가족이 없다.
- 미혼이거나 중요한 타인이 없다.
- 대상의 공동체에서 사회적 지위가 낮거나 없다.
- 전공 분야나 개인 분야에서 중요한 업적에 대한 기록이 없다.
- 상호 간에 이익이 되는 대인관계가 매우 적거나 없다.

다음과 같은 특성을 가진 개인에게 SCP-4999가 나타나기 쉬운 것으로 추정된다.

> 메모 4999-3: SCP-4999에 대한 도시전설
> SCP-4999는 근대에 들어서며 사진과 동영상 촬영 기술의 등장으로 인해 증거가 늘어났을 뿐 그의 특성, 행동 및 신체에서 유사성을 보이는 인물에 대한 글과 예술적 묘사는 전 세계의 역사와 문화, 그리고 신화 등 길게는 수천 년 전의 자료에서도 찾을 수 있었다. 현재 그의 정의에 대해 논의가 진행 중이다.

특수 격리 절차

SCP-4999의 첫 발견은 병원의 보안 카메라에서 포착된 모습이 인터넷과 다양한 텔레비전 프로그램에 방영되면서이다. 덕분에 현재 SCP-4999는 대중들에게 도시전설 속 인물로 알려져 있으며, 재단은 이를 이용해 역정보 프로그램을 실행, 현재의 대중적 이미지를 유지하는 데 힘을 쏟고 있다.

사실 SCP-4999의 특성상 한 번에 2명 이상의 사람 앞에 나타나지 않으며, 대상을 목격한 사람은 이내 사망하기 때문에 직접적인 격리는 필요 없다. 단, SCP-4999과 관련된 미디어는 분석을 위해 몰수하며 간접적으로 목격한 대중의 기억은 소거해야 한다.

〈공간형〉

SCP-087

| 일련 번호 SCP-087 | 등급 유클리드 | 통칭 계단통 | 결제 |

그 무엇도 들어가서도
나와서도 안 된다.

변칙성

SCP-087은 한 대학교 캠퍼스에 있는 특수한 장소로, 어느 날 갑자기 발견되었으며 실제 설계도에도 존재하지 않는다.

SCP-087은 입구부터 바로 앞도 겨우 보일 정도로 아주 깜깜한데, 어둠 속으로 지하로 향하는 콘크리트 계단이 이어져 있다. 13개의 계단마다 지름 약 3m의 반원형 층계참이 존재하며, 층계참마다 반대 방향으로(180도) 계단이 다시 이어진다. 현재 재단은 13개의 계단 이후 층계참까지를 한 층으로 취급한다. 하지만 SCP-087 내부의 계단이 몇 층 아래까지 이어져 있는지, 최종적으로 어디로 향하는 것인지는 알 수 없다.

내부는 입구보다 더 어둡다. 난간 사이로는 아무것도 보이지 않으며 바로 앞 계단이 겨우거우 보일 정도이다. 심지어 손전등을 켜도 고작 계단 9칸이 보일 정도이며, 이는 강한 출력의 손전등을 사용해도 마찬가지였다. SCP-087에 75W 밝기 이상의 빛을 흡수하는 특성이 있을 가능성이 제시되었다.

D계급을 이용해 현재까지 ■■■번째 층까지 탐사를 성공했다. 하강 깊이는 건물의 구조와 지질 환경상 절대 불가능한 깊이였다. 하지만 여전히 계단은 이어져 있었다. SCP-087의 계단이 무한히 이어져 있을 가능성이 있다.

SCP-087 내부에서는 어린아이의 목소리가 포착된다. 목소리는 "제발 도와주세요.", "여기 밑에 있어요."라는 말을 번갈아 반복하며 흐느낀다. 하지만 아무리 계단을 따라 내려가도 목소리와의 거리는 전혀 가까워지지 않는다.

SCP-087에는 현재는 SCP-087-1로 지정된 정체불명의 괴생명체가 존재한다. 녀석은 눈동자와 콧구멍, 그리고 입이 없는 얼굴만 목격된다. SCP-087-1을 만난 사람은 대부분 "그 녀석이 자신을 똑바로 보고 있다."라고 말하며 공포에 질린 채 심각한 발작 증세를 보였다. 하지만 녀석은 그 상황을 즐기기라도 하듯 어둠 속에서 순식간에 눈앞으로 이동하기를 반복한다. 얼굴을 제외한 다른 부분은 관측되지 않았다.

탐사 기록 087-W-2

탐사자: D-9035, 28세, 흑인 남성, 건장함 / 특이사항: 극도의 여성혐오증

2번째 탐사는 다음 탐사를 위해 각각의 층마다 발광 다이오드 전구를 부착하며 진행되었다. D-9035는 첫 번째 층계참에 도착하자마자 어린아이의 목소리를 들었다. 약 200m 아래에서 들리는 것으로 추정되는 목소리는 51층에 도착할 때까지도 가까워지지 않았다.

51층에서 호 모양의 홈을 발견했다. 길이 50cm, 너비 10cm 홈은 깔끔하게 베어져 있었고 그 잔해가 내려가는 첫 번째 계단에 쏟아져 있었다. 51층은 첫 번째 탐사에서 SCP-087-1을 만난 지점이었다.

하지만 이전 탐사와 달리 SCP-087-1은 89층에서 나타났다. D-9035는 호흡곤란 증세를 보이며 비명을 질렀고, SCP-087-1이 가까이 다가오자 명령도 무시한 채 계단을 올라왔다. 17층에 도달한 그는 쓰러져 정신을 잃었고 14분 32초 동안 아무런 움직임이나 반응이 포착되지 않았다. 이후 갑자기 빠른 심장박동과 찢어지는 듯한 낮은 소리가 포착되더니 D-9035가 다시 계단을 뛰어 올라갔다.

> 메모 087-P
>
> 다시는 가고 싶지 않습니다. 솔직히 이렇게 다시 생각하는 것도 싫다고요. 어두움, 이상한 목소리, 괴물까지 제가 싫어하는 게 전부 있는 아주 끔찍한 곳이었습니다. 특히, 그 괴물 녀석은 최악이에요.
>
> 처음엔 목소리의 주인공이 나타난 건가 하는 생각도 들었지만... 아니에요. 저 끔찍한 계단 속 어딘가에 진짜 목소리의 주인공이 있다면 그건 100% 그 괴물 녀석이 뭔 짓을 한 겁니다.

탐사 기록 087-W-3

탐사자: D-9884, 23세, 백인 여성, 보통 체격 / 특이사항: 우울증 전력 있음

지난 탐사에서 부착한 표시등이 보이지 않았다. 접착제만 남아있는 것으로 보아 누군가 일부러 떼어낸 것으로 보였다.

2번째 탐사에서 SCP-087-1을 마주친 89층 바닥에서 직경 1m의 구멍을 발견했다. 손전등을 비췄음에도 아무것도 보이지 않았다. 다만 4초 뒤, 구멍 속 아주 멀리서 빛이 약 2초 동안 깜빡이고 사라졌다.

469층에 도달한 시점, D-9884이 갑작스레 더 이상의 탐사를 거부했다. 복귀를 위해 뒤로 돌아선 그녀의 앞에 SCP-087-1이 나타났다. 갑자기 영상 장치와 음성 장치가 고장을 일으켰다. 영상 신호가 돌아왔지만 SCP-087-1가 길을 막아선 탓인지 D-9884는 아래로 내려가고 있었다.

어느 순간 아이 울음소리가 커졌다. 이후 D-9884는 150층을 더 내려갔고 이후 넘어져 의식을 잃었다. 이 시점 울음소리는 더 커져 있었고, 째지는 소음도 확인되었다. D-9884는 더 이상 아무런 움직임도 보이지 않았고 12초 후 SCP-087-1이 촬영 장치에 얼굴을 들이밀었다. 이후 모든 신호가 끊겼고 다시 연결되지 않았다.

특수 격리 절차

위치를 옮길 수 없는 특성상 SCP-087은 위장해 격리한다. SCP-087로 향하는 문은 1차로 전자자물쇠가 달린 강화 강철 문이 설치되어 있으며, 2차로 건물의 건축 양식과 비슷한 수위실 문으로 위장된다. 문을 열기 위해서는 열쇠를 반시계 방향으로 돌리며 동시에 특정 전압 흘려보내야 한다.

> 메모 087-D
> 그 녀석... 마치 우리가 카메라 너머로 자신을 관찰하고 있다는 사실을 알고 있는 듯 보였습니다. 분명 우리와 눈을 마주치려 했다고요. 게다가 표시등을 떼놓은 거나, 녀석이 나타난 층마다 흔적이 남겨져 있었던 것도 보나마나 녀석의 소행일 가능성이 다분하고요.

하지만 문제는 아직까지도 녀석의 목적을 가늠할 수 없다는 겁니다. 처음만 해도 저는 녀석의 목적이 SCP-087로 누군가를 유인하는 것이라 생각했습니다. 어린아이의 목소리를 통해서요. 하지만 녀석은 굳이 모습을 드러내 사람들을 도망가게 만들었죠.

그렇다면 D-9035의 말처럼 목소리의 주인공이 SCP-087 어딘가에 갇혀 있을 가능성도 무시할 수만은 없겠지만... 또 그렇다기엔 마지막 녀석의 행동이 이상합니다. 분명 녀석은 상대를 아래로 유인하려고 했었거든요. 녀석은 누군가가 목소리에 다다르기를 원하는 걸까요? 거부하는 걸까요?

그래도 희망적인 것은 지난 탐사에서 처음으로 목소리에 가까워졌다는 겁니다. 목소리의 정체를 알 수 있다면 여러모로 깜깜하기만 한 SCP-087에 대해서도 조금 더 알 수 있을 테니까요. 그래서 우리는 한 번 더 탐사를 진행해야만 합니다. 이제는 비밀에 꽤나 많이 가까워졌다고요!

탐사 기록 087-W-4

[데이터 말소]

: 탐사를 거듭하면 할수록 SCP-087의 위험성이 커지고 있다. 이 시간부로 SCP-087로의 접근은 금지된다. 그 무엇도 들어가서도 나와서도 안 된다.

사건 기록 087-X

SCP-087 폐쇄 이후 약 2주 동안 문 두드리는 소리가 포착되었다. 교직원과 학생들은 1~2초 주기로 소리가 발생했다고 증언했다. 재단은 즉시 문 안쪽으로 산업용 고무 충전재를 6cm 두께로 발랐다. 이후 소리에 대한 민원은 더 이상 들어오지 않았다.

SCP-3008

| 일련 번호 SCP-3008 | 등급 유클리드 | 통칭 완벽하게 평범하고 일반적인 낡은 이케아 | 결제 |

부디 이 글이
무한 이케아 안에서 남기는
마지막 기록이 되기를...

발견기록 3008-B

■■■■ 지역에 위치한 이케아 매장에서 ■■■■년 ■월을 기점으로 실종 신고가 급증하기 시작했다. 처음만 해도 매장 전역에 설치된 CCTV를 통해 어려움 없이 해결되리라 여겨졌지만 매장 밖으로 나가는 실종자의 모습은 어디에도 찍혀있지 않았다.

시간이 갈수록 비슷한 사건이 누적되면서 해당 매장에 관한 괴소문이 인터넷상에 퍼지기 시작했고, 이를 재단의 정보부 소속 요원이 포착해 재단의 관리하에 들어오게 되었다.

변칙성

SCP-3008은 전 세계적인 매장을 두고 있는 유명 가구 판매 업체인 '이케아(IKEA)'가 실제

운영했던 매장 중 한 곳이다. 하지만 어느 날 알 수 없는 변칙성이 발견되면서 현재는 매장 전체가 SCP로 지정되었다.

사실 SCP-3008은 매장 안팎으로 여느 이케아 매장과 크게 다를 바가 없다. 다만 누군가가 매장 정문을 통해 들어와 정문이 보이지 않는 지점까지 걸어간다면 무작위적으로 SCP-3008-1로 지정된 장소로 이동하게 된다. 단, 이 과정은 당사자가 자신이 다른 공간으로 이동했다는 사실을 알아차리지 못할 만큼 자연스럽게 이루어진다.

SCP-3008-1은 상품 진열대와 표지판, 그리고 내부 구조 등 기존의 매장과 거의 흡사한 모습을 가진 탓에 대부분의 실종자는 이상함을 느껴도 그저 '오늘따라 이케아치고는 조용하네' 정도로 여기는 경향을 보인다. 하지만 내부는 휴대전화 신호도 잡히지 않을뿐더러 일반적인 이케아 매장보다 훨씬 넓기에 어느 순간 이상함을 느끼게 된다. 실종자는 입구로 되돌아가려 하지만, 이미 SCP-3008-1로 이동된 시점에서 평범하게 이곳을 벗어날 방법은 없다.

현재까지 측정한 SCP-3008-1의 크기만 해도 약 3백만 평으로, 이케아 매장 안에 물리적으로 존재할 수 없을 수준이다. 게다가 실제 평수는 훨씬 더 넓을 것으로 예상된다. 실제로 레이저 거리 측정기로도 측정이 불가해 무한한 공간일 가능성이 제시되었다.

SCP-3008-1을 탈출하는 방법은 계속해서 위치가 바뀌는 탈출구를 통하는 것이다. 하지만 워낙에 넓은 공간에서 위치가 바뀌는 탈출구를 찾는 것은 거의 불가능에 가깝다고 여겨진다. 실제로 내부에는 상당수의 사람이 갇혀있는 것으로 확인된다. 이들은 짧게는 며칠에서 길게는 몇 년까지도 탈출하지 못한 것으로 추정되며, 내부에서 마을을 형성해 살아가는 것으로 보인다. 현재 확인된 마을은 약 20개가 넘는다.

발견자료 3008-F-1

이상하리만치 넓은 이케아를 헤맨 지도 벌써 1주일째다. 아니, 그보다 더 오래되었으려나? 사실 며칠 전 폰이 꺼진 이후로는 시간 개념이 모호해졌다. 그래도 다행인 건 이곳이 어쨌거나 이케아라는 것이다.

일단 여기저기 쓸만한 가구가 넘쳐나니 적당히 누워서 자면 되는 데다, 식당에서는 음식도 계속해서 채워지니 끼니 걱정도 없다. 그저 이곳은… 너무 넓을 뿐이다. 사실 지금까지 살면서 이런 장소를 경험한 적이 없어서 몰랐는데, 너무 넓으면 길 찾기도 정말 어렵다. 표시해둔 걸 못 찾아서 길을 헤맬 거라고는 생각도 못 했는데 말이지.

이럴 줄 알았으면 살아남기 시리즈라도 더 많이 볼 걸 그랬다. 이케아에서 살아남기는 없겠지만… 꼭 탈출하고 싶다.

발견자료 3008-F-2

오늘은 사람들을 만났다. 이케아를 하염없이 헤매는 일 따위는 나한테 벌어진 특별한 일이라고 생각했는데 아니었다. 정말 많은 사람이 있었고 더 많은 사람이 마을을 이루며 살아가고 있다고 했다.

게다가 이 사람들은 나보다 훨씬 베테랑이다. 나름 체계적으로 음식을 가져오고 길을 찾아다닌다. 하지만 난 탈출하고 싶다. 사실 나도 모르게 "왜 탈출할 생각은 안 하고 살고 있는 거냐"며 물었는데 한 사람이 불같이 화를 냈다. "적어도 그 녀석들만 없었어도… 우리도 이따위 장소에서 살 생각은 안 했을 거라"며 말이지. 더 묻기가 애매해서 넘어갔지만 뭔가 민감한 부분을 건든 것 같아 미안하다. 내일 사과해야지.

SCP-3008-1에는 통칭 '이케아 직원'이라 불리는 정체불명의 괴생명체가 존재한다. 녀석들은 인간과 비슷한 신체 구조를 가지고 있으며 모두가 이케아 직원 유니폼을 입고 있다. 다만 제대로 된 이목구비가 없으며, 아주 크거나 아주 작은 키를 가지고 있다.

직원은 SCP-3008-1의 낮과 밤에 따라 상당히 다른 행동 양식을 보인다. 여기서 '낮'과 '밤'이란, SCP-3008-1 내부의 조명이 일제히 켜지고 꺼지는 시간을 의미한다.

불이 켜져 있는 매장 운영 시간, 그러니까 '낮'에 직원들은 SCP-3008-1 내부를 돌아다니며 물건을 채워놓는 등 바쁘게 움직인다. 심지어 이때는 먼저 공격하는 것만 아니라면 사람과 마주쳐도 전혀 공격하지 않으며 말을 걸어도 전혀 반응을 보이지 않는다.

하지만 매장 운영 시간이 끝났다는 것을 알리는 '땡'하는 소리와 함께 불이 꺼지는 밤이 되면 녀석들은 SCP-3008-1 내에 있는 모든 생명체에게 적대적으로 변한다. 이들은 분명 입이 없음에도 "매장 영업이 끝났습니다. 건물에서 당장 나가주세요"라는 말을 영어로 중얼거리며 마주치는 모든 생명체를 제거하려 한다.

SCP-3008-1 내부에는 수천 명의 직원이 있는 것으로 보이며, 사람들을 찾아내 공격하기도 하기에 SCP-3008-1의 주민들은 이 괴물들로부터 살아남기 위해 가구로 벽을 세우고, 무기를 만들어 서로 협력 중인 것으로 보인다.

현재 SCP-3008을 연구하는 것은 현재 상당히 어려움을 겪고 있다. 우선 통신장비 사용이 불가해 D계급을 활용한 탐사도 불가하며, 다른 출입구나 창문 등 다른 경로를 통해 SCP-3008-1에 진입하려는 시도 역시 전부 실패했다. 또한 SCP-3008 내부 어딘가에 SCP-3008-1이 존재할 가능성을 두고 천장과 벽을 파괴해 진입하려 시도했지만 모두 SCP-3008로 이어졌다.

발견자료 3008-F-4

X발! 난 지금까지 내가 뒤지게 운이 안 좋다고 생각했는데 아니었다. 혼자 있는 동안 괴물 녀석들을 만나지 않은 건 정말 복권 당첨 이상의 운이 따라준 거였다. 방금 진짜 죽을 뻔했다고! ■■ 씨가 말한 '그 녀석들'은 생각보다 탈출에 방해가 될 것 같다. 아니 이제는 탈출이 아니라 생존을 먼저 생각해야 할지도 모르겠다.

특수 격리 절차

추가적인 피해자가 발생하는 것은 막기 위해 SCP-3008은 완전히 봉쇄된 상태다. 재단은 SCP-3008의 인근 토지를 모두 매입한 뒤 격리 기지를 구축했으며, 해당 기지로 이어지거나 통과하는 모든 도로의 방향을 바꿔 일반인의 접근을 막고 있다.

SCP-3008의 입구는 경비 요원이 항시 감시해야 하며, 실험 목적으로 미리 허가받은 경우가 아니라면 모든 접근이 제한된다.

SCP-3008을 탐사할 방법을 지속적으로 연구중이며, 우선적으로 드론을 활용한 탐사를 계획 중이다.

사건 기록 3008-P

SCP-3008 내부에서 신원 불명의 사람이 나타났다. 면담 결과 SCP-3008-1에서 탈출에 성공한 것으로 확인되었다.

박사들은 이들의 증언을 통해 SCP-3008-1에 대한 정보를 업데이트 중이며, 충분한 면담 이후 사회 적응 및 정보 보안을 위해 기억소거제를 투입하고 일상으로 복귀시키고 있다.

현재 시점으로 총 14명이 탈출에 성공했다.

사건 기록 3008-X

SCP-3008에서 '직원'으로 추정되는 괴생명체가 나타났다. 당시 근무 중이던 경비 요원들은 SCP-3008에서 뛰어나오는 ■■ 씨를 발견했고 즉시 확보를 위해 접근했다. 하지만 곧이어 직원 1명이 그를 쫓아와 공격했다.

곧바로 제압하긴 했지만 ■■ 씨는 끝내 목숨을 잃었다. 현재 ■■ 씨의 일기를 통한 정보 업데이트 및 확보한 직원의 해부 연구가 진행 중이다.

메모 3008-M

우리 연구팀은 ■■ 씨의 일기를 분석하는 과정에서 SCP-3008-1과 관련된 흥미로운 단서를 발견할 수 있었습니다. 그의 일기에 따르면 SCP-3008-1에 체류 중인 이들의 상식은 상당 부분 엇갈리고 있습니다. 가령, 대통령을 아예 다른 사람으로 알고 있다거나, 자유의 여신상을 전혀 들어보지 못하거나 등이죠. 심지어 비슷한 시기에 SCP-3008-1에 들어온 사람끼리도 차이가 있는 것으로 보이는데 이는 SCP-3008-1 내부에 있는 사람들이 모두 다른 우주에서 왔을 가능성을 시사합니다.

더군다나 일기에는 SCP-3008-1에 계속해서 새로운 사람들이 오고 있다고 적혀 있는데, 재단이 격리를 시작한 이후로 SCP-3008에는 그 누구도 출입하지 않았습니다. 오래전부터 목격했다는 드론 역시 우리가 보낸 것은 고작 1주일 전부터고요.

만약 그가 살았다면 훨씬 많은 정보를 얻을 수 있었을 텐데 상당히 아쉽군요.

발견자료 3008-F-12

최근 부쩍 직원 녀석들의 공격이 심해졌다. 이미 우리 마을은 완전히 부서졌고 마을 사람들 역시 뿔뿔이 흩어질 수밖에 없었다. 지금도 겨우 공격을 피해 도망치는 중이니까 말이다.

근데 아까 분명 도망치면서 출구를 본 것 같다. 같이 있던 사람들은 괴물이 득실거리는 곳으로 다시 돌아가기 싫어하는 눈치지만 나는 다르다. 이대로는 희망이 없다. 내가 본 것을 믿고 가보려고 한다. 지체했다간 사라질지도 모르니까.

부디 이 글이 무한 이케아 안에서 남기는 마지막 기록이 되기를…

SCP-5062

| 일련 번호 SCP-5062 | 등급 안전 | 통칭 죄를 씻는 방 | 결제 |

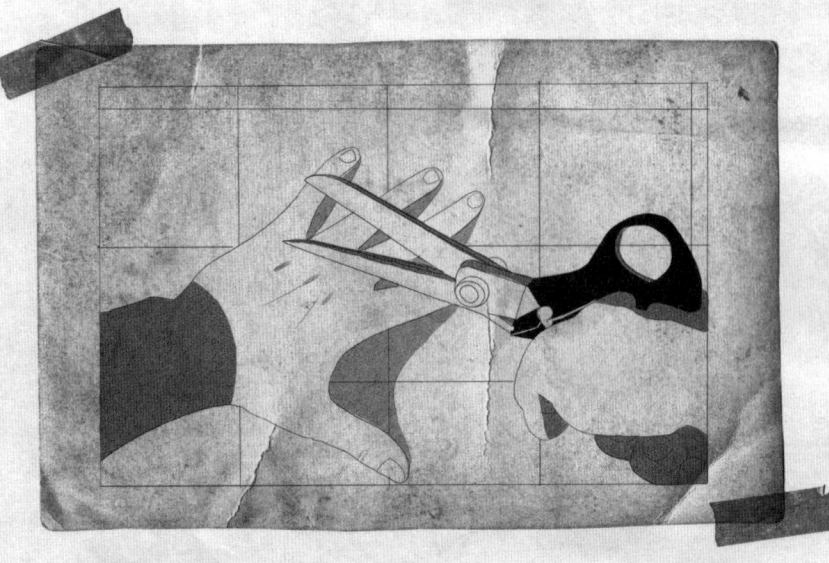

죄 짓고는 못 살아.

변칙성

SCP-5062는 러시아 모스크바에 위치한 에코 호텔의 233호실로, 겉으로 보나 안으로 보나 보통의 호텔 객실과 전혀 다를 바가 없다. 단, 누군가 SCP-5062에 들어오는 순간 특유의 변칙성이 발동된다.

이곳에 들어온 사람은 즉시 직감적으로 자신이 여기서 나갈 수 없다는 사실을 느끼게 되는데 이는 놀랍게도 SCP-5062 밖에 있는 사람도 마찬가지로, 그 누구도 예외 없이 SCP-5062에 들어가려 한다거나 5062에 있는 사람을 구출하려는 생각 자체를 하지 못하게 된다. 이는 딱히 문이 잠겨 있다거나 출입을 방해하는 어떠한 장애물이 없음에도 동일하다.

이후 방 안에는 최소 7.5cm 크기의 가위 1개가 생겨나는데 들어온 사람에 따라 크기나 형태가 조금씩 다르긴 하지만 이 가위를 본 사람들은 모두 똑같은 사실 하나를 느끼게 된다. 바로 '눈앞에 있는 가위로 자신의 신체 부위 중 하나를 제거해야만 이 방에서 나갈 수 있다는 것.

단, 이때 어떤 신체 부위를 제거하는지는 사람마다 전부 다르며 다행히 제거된 신체 부위 주변은 빠르게 주름지고 검게 변하면서 아물게 되어 건강상의 큰 문제 없이 5062에서 빠져나올 수 있다. 그런데 이때 한 가지 주목할 점은 분명 신체가 제거되는 고통과 스스로 신체를 제거해야만 한다는 공포에 떨었을 사람들이 오히려 긍정적인 변화를 보인다는 것이다. 특히 관대함과 남을 먼저 생각하는 이타주의적 성향, 그리고 카리스마가 대폭 상승하는가 하면 세상에 좋은 영향을 끼치는 일을 하겠다는 열망이 상당히 강력해진 것으로 확인되었다.

실험기록 5062-66: SCP-5062에 의한 신체 제거와 감정변화에 대한 연구

실험 유형 66-1: 경범죄
비교적 경범죄 경력이 있던 D계급은 가위를 이용해 자신의 검지를 제거했다. 그는 SCP-5062에서 나온 이후부터는 누구와도 잘 어울리지 못하던 과거와 달리 동료 D계급들과 그 누구보다 친근한 관계를 유지하며 지내는가 하면 반사회적 성향이 확연히 줄어들고 실험에도 성실하게 참여해 D계급에서 해방되었다. 해방 이후 그는 고향으로 돌아가 회사원이 되었고 어떠한 작은 범죄도 저지르지 않고 착실한 삶을 사는 것이 확인되었다.

실험 유형 66-2: 사기죄
사기죄 경력이 있던 D계급은 SCP-5062에서 자신의 혀를 제거했다. 이후 그는 거짓말 이라고는 모르는 정직한 사람이 되었고 역시나 해방 이후 사기 피해자들을 찾아다니며 자신의 재산을 기부하는 등 완전히 달라진 모습을 보였다.

메모 5062-Q

아마도 SCP-5062의 변칙성은 대상이 저지른 죄와 관련된 신체부위를 스스로 제거하게 만듦으로써 죄를 뉘우치고 똑같은 잘못을 저지르지 않게 만드는 것으로 추정됩니다. 잠깐... 그렇다면 죄가 크다면 어떻게 된다는 거야...?

실험 유형 66-3: 살인 및 납치

살인과 납치 같은 흉악 범죄를 저질렀던 D계급은 자신의 한쪽 손을 제거했다. 하지만 어째서인지 지금까지와는 달리 상처가 아물지 않았고 엄청난 출혈로 인해 그대로 쓰러져 목숨을 잃었다.

잠시 후 SCP-5062의 바닥 아래에서 알 수 없는 소리가 들리는가 싶더니 갑자기 가위가 스스로 움직여 D계급의 나머지 한쪽 손을 제거하고는 그대로 사라져 버렸다.

실험 유형 66-4: 연쇄 살인

노숙자를 상대로 연쇄살인을 저질렀던 D계급의 경우, 방에 들어서자 거대한 정원 가위가 눈앞에 나타났다. 이후 D계급은 한참을 고민하더니 73시간이 지나서야 가위를 들고 자신의 머리를 스스로 제거 해버렸다.

하지만 머리가 사라진 이후에도 대상은 여전히 살아있는 상태였고 유유히 방을 나와서는 어디론가 사라져 버렸다. 근처에는 분명 경비 요원들이 있었지만 왜인지 그들은 D계급을 막지 않았다. 박사가 이에 대한 책임을 묻자 당시 상황을 전혀 기억하지 못하는 것으로 보아 이것 역시 5062의 변칙성으로 보였다. 이에 박사는 즉시 D계급을 추적을 실시했다.

놀랍게도 녀석은 자신이 살인마로 활동했던 지역의 의회를 찾아가 활동하고 있었고 박사의 예상대로 그 누구도 D계급을 머리가 없는 사람으로 인식하지 못하는 듯했다. 이후 녀석은 1년 동안 지역 의회에서 일하며 인지도를 쌓은 끝에 결국 의원으로 당선되었고 노숙자들을 보호하는 여러 법률을 통과시키고 나서야 목숨을 잃었다. 이후 박사들은 즉시 시체를 회수하고 모든 목격자들의 기억을 소거한 후 실험을 종료했다.

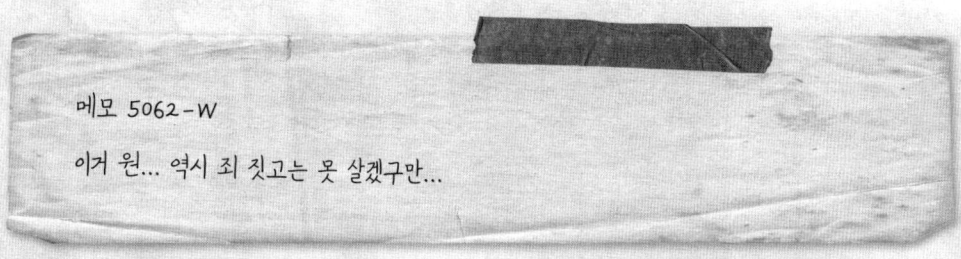

메모 5062-W

이거 원... 역시 죄 짓고는 못 살겠구만...

특수 격리 절차

현재 SCP-5062가 있는 에코 호텔은 보안 회사로 위장한 재단 요원들에 의해 통째로 격리 중이다. 처음만 해도 SCP-5062 내부의 물건들을 그대로 격리실로 옮기면 변칙성이 이전될 가능성을 고려했다. 하지만 변칙성 이전은커녕 아무도 보지 않을 때 물건들이 5062로 되돌아가면서 공간 자체에 변칙성이 있는 것으로 잠정적 결론을 내렸고 건물이 붕괴될 위험이 있다는 이유를 대서 호텔 영업을 중단시킨 뒤 재단이 관리 중이다.

SCP-5062에 대한 데이터 확보를 위해 D계급을 이용한 다양한 실험도 꾸준히 진행 중이다. 실험 대상은 적극적으로 사회로 내보내 지속적으로 생활을 감시 중이며 실험 이후 제거된 신체 부위는 드론으로 회수한 뒤 냉장 보관하고 있다. 다만 돌발적인 사고를 방지하기 위해 모든 실험은 프로젝트 책임자의 승인 후 가능하며 특히 1급 살인죄를 저지른 D계급을 활용한 실험은 무기한 연기된 상태이다.

SCP-2881

| 일련 번호 | SCP-2881 | 등급 | 안전 | 통칭 | 오르지 못할 나무 | 결제 |

이 나무를 오르려 하지 마라.

메모 2881-17: Dr. Han

제 고국인 한국에는 이런 속담이 있습니다. '오르지 못할 나무는 쳐다도 보지 말라.'

SCP-2881을 보고 있자면 이 속담이 생각나는군요. 도대체 그 끝에는 뭐가 있길래…

변칙성

SCP-2881은 한 국립공원에 있는 폰데로사 소나무 한 그루로 겉으로 보기에는 주변의 수많은 나무들과 전혀 다를 바가 없다. 실제로 대략 13.9m 정도 되는 크기, 7m 이하로는 나뭇가지가 없는 등 평범한 '폰데로사 소나무'와 동일한 특징을 가지고 있다.

다만 유독 땅과 가까운 위치(몸통 12cm와 3m 사이)에 아이젠 혹은 스파이크로 인해 생긴 패인 자국들을 볼 수 있는데, 이는 '누구도 자신을 오르지 못하는' SCP-2881 특유의 변칙성 때문이다.

SCP-2881의 변칙성은 인간이 등반용 스파이크, 아이젠, 징, 또는 로프를 이용해 올라가려 하면 발현되는데, 대상은 맨 처음 자리에 그대로 머물러 있음에도 스스로 나무를 올라갔다고 인식하는 일종의 정신조작 현상을 경험하게 된다.

무전 기록 2881-D12521

D12521: 저... 박사님. 너무 힘들고 무서운데 혹시 언제까지 올라가야 하나요?

■■ 박사: 계속 올라가세요. 제가 신호를 드리겠습니다.

D12521: 아... 네. 이거 안전한 거 맞죠?

■■ 박사: 물론입니다. 실험이 끝나면 약속대로 충분한 휴식과 보상도 제공하겠습니다.

(이때쯤 현장의 ■요원에게서 보고가 도착했다.)

■ 요원: 박사님? 실험이 시작된게 맞나요? D계급 이 녀석 제자리에서 올라가는 척만 하는데요?

■■ 박사: 뭐요?

(■요원이 현장 영상을 보내옴. 영상에는 시작 지점에서 열심히 허우적 거리고 있는 D계급이 보인다.)

■■ 박사: D계급! 지금 뭐하는 겁니까? 얼른 올라가세요! 설마하니 현장에서 지켜보는 요원이 없을 거라고 생각한 겁니까?

D12521: 네? 지금 땅이 안 보일 정도로 올라온 사람한테 무슨 소립니까? 안 그래도 아까부터 묘하게 불쾌한 기분이 들어서 힘들어 죽겠다고요!!

관찰 결과 SCP-2881의 약 5.3미터 부근에 종류를 알 수 없는 나무로 만들어진 널빤지 몇 개가 박혀있는 것이 확인되었다.

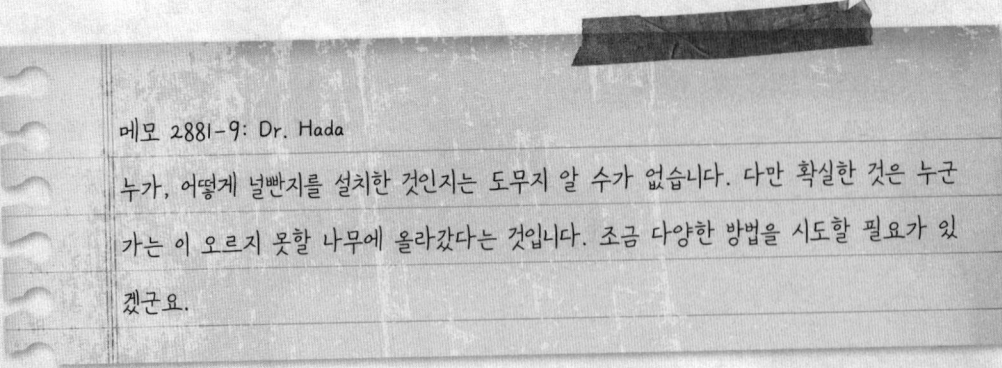

메모 2881-9: Dr. Hada
누가, 어떻게 널빤지를 설치한 것인지는 도무지 알 수가 없습니다. 다만 확실한 것은 누군가는 이 오르지 못할 나무에 올라갔다는 것입니다. 조금 다양한 방법을 시도할 필요가 있겠군요.

실험기록 2881-P

직접적인 등반 혹은 지면에서 부터의 등반이 불가능하다고 판단한 박사들은 로프 등의 외부 수단을 이용해 일정 높이까지 올라간 후 중간부터 SCP-2881을 올라가는 방법을 시도했다.

2881-P-1: 로프

박사들의 예상대로 직접적인 접촉 없이 올라간 경우에는 정신조작의 영향을 받지 않는 듯 보였다. 다만 높이 올라가면 올라갈수록 점점 몸이 무거워지는 듯한 '이상한 중압감'이 든다고 보고가 들어왔다.

2881-P-2: 승강기

P-1 실험 이후, 승강기를 이용해 더 높은 위치로 올라가기 위한 실험을 진행했다. 약 8.2m까지 올라간 D계급은 나뭇가지와 접촉하는 순간 마치 최면에 빠진 듯 보였고, 모든 무전에 응답을 하지 않은 채 갑자기 빠른 속도로 SCP-2881을 오르기 시작하는 이상행동을 보이기 시작했다.

직접적으로 SCP-2881을 오르는 것은 처음 관찰된 모습이었지만 무전이 안되는 상태에서 D계급은 빠른 속도로 올라가 육안으로 관찰이 불가능해졌고, 이내 어떤 방법으로도 연락이 닿지 않게 되었다.

약 2시간 후, D계급이 비정상적인 속도로 SCP-2881에서 추락하는 것이 관찰되었고, 그대로 땅에 처박혀 목숨을 잃었다. 다만 단순히 나무에서 떨어졌다기엔 몸 곳곳에 상처가 눈에 띄었고 부검을 진행한 결과 D계급의 사인은 며칠 전 목을 매단 것이라는 소견이 나왔다.

> 메모 2881-O: Dr. Hada
>
> 해당 소견을 내린 의사가 돌팔이가 아닌 이상에야... 며칠 전에 목을 맨 것이 사망 원인이라면 SCP-2881의 특정 지점에서 시간 왜곡이 발생했다고 밖에 볼 수 없습니다. 그리고 이미 사망한 상태에서 떨어졌다면 저 위에 누군가 존재할 가능성도 있구요. 하루빨리 SCP-2881의 꼭대기를 조사할 방법을 찾아내야 합니다.

특수 격리 절차

현재 SCP-2881 주변으로 체인으로 연결된 펜스가 설치되어 있으며, 공원 개방 시간 동안 요원 1명이 해당 구역을 지켜야 한다. 미인가 인원들은 해당 구역으로 진입할 수 없다.

SCP-144

| 일련 번호 SCP-144 | 등급 안전 | 통칭 티베트 승천 밧줄 | 결제 |

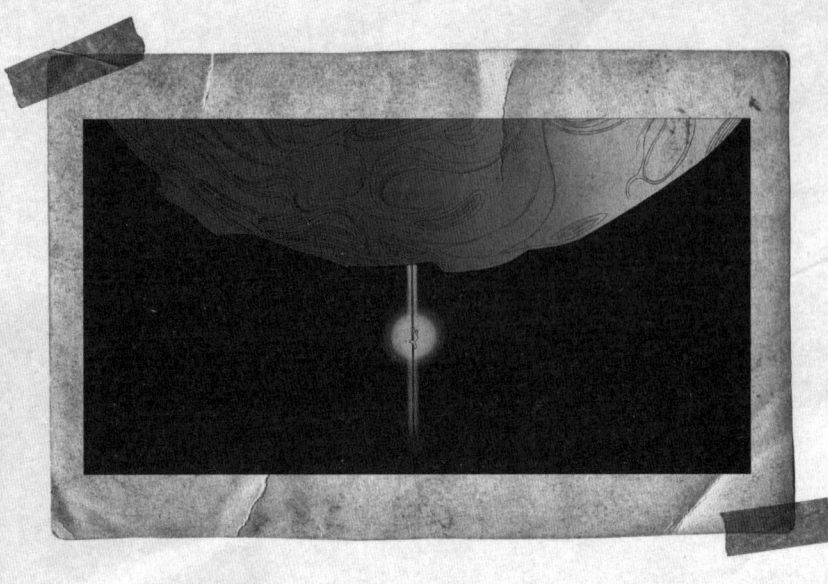

이대로라면 언젠가는 밧줄이 완전히 사라질 가능성도 있다.

변칙성

SCP-144는 티베트의 작은 산봉우리 꼭대기에 위치한 사찰 안에 있는 밧줄로, 탄소연대측정 결과 최소 1400년 전에 만들어진 것으로 밝혀진 것으로 밝혀졌다.

지상 망원경을 이용해 밧줄의 끝을 확인한 결과, SCP-144는 고도 39km에 위치한 거대한 암석에 연결된 것이 확인 되었는데, 다양한 방법을 동원해 암석 구석구석을 촬영하려 했지만 알 수 없는 이유로 계속해서 초점이 흐리게 촬영되는 탓에 실패했다.

부록 144-D: D계급 실험

끝에 무엇이 있는지 확인하고 무사히 돌아온다면 즉시 석방해준다는 파격적인 조건을 내걸자 총 6명의 D계급이 자원했다. 그중 4명은 호흡 곤란을 호소하며 중도 포기했고, 1

명은 밧줄을 놓친 것인지 그대로 추락해 목숨을 잃으며 실패로 끝났다. 하지만 1명은 아무리 시간이 지나도 돌아오지 않았는데, 꼭대기에 도달한 것으로 추정된다.

> **메모 144-D-R**
> 사형수였던 D계급에게 있어 석방이란 목숨과도 직결된 사실상 가장 중요한 문제입니다. 하지만 이것마저 포기한 채 돌아오지 않는다는 것은 SCP-144의 꼭대기에 그 보다 더 중요한 무언가가 있거나 도저히 복귀할 수 없는 어떤 상황에 처한 것이라 고 밖에 생각할 수 없습니다. 즉시 최신 장비를 활용한 탐사를 허가할 것을 요청합니다.

> **메모 144-2: 승려들의 증언**
> 승려들의 이야기에 따르면 이 밧줄은 아주 오래전부터 존재해왔던 일명 '승천의 밧줄'로 사찰 마당 바닥에 있는 비취로 만들어진 고리에서부터 하늘을 향해 있다는 것만 알 뿐 그들조차 그 끝이 어디까지 이어져 있는지는 알지 못한다고 한다.
>
> 그들은 아주 먼 옛날부터 SCP-144를 영적 깨달음을 얻기 위한 수련 도구로서 사용해 왔는데 1년에도 몇 번이고 밧줄을 타고 수백미터 까지 올라갔다 내려오는 '승천 의식'이라는 그들만의 수련 방법이 전해져 오고 있다.
>
> 다만 안전 장치 하나 없이 하는 위험천만한 수련이다 보니 종종 줄을 타고 올라갔던 사람들이 감쪽같이 사라지는 경우가 있는데 이상한 것은 수백 년 동안 추락으로 목숨을 잃은 것이 확인된 사람은 단 1명뿐이라는 것이다. 이는 사라진 나머지 사람들은 어딘지 모를 밧줄의 끝에 도달했을 가능성이 있다는 의미이며 그들이 왜 오랜시간 돌아오지 않고 있는지는 그 누구도 알지 못한다. 승려들도 그저 승천한 자들이 언젠가 더욱 심오한 지식과 깨달음의 경지를 전하기 위해 돌아올 것이라고만 믿고 있다.

메모 144-L: 인류학자 Dr. Pill

1400년 전이라면 송첸캄포 황제가 티베트에 불교를 전래하기도 전입니다. 즉, 현재는 사멸한 고대의 종교부터 시작된 의식과 관련된 밧줄일지도 모르죠.

메모 144-P: Dr. Hada

식물성 섬유인 밧줄이 그것도 고작 굵기가 1.2cm 정도 밖에 안 되는 밧줄이 엄청난 무게와 온갖 비바람을 견디며 어떻게 1400년을 버틸 수 있었는지, 또한 더욱 혹독한 환경인 성층권에서도 어떻게 멀쩡한 상태를 유지하는 것인지, 또 밧줄의 끝에 도달한 것으로 추정되는 사람들은 어떻게 멀쩡하게 밧줄을 오를 수 있었는지 등등 모든 것이 의문투성이입니다. 항상 느끼지만 종교와 관련된 SCP들은 유독 과학을 거스르는 점이 많군요.

특수 격리 절차

현재 SCP-144에는 특별한 격리 절차가 적용되고 있지 않다. 위치 자체가 일반인이 접근하기는 어려운 데다 1년 내내 자욱하게 깔려 있는 옅은 안개 탓에 멀리서는 발견도 쉽지 않기 때문인데, 만약을 대비해 중국 정부의 협조를 받아 SCP-144 주변 70km 이내로는 항공기 운행을 금지시킨 상태이다.

메모 144-3: 짧아지는 밧줄

승려들의 증언에 따르면 과거에는 밧줄이 바람에 날려 인근 마을에까지 날아갈 정도로 길었다고 한다. (비취 고리도 9세기 초 밧줄이 근처 촌락까지 날아가는 사태를 막기 위해 랄파칸 황제가 붙여 놓은 것)

실제로 관찰 결과 1년에 약 180cm정도씩 밧줄이 하늘로 올라가고 있다는 것을 확인할 수 있었으며, 심지어 시간이 갈수록 조금씩이긴 하지만 그 속도가 빨라지고 있었다.(100분의 1cm/년2(제곱)의 가속도로 빨라짐)

즉, 이대로라면 언젠가는 밧줄이 완전히 사라질 가능성도 있다.

SCP-144에 대한 감시 및 태 변화를 확인할 관측 담장자 1명을 현장에 파견한다.

메모 144-P-Q

밧줄이 계속해서 올라가는 원인도, 밧줄을 멈출 방법도, 또 그렇다고 길이를 연장할 적절한 방법도 찾을 수 없었습니다. 심지어 오랜시간 SCP-144를 지켜오고 이용한 승려들 조차 밧줄이 완전히 사라지면 어떻게 되는지, 무슨 일이 일어날지는 예상조차 못하고 있습니다. 이렇게 모든 것이 미스테리한 개체는 또 오랜만이군요.

SCP-1437

일련 번호 SCP-1437 　 등급 안전 　 통칭 다른 세계로 통하는 구멍 　 결재

재단 역시
각 우주마다 있을지도 모르지...

변칙성

SCP-1437은 한 사막에 위치한 3m 크기의 거대한 싱크홀로, 처음 발견했을 당시만 해도 평범한 싱크홀 정도로만 여겨졌다. 하지만 본격적인 조사가 시작되면서 평행우주를 연구하는 중요한 단서를 가진 SCP로 분류되었다.

SCP-1437은 어떤 방법으로도 깊이를 측정할 수가 없다. 수차례 최첨단 장비들을 사용했음에도 마치 무한한 깊이라도 가지고 있는 듯 SCP-1437의 끝은 가늠조차 할 수 없었으며, 조사를 위해 옆면을 뚫어 1437에게 접근하려는 시도 역시 분명 SCP-1437이 있어야 할 위치에 단단한 암반만이 발견되면서 헛수고로 돌아갔다. 이러한 물리적 변칙성 외에도 SCP-1437에는 기이한 변칙성이 주기적으로 발견된다.

바로 SCP-1437에서 갖가지 물건들이 굉장히 빠른 속도로 튀어나오는 것이 관찰된 것이다. SCP-1437에서 배출된 물건은 25센트짜리 동전, 그리고 흙과 바위 같은 흔한 물건부터 분명 뉴욕처럼 보이는 장소이지만 한편으론 전혀 다른 세계인 것처럼 보이는 사진, 그리고 여러 개의 금덩어리와 함께 발견된 '제발 비를 내려주소서'라고 적힌 종이 한 장 등이 있다. 왜 이런 물건들이 SCP-1437로부터 나오는지는 여전히 의문이다.

어느 순간부터는 물건뿐만 아니라 SCP-1437로부터 시체들이 나오기 시작했다. 놀랍게도 그들은 하나의 공통점을 가지고 있었는데, 모두 하나같이 D계급의 상징이라고 할 수 있는 주황색 유니폼을 입고 있었다는 것이다. 물론 옷만 보고 섣부르게 판단할 수는 없었지만 어쩌면 재단과 관련이 있을지도 모르는 상황이었다. 안타깝게도 이미 목숨을 잃은 상태였기에 추가적인 정보를 얻는 수는 없었다.

다만 그들의 소지품에서 SCP-1437에 대한 모든 의문을 풀어줄 'SCP-1437'이라는 제목의 문서가 발견되었고 이를 통해 박사들은 SCP-1437의 정체를 어느 정도 파악할 수 있었다.

현재까지 재단이 확보한 SCP-1437의 문서는 총 4개다. 각각의 문서들은 재단과 비슷하면서도 각기 다른 형식으로 작성되었지만 하나같이 각각의 세계에 존재하는 SCP-1437을 설명하고 있었다. 특히 여기서 박사들의 흥미를 끌었던 사실은 문서를 통해 묘사된 다른 우주의 SCP재단의 특징들이 전부 다 제각각이었다는 점이다. SCP의 존재를 대중들이 알게 되는 것을 경계하며 비밀리에 운영되는 우리 우주의 재단과는 달리 대중들에게 SCP를 대놓고 공개하고, 관광까지도 허용하는 등 상당히 개방적으로 운영되는 재단이 있는 우주도 있는가 하면, 흡사 요주의 단체 '유한회사 마셜, 카터&다크'처럼 SCP들을 판매해 돈을 버는 재단이 있는 우주도 있었으며 SCP들을 이교도라 칭하며 과학이 아닌 종교적인 방법으로 SCP를 격리하는 재단이 있는 세계도 있었다. 심지어 세계 수호를 위해서가 아닌 알 수 없는 존재 '주인님'을 섬기는 조직으로 활동 중인 재단이 있는 세계도 존재했다.

각 세계의 재단은 우리 세계의 재단처럼 SCP들과 밀접한 관련은 있지만 모두 조금씩 다른 방식으로 SCP을 대하고 있었다.

물론 그 와중에도 발견된 문서의 일련 번호가 하나같이 1437로 기록되어 있다는 것, 싱크홀의 옆면을 파고 들어가려고 했다는 것, 그리고 D계급을 활용하고 있다는 것 등 우주가 달라도 재단은 재단이라는 생각이 드는 공통점도 있었다.

박사들은 문서에 적힌 내용을 근거로 SCP-1437은 평행우주들을 연결하는 통로이고 수많은 평행우주에 존재하며 재단 역시 다른 우주에도 존재한다고 추측하고 있다.

특수 격리 절차

현재 SCP-1437은 높이 2m의 전기 울타리로 봉쇄된 상태로 항시 3명의 경비원이 순찰을 맡고 있다. 누구라도 무단으로 접근 시 체포 후 즉시 기억소거를 진행하며, 만약 침입자가 발생할 경우 다른 우주와 연관되어 있을 가능성을 고려해 심문을 진행한다.

다만, 아직까지 다른 우주의 재단과의 접촉 방식에 대해 결정된 바가 없기에 SCP-1437과 관련된 실험은 전면 금지되어 있으며 SCP-1437에서 튀어나오는 물건들에 대해서만 정밀 검사를 진행 중이다.

몇몇 박사들은 확보한 문서는 4개밖에 없지만 튀어나온 물건들의 다양성으로 미루어보아 훨씬 더 많은 우주가 1437과 연결되어 있으며 재단 역시 각 우주마다 존재하고 있을 것으로 추측하고 있다.

SCP-2000

일련 번호	등급	통칭	결재
SCP-2000	타우미엘	데우스 엑스 마키나	

백업 및 복구는
컴퓨터에만 쓰는 게 아니야.

경고: HMCL과 O5 승인 요구

접속을 시도하려는 파일은 4/2000등급 인가를 가진 인원만 열람 가능합니다. 이 인가는 일반적인 4등급 보안 규약에 포함되지 않습니다. 필요한 인가 없이 이 지점을 넘어서는 접속 시도는 재단 고용계약의 말소 사유가 되며 교육, 의료, 은퇴와 사망 수당이 모두 무효화됩니다. 인증서를 제출함으로써 귀하는 알려진 인식재해 화상에 노출되는 것에 동의하는 것이며, 또한 그 화상에 대한 예방접종을 받았다고 밝히는 것입니다. 승인되지 않은 접근 시에 접근 중인 기기는 동작 불능 상태가 됩니다. 귀하를 소생시키고 심문을 위해 유치장으로 호송하기 위해 보안 인원이 파견될 것입니다. 재단 인트라넷과 연결되지 않은 그 어떤 컴퓨터에서라도 이 파일에 접속하려 시도한다면 허가와 관계없이 즉시 제거됩니다.

확인 취소

메모 2000-T

'데우스 엑스 마키나', 매우 급작스럽고 간편하게 이야기의 모든 문제를 해결하고 이를 정당화하는 절대적인 캐릭터 또는 연출 요소 등을 일컫는 말이죠. 네, 쉽게 말해 일종의 치트키 같은 거라고도 볼 수 있습니다.

물론 개인적으로는 이런 것이 진짜로 있다면 살아가는 재미가 떨어진다고 생각하는 입장이지만 재단의 경우라면 이야기가 다르겠지요. 우리는 충분히 많은 수의 SCP를 격리 중이지만 지금까지의 상황을 객관적으로 놓고 보자면 세상에 더 많은 SCP가 있다는 것은 기정사실입니다. 심지어 발견 속도가 더 빨라지고 있죠. 훨씬 더 예측 불가하고 격리하기 어려운 녀석들이 마치 기다렸다는 듯 나타날 겁니다. 오죽하면 세계멸망과 관련된 수십 개의 시나리오를 준비할까요.

재단의 실패는 세계멸망으로 이어집니다. 그래서 재단에겐 치트키가 필요했죠. 어떤 상황에서도 간단하게 문제를 해결할 수 있어야만 했으니까요.

변칙성

SCP-2000은 미국의 옐로스톤 국립공원의 지하 75~100m 깊이에 만들어진 대규모 시설로, 각 영역별로 지구 자체를 백업하고 다시 복구할 수 있는 시스템을 갖추고 있다.

복구항목 2000-A: 인류

SCP-2000에는 지금까지 알려진 모든 인간의 유전자 정보가 저장되어 있으며, 특히 대다수의 재단 요원의 경우는 신경계 원형 스캔 기능을 이용해 기억이나 생활사 등의 해당 인물에 대한 모든 정보가 저장되어 있다.

이러한 정보는 SCP-2000에 있는 브라이트/자티온 호미니드 복제기 50만 개를 활용해 언제든 실체화시킬 수 있는데, 단 하루 만에 인간 10만 명을 만들어 낼 수 있는 이 장치는 SCP-2000에 저장된 각종 유전자 및 인간 정보들을 활용해 원하는 모습과 능력을 가진 사람을 만들어 낼 수 있으며, G등급 환각제 및 최면요법을 통해 원하는 기억 역시 이식할 수 있다. 이때 경우에 따라서는 다양한 조합을 통해 새롭고 독특한 유전자와 기억을 가진 사람들을 만들어내는 것도 가능하며, 특히 신경계 원형 스캔을 완료한 재단 직원의 경우는 마지막으로 등록된 상태 그대로 부활시키듯 복제하는 것이 가능하다.

이렇게 SCP-2000을 통해 태어난 인간들은 배양 시스템을 통해 단 5일 만에 원하는 나이로 성장시킬 수 있는데, 즉, 이론상 길지 않은 시간 내에 사라진 전 세계 인구를 복원하는 것이 가능하다.

복구항목 2000-B: 문명

SCP-2000은 유사 리만 다양체라는 공간적 변칙 기술력을 이용해 물리적 개념을 무시하는 넓은 공간을 확보하고 있다. 덕분에 SCP-2000의 내부에는 약 1만 명의 사람들이 살아갈 수 있는 주거지를 포함한 각종 하수처리 시설 및 공기 정화 시스템, 그리고 식량 확보를 위한 수경재배 시스템까지 완벽하게 갖춰진 상태이다.

또한 각종 건축자재 및 건설기구, 공장 기계와 농업 장비 등 사회 기반 시설을 구축하는 데 필요한 필수 장비를 보관하고 있으며, 세계적으로 유명한 예술, 음악, 문학 작품의 완벽한 복사본까지 갖추고 있어 즉각적인 문명 복원 작업이 가능하다.

덕분에 SCP-2000은 세계가 멸망한다고 해도 작동시킬 단 1명의 사람이 남아있는 한 소요되는 시간의 차이만 있을 뿐 언젠가는 완벽하게 복구할 수 있으며, 현재 기준으로 어떤 최악의 상황에서도 최소 25년에서 최대 50년 안에 세계 인구와 기술, 문화 등을 2000년 수준까지 되돌릴 수 있을 것으로 보고 있다.

SCP-2000은 항상 '준비' 상태를 유지하기 위해 총생산량 1GW, 수명 70년의 액체 불소 토륨 원자로를 주 전력으로 가지고 있으며, 인근 지역의 화산 활동을 활용하기 위한 지열발전기가 설치되어 있다.

안내서 2000-Z: 세계 복구 시나리오

Z-1: CYA-009 절차

만약 전쟁, 우주인의 침략, SCP의 폭주 등 어떤 형태로든 세계멸망이 일어날 수준의 일이 발생한다면 그 즉시 SCP-2000의 보안 시스템 일부가 해제되며 재단 요원이라면 누구든 CYA-009 절차를 실행하는 것이 가능한 상태가 된다.

CYA-009 절차란, 본격적인 세계 복구를 진행하기 위한 준비 단계로 해당 절차가 시작되면 SCP-2000은 그 즉시 탐색 시스템을 통해 라자로-09 절차를 실행하는 데 필요한 상위 보안 등급을 가진 핵심 요원의 생존 현황을 파악한다.

만약 사고에 휩쓸려 SCP-2000까지 도달하지 못하고 목숨을 잃은 요원에 대해서는 최신 버전의 신경계 스캐닝 데이터를 활용해 복제를 진행하며, 필요한 모든 핵심 요원의 탐색 및 복제가 완료된 후 남아있는 모든 기지로부터 "경보 해제"라는 답변을 받았다면 SCP-2000은 즉시 기존의 보안 상태로 돌아간다. 단, 이때 다른 기지가 모두 기능하지 않는다고 판단된다면 해당 과정은 건너뛸 수 있다.

행여나 이때, 만에 하나 재단 요원들이 모두 사라지거나 혹은 재단 요원이 SCP-2000까지 올 수 없는 상황을 대비해 첫 보안 해제가 이루어진 후 20년 동안 CYA-009 절차가 실행되지 않는다면 SCP-2000의 보안 시스템이 완전히 완화되어 생존한 사람 누구라도 SCP-2000에 접근해 절차를 시작할 수 있도록 세팅되어 있다.

핵심 요원들의 부활 및 현재 상태에 대한 점검이 완료된 이후, 요원들이 SCP-2000에 '재시작 날짜'를 입력하게 되면 '라자로-01 절차'가 시작된다.

Z-2: 라자로-01 절차

라자로-01 절차란, 본격적인 복구 단계에 해당하는 절차로 라자로-01이 시작되면 우선적으로 재시작 날짜로 지정된 시대의 유명한 정치인과 문화적 지도자를 포함한 세계인의 복제와 함께 시대에 맞는 문명 재건축이 진행된다. 이때 처음으로 복제된 약 500만 명의 사람들은 SCP-2000의 존재와 기능 그리고 자신이 만들어진 상황에 대해서 모두 인지하고 있으며 이는 그들이 자연스레 희망과 협동심을 가지게 만들어 세계 재건축에 자발적으로 참여하도록 만들기 위함이다. 특히 이들은 재건 작업에 필요한 뛰어난 기술력과 높은 체력을 가진 상태로 복제됨에도 고된 초기 복구 작업에 쓰러지는 경우가 종종 발생하는데, 주요 시설들이 완성될 때까지는 무한정으로 복제해 필요한 인력을 공급한다.

복구 작업은 인구가 늘어날수록 점차 빨라지는데, 지정된 날짜의 사회가 완성되어감에 따라 재단은 그 누구도 세계가 복구되었다는 사실을 눈치채지 못하도록 모든 환경적 요소는 물론 천문학과 고고학적 증거까지도 완벽하게 복구하는 데 집중한다.

설정된 날짜에 맞는 복구가 이루어진다면 라자로-01 절차의 마지막 단계인 대규모 기억 소거를 진행해 재단과의 관계를 잊게 만들며 이 시점부터 지구의 역사는 다시 시작된다.

너희들은 모르겠지. 앞으로도 그런거란 생각도 안 들어.
너희들은 이 일을 돌이킬 수 없어.
무슨 뜻인지 알겠어?
너희들은 진작에 실패했어.
그만둬.
그만두라고.
포기하면 돼해.
너희들은 정상이 아냐. 이쪽이가 정상이지.

메모 2000-P

왜 굳이 [편집됨] 년인 겁니까? 제 모국의 격언 중에는 '10년이면 강산도 변한다.'라는 말이 있습니다. 그렇게나 긴 시간의 공백은 의식주와 관련된 모든 것이 바뀐다는 것을 의미합니다. 운 좋게 남아있는 것이 있다고 해도 일부러 깨부숴야 할 판이라고요. 이 얼마나 비효율적입니까? 20년 이내로만 재시작 날짜를 설정해도 부서진 구조물을 재활용할 수도 있을 테고 복구가 훨씬 쉬워질 겁니다.

게다가 너무 오래전으로 돌아간다면 오히려 과거에서 예상치 못한 변화가 발생할 수도 있습니다. 과거에 변화가 생기면 미래는 당연히 더 예상치 못한 방향으로 흘러갈 수밖에 없고요. 일례로 우리는 예상치 못한 세계 대전으로 이미 꽤 애를 먹지 않았습니까?

: 좋은 의견 감사합니다. 그리고 존중합니다. 다만 우리가 애초에 [편집됨] 년으로 재시

작 날짜를 잡은 것은 SCP-2000을 사용할 수밖에 없게 만든 상황에 대비하기 위함도 있습니다. 효율만을 생각하다 충분한 준비기간 없이 비슷한 상황을 맞이하게 만든다면 SCP-2000을 사용하는 의미가 퇴색되니까요.

물론 이 모든 것을 고려해도 20년 정도라면 적당하다고 생각합니다. 말씀처럼 다가올 미래를 대비하려다 과거 자체가 심각하게 바뀌는 일이 생길 수도 있으니까요. 현재 SCP-2000의 재시작 날짜를 20년 이내로 설정하는 방안이 검토 중입니다. 조만간 좋은 소식 전할 수 있도록 하겠습니다.

메모 2000-V

SCP-2000과 관련된 기록을 살펴보는 과정에서 현재까지 최소 2번은 가동된 것을 확인할 수 있었습니다. 이미 2번이나 세계 멸망에 준하는 일을 겪었다는 사실도 받아들이기 어려웠지만 더 납득하기 어려운 사실이 있었습니다. 인류를 복구하는 과정에서 인간의 유전자나 기억을 조작할 수 있다면 이왕이면 더 나은 요소를 가진 인류로 복구하는 것이 더 나은 미래를 기대할 수 있지 않습니까? 왜... 하지 않은 것이죠?

: 우선 단호하게 말합니다. 앞으로 행동학적 혹은 문화적 수정에 대한 제의는 불허합니다. 안타깝게도 이미 인류는 한번 인위적인 수정이 이루어진 상태이며 더 이상의 수정은 오히려 악영향을 끼칠 것으로 예상되었기에 진행되지 않았을 뿐입니다.

그리고 애초에 SCP-2000은 타이쿤 류의 게임 따위가 아니라는 점을 다시 한번 명심하시길 바랍니다. 우리 재단에게 인류를 마음대로 조작할 권리는 없습니다. 특히 부작용이 예상된다면 더더욱이요.

특수 격리 절차

현시점에서 SCP-2000은 단 한 번도 격리 실패가 발생하지 않았기에 추가적인 물리적 격리는 필요하지 않다. 그저 출입구를 옐로스톤 국립공원의 감시 사무소로 위장하는 것으로 충분하다.

단, 외부로 SCP-2000의 대한 정보가 노출되는 것은 반드시 막아야 한다. 특히 요주의 단체에게 SCP-2000의 정보가 노출되는 것을 막기 위해 필요한 보급품이나 인원 교체는 반드시 재단과의 연관성을 확인할 수 없는 무표시 차량이나 민간 헬리콥터를 이용한다.

또한 5/2000 미만의 보안 승인 등급의 경우 지하 3층 이하 구역에 접근할 수 없으며, 4/2000 등급 미만의 경우 SCP-2000과 관련된 어떠한 정보에도 접근할 수 없다. 현재 SCP-2000의 격리 업무에 배치된 경우 옐로스톤 국립공원 밖을 떠날 수 없으며, 어떤 이유에서건 다른 업무를 맡게 된다면 A등급 기억 소거 및 보안이 철저한 다른 SCP 업무를 맡았다는 거짓 기억을 심는다.

메모 2000-Q

SCP-2000이 재단의 든든한 믿는 구석인 것은 사실입니다. 하지만 몇몇 요원들은 만에 하나 SCP-2000 자체가 파괴되는 것에 대해 걱정을 하곤 합니다. 타우미엘 등급 개체에 접근할 수 있는 자격을 얻은 것 치곤 꽤나 풋풋한 걱정이지만 이해합니다. 그만큼 SCP-2000이 재단에게 중요한 장치이기도 하거니와 우리가 상대하는 적 중에는 그런 말도 안 되는 일이 가능한 존재도 많으니까요.

결과적으로 합당한 걱정입니다. 아무리 재단이라도 SCP-2000 자체가 사라진다면 그를 복구할 방법은 없거든요. 하지만 그런 일은 일어나지 않을 겁니다. SCP-2000은 설계 과정부터 그에 대비한 방어 시스템이 충분히 갖춰져 있거든요.

몇 가지 최악의 상황을 예로 들어볼까요?

우리가 가장 먼저 걱정할 수 있는 건 현실 조작에 의한 SCP-2000의 소멸입니다. 능력자의 수준에 따라서는 우리가 모르는 새에 SCP-2000을 없앨 수도 있는 참 편리한 능력입니다만... SCP-2000에는 영향을 줄 수 없습니다.

SCP-2000에는 'SRA'라고 불리는 '스크랜턴 현실성 닻'이 설치되어 있거든요. SRA에 대한 자세한 설명을 하자면 논문 분량의 종이가 필요할 테니 간단하게 설명하겠습니다. 1889년 로버트 스크랜턴 박사가 만들어낸 SRA는 둘러싼 대상의 현실성을 고정시키는 특성을 가지고 있습니다. 현실 왜곡 현상이 일어나는 데 필요한 일련의 과정 자체를 없애 영향을 받는 범위 내에 현실 조작이 불가능하게 만들어주죠.

우리는 그 어떤 강력한 현실 조작 능력자라도 SCP-2000 만큼은 어쩌지 못하도록 외부 표면에 SRA를 20m마다 둘러싸 육각형 모양으로 배치하고 매년 2번씩 검사를 진행하고 있습니다. 어때요, 안심이죠?

하지만 이게 끝이 아닙니다. 우리는 만약 누군가가 SCP-2000이 만들어지기 전으로 돌아가 세계 멸망을 일으키거나 SCP-2000의 제작을 막는 가능성까지도 고려했습니다. 우리에겐 충분히 일어날 수 있는 일이니까요. 그리고 크샹크/아나스타사코스 일정불변 시간적 특이점을 설치했죠. 일명 'XACTS'라고 합니다.

XACTS는 주어진 효과 구역을 지나는 인과관계의 흐름을... 아, 죄송합니다. 잠깐 들떠버렸군요. 간단하게... XACTS의 기능은 대상을 일정한 시간 축에 고정시키는 겁니다. 즉, XACTS가 하나라도 존재하는 한 과거에서 뭔 짓을 벌인다고 하더라도 현재의 시간 축에 고정된 SCP-2000은 그 어떤 영향도 받지 않고 그대로 존재할 수 있죠. 그게 SCP-2000에는 넉넉하게 5개가 설치되어 있고요.

물론 뜬금없이 대처 불가능한 수준의 자연재해가 발생해 심각한 물리적 타격을 입힌다면 다소 문제가 되긴 하겠지만, 사실 이마저도 대부분의 주요 시설은 일정 시간 동안 내부의 구조적 붕괴를 막아 복구 가능한 시간을 벌어주는 유사리만다양체 내부에 있기에 매뉴얼 대로만 움직인다면 큰 문제는 아니라고 여겨집니다.

아직도 SCP-2000이 완성되는 날 ■■ 박사가 한 말이 떠오르는군요. 'SCP-2000은 어떤 일이 벌어져도 파괴되지 않으며, 인과율과 시공간으로부터 존재가 보장되는 최고의 요새다.' 아주 적절한 표현이죠.

메모 2000-Z

SCP-2000이 재단 기술력의 집합체라는 데는 동의합니다. 하지만 절대 완벽하다고 할 수는 없습니다.

우선 어쨌거나 수많은 기계의 집합체이다 보니 고장에는 취약할 수밖에 없습니다. 주기적인 관리를 한다고는 하나 정작 중요할 때 고장이 난다면요? 실제로 과거 SRA와 XACTS 일부가 고장나 SCP-2000이 정체불명의 인간형 개체를 엄청나게 찍어낸 적이 있었습니다. 추가적인 심실, 심각한 손발의 다지증, 무선 주파수를 송수신하는 복강 내 기관 등등을 가지고 있었죠. 당연하게도 평범한 인간의 형태는 아니었습니다. 더군다나 깨어나지도 않았고요.

게다가 아직까지도 고장의 명확한 원인을 찾지 못했다는 건 언제든 비슷한 상황이 발생할 수 있다는 의미입니다. 그저 그런 장치라면 모르겠지만 적어도 인류 전체의 복원이 걸려있는 장치라면 절대 용납될 수 없는 수준입니다.

그리고 마지막으로 최악의 상황에 대한 대비 역시 필요합니다. 어찌 됐건 SCP-2000과 관련된 모든 절차의 첫 시작은 사람이 직접 작동시켜야 합니다. 하지만 만약 지구상에 모든 사람이 동시에 완벽하게 죽는다면요? 아무 소용없는 장치로 남을 뿐이겠죠.

물론 제가 이런 의견을 남기는 것은 재단과 동료들의 위대한 성과를 깎아내리려는 의도는 아닙니다. 우리가 상대하는 존재가 특별한 만큼 우리는 안주하지 않고 세계멸망에 대비할 수 있는 보다 나은 방법을 찾기 위해 노력해야 합니다. 반드시오.

〈현상형〉

SCP-5153

| 일련 번호 | SCP-5153 | 등급 | 안전 | 통칭 | 양치기 운석 | 결재 |

그렇게 세계 멸망은 서서히 모두의 기억 속에서 잊혀졌다.

사건기록 5153-1

1908년 6월 11일, 재단 박사들은 충격적인 상황을 맞이했다. 세계 멸망이 코앞으로 다가온 것이다, 박사들의 계산대로라면 꽤 오래전부터 관측되었던 15km 크기의 거대한 운석이 이번 달 말 지구와 정면으로 충돌할 것이라는 연구 결과가 나온 것이다. 만약 충돌이 발생한다면 지구상의 모든 생명체가 죽음을 피해갈 수 없는 상황이지만 현재 지구상의 그 어떤 존재나 단체도 이 운석을 막을 방법 따위는 없는 것으로 판단된다.

재단조차도 이미 해당 운석을 막는 것을 포기한 지 오래다. 할 수 있는 거라곤 기적이 일어나길 신께 기도하며 세계 복구 장치인 SCP-2000의 가동을 준비하는 것과 핵심 요원들을 미리 대피시키는 것뿐이었다.

6월 30일, 이제 정말 몇 시간 후면 모든 것이 끝나는 상황... 그런데... 충돌 예상 지점인 러시아의 포트카멘나야 퉁구스카강을 향해 지구 대기권까지 들어온 운석이 충돌 직전... 그러니까, 땅에서 10km정도 떨어진 상공에서 갑자기 소멸해버렸다.

물론 소멸 자체로도 엄청난 폭발이 발생해 근처의 우림이 파괴되고 3명이 목숨을 잃긴 했지만 지구 멸망의 위험이 저절로 사라져 버렸다는 사실에 박사들은 환호성을 외칠 수밖에 없었다. 정말 신이 돕기라도 한 걸까? 수많은 연구에도 운석이 갑자기 사라진 원인은 밝혀낼 수 없었다.

이후 재단은 곳곳에 스파이를 파견해 세상을 위협했던 운석에 대한 모든 정보를 은폐했고 그렇게 운석 충돌로 인한 세계 멸망은 서서히 모두의 기억 속에서 잊혀졌다.

사건기록 5153-M-2

시간이 흘러 흘러 1945년의 어느 날, 또 다시 무서운 속도로 지구를 향해 날아오는 운석이 포착되었다. 러시아에 떨어질 예정인 운석의 시뮬레이션 결과 충돌 시 지구상의 75% 이상의 생명체가 멸종될 것으로 추측되었다. 또 다시 찾아온 운석의 위협에 이번에는 GOC와 미국 그리고 다양한 요주의 단체가 일시적으로 재단과 동맹까지 맺으면서 운석을 막기 위해 최선을 다해 노력했고 우주선을 이용해 실시간으로 운석을 추적함과 동시에 파괴부터 경로 변경 등 다양한 방법을 물색했다.

하지만 안타깝게도 이번에도 운석을 막기에는 역부족이었다. 모두가 절망에 빠진 그 순간... 운석이 또... 상공에서 소멸되어 버렸다. 37년 전과 똑같은 기적이 발생한 것이다. 이후 조사를 통해 운석의 규모나 충돌 예상 위치, 그리고 갑자기 소멸된 것까지... 재단은 어쩌면 두 운석이 동일한 운석이며 변칙성을 가졌다고 판단한 뒤 즉시 SCP-5153으로 지정했다.

변칙성

SCP-5153은 직경 약 13km의 운석으로, 녀석이 발견될 때면 언제나 지구의 시베리아 어딘가로 충돌할 예정인 것으로 확인된다. 하지만 정작 충돌 당시가 되면 공중에서 폭발되며 지상으로부터 약 15km이내에 들어오는 순간 감쪽같이 사라져 버린다.

특수 격리 절차

SCP-5153은 역정보 활동을 통해 격리된다. 지구에 접근하는 모든 천체를 추적하고 감시한 뒤 SCP-5153이 발견되면 궤도 및 도착 추정 시간을 추적한다. 현재까지 확인된 정보에 따르면 SCP-5153은 직접적인 위협을 주지 않기 때문에 이 정도 격리로도 충분하다.

관련 기록 5153-KM: 똑같은 실수가 반복되지 않기를.

SCP-5153이 처음 SCP로 지정됐을 때만 해도 박사들 사이에서 SCP-5153의 격리 등급에 대한 의견이 극명하게 나뉘었다. 이번 소멸 역시 우연일지도 모르니 케테르로 지정하고 반드시 다음을 대비해 대책을 마련해야 한다는 의견과, 그저 충돌 직전 사라지는 게 변칙성이니 위험하지 않으며 안전 등급으로도 충분하다는 의견의 논쟁이 끊이질 않았다.

하지만 얼마 지나지 않아 SCP-5153은 안전 등급으로 지정되었다. SCP-5153은 그 이후로도 짧게는 1년에서 길게는 50년 정도의 간격으로 꾸준히 지구를 향해 날아왔는데 그 횟수만 무려 6번이다. 항상 비슷한 크기의 운석은 비슷한 장소로 날아와 비슷한 위치에서 사라져 버렸다.

물론 거주지 근처에서 폭발이 발생해 꽤 많은 부상자가 생긴 적도 있긴 지만, 거의 대부분은 아무런 피해자 없이 소멸되었고 이런 상황이 몇 번이나 반복되자 점차 박사들 사이에서 '에이 저건 어차피 충돌 안 해'라는 마음이 생겨 버린 것이다.

그렇게 시간이 흘러 또 하나의 SCP-5153이 지구에 도착할 2020년 2월 25일, 재단의 모두가 큰 긴장감 없이 하루를 보내고 있었다. 하지만 그날만큼은 SCP-5153의 상태가 조금 이상했다. 분명 지금쯤 소멸됐어야 할 SCP-5153이 아주 멀쩡했던 것이다.

그제야 박사들은 무언가 잘못됐다는 것을 깨달았지만 늦어도 한참이 늦은 상황, 그대로 5153은 지구와 충돌해버렸다. 그렇게 지구는 ■번째 멸망을 맞이했다. 다시는 똑같은 실수가 반복되지 않기를…

SCP-4194

| 일련 번호 | SCP-4194 | 등급 | 유클리드 | 통칭 | 추락하는 것에는 날개가 있다 | 결제 |

도대체 우리가
뭘 잊고 사는 걸까요?

메모 4194-1: O5-?

이 선택이 세계와 인류를 수호하기 위해서였다는 사실 만큼은 꼭 기억해주시길 바랍니다.

변칙성

SCP-4194는 여행비둘기와 거의 모든 부분이 똑같은 조류의 한 종으로, 생김새와 행동 습성은 물론 유전적인 부분까지도 거의 똑같아 조류 전문가조차 SCP-4194를 구분하는 것은 사실상 불가능하다.

다만 SCP-4194의 경우 여행비둘기와 달리 '인간'이라는 존재를 전혀 인지하지 못 한다는 독특한 변칙성을 가지고 있다. 인간이 옆에 있어도 마치 없는 것처럼 행동하며 이는 인간 자체뿐만 아니라 인간의 사진과 그림 그리고 심지어 인간을 닮은 마네킹 등등 인간으로 인지할 여지가 있는 모든 사물에 적용되는 것으로 추정된다. 이러한 특성 탓에 SCP-4194는 야생 환경에서의 생존에 불리할 수밖에 없었는데, 실제 추정에 따르면 여행비둘기보다도 16년쯤 전에 멸종된 것으로 보인다.

발견기록 4194-S

SCP-4194는 여행비둘기 복원을 진행하던 조류 학자들에 의해 우연히 몇몇 개체가 복원되면서 재단에 알려지게 되었다. 당시 조류 학자들은 SCP-4194 개체들이 보이는 '인간 인지 불가 현상'을 복원 과정에서 발생한 유전질환 정도로만 생각했다.

다만 여행비둘기 복원이 세계적인 이슈가 되면서 재단 박사들도 관련 정보를 전해 듣게 되었고 이것이 단순한 오류가 아닌 변칙성일 것이라 여긴 재단 박사들은 연구를 통해 여행비둘기와 SCP-4194의 교배가 불가능하다는 것을 확인했다. 즉, 4194는 여행비둘기와는 완전히 다른 종이라는 것이다.

부록-1: Dr. Hada의 제안서

제가 재단 데이터베이스에 대한 정기 검사를 진행하던 중 무엇을 발견했는지 아십니까? 도무지 이해할 수 없던 SCP-4194의 변칙성에 대한 실마리입니다. 발견 당시에는 상당히 훼손된 상태였지만 저는 보는 순간 이 문서가 SCP-4194와 상당히 비슷하다는 것을 알 수 있었습니다. 해당 문서와 문서의 내용에 대한 본격적인 대조 및 조사를 요청합니다. 무려 SK급 지배권 이전 시나리오를 일으킬 뻔한 개체라구요!

발견된 문서: SCP-■■■■, 등급 케테르

〈변칙성〉

SCP-■■■는 [데이터 오염]으로, 겉보기에는 여행비둘기와 매우 유사하지만 개체 수가 늘수록 지능이 높아지며 집단의식적으로 움직이는 특성을 가지고 있다.

문제는 SCP-■■■의 개체 증가가 녀석들이 인지하는 인간 혹은 인간의 유사품(사진, 그림, 마네킹 등) 수에 비례한다는 점이다. 즉, 인간이 많을수록 SCP-■■■는 더 많아지며 이를 통해 엄청난 지능을 얻게 된다. 녀석들은 스스로도 이 사실을 알고 있으며 적극적으로 인간이 많은 곳을 찾아 나선다.

현재 인구 밀도가 충분히 높은 곳에 SCP-■■■ 개체 떼가 나타날 시 하루 안에 치명적인 수준으로 수가 늘어날 것으로 추정되며, 녀석들은 인간 전체의 집단 지성을 뛰어넘는 지성을 가지게 될 것이다. 그리고 이는 SCP-■■■가 인간을 지배하는 SK급 지배권 이전 시나리오로 이어질 가능성이 충분하다.

특수 격리 절차

기동특무부대 입실론-3, 치르치르와 미치르는 발견되는 모든 SCP-■■■를 사살한다. 만약 SCP-■■■의 사살이 불가하다면 민간인을 사살해서라도 개체수 증가를 막아야 한다. SCP-■■■의 개체 수가 백만이 넘을 경우 격리는 실패했다고 간주된다.

부록 ■■■-Z
현재 SCP-■■■의 증가 추세는 ■일 이내로 파기될 것으로 예상된다. 이에 재단은 인류와 지구를 지키내기 위해 최후의 수단인 미■ 규■을 사용할 것이다.

녀석들이 인간을 인지함으로서 개체 수와 지능을 증가한다는 사실은 명확하다. 그리고 이제는 더 이상 녀석들을 막을 수 없다는 사실도 명확하다. 그렇다면 이제 남은 방법은 유일하다. 우리.. 인간이 바뀌는 수밖에 없다.

인간이라는 개념을 구성하는 소개념인 [데이터 오염]을 파괴해 고의적인 IK급 개념 부재 시나리오를 일으킨다면 녀석들은 인간을 인지하지 못하게 될 것이고 무력하게 무너져 내릴 것이다.

물론 이 방법이 SCP-■■■■에게 통할지는 확실하지 않다. 또한 이 일이 추후 알려진다면 재단이 인간성을 고의적으로 파괴했다는 비난과 비판도 피해갈 수 없을 것이다. 하지만 이제는 정말 방법이 없기에 최후의 수단을 실행될 것이다.

우리는 영영 [데이터 오염]을 모르겠지만 그렇게 또 살아갈 것이다. 살아남는다면...
신이여, 우리 개념을 도우사.

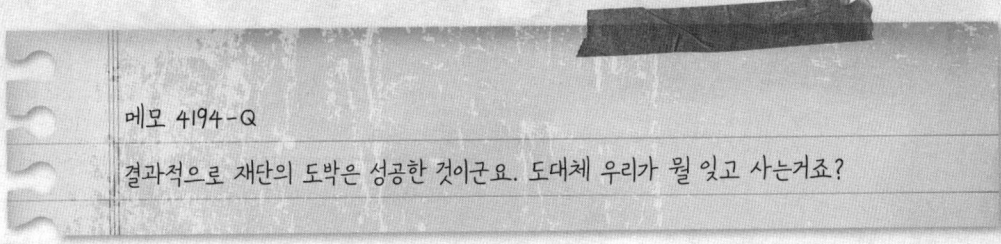

메모 4194-Q

결과적으로 재단의 도박은 성공한 것이군요. 도대체 우리가 뭘 잊고 사는거죠?

특수 격리 절차 - 추가됨

확보한 SCP-4194 개체들은 표준형 조류 격리실에 격리한다. 추후 연구를 위해 녀석들이 산란한 알은 회수해 냉동 보관한다.

SCP-8900-EX

일련 번호	등급	통칭
SCP-8900-EX	케테르 - 무효	하늘색 하늘

당신에게 하늘은 무슨 색인가요?

메모 8900-EX-C

우리가 누리고, 알고 있는 당연한 모든 것들이 원래는 당연하지 않은 것일 수도 있습니다. 적어도 SCP재단에서 일을 한다면 그런 마음가짐을 항상 가지고 있길 바랍니다. 자... 당신에게 하늘은 무슨 색인가요?

변칙성

SCP-8900은 대상의 색을 영구적으로 변형시키는 상당히 독특하고도 강력한 변칙성을 가진 존재로, SCP-8900의 영향을 받은 사물이나 사람은 원래의 색을 완전히 다른 색으로 인식하게 된다.

*해당 문서는 보존용 문서입니다.

재단이 처음 SCP-8900을 포착한 것은 1800년대 중반으로, 당시만 해도 몇몇 사진에서만 관련 현상이 포착되었기에 재단은 그저 사진 기술의 오류 정도로만 여겼다. 하지만 1900년대 초, '하늘이 이상한 색으로 변했다.' '이상한 색의 동물이 발견됐다.' 등의 목격담이 들려오기 시작하며, 사진에서만 발견되던 색의 변형 현상이 점차 현실에서도 발견되기 시작했다.

게다가 더 문제는 '색의 변형'이 서서히 세계 곳곳으로 퍼져나가기 시작했다는 것인데, 당연하게 여기던 색들이 생전 처음 보는 색으로 모조리 바뀌기 시작했다. 상황의 심각성을 느낀 재단은 즉시 조사에 나섰다.

조사 결과 SCP-8900은 한 회사가 컬러 필름을 연구하는 과정에서 발생한 현상으로 인간이 볼 수 있는 빛의 영역인 가시 스펙트럼을 붕괴시킴으로써 사람들로 하여금 SCP-8900의 영향을 받은 대상의 색을 완전히 다르게 인지하게 만드는 것으로 추정된다.

추가적으로 박사들은 관찰을 통해 SCP-8900이 접촉을 통해 영향을 전염시킨다는 것을 확인했고 추가적인 피해를 막기 위해 SCP-8900의 영향을 받은 모든 대상을 소각 처리했다. 또한 완전한 어둠이 SCP-8900의 전염을 막는데 효과적이라는 사실을 발견하고 SCP-8900을 무력화할 방법을 찾기 위해 어둠 속에서 연구를 이어 나갔다. 심지어 SCP-8900에 대항할 수 있는 SCP를 만들려는 시도도 진행되었다.

하지만 SCP-8900에 모든 생명체는 물론 하늘과 바다, 심지어 불꽃까지도 영향을 받는 등 상황은 걷잡을 수 없이 악화되었다.

특수 격리 절차

~~SCP-8900의 영향을 받은 대상은 즉시 격리한 후 섬광 소각으로 파괴한다. 이게 최선이다.~~

SCP-8900은 이 시점에서 더 이상 격리할 수 없다고 여겨진다.

변칙성-개정됨

SCP-8900은 해명되었다. 더 이상 변칙적인 현상이 아니다.

특수 격리 절차-개정됨

SCP-8900은 더 이상 격리가 필요하지 않다.

> 메모 SCP-8900-EX: 05-8
>
> 제군들, 세계 최고 수준으로 여러 SCP를 관리하고 연구하는 우리지만 가끔은 도저히 어쩌지 못하는 상황을 마주하기도 한다네. 그게 바로 지금이지. SCP-8900은 이제 너무나도 일상적인 현상이 되어버렸다네. SCP-8900의 영향을 받지 않는 곳을 찾기 어려울 정도로 말이야. 결론부터 말하자면 우리는 실패한 걸세.
>
> 하지만 우리가 할 일은 절망이나 하고 앉아 있는 게 아니라네. 모든 상황에서 세계와 인류의 수호를 위해 고민해야 하지. 그게 설령 인류의 근간을 뒤흔드는 일이라고 할지라도 말일세. 이번에도 마찬가지네. 모든 색이 변형되었고 그걸 막을 재간이 없으니 우리는 이 상황을 오히려 활용하기로 했네. 현 시간부로 SCP-8900에 대항하기 위한 '비탄 프로토콜' 수행을 명령하겠네. 지금 즉시 말이네. 우리는 조금 다른 방식으로 우리의 세계를 찾을 수 있을걸세.

사건기록 8900-T

재단은 보유 중인 기억소거제 중 가장 사용 흔적을 추적하기 어려운 'ENUI-5'를 전 세계에 일시적으로 살포했다. 이로 인해 전 세계의 모든 사람들은 SCP-8900의 영향을 받기 전 세상의 색을 완전히 잊게 되었다. 더 이상 그 누구도 하늘색 하늘을 이상하게 여기지 않는다.

일기 8900-EX-L

재단에서 일하면서 충격 받기를 밥 먹듯이 하고 있지만 이건 좀 많이 놀랍다. 어째 상위 요원이 되어 갈수록 충격적인 사실이 한가득인 것 같은 느낌이다. 내가 알고 있는 색이 전부 거짓이라고…? 그리고 그 모든 걸 재단이 벌였다고…?

뭐 재단이라면 더한 일도 하겠지만 이건 너무 궁금하잖아. 원래 하늘은… 나무는… 꽃은 대체 무슨 색이었냐고…

〈사물형〉

SCP-158

| 일련 번호 SCP-158 | 등급 유클리드 | 통칭 영혼 추출기 | 결제 |

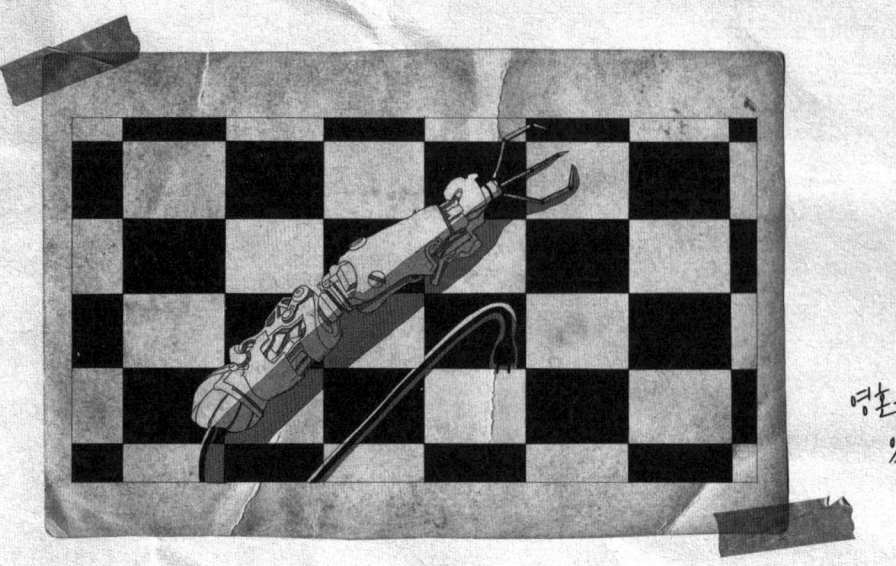

영혼도 있을까요?

발견기록 158-A

2007년, 한 폐병원에서 큰 화재가 발생했다. 화재를 진압한 소방대원들은 병원에는 어울리지 않는 기계 팔 하나를 발견했다. 꽤나 큰 화재였음에도 기계 팔은 전혀 불타지 않은 상태였고, 근처에서 기계 팔의 사용설명서로 보이는 손상된 문서도 함께 발견되었다.

설명서에는 심상치 않은 내용이 가득했고 이후 '정체불명의 기계 팔'에 대한 보고서를 확인한 위장 요원들에 의해 해당 객체는 즉시 재단으로 옮겨졌다.

메모 158-K

'영혼은 존재하는가?' 과학계에서도 꽤 오래전부터 이어져 온 논쟁에 종지부를 찍을만한 물건이 발견되었습니다. 평범한 과학으로는 도저히 해결되지 않았던 것들이 눈앞에서 이루어 진다. 이게 재단에서 일하며 느낄 수 있는 매력 중 하나가 아니겠습니까?

"저는 사실 영혼 따위는 없다. 죽고 나면 끝이다."라는 입장이었습니다... 만... 재단에 근무하면서 바뀐 생각이 도무지 몇 개인지... 아무튼 영혼은 있습니다. 암요! 오늘부로 교회도 등록했다구요.

실험 기록 158-A

확보 당시 SCP-158과 함께 발견한 사용설명서에는 SCP-158의 사용 목적과 제작자에 대한 페이지가 알아볼 수 없을 정도로 손상되어 있었기에 정체와 변칙성을 알아내기 위해서라도 SCP-158을 직접 작동해볼 수밖에 없었다. 다행히 사용법만큼은 꽤나 상세히 적혀 있던 덕에 박사들은 SCP-158을 어렵지 않게 작동시킬 수 있었다.

설명서에 따라 전원을 연결한 다음 D계급 인원을 대상으로 SCP-158을 작동시키자, SCP-158은 대상으로부터 알 수 없는 물질 하나를 추출했다. 이 물질은 약간의 빛과 열을 내고 있었으며 연기 비스무리한 형태를 하고 있었다.

박사들은 즉시 성분을 분석해봤지만 어이없는 결과가 나왔다. 분명 눈에도 보이고, 빛과 열까지 내뿜고 있는데도 분석기는 해당 물질을 인식조차 못 하는 것이었다. 하지만 더 문제는 D계급 인원이 알 수 없는 물질을 추출당한 후부터 두뇌활동이 멈춘 상태로 꼼짝도 하지 않았다는 것이다.

진단 결과, D계급 인원은 일명 코마 상태에 빠진 것으로 밝혀졌지만 원인은 불명이었다. 수많은 D계급 인원들을 투입한 추가적인 연구 끝에 재단은 SCP-158이 뽑아낸 물질이 놀랍게도 사람의 영혼일지도 모른다는 결론에 도달했다.

변칙성

SCP-158은 자동화 공장에서 볼 수 있을법한 기계 팔의 일종이다. 팔 끝에는 흡사 인형뽑기가 떠오르는 세 갈래 집게가 달려있으며, 조작을 위한 여러 개의 버튼과 화면 그리고 전원선까지 갖춰져 있다.

SCP-158이 뽑아내는 물질은 사람마다 조금씩 다른 색과 다른 에너지 방출량을 가지고 있으며, 분석 결과 에너지 방출량은 나이와 건강 상태에 따라 달라진다. 또한, 색은 성격에 따라 달라지는 것을 확인했다. 즉, 추출된 물질들의 모습은 마치 사람마다 다른 생김새를 가지고 있듯 사람들이 가진 특징들에 따라 전부 다른 모습을 띈다.

SCP-158을 통해 추출한 물질은 SCP-158을 이용해 다시 주입할 수도 있는데 어떤 치료 방법도 통하지 않던 대상이 추출된 물질을 원래 주인에게 주입하자 코마 상태에서 빠져나와 평소의 상태로 돌아왔다.

특수 격리 절차

현재 SCP-158은 제 12 생물연구구역의 실험관측실-07에 설치되어 있으며, 다양한 실험이 진행 중이다. 단, 악용되거나 잘못된 방법으로 사용되는 것을 방지하기 위해 평소에는 전원을 차단한 상태로 보관하고 출입 역시 철저히 금지하며 미리 허가를 받은 박사들만 실험을 진행할 수 있다.

실험시에는 돌발 상황을 방지하기 위해 참가자 전원은 반드시 SCP-158의 사용설명서를 충분히 숙지한 다음 실험을 진행해야 하며, 혹시라도 사용법을 숙지하지 않은 사유로 사고가 발생한다면 밖에서 대기 중인 무장 경비원이 즉시 전원을 차단해 실험을 중지시키고 실험을 진행한 박사는 징계를 받는다.

실험기록 158-B

SCP-158에 대한 실험이 활발하게 진행된 덕에 박사들은 SCP-158의 추가적인 능력을 밝혀내는 데 성공했다.

"추출한 영혼을 원래 주인이 아닌 다른 사람이나 물건에도 주입이 가능하다."

기계에 영혼을 주입한 결과, 상당히 흥미로운 사실을 알 수 있었다. 기계에 주입된 영혼은 무한한 동력원 역할을 한다는 것이다. 영혼이 주입된 기계들은 따로 전원에 연결하지 않아도 작동했고, 심지어 노트북이나 스마트폰 같은 기계에 영혼을 주입한 경우에는 지성을 가진 기계를 만드는 것도 가능했다. 즉, SCP의 제작이 가능하다는 것이다. 가령, A씨의 영혼을 주입한 노트북은 워드 프로그램을 통해 박사들과 대화가 가능했고 대화 내용을 분석한 결과 대화 상대는 분명하게 A씨라는 사실이 확인되었다.

> 메모 158-W
> 어쩌면 재단에서 확보 중인 지성을 가진 사물형 SCP 중 일부가 SCP-158로 만들어졌을지도 모릅니다. 그... 계산기나 똑똑한 척하는 오래된 컴퓨터 같은 것들 말이죠...

SCP-914

| 일련 번호 | SCP-914 | 등급 | 안전 | 통칭 | 태엽장치 | 결제 |

써먹을 방법이 많겠어...

변칙성

SCP-914는 작은 방 정도 크기를 가진 커다란 태엽장치 기계로 톱니바퀴와 벨트 그리고 도르래 등 8백만 개 이상의 다양한 부품들이 복잡하게 조립되어 만들어져 있다. 다만 복잡한 구성과 달리 각 부품의 재료는 주로 주석이나 구리 그리고 목재로, 전혀 특별하다고 할 만한 것도 없으며 심지어 특별한 동력원이나 전자 부품조차 하나 없는 상당히 오래된 장치로 보인다. 하지만 겉보기와 달리 SCP-914는 어떤 첨단 기계 보다도 신비로운 변칙성을 가지고 있다.

SCP-914의 변칙성은 '투입된 물체를 다른 물체로 변환시켜 주는 것'으로 어떠한 추가적인 재료나 에너지 없이도 물체를 다른 형태 혹은 다른 종류의 물체로 변형시키며, 심지어 평범한 물체를 변칙적 물체로 변환시키는 것도 가능한 것으로 확인되었다.

SCP-914에는 각각 '투입'과 '배출'이라고 적혀있는 2개의 커다란 칸막이가 있는데, 두 칸막이 사이에는 매우 굵음, 굵음, 1:1, 고움, 매우 고움이라고 적힌 글씨와 작은 화살표가 붙은 조정 손잡이가 있으며, 그 아래에는 태엽을 감는 커다란 열쇠가 꽂혀 있다.

SCP-914는 작동은 상당히 간단하다. 먼저 사용자가 변환시킬 물체를 투입구에 넣으면 투입이 완료되었다는 작은 종소리가 들린다. 이후 조정 손잡이를 이용해 화살표를 움직여 물체를 변환시킬 정제도를 선택한 다음, 아래쪽의 열쇠를 돌리면 즉시 SCP-914가 투입된 물체를 변환하기 시작한다.

보통 물체의 변환은 크기에 따라 5-10분 정도 걸리며 변환이 완료된 물체는 자동으로 배출구를 통해 나오게 되는데, 이때 어떤 물질을 어떤 정제도로 변환하느냐에 따라 전부 다른 결과물이 나오게 된다.

실험기록 914-A
내용: 강철 1kg을 다양한 정제도로 변환한 실험

A-1, 정제도 '매우 굵음': 레이저로 절단한 것처럼 보이는 다양한 크기의 강철 덩어리
A-2, '1:1': 강철 나사 1kg
A-3, '고움': 강철 압정 1kg
A-4, '매우 고움': 50,000도의 열에 견디며, 어떤 자극으로도 구부리거나 부숴지지 않는 변칙적 금속 1g(추가 실험을 통해 거의 완벽한 전기 전도성을 가진 것이 확인되었다.)

→ SCP-914는 '정제도' 만큼 해당 물체를 분해하거나 압축시키는 것'으로 추정되지만, '매우 고움'의 결과물은 주목할만하다.

실험기록 914-B

내용: 갈색 종이봉투 1개를 다양한 정제도로 변환한 실험

B-1, '매우 굵음': 갈색 부스러기와 잿더미

B-2, '굵음': 정사각형 갈색 종잇조각 25개

B-3, '1:1': 다른 재질의 종이봉투 하나

B-4, '고움': 작은 소나무 상자 하나

B-5, '매우 고움': 봉투 바깥보다 안이 더 넓은 것으로 추정되는 변칙적 봉투

→ 914-A의 실험 결과를 토대로 추정한 결과와는 다소 다른 결과이다. 단순한 압축이나 분해 개념이 아닌 걸까? 어쩌면 투입되는 물건에 따라 결과물이 달라지는 것일지도 모른다.

실험기록 914-C

내용: 도금한 회중시계 1개를 동일한 정제도로 여러 번 변환한 실험

C-1, '고움': 꼬리를 누르면 지빠귀 소리를 내는 작은 새 모양 태엽 장난감

C-2, '고움': 태엽으로 가는 장난감 기차 엔진

C-3, '고움': 축소된 괘종시계

C-4, '고움': 작은 금속제 피아노 조각

→ 동일한 조건임에도 매번 다른 결과물을 배출하기에 현재로선 SCP-914의 규칙성을 명확히 규정하기 힘들다. 다만, 물체의 특정 요소는 보존하는 '경향'을 보이는 것은 확실하다. 확실한 법칙을 도출해내기 위해선 다양한 실험 데이터가 필요할 것으로 보인다.

현재 SCP-914가 물체를 변환하는 원리나 동력원이 없음에도 작동하는 원리에 대해서는

밝혀진 바가 없으며, SCP-914의 내부를 관찰하려는 모든 방법은 실패했다.

공지사항 914-T

SCP-914가 물체를 변형하는 규칙성을 찾기 위해 본 개체를 활용한 실험은 권장됩니다. 3등급 이상의 연구원에게 허락을 받았다면 어떤 실험이든 마음껏 진행하세요. ※단, 모든 실험 내용은 반드시 기록되어야 하며, 배출 결과에 대한 모든 책임은 본인에게 있습니다. 이로 인한 재단의 자산 손괴나 인명 피해 발생 시, 경우에 따라 징계를 받을 수도 있으니 위험한 결과가 예상되는 실험은 자제하시길 바랍니다.

특수 격리 절차

현재 SCP-914는 안전 등급을 부여받은 채로 109-B 연구동에서 보관 중이며 항시 당직 요원 2명이 감시를 맡고 있다.

SCP-914를 활용한 실험 시, 악용 및 남용을 막기 위해 감시원 1명을 동반해야 한다.

실험기록 914-P

내용: 다양한 생명체를 투입한 실험

P1, '1:1', 흰 색 생쥐 한 마리: 갈색 생쥐 한 마리

P2, '1:1', 백인 남성 1명(D계급) ; 히스패닉계 남성 1명, 매우 불안해하는 모습을 보였다.

P3, '매우 고움', 백인 남성 1명(D계급): [데이터 말소]의 변칙적 능력을 가진 인간병기, 해당 개체는 지속적으로 탈출을 시도했고, 이 과정에서 실험을 진행한 박사를 포함한 요원 10명이 목숨을 잃었다. 이후 특수대응반조차 녀석을 제압하는 과정에서 부분적 기적 손상을 입었으며, 결국 몇 시간 뒤에 푸른색 재로 변하며 스스로 소멸되긴 했지만 이 과정을 지켜본 연구원은 실명되었다.

공지사항 914-Y

오늘부로 SCP-914를 활용한 모든 생물 실험은 유예됩니다. 이는 반드시 O5 사령부의 허가가 있어야 하며, 이를 어길 시 엄중 처벌될 수 있습니다. 또한 모든 실험 내용을 목록화해 제출하는 것을 엄격히 검사하도록 하겠습니다. 만약 목록에서 하나라도 빠진 것이 있다면 해당 실험은 즉시 중단되며, 실험을 진행한 연구원은 연구동에서 쫓겨난 뒤 징계 처분될 것입니다.

> **메모 914-Z**
>
> 사실 SCP-914를 활용한 모든 실험 결과가 흥미롭긴 하지만, 특히 설정값이 '매우 고움'으로 진행된 실험은 매우 흥미롭습니다. 경로상 모든 것을 분해하는 감마선을 발사하는 총부터, '존나 쌔근하다' 라는 말이 절로 나오는 등신대 사진까지. 상당히 높은 확률로 무려 '변칙 물체'를 만들어냈단 말입니다. 단순 조작으로 평범한 물체를 변칙 물체로 변형시킬 수 있는 것을 확인한 이상 현재 재단이 보유 중인 변칙 물체 일부가 SCP-914 통해 만들어졌을 가능성을 무시할 수 없는 것은 물론, 개인적으로는 SCP-914의 원리를 밝혀내는 것이 수많은 SCP의 변칙성을 밝혀낼 수 있는 변곡점이 될 수도 있다고 생각합니다.

실험기록 914-M

내용: 아날로그 알람 시계를 '매우 고움'으로 연속 2번 변환한 실험

M-1, '매우 고움': 외형상 차이는 없었지만 150dB 이상의 알람 소리를 내며 작동시킨 D계급의 청력을 영구적으로 손상시켰다.

M-2, '매우 고움', M-1의 결과물: 외형상 차이는 없었지만 작동 당시 근처에 있던 D계급의 뇌가 완전히 녹아내린 것으로 확인되었다.

→ '매우 고움'은 투입된 물체의 특징 일부를 변칙적 수준으로 향상시키는 것으로 추정됩니다. 다만 어떤 특징을 어느 정도 수준으로 향상시키는 것인지는 감히 예상하기가 힘들군요. 아무튼 위험합니다.

실험기록 914-L

SCP-914의 "외부"에서 톱니바퀴 하나를 제거했다. 제거 위치는 정확하게 기록되었으며, 벨트의 탄성이나 이 외의 부품을 손상시키지 않을 위치로 선정되었다.

이후 D계급이 투입되어 강철 덩어리를 넣은 SCP-914를 활성화했지만, 열쇠가 헛돌며 작동에 실패했다. 이에 없어진 톱니바퀴와 똑같은 크기, 똑같은 재질로 복제된 톱니바퀴를 그 자리에 끼워 넣은 후 다시 작동시키자 정상적으로 작동했다.

→ 이론상 SCP-914가 고장나도 고칠 수는 있을 것으로 보인다. 그 전에 어디가 어떻게 고장 난 것인지 아는 것이 먼저겠지만...

메모 914-Q

어쩌면 SCP-914는 지능을 가지고 있을지도 모릅니다. 전혀 예상치 못한 결과이긴 했지만 그 녀석 우리와 체스를 뒀다고요! 심지어 우리가 깔끔하게 지기까지 했죠. 이것뿐만이 아닙니다. 우리는 녀석에게 지능이 있다는 단서를 포착한 이후 아주 애매한 물건 하나를 집어넣었습니다. 바로 나무 십자가였죠. 지금까지의 패턴으로 보아 녀석이 뱉어내는 결과물은 투입된 물체의 구성 물질에 상당 부분 영향을 받았습니다. 네, 구성 물질인 '나무'에만 집중한다면 '1:1'로 설정된 상태의 SCP-914가 뱉어낼 결과물은 나무로 된 무언가로 추정할 수 있죠.

하지만 녀석은 '굳이' 나무로 된 '묵주'를 뱉어냈습니다.

우연히 일어난 일에 제가 확대해석하는 것일지 모르겠지만, 저는 녀석이 십자가에 담긴 종교적 의미를 알고 다른 종교적 의미가 담긴 물건을 배출한 것이라 생각합니다.

메모 914-V

SCP-914에게 지능이 있을지도 모른다는 ■■박사의 의견 잘 보았습니다. 사실 동력원은 물론 전자 부품 하나 없는 기계에 지능이 있다는 추측은 말도 안 된다는 것을 잘 알지만 저 역시 ■■박사의 의견에 일부 동의하는 바입니다. 사실 SCP-914 녀석... 몇몇 번 척 개체를 알고 있는 듯한 모습을 보였거든요. 뜬금없이 SCP-682를 닮은 모양의 풍선이나 모형을 내놓는가 하면, 심지어는 SCP-096의 얼굴 사진을 툭 하고 내놓기도 했단 말입니다. 다행히도 얼굴 대부분이 가려져 있었지만요. 아무튼 이건 절대 우연이라고 볼 수 없을뿐더러, 재단 사람들이나 알 수 있는 SCP를 알고 있다는 건 녀석이 가진 정보력도 의심해야 할 부분이라고 생각합니다.

실험기록 914-X

내용 ; SCP-914를 이용해 SCP에 대한 정보를 알아내는 실험

X1, '고움', SCP-096의 정보가 담긴 문서 ; SCP-096을 격리하는 데 있어 조심해야 할 항목이 추가된 문서

X2, '매우 고움', SCP-096의 정보가 담긴 문서 ; SCP-096의 실제 얼굴과 비슷한 모습이 담긴 문서, 확인 결과 문서 속 SCP-096의 모습은 글자가 빼곡하게 뒤섞여 녀석의 얼굴을 표현하고 있었으며 실물과 상당 부분 비슷했음에도 불구하고 해당 문서를 통해 SCP-096의

얼굴을 보는 것은 녀석의 변칙성을 발동시키지 않았다.

→ 해당 실험은 2가지를 고려해 진행되었다. 첫째, 고움 혹은 매우 고움의 경우 투입된 물체를 업그레이드시키는 경향을 보인다는 점, 둘째, 녀석이 뛰어난 지능 혹은 정보력을 가지고 있는 것으로 추정된다는 점으로 'SCP의 정보'를 투입한다면 업그레이드된 정보를 얻을 수 있을 것으로 예상되었고 실험은 일부 성공했다. 격리에 어려움을 겪는 개체에게 적용한다면 의미 있는 성과를 얻을 수 있을 것으로 보인다.

실험기록 914-Z

내용: SCP-914를 이용해 SCP에 대한 정보를 알아내는 후속 실험

Z1, '매우 고움', SCP-2317을 무력화시키는 방법이라고 적은 노트: 여러 글씨가 적혔다가 지워진 노트.

→ 이 녀석 설마… 고민한 거야?

SCP-029-KO

일련 번호	SCP-029-KO	등급	안전	통칭	완전범죄 계획서	결제	

완벽한 범죄는 존재하는 걸까?

메모 029-KO-G

저는 항상 궁금했습니다. 요즘같이 과학 기술과 수사 기술이 발달한 때에 '완전범죄'는 왜 발생하는지 말입니다. 물론 상당히 줄었다고는 하나 분명 해결되지 않는 범죄는 종종 생기고 있습니다. 그중에는 말도 안 되는 이유 때문에 증거가 발견되지 않는 경우도 있죠. SCP-029-KO을 알고 나니 완전범죄가 일어나는 이유도 납득이 갑니다. 게다가 이런 변칙성을 가진 물건이 하나만 있으란 법은 없으니까요.

발견기록 029-KO

조금의 증거조차 남기지 않는 것으로 악명을 떨쳤던 한 연쇄살인마가 25년 만에 돌연 자수를 했다. 오랜 기간 녀석을 잡기 위해 수많은 인력이 투입되었지만 '증거가 단 하나도 없다.'라는 공통점만 있을 뿐 사건마다 전부 달랐던 범죄 방식과 접점을 전혀 파악할 수 없었던 피해자 관계 등으로 인해 녀석과 관련된 모든 사건은 영구 미제 사건으로 분류되었다.

그런데 그런 녀석이 갑자기 죄책감을 느꼈다며 자수했고, 모든 범죄 사실을 자백하며 자신이 수많은 범죄를 저지른 것은 모두 '이것' 때문이라며 종이 뭉치 하나를 건넸다. 당시 경찰은 그의 말을 선뜻 믿지 않았고 수사가 길어지는 틈을 타 재단 요원이 그와 종이 뭉치 SCP-029-KO를 확보했다.

변칙성

SCP-029-KO는 A4용지 10장으로 구성된 서류뭉치로, 아무런 내용 없이 10장 모두 기획서 양식만 달랑 인쇄되어 있다. 하지만 누군가 SCP-029-KO를 혼자서 볼 경우 갑자기 글자가 나타나 빈 종이를 채우기 시작하는데 이는 놀랍게도 누군가를 살해하는 방법에 관한 내용이다.

SCP-029-KO가 목표물로 지목하는 대상은 문서를 본 사람이 가장 혐오하는 사람 혹은 가장 최근에 살의를 느꼈던 사람인 것으로 추정되는데 언제, 무슨 도구로, 어떻게 그 사람을 제거할 것인지에 대해 아주 구체적이면서도 사용자가 충분히 실행에 옮길 수 있을 만한 계획이 작성된다.

이후 이 내용을 혼자 읽는 사용자는 계획을 그대로 실행에 옮기고 싶은 강한 충동에 빠지게 되며 만약 실제로 SCP-029-KO에 적힌 계획을 그대로 실행하기만 한다면 어떠한 단서도 남기지 않고 목표 대상을 완벽하게 살해할 수 있게 된다. 범죄 이후에는 SCP-029-KO가 초기화되면서 범죄와 관련된 아무런 증거도 남지 않게 된다. 단, 계획대로 진행하지 않으면 증거가 남는다.

SCP-029-KO는 종종 범죄를 실현하기 위해 종종 현실 조작을 일으키기도 한다.

실험기록 029-KO

A-1

D계급에게 SCP-029-KO를 보게 하자 평소 사이가 좋지 않던 D-6412을 제거할 수 있는 계획이 종이에 적혔다. 문제는 계획 중 정전이 된다는 것과 둔기를 사용한다는 내용이 포함되어 있다는 것이었는데, D계급 신분인 그는 이런 계획을 실행에 옮길 수 없었다.

담당 박사는 혹시나 하는 마음에 즉시 D계급의 몸을 수색했고, D계급이라면 당연히 가지고 있을 수 없는 망치 하나가 발견되었다. 또한 SCP-029-KO에 작성된 계획대로 정확히 이틀 후에 기지 전체에 원인을 알 수 없는 정전이 발생했다.

A-2

D계급이 SCP-029-KO를 읽자 ■ 연구원을 제거할 계획이 쓰여졌다. 감옥에서 탈출해 야근중인 연구원을 흉기로 제거한다는 내용이었다. 이번에는 수용소의 약도와 함께 감시카메라 위치까지 적혀 있었다.

D계급의 몸을 수색하자 감옥 탈출을 위한 열쇠와 카드키 그리고 범행도구로 사용될 단도가 발견되었으며, 연구원은 갑자기 그날 야근 계획이 잡혔다는 사실이 확인되었다.

> 메모 029-KO-V: ☐박사
>
> 현재까지 실험 결과, SCP-029-KO 단순히 범죄를 설계하는 것뿐만 아니라 범죄에 필요한 모든 준비까지 도와줍니다. 심지어 어느 정도 현실을 조작하면서까지 계획된 범죄가 완벽하게 일어날 수 있도록 도와주죠. 조금 더 검증이 필요하겠지만 사용자가 적힌 대로 수행한다는 가정하에 SCP-029-KO에 작성된 범죄는 100% 그대로 이루어지며 100% 확률로 성공합니다.

A-3

D-3446가 SCP-029-KO를 읽자 다음과 같은 계획이 쓰여졌다.

사흘 후, ■ 박사를 미인계로 포섭하고 그의 협력하에 탈주에 성공한다. 바로 다음 날 아침 8시에 목표물의 자택을 방문해 권총으로 ■■■■를 살해하는데 성공한다.

O5-?: D계급의 탈출을 돕는다구요? 수준 높은 징계가 내려질 겁니다.
■ 박사: 아니... 이건 좀 억울한데요.

특수 격리 절차

현재 SCP-029-KO는 안전 금고에 보관중이다.

실험 시 사용자가 계획을 실행하기 전에 제거해 SCP-029-KO를 즉시 초기화시켜 제어한다.

SCP-029-KO의 철심은 제거할 수 없으며, 종이를 부분적으로 찢는 것은 가능하지만 찢겨 나온 조각은 변칙성을 잃게 된다. 아무도 보지 않을 때 SCP-029-KO는 원래대로 복구된다.

사건기록 029-KO-J

실험 KO-029-D22 이후 SCP-029-KO가 사라진 것이 확인되었다. 확인 결과 실험에 참여했던 ■■■■ 박사가 몰래 집으로 가져갔다는 사실을 알 수 있었다. 즉시 요원들이 박사의 집을 급습해 박사를 제압해 SCP-029-KO를 확보하는 데 성공했다.

당시 SCP-029-KO에는 박사가 미국의 군사시설을 해킹해 □□ □□□□ □□□에 핵무기를 발사함으로서 그 나라의 독재자를 제거한다는 내용이 적혀있었다. 즉시 박사를 사살해 SCP-029-KO를 초기화 시켰다.

메모 029-Z

SCP-029-KO는 사용자가 평소 앙심을 품고 있는 사람이 누구냐에 따라 자칫 전 세계적인 피해를 불러올 수도 있다는 사실이 드러났습니다. SCP-029-KO에 적힌 내용을 사용자 본인이 따르기만 한다면 확실히 실현됨을 여러 번 확인했고요. 만약 이 물건이 극악무도한 자의 손에 들어간다면요? 혹은 그런 단체가 SCP-029-KO를 가지게 된다면요? 재단조차도 막지 못할 것입니다.

지금 이 시간 부로 SCP-029-KO에 대한 실험이나 연구는 물론 금고에서 꺼내는 것 자체를 금지합니다.

SCP-424-KO

| 일련 번호 | SCP-424-KO | 등급 | 유클리드 | 통칭 | 모든 장기 삽니다 | 결제 |

발견하더라도
절대 전화하지 말 것

메모 424-KO-X

재단에 들어오고 여러 SCP를 봤지만 SCP-424-KO 만큼 반갑기는 처음이로군요. 사실 저는 한국에서 어린 시절을 보냈습니다. 그 시절 항상 공중 화장실에 가면 온갖 벽에 붙어있고, 땅바닥에 널부러져 있는 광고가 있었지요. 사실 내용은 절대 호기심을 가지면 안 되는 광고였지만 어린 마음에 "전화를 걸어볼까"라는 생각을 수십번은 했던 것 같습니다. 사실 그 시절엔 스마트폰이 보급되지 않았던 때라 공중전화를 찾아가면서까지 전화를 걸어볼 건 아니어서 그냥 넘어갔던 것 같습니다. 지금 생각해보면 참 다행이군요. 만약 그때 과한 호기심이 발동해 꾸역꾸역 전화를 걸었다면 저도 어디가 하나 성하지는 못 했을테니까요.

발견기록 424-KO

한국 성남시의 경찰서에 공중에 떠있는 사람에 대한 신고 전화가 걸려 왔다. 마침 해당 경찰서에서 잠복 활동중이던 요원이 즉시 출동했고, 신고 내용대로 성남시의 한 공중화장실에서 공중에 떠있는 ■ 씨와 함께 어마어마한 현금을 발견했다. ■ 씨는 몸을 전혀 제어하지 못했다. 즉, 자신의 의지로 공중에 뜬 것이 아니었다.

게다가 현재 상황을 묻는 요원의 질문에 ■ 씨는 주머니에서 명함 하나를 꺼내며 모든 게 이것 때문에 일어난 일이라는 의미를 알 수 없는 말만 반복했다. 상세한 조사를 위해 ■ 씨는 기지로 이송되었다.

변칙성

SCP-424-KO는 유독 눈에 잘 띄는 노란 바탕에 파란 글씨로 '모든 장기 삽니다'라는 문구가 적혀있는 명함이다. 문구 아래에는 전화번호가 적혀있는데, 적혀있는 번호로 전화를 걸면 약 5초간의 신호음이 울린 후 현재는 SCP-424-KO-1로 지정된 젊은 남성이 전화를 받는다. 남성은 전화를 걸게 된 경로와 건강 상태 등 몇 가지 정보를 확인한 후 본격적인 거래를 제시한다.

남자는 자신이 구하고 있는 장기의 종류와 함께 (어떻게 아는 것인지는 몰라도) 현재 통화 중인 사람이 팔 수 있는 장기의 목록까지 친절하게 나열해주는데, 대개 SCP-424-KO-1이 말하는 장기들은 모두 하나같이 알려지지 않은 생소한 이름을 가지고 있다. 실제로 SCP-424-KO-1 말한 신체 기관을 찾기 위해 다양한 연구를 진행했지만 찾아낼 수 없었다.

만약 SCP-424-KO-1의 제안에 매매할 장기를 선택하면 장기에 대한 간단한 설명과 함께 그에 따른 보상을 안내해주는데, 부작용에 대해서는 대수롭지 않게 설명한다. 이후 수술

날짜와 시간을 지정하면 통화가 종료된다. 이때, 한 번 통화를 마친 대상이 다시 전화를 걸면 두 번 다시 연결되지 않는다.

정해진 날짜와 시간이 되면 대상은 정신을 잃은 뒤 약 1~2시간 후에 정신을 차리게 되며, 옆에는 보상이 놓여져 있다. 대상은 판매한 장기에 따라 각기 다른 변칙 현상을 경험한다.

실험기록 424-KO-A

SCP-424-KO-1은 '빙정체'라는 장기를 판매할 것을 권했다. D계급이 그게 뭐냐고 되묻자 따뜻하게만 지내면 건강이나 생활에 아무런 지장이 없는 장기라는 애매한 대답이 돌아왔고 대신 120만 원을 지급하겠다며 수술을 받을 수 있는 날짜와 시간을 확인하고는 전화를 끊어버렸다.

다음 날, 약속 시간이 다 되어가는데도 SCP-424-KO-1로부터 추가적인 연락은 없었다. 혹시 모를 습격을 대비해 D계급 요원은 전투 요원과 함께 대기했다. 이윽고 정확한 약속 시간이 되자 갑자기 D계급이 쓰러졌고 약 1시간 후에 깨어났으며, 그의 옆에는 120만 원이 생겨나 있었다.

즉시 신체검사를 진행했지만 아무런 이상이 없었고 D계급 역시 아무런 불편함도 느끼지 못했다. 다만 SCP-424-KO-1의 애매한 설명이 마음에 걸렸던 ■■■ 박사는 D계급이 들어있는 격리실의 온도를 낮춰보기로 했고 격리실의 온도가 영하 10도로 내려가는 순간 D계급은 갑자기 앞이 안 보인다며 당황한 목소리로 횡설수설하기 시작했다.

: 빙정체는 추운 환경에서의 시야와 관련된 신체 기관으로 추정됩니다. 물론 이런 기관이 있다는 사실은 단 한 번도 들어보지 못했습니다. 찾을 수도 없었고요.

실험기록 424-KO-B

SCP-424-KO-1은 '탄산애'라는 장기를 판매할 것을 제안하며 오히려 건강에 도움이 될 것이라 설명했다. 실험에 참여한 D계급은 거래 이후 탄산음료를 마실 때마다 몸에서 심한 열이 발생했다.

: 어... 저는 절대 판매하면 안 되겠군요. 탄산 없이는 뭘 먹기가 힘들거든요. 물론 제로로요.

실험기록 424-KO-C

SCP-424-KO-1은 '반중고리관'를 판매할 것을 권했고, 판매시 밖에서 돌아다니기 조금 힘들어질 수 있다고 안내했다. 거래를 진행한 D계급은 깨어난 순간부터 마치 혼자만 무중력 상태에 있는 듯 몸이 공중으로 떠오르기 시작했다.

> 메모 424-KO-W: 제52기지 수석 생물학 연구원 ■■ 씨.
>
> 수많은 실험을 통해 SCP-424-KO-1이 판매할 것을 권한 신체 기관의 목록을 만들어 보았습니다. 현재까지 확인된 바 SCP-424-KO-1이 말하는 기관이 실제 특별한 기능을 수행하고 있는 실제 신체 기관인 것으로 밝혀졌기에 생물학적으로 도움이 될까 해서 말이죠. 저는.. 인간의 몸에 이렇게나 많은 신체 기관이 있는지를 처음 알았습니다.

특수 격리 절차

한국 성남시에 존재하는 공중화장실에서 무작위로 나타나는 특성상 SCP-424-KO의 완벽한 격리는 어려움을 겪고 있다. 또한 SCP-424-KO-1의 정체나 장기를 가져가는 방법, 그리고 왜 특수한 장기를 가져가는 것인지 등 정보가 거의 알려지지 않아 지속적인 연구가 필요하기에 사물형 개체임에도 유클리드 등급을 부여받았다.

전화 통화 이후에 이루어지는 SCP-424-KO의 변칙성을 막기 위해 재단은 전파 통신 방해 장치를 이용해 누군가가 SCP-424-KO에 적힌 번호로 연락을 시도하는 것을 차단하고 있다. 이와 동시에 요원들이 주기적으로 성남시의 화장실을 돌며 SCP-424-KO를 수거함으로써 대중들의 눈에 띄지 않도록 처리 중이다.

───────────────────────────────

SCP-217

| 일련 번호 | SCP-217 | 등급 | 케테르 | 통칭 | 태엽장치 바이러스 | 결재 |

나는
기계가 애야!

메모 217-0

SCP-217은 단연코 최악의 바이러스 중 하나입니다.

변칙성

SCP-217은 100%라는 충격적인 감염률을 자랑하는 바이러스로, 현재까지 알려진 바 한 번 감염되면 치료가 불가능하다. SCP-217은 대게 체액이나 신체 접촉을 통해 전염되며 동물이라면 어떤 생명체든 예외 없이 감염될 수 있다.

특이한 점은 SCP-217에 감염된다고 해서 무조건 목숨을 잃게 되는 것이 아니라 대상을 기계로 만들어 버린다는 것이다.

SCP-217에 감염된 인간의 경우 신체 내부 조직부터 서서히 유기 금속으로 바뀌기 시작하는데, 이때 단순히 신체 기관들이 금속처럼 변하기만 하는 것이 아니라 황동이나 탄소강 또는 철 등으로 이루어진 기어와 톱니바퀴, 그리고 태엽으로 신체 기관의 구성 자체가 바뀌게 된다. (가죽, 고무, 유리, 나무 재질도 종종 발견됨)

감염 과정은 매우 느리고, 감염체에 따라 수 년 동안의 잠복기를 가지기도 한다. 또한 초기의 경우 직접적인 증상이라곤 어지럼증, 불면증, 관절 경직 등 특별하지 않은 증상이 전부라 감염 사실을 알아차리기 어려우며, 이미 신체 상당 부분이 변형된 후에야 심각한 고통이 몰아닥친다.

이렇듯 서서히 내부부터 이루어지는 기계화는 관절과 눈, 그리고 심장과 뇌도 피해갈 수 없으며 결국 피부까지 완벽하게 기계화될 때쯤이면 감염자들은 완전한 '기계 인간'이 되어 버린다. (단, 포유류를 제외한 동물의 경우 기계화가 겉에서부터 나타난다)

감염자들은 모든 행동이 둔해지고 기계 같은 딱딱한 움직임을 보이지만 정작 목숨에는 아무런 지장이 없다. 이는 SCP-217의 변칙성으로 기계화된 신체 기관들이 거의 완벽하게 원래의 기능을 수행하기 때문인 것으로 추정되며, 심지어 분명 기계가 된 상태임에도 작은 상처의 경우 보통 사람보다 훨씬 느리긴 하나 마치 피부처럼 자가 치유가 된다. 즉, 생명체의 특징이 일부 남아있는 것으로 보인다.

하지만 손상된 기계 신체를 비슷한 부품으로 교체하는 것만으로도 간단하게 수리가 가능하다는 점이나 똑같은 행동만 반복한다는 점, 또한 주위가 산만해지고 유연한 사고 능력이 상당히 떨어진다는 점 등등 기계의 특징도 동시에 가진다.

현재까지의 연구 결과, SCP-217에 감염된 사람의 신체에서 DNA가 확인되는 것으로 보아 기계 신체들은 새롭게 생겨난 것이 아닌 원래 신체가 변형되었을 가능성이 높아 보이지만 근육이나 뼈, 그리고 세포를 어떤 원리로 기계로 변형시키는 것인지는 전혀 밝혀내지 못하고 있다.

현재 SCP-217의 의학적인 치료는 불가능하다. (단, SCP-500은 효과적으로 SCP-217을 치료하는 것으로 확인되었다.)

특수 격리 절차

현재 SCP-217는 특별히 제작된 독자적인 격리 시설에 보관 중이다. 자칫 한 번 퍼져 나가기 시작하면 걷잡을 수 없이 확산될 위험이 있다 보니 모든 격리는 유출 방지를 최우선으로 한다.

SCP-217의 격리 시설은 항시 2개의 고성능 에어락으로 밀폐되어 있으며, 217의 시설에 접근하는 요원들은 반드시 밀폐형 특수복 착용 상태로 특수 화학 물질을 이용한 세척을 해야 출입이 가능하다. 뿐만 아니라 SCP-217의 격리실에 출입한 요원들은 예외 없이 24시간 동안 격리와 감염 진단을 거친 다음 이상 없음을 판정받은 후에야 일상으로 돌아갈 수 있다.

만약 SCP-217의 격리 시설에 문제가 생긴다면 즉시 방폭문을 이용해 기지 전체를 완벽하게 폐쇄하며 공기중의 SCP-217 바이러스를 제거할 수 있는 특수 물질인 'ZEER-217-11'을 살포해야 한다.

메모 217-M

SCP-217이 제대로 격리되고 있다고 생각하십니까? 이런 이야기를 구태여 꺼내 동료의 기를 죽이고 싶지는 않습니다만 SCP-217에 대한 태도는 보다 진지해져야 합니다. SCP-217의 특성상 증상이 드러나는 데는 시간이 한참이나 걸리죠. 게다가 얼마 전 연구를 통해 SCP-217은 숙주의 몸 밖에서도 수 년 동안이나 생존할 수 있다는 게 밝혀졌습니다. 만약 우리가 파악하지 못한 곳에 이미 SCP-217이 퍼져 있다면요? 누군가 감염되는 것은 시간문제이고, 감염 사실을 알아차리는 순간에는 전 세계가 이미 SCP-217에 의해 괴멸 직전의 상태일지도 모른다는 의미입니다. 이미 세계 어딘가에는 확보하지 못한 감염자가 있을지도 모르는 일이죠.

즉, 우리는 SCP-217을 치료할 수 있는 방법을 하루라도 빨리 찾아내야 합니다. 그게 진정한 의미의 격리라고 생각합니다. 적어도 저는 말입니다.

메모 217-882-S

SCP-882 아시죠? 왜, 있잖아요. 주변의 온갖 금속 기계를 먹어치우는 금속 덩어리요. SCP-217이야 잘 아실 테고… 그렇다면 제가 질문 하나 하겠습니다. SCP-217과 SCP-882은 무슨 관계일까~~~요?

네, 2개의 변칙성을 꼼꼼히 뜯어 본다면 아마 꽤 놀라실 겁니다. 인간을 서서히 금속 기계 인간으로 만드는 바이러스와 주변의 온갖 금속 기계를 먹어 치우는 금속 덩어리! SCP-217의 감염자가 SCP-882 주변에 있으면 아주 난리가 나겠죠? 그리고 이 둘의 연관성은 어쩌면 우연이 아닐지도 모른다는 사실!

SCP-882 말입니다. 어떤 정신나간 종교와 관련이 있다고 하던데.. 어쩌면 SCP-217도 그 종교에서 만들어낸 것 아닐까요? 정말 합리적인 의심이죠? 그렇죠? 그리고 이 가설이 맞다면 그 종교… 정말 끔찍한 계획을 준비 중일지도 모르겠네요.

O5-?: SCP-217에 감염이 확인되었거나 감염된 것으로 추정되는 개체는 절대 SCP-882에 접근해서는 안 된다.

SCP-500

| 일련 번호 SCP-500 | 등급 안전 | 통칭 만병통치약 | 결제 |

무분별한 사용 및
실험 절대 금지!!!

메모 500-Z
다시 한 번 모든 인원들에게 강조합니다. SCP-500은 숙취해소 따위에나 쓰는 약이 아닙니다. 현 시간부로 3등급 이하 인원에 대한 모든 접근을 금지합니다.

변칙성

SCP-500은 작은 플라스틱 통에 들어있는 47개의 빨간색 알약으로, 겉으로 보기에는 아주 평범하고 흔하게 생긴 알약이다. 하지만 SCP-500은 세상에 존재하는 그 어떤 알약보다도 엄청난 치료 효과를 자랑한다. 단 한 알을 삼키는 것만으로도 복용한 사람이 가진 모든 질병을 낫게 만들기 때문이다. 병의 정도와 복용자의 신체 상태에 따라 조금씩 차이가 있긴 하나, 보통 2시간 이내로 어떤 병이든 치료할 수 있다.

중요한 것은 SCP-500으로 인한 치료는 병의 증상을 줄이거나 악화를 멈추는 것이 아닌 마치 처음부터 그 병이 없었던 것처럼 완치된다는 것이다. 현재까지 SCP-500이 치료한 병으로는 암, 루게릭병, 에이즈 등이 있다. 이는 현재 기술로는 완치가 힘든, 혹은 치료가 불가능한 병들조차 치료한다는 것이며 SCP로 인한 병이나 상태이상도 치료 가능하다는 것이다.

최악의 바이러스 SCP 중 하나인 SCP-008에 의해 좀비로 변한 사람마저도 알약 하나로 완치되었고, 닿는 모든 것을 결정화시킨 뒤 폭발시키는 SCP-409에 노출된 사람도 완치되었으며, 모든 신체 구조를 기계로 바꿔버리는 SCP-217에 노출된 사람조차도 완벽하게 치료되었다.

현재 SCP-500이 치료하지 못하는 병은 없을 것으로 재단은 추측한다. 이에 박사들은 SCP-500을 복제하기 위한 연구에 힘을 쏟고 있지만, 활성 물질로 보이는 성분을 확인하는 데 성공했을 뿐 복제에는 실패했다.

부록 500-38V

닿는 모든 것들을 복제해 열매를 맺는 나무인 SCP-038을 이용한 SCP-500의 복제실험이 진행 되었다. SCP-038은 성공적으로 SCP-500을 복제했지만, 겉보기에만 그랬을 뿐 효능은 온전히 복제하지 못했다. 복제된 알약 중 30%만이 SCP-500과 동일한 효과를 보였으며 60%는 병의 진행을 멈추기만 할 뿐이었다. 게다가 시간이 지날수록 효능이 점차 사라지는 탓에 장기 보관이 불가하다.

물론 복제된 약을 여러 번 사용함으로써 제한적인 SCP-500의 수량을 어느 정도 보완할 수 있을 것으로 보인다.

> 메모 500-H: Dr. Hada
>
> SCP-500이 애초에 자연적으로 발생한 것이 아닌 이상에야... 당연히 누군가가 만들어 낸 것 아니겠습니까? 인간이 모든 질병을 지배할 날이 멀지 않았으리라 확신합니다.

부록 500-914A

'고움'으로 세팅된 SCP-914에 SCP-500을 넣자, 특별한 치유 효과를 보이는 변칙적 목걸이가 나왔다. 이 목걸이는 현재 SCP-427로 분류되었다.

특수 격리 절차

외견상 SCP-500은 보통 알약들과 다를 바 없기에 건조하고 서늘한 곳 직사광선이 들어오지 않는 곳에 보관되고 있다. 다만, 무분별한 사용 및 실험을 통제하기 위해 4등급 보안 인가가 있는 인원만이 접근 가능하다.

> 메모 500-X
>
> SCP-500이 여러 실험 욕구를 불러일으키는 물건이라는 점에는 충분히 공감합니다. 다만...
> 이제 남은 SCP-500의 개수가 고작 47개라는 사실을 반드시 기억하시길 바랍니다.

SCP-038

| 일련 번호 SCP-038 | 등급 안전 | 통칭 복제나무 | 결제 |

인간과 동물의 복제는 권장되지 않는다.

변칙성

SCP-038은 1900년대, 뉴욕의 폐농장에서 우연히 발견된 나무로 겉으로 보기엔 평범한 사과나무처럼 보인다. 하지만 SCP-038에서는 사과가 아닌 것들이 열린다.

SCP-038은 표피에 닿는 모든 것들을 복제해 열매로 만들어낸다. 접촉과 동시에 자라기 시작하는 열매는 빠른 속도로 자라기 시작해 고작 10분 안팎으로 완벽히 원본과 똑같은 모습을 가진다. 현재까지의 사과나 오렌지, 수박과 가지 같은 다른 식물의 열매는 물론 초코바, 과자, 포도주 등 거의 모든 음식, 그리고 의자와 TV, 그리고 노트북 같은 기계까지 등등을 복제해 열매로 만들어냈다. 모든 복제품은 맛과 기능이 원본과 동일하다. 단, 복제 대상의 질량은 90.9kg을 넘으면 안 된다.

놀랍게도 SCP-038은 인간과 고양이, 그리고 개 등 생명체까지도 복제하는 것이 가능하다. 다만, 생명체의 경우 노화가 빠르게 진행되어 평균 2주 정도가 지나면 목숨을 잃게 된다. 인간과 동물의 복제는 권장되지 않는다.

> 메모 038-X: Dr. 클라인
>
> 여러분들의 넘치는 호기심은 이해합니다....만 SCP-038은 장난감이 아닙니다. 자판기에서 산 물품? 하지 마세요. 차 열쇠? 하지 마세요. 영화가 들어있는 USB???? 하지 마세요!! 한참 연구 중인 개체를 이렇게나 막 쓴다니 과학자가 맞기나 한 겁니까? 이런 식이라면 SCP-038에 대한 접근을 통제할 수밖에 없습니다.

실험기록 038-K

실험 목적: 최대 질량 확인 및 최대 질량을 초과한 결과물

약 181.4kg의 강괴를 SCP-038에 접촉 시켰다. 복제된 강괴는 일반적인 속도로 자라다 갑자기 성장을 멈췄다. 확인 결과 정확하게 90.9kg까지 복제가 진행된 상태였다.

비고: 복제가 멈춘 말단부를 검사한 결과 소형 목본 실물의 표피와 유사한 질감이 확인됨.

실험 목적: 비생물학적 운동성 개체의 복제 연구

SCP-173을 SCP-038에 접촉 시켰다. 복제된 SCP-173은 일반적인 속도로 자라다 90.9kg에서 멈추었다. 당시 대상은 머리, 오른팔, 상체 일부가 형성된 시점이었다. 박사들은 D계급에게 SCP-173의 복제품에서 시선을 뗄 것을 명령했지만 SCP-173 특유의 변칙성은 관찰되지 않았다.

비고: 극단적으로 느린 속도로 폭력적인 행동을 보이는 것이 관찰됨. 단, 관찰 여부와 무관하게 움직임.

*SCP-038에 대한 추가 실험을 계획중이다.

특수 격리 절차

SCP-038은 하루 두 번 살수기를 이용해 물을 공급함과 동시에 전산 제어를 통해 필요한 빛을 정확히 계산해 제공해야 한다. 만약 기계가 고장난다면 요원들이 직접 나서서 적절한 물과 빛을 제공하도록 한다. 단, 이때 실수로 요원이 복제되는 것을 막기위해 반드시 방호복을 착용해야 한다.

메모 038-S
변칙적이라고는 하나 어쨌든 살아있는 나무입니다. 보통의 나무처럼 정해진 수명이나, 혹은 변칙성을 발현하는 최대치가 있을 것으로 추정됩니다. 가령, 능력을 사용하면 할수록 수명이 줄어들어 언젠가는 능력이 완전히 사라질 가능성도 무시할 수 없습니다. 그러니까 하지마! 하지 말라고!!

손상된 메모 038-?: 발신인 및 수신인 확인 불가
SCP-038로 복제된 인간은 2주간의 평균수명을 가집니다. 네, 실험을 진행하기엔 충분한 것으로 보이는데요?

SCP-2295

| 일련 번호 | SCP-2295 | 등급 | 안전 | 통칭 | 심장을 가진 누비 헝겊 곰 | 결재 |

시간만이 모든 상처를 치유해줄 수 있기에.

변칙성

SCP-2295는 여러개의 누비 헝겊으로 만들어진 작은 곰 인형으로, 누군가 직접 바느질로 만든 것으로 보인다. 하지만 특이하게도 SCP-2295의 왼쪽 가슴에는 귀여운 외형과는 다소 어울리지 않는 작은 심장 모양의 핀이 달려있다.

SCP-2295는 평소에는 어떠한 변칙성도 보이지 않는 곰인형일 뿐이지만 SCP-2295의 근처 2m이내로 부상을 입은 사람이 접근하는 순간 녀석의 아주 특별하고도 따뜻한 변칙성이 발현된다. 평범한 곰인형이었던 SCP-2295는 근처에 부상을 입거나 장기에 손상을 입은 사람이 나타나면 즉시 일어나 움직이기 시작하는데, 곧바로 부상을 입은 대상에게 다가가 자신의 입 안에서 가위와 실, 그리고 바늘을 꺼낸 다음 주변에 있는 천이나 솜, 합성섬유 등의 각종 재료를 이용해 SCP-2295-1이라 불리는 것을 만들기 시작한다. 만약, 이때 주변에 적당한 재료가 없다면 SCP-2295는 자신의 헝겊을 떼어내서라도 제작에 돌입하며, 2명 이상의 부상자가 있다면 어린아이부터 치료한다.

SCP-2295-1이란, SCP-2295가 인식한 대상의 부상당한 신체 부위 모형의 통칭이다. 가령, 근처에 심각한 폐렴에 걸린 사람이 있다면 녀석은 검은색과 붉은색 천을 이용해 폐 모형을 만들어내며, 옆구리에 화상을 입은 사람이 있다면 천을 적절한 크기로 잘라서 화상 부위에 갖다 댄다.

하지만, SCP-2295-1은 단순히 모양만 비슷한 것이 아니다. SCP-2295는 대상을 잠시 기절시킨 다음 자신이 만들어낸 SCP-2295-1을 대상의 손상된 부위와 바꿔버리는데 어떻게 대상을 기절시키고, 어떻게 수술을 하지 않고도 내부 장기까지 바꾸는 것이 가능한지조차도 밝혀지지 않았지만 놀랍게도 장기로 대체된 SCP-2295-1은 온전한 상태의 장기의 역할을 완벽하게 수행한다. (원래의 장기가 어디로 어떻게 사라지는지는 확인되지 않았다.)

검사결과, 혈관 및 다른 장기와의 자연스러운 연결은 물론 합병증도 전혀 발생하지 않았고, SCP-2295에게 피부를 받은 대상은 진짜 자신의 피부인 것처럼 촉감까지도 느낄 수 있는 것이 확인되었으며 어느 정도의 시간이 지난 뒤 상처 및 질병이 완치되었다.

다만, SCP-2295도 뇌출혈은 치료가 불가능하다는 것이 확인되었다. 이 경우 SCP-2295는 그저 대상이 좋아하는 음식을 만들어주고 대상의 근처에서 눈물을 흘리며 슬퍼하는 모습을 보인다.

특수 격리 절차

SCP-2295는 현재 제 37기지의 제 25보관동에 위치한 표준 격리 보관함 안에 보관되고 있다. 적절한 서류를 갖춘 뒤 허가만 받는다면 언제든 실험에 사용 가능하다.

단, 모든 실험 허가는 반드시 하루 전에 게르기스 박사에게 보고를 해야하며 SCP-2295가 자신의 헝겊을 사용하는 상황이 나오지 않도록 충분한 재료를 갖춘 상태로 진행해야 한다. SCP-2295의 속재료는 매일 1그램씩 회복이 되어 자연복구가 되지만 헝겊 조각은 재생되지 않는 것이 확인되었기 때문으로, 만약 SCP-2295이 자신의 헝겊을 이용해 치료를 했다면 주변에 천을 두어 스스로의 몸을 수선하도록 해야 한다.

메모 2295-S

우리는 아무런 대가도 없이 자신의 몸을 희생하면서까지도 사람들의 상처를 돌봐주는 SCP-2295에 대해 다방면으로 조사를 진행했습니다. 다만 SCP-2295는 구성 요소 어디에서도 특별한 점을 발견하지 못 했습니다. 현재까지 녀석의 변칙성과 관련된 유일한 단서는 SCP-2295를 처음 발견했을 당시 함께 발견된 '쾌유 기원' 엽서 앞뒷면에 적힌 글자 뿐입니다.

곰인형 카이로스

토미에게,

시간만이 모든 상처를 치유해줄 수 있기에.

사랑하는 할미가.

SCP-348

| 일련 번호 SCP-348 | 등급 안전 | 통칭 아버지의 선물 | 결재 |

변칙성

SCP-348은 지름 약 20cm, 높이 9cm 크기의 도자기 그릇으로 그릇 옆면에 적힌 '당신을 생각하며…'라는 글귀 말고는 그다지 눈에 띄는 특이사항이 없는 그릇이다.

SCP-348은 한 마을에서 비정상적인 회복능력을 가진 소년의 존재가 보고되면서 재단의 손에 들어오게 되었는데, 처음만 해도 회복 능력을 가진 소년 자체가 SCP인 것으로 오해했지만 조사결과 소년의 회복 능력은 소년이 꾸준히 사용해 온 그릇인 SCP-348로 인해 생겨난 일시적인 능력이라는 것이 밝혀졌다.

SCP-348은 평소에는 눈에 띄는 변칙성이 발현되지 않지만 감기나 찰과상 등 가벼운 병이나 부상을 가진 사람 앞에 놓여지는 순간 특유의 변칙성이 발현된다. 분명 빈 그릇이던

348에 먹음직스러운 수프가 한가득 채워지는 것이다. 이때 SCP-348에서 생겨나는 수프의 종류는 다양하며 심지어 맛도 바닥까지 싹싹 긁어먹게 될 정도로 훌륭하다.

SCP-348의 수프를 맛나게 먹어치운 사람들은 뛰어난 회복능력을 얻게 되며 앓고 있던 가벼운 병이나 상처를 빠른 속도로 회복하게 된다. 단, SCP-348의 모든 능력은 대게 18세 이전의 아이들에게만 온전하게 발현된다.

18세 이상의 사람들 앞에 놓이더라도 SCP-348은 동일하게 수프를 만들어내지만 18세 이전의 아이들과는 달리 이상하게도 18세 이상의 어른들은 수프를 평범한 맛 그 이상도 이하도 아니라고 평가하며 대부분 남겨 버린다. 이 같은 차이가 발생하는 이유를 밝혀내기 위한 실험이 진행 중이다.

특수 격리 절차

현재 SCP-348은 여느 사물형 SCP들이 그러하듯 안전 등급을 부여받은 채로 제19기지의 표준형 사물함 안에 보관되고 있다.

SCP-348의 변칙성이 단순히 음식만 만들어내는 것이 아니다 보니 SCP-348을 이용한 실험은 3등급 이상의 권한을 가진 박사만이 진행할 수 있다.

실험기록 348-1

실험 대상들이 SCP-348의 수프를 먹은 이후 그릇 바닥에 메시지가 나타나는 경우가 포착되었다.

바닥에 나타난 메시지들은 흡사 누군가가 실험 대상에게 전하는 듯한 조언이나 따뜻한 말이 대부분 이었는데, 대부분 부모님과 떨어져 지내거나 사이가 좋지 않은 대상 즉, 부모님께 직접 조언을 받기 힘든 대상에게서 주로 발생하는 것으로 밝혀졌다.

가령, 친부모와 헤어져 양부모와 함께 살고 있는 A소녀에게는 '네가 행복하다니 기쁘구나'라는 메세지가 나타나는가 하면 어린 시절 사고로 아버지를 잃은 B소년에게는 '사랑한다'라는 메시지가 나타났다. 이와 같은 메시지들은 아주 드물긴 했지만 18세 이상의 어른들에게도 종종 나타나는 것이 확인되었다. (100명중 5명 꼴)

어른의 경우 다소 결이 다른 메시지가 나타났다. 가령, 부모님과 떨어져 혼자 살며 얼마 전 아버지의 직업 관련 조언을 무시했던 D씨에게는 '왜?'라는 메시지가 나타났으며, 부모님과 다툰 이후 오랜 시간 떨어져 지냈지만 얼마 전부터 돈을 보내 부모님을 요양원으로 모신 G씨에게는 '고맙구나...'라는 메시지가 나타나 있었다. 특히, G씨의 경우 수프 맛이 처음에는 상당히 썼지만 갈수록 맛있어지더니 끝 맛은 아주 만족스러웠다는 증언을 했다.

이에 박사들은 SCP-348과 관련된 재밌는 추측 하나를 제시했는데, 어쩌면 SCP-348이 만들어내는 수프의 맛은 부모님, 특히 그중에서도 아버지에 대한 애정 혹은 친밀도와 관련이 있다는 것이다. 18세 이전의 아이들은 가끔은 사이가 안 좋을지언정 대부분 아빠와 항상 함께 지내며 높은 친밀도와 애정을 가지고 있다 보니 예외 없이 수프 맛이 아주 좋다고 느끼지만 18세 이후의 어른들은 대게 독립과 함께 아버지와 멀어지다 보니 아버지에 대한 애정과 친밀도 역시 떨어지게 되고 수프의 맛도 별로라고 느낀 것으로 보인다.

특히, G씨의 경우 역시 다투면서 아버지에 대한 애정이 떨어졌지만, 요양원에 모시면서 애정이 다시금 깊어진 것이 수프의 맛에 반영된 것으로 추정된다.

또한, SCP-348의 바닥에 나타나는 메시지들 역시 아버지들이 실험 대상들에게 전하고 싶었지만 직접 전하지 못했던 말들이 나타난 것이라 추정된다.

> 메모 348-S
>
> 이거 저도 한 번 먹어보고 싶은데요. 아버지가 워낙 무뚝뚝하셔서 무슨 생각을 하시는지 당췌 알수가 없어서 말입니다. 실험 결과에 대한 책임은 제가 지겠습니다. - Dr. Hada
>
> ???: 아니, 그 제안은 거절하겠네. 자네, 아버님과 마지막으로 식사를 한 게 언제인가? 그 시간에 한 번 찾아가 뵙는 것이 어떠한가? 진짜 아버님의 마음이 궁금하다면 직접 물어보는 게 제일 빠르고 정확할 걸세. 내 경험담이니 새겨듣게.

SCP-2258

| 일련 번호 | SCP-2258 | 등급 | 안전 | 통칭 | 대탈주 | 결제 |

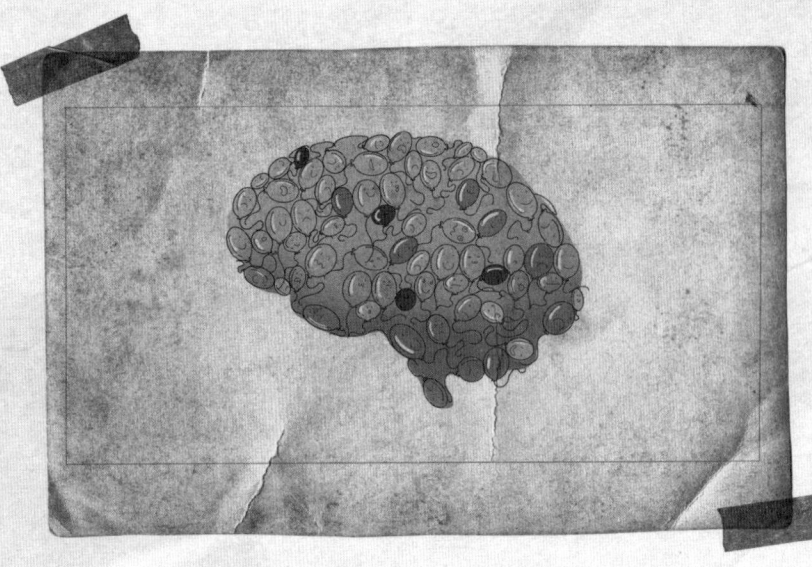

녀석들은 호시탐탐 탈출할 기회를 엿보고 있다.

메모 2258-W

스스로 움직이고 지능도 가진 것으로 보이는 데다... 시도 때도 없이 탈주 시도를 함에도 안전 등급을 받을 수밖에 없다는 게 뭔가... 웃프군요. 풉...!

변칙성

SCP-2258은 호주의 사우스오스트레일리아주의 한 생일 파티장에서 발견된 헬륨 풍선 뭉치로 총 41개의 알록달록한 풍선들은 흔한 파티용 풍선처럼 보인다. 하지만 이 녀석들은 놀랍게도 하나하나가 전부 지성을 가진 존재들이다.

SCP-2258은 알 수 없는 방법으로 주변 상황을 인지하는 것은 기본이고, 자신이 원하는 방향으로 대략 초속 0.5m 속도로 자유롭게 날아갈 수도 있으며, 심지어 카랑카랑한 어린아이 같은 목소리로 인간의 언어를 사용해 대화를 나누는 것도 가능하다. 실제 대화 결과 각각의 풍선들은 서로를 서양식 이름으로 부르는 등 저마다 전부 다른 성격과 정체성 그리고 기억을 가지고 있는 것으로 밝혀졌다. 다만 질문을 제대로 이해하지 못하고 완벽한 문장을 말하지 못하거나 자기가 하고 싶은 말만 주로 하는 등 지능과 언어 구사 능력이 제한적인 터라 복잡하고 긴 대화는 어렵다. 대게 녀석들은 동시에 말하며, 20초 이상 조용히 있는 경우가 매우 드물다.

박사들은 SCP-2258의 정체를 밝히기 위한 다양한 연구를 진행했지만, 성분 조사에서도 특별한 성과를 얻지 못 했다. 그저 헬륨이 빠질수록 점점 지쳐가는 모습을 보인다는 점, 헬륨이 완전히 빠지는 순간 지성도 사라져버리며 다시 헬륨을 넣어도 지성이 돌아오지 않는다는 것 정도만 확인할 수 있었다.

추가적으로 SCP-2258 개체와의 직접적인 면담을 진행했지만 어디서 왔냐는 물음에 '푸른 하늘'이라는 말만 되풀이하는 등 큰 성과는 얻지 못했다.

특수 격리 절차

현재 SCP-2258은 터지는 사고를 방지하기 위해 사방이 푹신한 재질로 된 격리실에서 보관 중이며 쉬운 개체 구분을 위해 각각의 풍선마다 매직으로 숫자를 표시해둔 상태이다. 격리 초기만 해도 특유의 천진난만한 성격으로 탈출하려는 모습도 보이지 않았기에 24시간마다 헬륨을 보충해주는 것 말고는 특별한 관리도 필요하지 않았다.

하지만 실험을 하는 과정에서 몇몇 개체들이 터지거나 헬륨이 빠져 지성을 잃는 경우가 발생했고 서른여섯 개체만 남은 시점에 SCP-2258은 박사들에 대한 불신을 가지게 된 듯하다. 이후 녀석들은 호시탐탐 탈출할 기회를 엿보고 있다. 물론 그 성과는 미약하다.

사건 2258-1

박사가 헬륨 보충을 위해 격리실에 들어오자 SCP-2258 개체들은 갑자기 박사를 둘러싸기 시작하더니 몸통박치기를 시도했다. 박사를 힘으로 제압하려 한 듯했지만 풍선이다 보니 큰 타격을 줄 수 없었고 박사는 손으로 SCP-2258 개체들을 흩어버린 후 격리실을 유유히 나왔다.

사건 2258-2

SCP-2258 개체들이 모여 인간의 형태로 요리조리 움직이더니 갑자기 박사 흉내를 내면서 문을 열어달라고 요구했다. 무시되었다.

사건 2258-3

어느 날부턴가 SCP-2258 개체가 돌아가면서 한쪽 벽에 몸통박치기를 시작했다. 녀석들은 무려 아홉 달하고도 7일 동안 하루도 빼먹지 않고 똑같은 벽을 계속 치고 있었다.

박사들은 또 무슨 짓을 벌이나 싶어 대화를 엿들었고 녀석들이 몸통박치기로 벽을 무너뜨리려는 엄청난 계획을 가지고 있다는 것을 알 수 있었다. 물론 이후로도 꾸준히 몸통박치기를 하고 있음에도 벽에는 금조차 생기지 않았다.

위험도는 전혀 없다고 하지만 더이상의 SCP-2258 개체가 손실되는 것은 막아야 한다. 이에 SCP-2258의 격리실에는 뾰족한 것을 들고 갈 수 없으며 혹시 모를 탈출을 막기 위해 SCP-2258을 격리실 밖으로 가져가는 것은 금지된다.

또한 24시간에 한 번씩 헬륨을 보충해줘야 하며, 모든 SCP-2258와 관련된 작업 및 행동에는 보호 장갑을 필히 착용해야 한다.

SCP-055

일련 번호	등급	통칭	결재
SCP-055	케테르	정체불명	

부디 편안한 마음으로
전부 잊으시길

오리엔테이션 055-A

오늘 오리엔테이션의 내용은 지금 이 방 전체에서 미세하게 흘러나오고 있는 '기억제'라는 특별한 약물을 사용하지 않는 이상 모두 잊게될 것입니다. 네, 아마 여러분은 이 방을 나가는 순간 전부 까먹을지도 모르죠. 이는 SCP-055이 가진 강력한 항밈적 특성 때문이구요. 아마도 그럴 리는 없겠지만 언젠가 SCP-055와 관련된 정보를 듣거나 볼 때 어디선가 봤던 것 같은 느낌이 든다면 지극히 '정상'이오니 스스로의 기억력을 의심하지 않으셔도 됩니다. 뭐... 금세 잊을 설명은 여기까지 하고 바로 오리엔테이션 시작하도록 하죠. 기억제는 아직 개발중인 단계라 무지 비싸거든요.

네? 뭐라구요? 금방 잊어버릴 설명을 왜 들어야 하냐구요? 혹시 모르지 않습니까? 여러분 중 뛰어난 활약을 보이며 상급 기억제를 수시로 사용하게 될 특별한 인재가 있을지도 모르니까요. 지금은 어쩔 수 없다지만 SCP-055와 몇몇 SCP가 가진 항밈과 밈은 우리 재단이 해결해야 할 중요한 문제 중 하나거든요. 언제가 될지 모르지만 여러분들이 해당 연구를 맡게 될 때, 제 오리엔테이션이 조금이나마 도움이 되길 바랍니다.

우리 재단의 제19기지에는 상당히 독특한 장소가 있습니다. 바로 언제부터 있었는지를 그 누구도 알지 못하는 격리실이죠. 이곳은 참 특이합니다. 누구의 명령으로 지어진 것인지, 언제 지어진 것인지, 또 왜 이렇게 지어진 것인지 등등… 관련 정보가 아무것도 알려지지 않았죠. 단 하나도요.

물론 이러한 현상 역시 이곳에 격리하는 중인 SCP-055의 영향 때문입니다.

SCP-055는 현존하는 SCP 중 가장 알려진 게 없습니다. 누가 처음 발견했는지, 언제 재단으로 옮겨졌으며, 심지어는 이게 사람인지 동물인지 아니면 물건인지 현상 그 자체인지조차도요. 정확한 형태와 모습을 아는 사람이 없습니다. 저조차도요. 아마 상급 기억제를 사용할 수 있는 몇 명만이 알고 있겠죠.

아… 혹시 투명한 거 아니냐구요? 아닙니다. SCP-055는 분명한 형체를 가지고 있습니다. 그리고 심지어 수천 명이 직접 관찰을 하기도 했죠. 오늘 오리엔테이션 말미에는 여러분들께도 SCP-055의 모습을 보여드릴 겁니다. 기대하세요. 뭐… 기억은 못할 테지만…

네, 아무튼 SCP-055의 이런 특성은 아까도 말했듯이 강력한 항밈적 특성 때문입니다. 항밈은 들어본 적 있으시죠? 네네, 잘 아시네요. 자신의 정보가 퍼지는 것을 막는 특성이요. 하지만 SCP-055의 항밈적 특성은 유독 강력합니다.

SCP-055는 다른 사람이 자신을 관찰하거나 자신과 관련된 정보를 알게되면 해당 정보를 빠른 시간 안에 잊어버리게 만듭니다. 몇 시간 동안 SCP-055를 관찰했지만 돌아서는 순간 형태를 기억하지 못하게 되죠. 아예 SCP-055를 관찰했다는 것 자체를 잊어버리거나 SCP-055의 존재 자체를 잊어버리기도 하고요.

아이구 아무래도 신입이라 그런지 열정이 넘치시네요. 기억하는 대신 사진을 찍으면 안 되냐구요? 여러분들은 선배들이 똑같은 생각을 못 했을 거라고 생각하시나요? 우리는 SCP-055를 기억하기 위해 실시간으로 관찰하면서 동시에 관련 정보를 기록했습니다. 사진, 영상, 글 등등 남길 수 있는 모든 방식으로 정보를 남겼죠. 보관도 철저하게 했습니다. 절대 소실되지 않도록요. 하지만 SCP-055의 특성은 그와 관련된 자료에도 영향을 미치더군요.

실제로 SCP-055에 대한 자료를 남기는 것 자체는 아무런 문제가 없었습니다. 하지만 아무리 많은 자료를 남겨도 돌아서는 순간 자료에 대한 모든 기억을 잊어버린다는 게 문제입니다. 어떤 내용의 자료를 남겼는지는 물론이고 무엇에 대해 자료를 남기고 있었던 것인지조차 까먹게 되죠. 아주 바보가 되어 버리는 겁니다. 네, 아마 SCP-055에 대한 자료는 기지 어딘가에 차고 넘치게 많을 겁니다. 단 1개도 연구에 활용되고 있지 못할 뿐. 아마 대부분은 SCP-055가 존재한다는 것조차 잊었을걸요?

조금 후에 확인하시겠지만, 상황이 이렇다 보니 SCP-055의 공식 문서에 정리된 내용도 "SCP-055가 원리를 알 수 없는 항밈 계열의 변칙성을 가지고 있다." "파괴하거나 다른 기지로 옮기려 했지만 알 수 없는 이유로 실패했다." 정도의 지극히 부분적이고 완전하지 못한 정보들뿐입니다.

다만 딱 하나 예외적인 정보가 있습니다. SCP-055의 형태가 "동그랗지는 않다."입니다. 무슨 소리냐고요?

예전에 휴즈 박사님이 SCP-055에 대해 재미난 가설 하나를 세우셨죠. 박사님은 SCP-055가 "SCP-055는 무엇일까?" 라는 정보에 대한 직접적인 접근을 방해하는 것이라면 "SCP-055는 무엇이 아닐까?"라고 살짝 우회해서 접근한다면 변칙성에 의해 방해받지 않을 것이라고 생각했습니다.

음… 가령, SCP-055의 형태가 네모라고 가정했을 때 "방금 본 것의 형태가 뭐였지?" 라고 생각한다면 SCP-055의 정보에 직접적으로 접근하는 것이 되어 변칙성에 의해 방해받게 되겠지만 "방금 본 무언가의 형태가 동그라미는 아니었던 게 맞나?"라는 식으로 접근한다면 SCP-055의 형태가 정확히 무엇인지는 떠올릴 수 없을지라도 "동그라미는 아니었던 것 같다." 정도는 기억할 수가 있었죠.

즉, 이론상은 "뭐가 아닐까?" 라는 질문을 이용해 아닌 것들을 하나씩 소거해나가면 SCP-055의 모습과 형태에 대한 범위를 좁힐 수 있는 것이죠. 하지만 항밈에 방해받지 않는 질문을 만드는 것이 꽤 까다로운 데다가 이러한 질문들이 일시적인 정신적 트라우마를 발생시킨다는 것이 알려지면서 현재까지 알아낸 것은 딱 하나, 'SCP-055는 동그랗지 않다.' 밖에 없습니다.

사실 잘 와닿지 않죠? 직접 겪어보지 않았으니 당연한 거라 생각합니다. 그럼 변칙성에 관한 이야기는 이쯤하고 격리절차로 넘어가도록 하죠.

현재 SCP-055는 패러데이 상자에 넣어 보관할 뿐 특별한 격리 절차가 적용되고 있지 않습니다. 누구든 격리실에 들어와서 SCP-055를 관찰하는 것이 가능하며, 그 흔한 경비 요원조차 배치되어있지 않죠. 하지만 우리는 누가 이런 격리 절차를 만든 것인지도 모릅니다. 하하하 막장이죠? 하지만 그렇게 해왔고 그로 인한 큰 문제가 발생하지 않았으니 일단 유지하고 있는 겁니다. 그게 최선이라고 생각하는 거죠.

이건 개인적인 생각이지만 굳이 모든 통신을 차단시키는 패러데이 상자에 보관한다는 점이나 다른 SCP를 관리하는 박사들은 웬만하면 접근하지 말라는 내용이 공식문서에 삽입된 것을 보면 "요주의 단체나 다른 우주의 누군가가 재단의 정보를 빼돌리기 위해 심어놓은 장치 아닐까?"라는 생각이 들기도 합니다. 물론 추측일 뿐이며, 설사 맞다고 해도 현재로선 대처할 방법이 없지만요.

자, 그럼 마지막으로 퀴즈 하나 내겠습니다. 과연 SCP-055의 격리등급은 뭘까요?

네네, 아주 다양한 답이 나오고 있습니다만 SCP-055는 케테르 등급을 부여 받은 상태입니다. 맞습니다. 이것 역시 정확한 이유는 누구도 알지 못합니다. 오히려 널널한 격리 절차를 생각하면 과한 격리등급이 아닌가 싶기도 하죠. 하지만 아무도 기억하지 못할 뿐 SCP-055는 매우 위협적인 무언가일 가능성이 있고 조금 더 심각하게는 현재도 격리실패를 발생시키고 있지만 그것 역시 아무도 기억하지 못하는 것일 수도 있습니다.

네, 사실 현재도 격리가 제대로 이루어지고 있는 것인지조차 알 수 없고, 그렇기에 케테르 등급인 것입니다.

마침 오늘 준비된 기억제가 전부 떨어져 간다고 하는군요. 오리엔테이션은 여기까지입니다. 모두 수고하셨습니다. 부디 편한 마음으로 전부 잊으시길.

SCP-699

일련 번호 SCP-699 | 등급 유클리드 | 통칭 수수께끼 상자 | 결제

미래나 지금이나
일하는 방식하고는…

발견기록 699-K

■월 ■일 새벽 3시 14분, 제 83기지에서 수차례 굉음이 발생했다. 기지 전체를 울리는 굉음에 즉시 비상사태가 선포되었다. 수색에 나선 요원들은 곧, 3층 휴게실부터 지하 2층까지 이어진 커다란 구멍 하나를 발견했다. 정체불명의 구멍 끝에는 땅에 반쯤 파묻힌 상자가 있었다. 또한, 상자에는 심하게 손상된 문서 하나가 붙어 있었다.

처음만 해도 적의 테러를 가정해 조사를 진행했지만 상자가 떨어지면서 생긴 듯한 구멍 말고는 어떠한 침입 흔적도 발견할 수 없었다. 하지만 이 상자가 어떤 식으로든 재단과 관련이 있다는 것만큼은 확실했다. 왜냐하면 상자의 한쪽 면에 재단의 케테르 기호와 함께 SCP-17591이라는 글자가 각인되어 있었기 때문이다.

> 메모 699-S-1
> 현재까지 재단이 발견하고 격리 중인 변칙적 존재는 8000개 정도입니다. 1759이라는 일련 번호를 가진 SCP는 아예 존재조차 하지 않는다구요. 먼 미래라면 모를까… - 세티 박사 -

변칙성

SCP-699는 투명한 재질로 만들어진 상자로, 무언가 내용물이 들어 있는 것처럼 보인다. 다만 보는 사람들마다 SCP-699 안에 들어있는 내용물을 전부 다르게 인식한다. 가령, 몇몇 사람들은 SCP-699 속에 귀금속이나 예술품같이 가지고 싶은 물건이 들어있다고 여기는가 하면, 또 어떤 사람은 가족이나 반려동물같이 상자에서 꺼내주고 싶은 대상이 있다고 인식하며 당장이라도 SCP-699를 열어버리려고 한다. 하지만 몇몇 사람들은 SCP-699 속에 거미나 뱀 혹은 악마나 강력한 SCP 등 무섭고 위험한 존재 즉, 부정적인 이미지의 무언가가 들어있다고 인식한다. 현재까지의 실험 결과 90%의 사람들은 SCP-699 속에 긍정적인 존재가 있다고 인식했으며 9%는 부정적인 존재가 있는 것으로 인식했다. 나머지 1%는 특이하게도 속이 아예 비어 있을 것이라 말했다.

"그거 그거 장난질인 게 분명하다니까." - 질렛 박사 -

이러한 현상은 SCP-699 내부에 존재하는 무언가 혹은 SCP-699 자체가 가진 일종의 텔레파시 능력에 의한 것으로 추측하고 있으며 여러 명이 동시에 SCP-699를 봐도 사람마다 다른 내용물을 보는 것으로 미루어 보아 사람이 가진 욕구나 정신 상태를 자극해 자신의 모습을 다르게 인식하게 만드는 것으로 추정 중이다. 다만 SCP-699나 내부의 존재가 직접적으로 말을 걸어온 경우는 단 한 번도 없었다.

SCP-699는 육안으로 확인되는 평범한 외형과 달리 비정상적인 무게와 경도를 가진 것으로 확인되었다. 물질 분석을 진행하기 위해 SCP-699의 표본을 잘라내려 했지만 어떤 방법으로도 자르기는커녕 금조차 낼 수 없었으며, 무게는 24,000kg 이상으로 추정된다. 현재 SCP-699는 우리 세계에 존재하지 않는 물질과 기술로 만들어진 것이라는 결론이 내려진 상태이다.

특수 격리 절차

현재 SCP-699는 제 83기지의 지하 2층에 위치한 표준형 연구 구역에 보관 중이다. 이동이 힘든 무게 탓에 처음 발견된 자리에 격리실을 구축했다.

사물형 특성상 별다른 격리 절차가 필요하진 않지만 정보가 거의 없는 SCP-699의 특성상 만약의 사고를 대비해 격리실을 항시 CCTV로 감시 중이며, SCP-699의 내용물을 부정적으로 인식해 개봉하려는 의지가 없는 요원 2명이 배치되어 직접 감시를 맡는다.

메모 699-S-2

SCP-699와 함께 발견된 문서를 일부 복구하는 데 성공했다. 문서에 따르면 SCP-699 속에 있는 존재는 미래의 재단이 확보한 SCP-17591이라는 존재인 것으로 보인다. SCP-17591은 무려 11년 동안이나 꾸준히 탈출을 시도하며 재단에게 막대한 피해를 입힌 존재로 미래의 재단은 녀석을 격리하기 위해 케테르 격리 전용 선박부터 고도의 기술로 만들어진 파괴되지 않는 상자를 사용하는 등 다양한 방법을 동원했다.

하지만 녀석은 케테르 격리 전용 선박 따위는 가볍게 파괴하며 탈출했고, 텔레파시 능력을 이용해 상자를 여는 방법을 아는 박사들을 꼬드겨 탈주를 시도하는 등 도무지 격리할 방법이 없었던 것으로 보인다. 결국 미래의 재단은 실험적 격리 절차 암호 코드 'T'를 시행하기로 결정했다.

실험적 격리 절차 암호 코드 'T'는 SCP-17591을 SCP-699 속에 넣어 과거로 보내는 것으로 상자를 열 수 있는 방법을 아는 사람이 없는 먼 과거로 보낸다면 아무리 SCP-17591이 텔레파시로 박사들을 유혹한다고 해도 적어도 기술이 개발되는 수백 년 동안은 열 수 없을 것이라 판단한 것이다.

메모 699-17591

미래의 재단이 SCP-699를 과거로 보낼 수밖에 없었다는 것은 충분히 이해합니다. 어떤 방법을 동원해서든 격리하는 것이 재단의 방식이니까요. 하지만 만에 하나 SCP-17591이 현재에서 풀려난다면요? 지금의 우리에겐 아무런 대응책이 없습니다. 그저 녀석이 상자 속에 얌전히 있기를 바라는 것 말고는요.

특수 격리 절차 개정 사항

SCP-699에게 조금이라도 변화가 관찰되면 즉시 최고 등급 요원에게 보고해야 한다. 허가받지 않은 요원이 SCP-699를 열려고 한다면 즉시 처분하는 것이 가능하다.

우리가 다루기 힘들거나 위험하다고 해서 무작정 SCP를 다른 차원으로 보내는 짓은 그만둬야 합니다. 그 대상이 우리가 될 줄이야. 상상도 못 했군요. - O5-?-

SCP-162

| 일련 번호 | SCP-162 | 등급 | 유클리드 | 통칭 | 날카로운 공 | 결제 |

녀석을
만지고 싶다.

변칙성

SCP-162는 낚싯바늘부터 칼 그리고 가위 등등 다양한 날카로운 물건들이 마구잡이로 뭉쳐져 있는 폭 2.4m, 높이 2.1m의 커다란 공 모양의 덩어리이다. 그냥 보기엔 당연히 사물로 보이지만 녀석에겐 '생물'로 의심되는 특유의 변칙성이 있는데, 바로 '매혹'이다.

누군가 SCP-162 근처로 접근할 경우 대상은 문득 '녀석을 만지고 싶다.'라는 생각이 들게 되는데, 문제는 누가 봐도 만지기엔 위험해 보이는 SCP-162를 만지고 싶다는 충동이 순간적인 호기심이나 충동으로 끝나지 않는다는 것이다. 이는 SCP-162에게서 멀어져도 몇 주 정도 유지되며 나중에는 집착이 되어 접촉을 막는 사람들에게 폭력적인 행위를 보이기도 한다.

만약 결국 충동을 이겨내지 못한 대상이 SCP-162를 만진다면 그 순간 녀석은 날카로운 갈고리들을 이용해 대상의 손과 팔을 공격한다. 대부분의 사람들은 이 과정에서 극심한 고통을 느끼게 되고 벗어나기 위해 몸부림을 치게 되는데, 이런 몸부림은 오히려 SCP-162와 몸을 뒤엉키게 만든다. 피해자는 결국 SCP-162의 날붙이들에 깊은 상처를 입어 과다출혈로 목숨을 잃게 된다.

이 과정에서 피해자들은 극단적인 고통을 호소하며 도움을 요청하는데, 이때 누군가 피해자를 도우려 한다면 같이 엉키게 되거나 피해자가 더 큰 신체적 손상을 입게 된다. 심지어 피해자들은 갑자기 고통이 아닌 쾌락에 빠진 모습을 보이거나, 도우려는 대상을 같이 얽히게 만드려는 행동을 반복적으로 보이기도 한다.

단, SCP-162의 낚싯바늘이 뚫지 못하는 피부를 가진 경우 녀석의 충동 효과에도 내성을 가지는 것으로 확인되었다.

> 메모 162-P
> · 단단한 신체를 가진 경우 내성을 가진 것이 아니라, 애초부터 SCP-162가 노리지 않는 것이라면요…? 녀석은 일종의 사냥을 하고 있다는 느낌을 지울 수 없습니다. 그것도 대상을 골라 가면서요. 우리는 SCP를 대할 때 겉모습만 보고 판단하는 것이 얼마나 안일한 행위인지 충분히 알고 있지 않습니까?

특수 격리 절차

현재 SCP-162는 혹시 모를 사고를 대비해 녀석의 날붙이로는 뚫을 수 없는 강철로 만들어진 격리실에 보관 중이다. 근처에 접근하는 것만으로도 정신적인 충동을 일으키는 SCP-162의 특성상 사실 근처에 접근하지 않는 게 가장 안전한 격리 방법이다. 연구나 실험 등 접근이 필요한 경우 반드시 정신 검사 결과를 제출해 SCP-162의 정신 조종에 영향을 받고 있지 않음을 증명한 다음 실험에 참가할 수 있다.

또한, 실험 내내 강철 장갑과 강철 방호복을 착용해 사고를 대비해야 하며, 만약 보호 장비 없이 출입하려 하거나 보호 장비를 벗어 던지고 SCP-162을 만지려 하는 경우 녀석의 정신 조종에 영향을 받은 것으로 간주해 즉시 격리 구역에서 쫓겨나게 된다.

설사 안전하게 실험을 마쳤다고 할지라도 SCP-162와 접촉한 모든 요원들은 이후 2주간 정신 검사를 의무적으로 실시해야 한다.

===

SCP-048

일련 번호	등급	통칭	결제
SCP-048	없음(None)	저주받은 일련 번호	

과학자들이 미신을 믿어요

메모 048-J

지극히 이과스러운 사람들이 모인 곳에서 '저주'라는 표현을 쓰는 것은 분명 썩 유쾌하지 않은 일이 분명합니다. 하지만 SCP-048은 정말로 '저주'라는 단어가 아니면 설명하기가 어렵군요.

변칙성

SCP-048은 특이하게도 일련 번호 자체가 변칙성을 보이는 경우이다. 어떤 SCP든지 간에 SCP-048로만 등록되고 나면 우연한 사건들로 인해 반드시 파괴 혹은 폐기되며, 그것도 아니면 분실되는 일이 발생한다. '무조건' 말이다. 누군가의 어이없는 실수로 인해 쓰레기통에 버려져 분실되거나 격리실 변경을 위해 운반하던 도중 발생한 교통사고로 인해 파괴되는 것이 가장 흔한 케이스다.

또한 SCP-048의 저주는 SCP 객체뿐만 아니라 요원들에게도 발생한다. 이상하게도 유독 SCP-048과 관련된 임무를 맡은 요원들이 우연한 사건 사고로 인해 목숨을 잃거나 신체 일부를 잃는 사고를 당하거나 하다못해 징계를 받았다. 물론 처음엔 우연의 일치 정도로 생각했지만 '50%이상'이라는 수치는 더 이상 우연이라고 판단하기 힘든 수준이다.

다만 SCP-048와 관련된 현상들에 대한 원인이나 원리는 전혀 파악할 수 없었다. 특히 역대 SCP-048에게 발생한 일들은 딱히 특별한 연관성도 없었기에 수많은 추측들이 난무할 뿐이다. 몇몇 요원들은 SCP-048이라는 번호 자체가 저주 비스무리한 변칙성을 가진 SCP라고 추측하는가 하면 그저 정말로 낮은 확률로 발생한 반복될 우연의 일치일 뿐이라 추측하는 요원들도 있으며 누군가가 미신을 만들어 내기 위해 아무도 모르게 사건들을 꾸며냈을 뿐이라고 추측하는 요원도 있다.

특수 격리 절차

현재 SCP-048이라는 일련 번호는 사용이 금지되었다. 수많은 조사에도 불구하고 SCP-048로 지정된 존재들이 겪는 일들에 대해 원인을 파악하지 못한 채 시간만 흘러가다 보니 지속적인 SCP 손실을 겪는 것은 물론 요원들 사이에서 'SCP-048의 저주'라는 미신까지 퍼지면서 혼란이 점점 커졌기 때문이다.

이에 몇몇 박사들은 SCP-048이라는 번호 자체를 SCP로 지정할 것을 요청하기도 했지만 그러기에는 확실한 근거가 부족했고 결국 박사들은 SCP-048을 아예 SCP 목록에서 제외할 것을 요청, 상황의 심각성을 느낀 상부가 이를 수락하면서 SCP-048은 더 이상 사용이 불가능한 일련 번호가 되었다.

현재까지 SCP-048의 자리는 비워진 채로 유지되고 있다.

> 메모 048-88
>
> 많은 박사들과 요원들이 SCP-048의 저주에 맞서기 위해 노력을 한 것으로 압니다. 전부 미신일 뿐이라며 비웃는 맞서는 박사도 있었구요. 심지어 SCP-048의 저주를 활용할 생각을 하는 박사도 있었습니다. 제발 그러지 마십시오. 일례로 과거 코르테즈 박사는 역대 SCP-048들에게 일어나는 일은 전부 우연일 뿐이라며 강하게 주장하며 자신이 관리중인 SCP를 048로 지정했습니다.
>
> 아니... 과학자들이 미신을 믿어요? 부끄러운 줄 아십시요! - 코르테즈 박사 -
>
> 하지만 얼마 지나지 않아 해당 SCP는 O5의 어이 없는 실수로 분실되어 버렸고요... 코르테즈 박사는 식당 믹서기에 팔이 떨어져 나가는 황당한 사고를 당하면서 SCP-048의 저주를 더욱 확실하게 확인시켜줄 뿐이었습니다. 때로는 받아들일 줄도 알아야 합니다. 우리가 다루는 건 이미 과학의 영역을 벗어난 것투성이잖습니까.

SCP-485

일련 번호	등급	통칭	결제
SCP-485	안전	죽음의 펜	

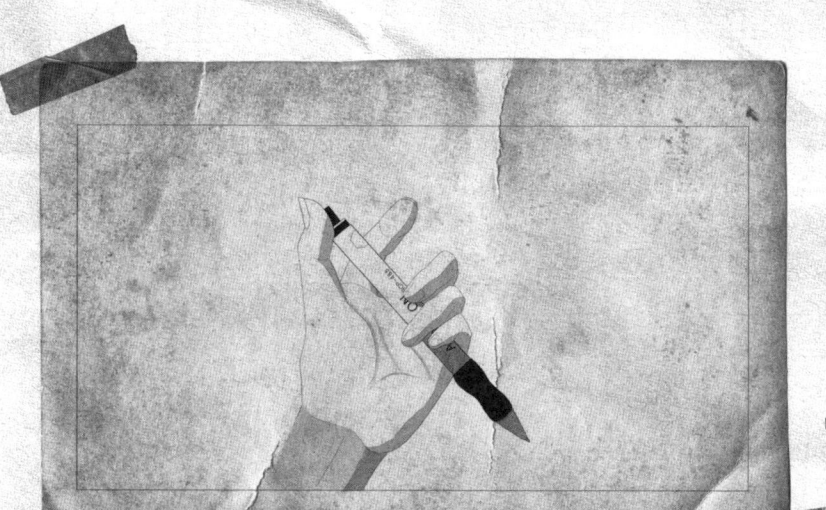

너무 간단해서 위험하구만....

메모 485-D

여러분들이 생각하는 그런 물건 아닙니다. 간혹 자신이 어린 시절 봤던 만화에 대입해 SCP-485를 다루려는 작자들이 있는데 말입니다. 그 노트도 위험하지만 이건 훨씬 더 위험한 물건이라구요.

발견기록 485-A

다히즈 박사가 생명 보험을 갱신하던 도중 버릇처럼 보험 중개인의 펜을 챙겼다. 그는 평소 멍하니 펜을 딸깍거리는 버릇이 있었는데, 갑자기 근처에 있던 ■■■■■■■■가 쓰러져 목숨을 잃었다. 이후 감독관 ■■■■■를 포함한 다히즈 박사의 지인 대부분이 목숨을 잃게 되면서 펜에 대한 간단한 실험을 진행했고 즉시 SCP로 지정되었다.

변칙성

SCP-485는 어디서나 아주 흔하게 볼 수 있는 볼펜이다. 보통의 볼펜이 그러하듯 버튼을 눌러 사용할 수 있는 구조인데 특이한 점은 너무 많이 사용해서인지, 아니면 뭔가 특별한 기술로 만들어져서인지 SCP-485는 유독 버튼이 부드럽게 눌러진다는 것이다. 하지만 이 사소한 특성은 어이없을 만큼 간단하고도 명료한 변칙성과 연결되어 심각한 위험성을 가진다.

SCP-485의 버튼을 누르면 매번 누를 때마다 사용자의 아는 사람 중 누군가가 무작위로 선택되어 원인 불명의 죽음을 맞이하게 된다. 게다가 현재로서는 SCP-485로 인한 죽음을 막을 수 없다.

특수 격리 절차

SCP-485의 격리는 보안 장소에 있는 열쇠형 금고에 보관되는 것으로 충분하다. 단, 실험 이외의 사용은 절대 금지된다.

실험기록 485-D12

실험 목적: SCP-485의 작동 규칙 확인

D-66481는 재단이 확인한 대로라면 사회에 있을 때 지인이라고 부를만한 관계가 전혀 없었고 재단에 온 이후로도 39명의 D계급 인원을 제외하고는 그 누구와도 친분이 없는 상태였다. D-66481이 SCP-485을 클릭하자 예상대로 확인된 39명의 D계급 중 90%가 차례로 목숨을 잃었다.

> 메모 485-L
>
> 펜을 딸각거리는 버릇이 없는 사람도 이 정도로 잘 눌리는 펜이라면 무의식적으로 딸각거리게 된다구요. 이거 어쩌면 의도된 '기능'일지도 모릅니다. 실제로 실험 참가자 대부분이 SCP-485를 딸각거리는 것을 보셨잖습니까.

〈SCP 고차 실험〉

SCP-682 제거 실험 | 대상 인간(레이저) | 결과 실패 | 결제

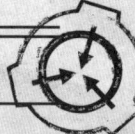

연구 데이터
전면 검토 필수

메모 682-Q

여러분? 오늘은 좀 쓴소리를 할까 합니다. 재단에서 근무를 하다 보면 정말 다양한 변칙 개체를 접하게 되죠. 물론 그중에는 귀엽다 못해 사랑스러운 녀석들도 종종 만나게 됩니다. 그리고 특정 개체를 유난히 자주 만나게 되는 경우도 있죠. 내적 친밀감? 뭐 그런 게 생길 수 있죠. 이해합니다. SCP-999 같은 녀석들은 제가 봐도 귀여우니까요. 그런데 말입니다...

아주 가끔이긴 하지만 SCP-682에게 내적 친밀감을 느끼는 경우는 글쎄요... 위험합니다. 너무나도 위험한 일이란 말입니다. 우리가 왜 상상을 초월하는 비용을 들여 녀석을 제거하려 하는지.. 왜 위험을 무릅쓰고 SCP를 동원해 녀석을 제거하려 하는지를 항상 기억하시길 바랍니다. 그리고 그 모든 시도가 실패했다는 사실까지도요.

SCP-682는 명백히 우리에게 있어 위협이며, 제거해야 할 대상입니다.

SCP-682 / 레이저

> 메모 682-L1
>
> 일반적인 무기로는 녀석에게 치명적인 피해를 주기 어렵다는 사실을 이제는 받아들여야 합니다. 우리에게 필요한 것은 순간적으로 강력한 피해를 줄 수 있는 무기입니다. 이에 '초강력 레이저' 사용을 건의합니다.
>
> 부분적인 피해는 무의미한 소모전일 뿐이니 순간적으로 SCP-682의 몸을 아예 반으로 나눠버린다면 녀석이라 할지라도 회복하지 못할 가능성이 있습니다.

> 진행하세요. - 기지 이사관 ■■■ -

표본 실험 기록 682-L-A

본 실험에 앞서 SCP-682의 조직 표본에 대한 실험을 진행했다. 결과는 성공. 별다른 무리 없이 녀석의 조직 표본을 깔끔하게 절반으로 갈랐다.

실험 기록 682-L-B

SCP-682의 격리실로 레이저 발사기가 투입되었다. 레이저는 즉시 녀석의 정수리를 향해 최대 출력으로 발사되었고 신체 조직이 갈라짐과 동시에 회복이 진행되는 탓에 약간의 시간이 걸리긴 했으나 성공적으로 녀석의 신체를 절반으로 가를 수 있었다.

하지만 분명 두 조각으로 나뉘었던 SCP-682의 신체는 빠른 속도로 재생하기 시작해 어느새 완전히 회복에 성공했다. 문제는 완전히 나뉘었던 2조각의 신체가 각각 회복을 진행해 2마리의 SCP-682가 되었다는 것이다.

두 녀석은 서로 대치하며 주변을 살피기 시작했고, 왜인지 별다른 움직임을 보이지 않았다. 또한 두 녀석 모두 몸이 여러 차례 빛나는가 하면, 신체 군데군데가 꾸물거리는 현상이 관찰되는 등 정상적인 상태는 아닌 것으로 보였다.

완전히 처음 겪는 상황에 섣불리 대응할 수는 없었기에 관찰이 지속되었고 한참의 시간이 지난 뒤, 두 녀석은 동시에 바닥에 쓰러졌고 모든 생체 징후가 사라진 것이 확인되었다. 하지만 끝까지 방심할 수 없었기에 이틀간 추가로 관찰을 진행했다. 이틀 후 SCP-682의 상태는 그대로였지만 확실한 제거를 위해 박사들은 다시 한 번 레이저를 이용해 SCP-682의 신체를 반으로 쪼개려 했다.

하지만 어느새 레이저에 적응한 것인지 SCP-682의 피부는 레이저를 반사해 버렸고 추가적인 공격 시도는 실패했다. 물론 다행스럽게도 여전히 SCP-682의 생체 반응은 없었기에 정확한 상황 파악을 위해 D계급을 투입하기로 결정했다.

그런데 D계급이 격리실 문을 여는 순간 2마리의 SCP-682는 순식간에 깨어나 D계급을 공격한 뒤 격리실을 탈출했다. 두 녀석은 서로를 도와가며 탈출을 시도했고 결국 SCP-682에 의해 수십 명의 요원이 목숨을 잃었고, 기지가 초토화되고 나서야 재격리에 성공할 수 있었다.

메모 682-L-X

아직까지 우리는 SCP-682의 변칙성에 대해 완전히 파악하지 못한 것일지도 모릅니다. 이번에는 완벽히 둘로 쪼개진 상태로 움직였다구요. 이건 '적응'의 영역을 벗어난 수준이라고 생각됩니다. 더군다나 한 쪽이 심각한 피해를 입자 나머지 SCP-682가 흡수하는 모습도 관찰 되었구요. SCP-682에 대한 연구 데이터를 전면 검토할 필요가 있습니다.

메모 682-L-C

얼마 전 실험 이후로 SCP-682에 대한 과도한 걱정을 하시는 분들이 늘어난 것 같군요. 해당 실험에서 SCP-682가 보여준 모습이 놀라웠다는 것은 전적으로 동의하나 녀석에 대한 우리의 연구를 완전히 뒤엎을 정도는 아닙니다. 단지 우리의 예상보다 '적응'의 범위가 훨씬 넓다고 보는 게 더 타당할지도요.

'둘로 나눠진 몸에 적응해 각각의 독립적인 SCP-682가 되었다.'라고 생각해도 전혀 놀랍지 않은 녀석 아닙니까? 사실 비슷한 능력은 우리가 잘 아는 몇몇 생물도 가지고 있구요. 사실은 그리 놀랄만한 능력은 아닐지도요.

오히려 저는 녀석의 약점을 찾아낸 것일지도 모른다는 가능성을 봤습니다. 분명 둘로 나눠진 상태에서는 회복이나 적응이 아닌 '흡수'라는 처음보는 반응을 보였거든요. 어쩌면 녀석이 가진 가장 까다로운 능력인 회복과 적응을 무효화시킬 수 있는 실마리일지도 모릅니다.

그리고 또 하나, 둘로 나눠진 녀석이 각각의 인격을 가지는 것인지 하나의 인격이 두 신체를 통제하는 것인지도 중요하겠군요. 적어도 후자라면 녀석이 여러 개로 나눠진 신체를 통제하는 것에 익숙해지게 만드는 것은 위험할 테니까요.

SCP-682 제거 실험

대상 SCP-409　**결과** 실패　**결재**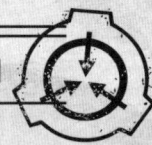

세포 자체를 석영으로 변형시킨다면...?

메모 682-409-A

우리는 지난 레이저 실험 이후로도 SCP-682를 제거하기 위한 다양한 실험을 계획했습니다. 하지만 사실상 거의 모든 실험이 시작도 전에... 너무나도 당연하게 실패가 예상되었죠.

이에 우리는 인간의 힘만으로는 SCP-682를 제거하는 것이 불가능하다고 잠정적인 결론을 내릴 수밖에 없었고, 새로운 시도를 해보기로 결정했습니다. 바로 SCP를 활용하는 것이죠. 알고 있습니다. 이게 얼마나 위험한 발상인지를요. 재단은 여느 요주의 단체와는 달리 SCP를 활용하는데 상당히 조심스러운 태도를 보이고 있습니다. 얼마나 많은 개인과 단체가 SCP를 개인적으로 활용하려다 어떤 최후를 맞이했는지 잘 알고 있기 때문이죠. 그러한 시도들이 잠재적으로는 세계와 인류에게까지 피해를 줄 수 있다는 것 역시도 말이죠.

하지만 SCP-682의 제거 실험은 조금 결이 다릅니다. 이는 최종적으로 변칙적 위협으로부터 세계와 인류를 보호하기 위한 조치입니다. 그래서 우리는 새로운 걸음을 뗄 필요가 있는 겁니다. 이 시도는 우리의 예상보다 훨씬 더 효과적일 것이라 기대됩니다.

메모 682-409-V

SCP-409가 SCP-682 제거에 효과적일 것이란 근거는 꽤나 명확합니다. 일단 SCP-409는 생명체라면 단 하나의 예외 없이 석영으로 변형시켰고, 이때 겉뿐만 아니라 속까지 완벽하게 석영으로 변형되었습니다. 사실 SCP-682의 가장 까다로운 능력이라고 한다면 뭐니 뭐니해도 회복력 아니겠습니까? 하지만 세포 자체를 석영으로 변형시켜 버린다면 회복 능력 자체를 사용하지 못하게 될 가능성이 있습니다.

설사 녀석이 본능적으로 위험을 감지하고 접촉 부위를 스스로 잘라내 회복을 시도하더라도 접촉과 동시에 몸 전체로 퍼지는 SCP-409의 변칙성에 꽤나 당황하겠죠. 만에 하나 SCP-682가 재생을 한다고 해도 결과는 달라지지 않을 겁니다. 폭발로 생겨난 파편들이 다시 SCP-682를 석영으로 만들어 줄테니까요.

실험기록 682-409-X

SCP를 활용한 첫 제거 실험이니만큼 재단의 고위 간부들도 많은 관심을 보였고 다수가 참석한 채로 실험이 시작되었다.

SCP-682의 격리실로 SCP-409가 투입됨과 동시에 SCP-409가 SCP-682의 신체에 닿았다. 하지만 그 순간 이상한 낌새를 느낀 것인지 SCP-682는 즉시 접촉한 신체 부위를 스스로 제거해버렸다. SCP-682는 날카로운 목소리로 박사들에게 "이게 뭐냐" 물었고 박사들은 대답하지 않았다. 이후로도 녀석의 질문은 멈추지 않았고, SCP-682가 초조해 한다고 느낀 박사들은 기대감을 가지고 SCP-409의 변칙성이 발현되는 3시간이 지나기만을 기다렸다.

드디어 접촉 후 3시간이 지난 시점, 예상대로 SCP-409의 변칙성이 나타나기 시작했다. 왜인지 일반적인 생명체보다는 속도가 느리긴 했지만 분명하게 SCP-682의 몸은 서서히 석영으로 변형되고 있었다. 또한, 결정화가 진행되면 될수록 SCP-682는 점차 고통을 호소하며 매섭게 날뛰기 시작했다. 박사들의 예상대로 결정화된 부분을 즉시 회복하지 못하고 있었고 절반이 넘는 신체가 석영으로 변해가고 있었다.

하지만 SCP-682의 신체중 약 62% 정도가 석영으로 변형되었을 즈음, 왜인지 SCP-682의 신체는 더이상 석영으로 변하지 않았다. 이내 석영화된 신체는 폭발하기 시작했고 SCP-682 역시 엄청난 타격을 받고 쓰러졌다. 폭발이 발생한 신체 부위는 완전히 제거되었지만, 예상과 달리 폭발로 발생한 파편으로 인한 추가적인 석영화는 진행되지 않았고 SCP-682는 남아있던 신체를 중심으로 빠르게 신체를 회복해 나가기 시작했고, 동시에 의미심장한 말 한마디를 내뱉었다.

SCP-682: 이 실험에 관련된 요원들은 한 명도 빠짐없이 내 손으로 제거해주마.

결국 SCP-682는 빠른 속도로 신체를 완벽하게 회복했고, 실험은 즉시 중단되었다. 이후 효과가 있었으니 다시 한 번 SCP-409를 투입해보자는 의견이 제시되었다. 하지만 재실험에도 불구하고 더 이상 SCP-682에게는 SCP-409의 변칙성이 발현되지 않았다.

> 메모 682-409-Z
>
> SCP-682의 적응력은 우리의 예상보다 훨씬 뛰어난 것으로 확인되었습니다. 우리가 원래 조차 제대로 파악하지 못한 변칙성에 완벽히 적응하리라고는 상상조차 못 했지만 녀석은 SCP-409에 완벽하게 면역된 상태가 되었습니다. 이거... 꽤 두려운 일이군요. 어쩌면 우리가 녀석을 한층 더 레벨업시킨 게 아닌가 걱정이 될 정도입니다. SCP를 활용한 실험은 전면 재검토가 이루어져야 할 것입니다. 또한 또 다른 실험을 진행한다고 하더라도 최소한 조직 표본을 이용한 사전 실험은 필수적으로 거치는 조심성을 보여주시길 바랍니다.

분석기록 682-409-W

우리는 해당 실험에 대한 수 차례 분석 끝에 SCP-682가 어떻게 SCP-409의 변칙성을 무력화할 수 있었는지에 대한 단서를 발견할 수 있었습니다. 물론 안타깝게도 이 역시 대부분 추측일 뿐이지만요.

첫 실험 당시, SCP-682의 신체 변형이 62%에서 멈췄던 이유는 녀석이 몸의 나머지 부분을 무생물로 변형시켰기 때문으로 보입니다. 그래서 생명체에게만 반응하는 SCP-409의 변칙성이 더 이상 발현되지 않았던 것이죠. 게다가 곧 이어 SCP-682는 SCP-409의 변칙성이 통하지 않는 물질인 화강암 같은 것으로 몸을 재생시켜 추가적인 피해를 막은 것으로 추정됩니다.

여기서 문제는 SCP-682가 도대체 어떻게 SCP-409의 변칙성이 발현되지 않는 조건을 알아냈느냐입니다. 꽤나 초조해하던 녀석의 초기 반응을 보면 SCP-409에 대해서 이미 알고 있었다고는 생각되지 않습니다. 그렇다면 접촉을 통해 변칙성을 직접 겪으며 SCP-409 변칙성을 파악했다는 의미인데 이 역시 당연하게도 쉬운 일이 아니지 않습니까? 만약 이게 맞다면 그건 그것대로 문제이구요.

===

SCP-682 제거 실험 | 대상 SCP-811 | 결과 실패 | 결제

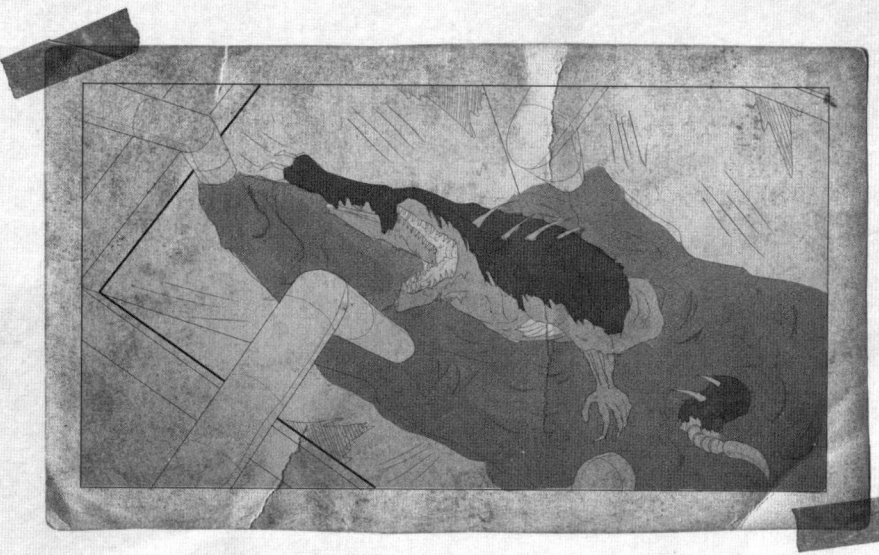

염산과 비슷하지만 다른 물질을 이용해서...

메모 682-811-A

우리는 많은 우연을 겪으며 살아갑니다. 그리고 그중에는 정말 우연히 알게된 것 치고는 '위대한 결과'를 초래하는 것들도 존재하죠. 우리에게는 '염산'이 그렇습니다. SCP-682를 처음 격리할 당시 재단은 여러모로 고민에 빠질 수밖에 없었습니다. 녀석은 언제나 에너지가 과하게 넘쳐 가만히 있지를 못했고 수시로 발생하는 격리 실패에 모두가 빠르게 지쳐갔죠. 굶기는 것도 소용이 없었습니다. 녀석은 무기물에서조차 에너지를 얻었으니까요.

당시 정말 다양한 격리 절차가 적용되었다 폐기되기를 반복했습니다. 그러던 와중 찾아낸 것이 바로 현재까지 이어져 오고 있는 염산을 활용한 격리방법인 것이죠. 사실 아직까지도 왜 염산이 녀석에 격리에 효과적인지 명확히는 알 수 없습니다. 최근 다양한 연구가 이루어지며 각종 가설이 제시되고 있음에도 정확한 이유를 설명하기에는 역부족이죠.

처음 염산을 활용한 발상은 실로 단순했습니다. '녀석에게 지속적인 피해를 주려면 어떻게 해야 할까?'라는 고민에서 나온 방법이었고 대체할만한 다른 방법들도 많았음에도 '우연하게도' 염산이 가장 먼저 적용된 것이 행운이었죠. 지금 생각해보면 오히려 녀석의 변칙성에 대한 연구가 덜 이루어진 상태였기에 '적응력'을 크게 고려하지 않았던 것이 도움이 되었던 것 같습니다. 만약 현재처럼 충분한 연구가 이루어진 시점에서 누군가 녀석의 격리에 염산을 사용하자고 했다면 비웃음만 사며 아예 시도조차 되지 않았을 가능성이 높으니까요.

네, 분명 녀석에게 '염산'은 특별하게 작용하고 있고, 그래서 우리는 비슷한 또 다른 물질을 활용해 녀석의 제거를 시도해보려 합니다.

SCP-811이 생성하는 특유의 점액은 대상을 빠르게 썩어가게 만듭니다. 정확한 원리는 알 수 없으나 지속적인 피해를 준다는 점이나 외형만 놓고 보면 특별한 미생물적 작용이 더해진 '산성 물질' 정도로 여겨지고 있지요. 대신 훨씬 강력하고 치명적이지만요. SCP-811의 점액이 SCP-682의 제거에 효과적이길 바라봅니다. 비록 이건 '우연한' 발견은 아니겠지만요.

실험을 준비하세요. 단, SCP-811을 그대로 투입할 시 개체가 소실될 가능성이 큽니다. 녀석의 점액만을 추출해 실험을 진행할 것을 권고합니다. - 기지 이사관  -

SCP-682 / SCP-811

실험을 위해 ■■개월에 걸쳐 SCP-811의 손바닥과 발바닥에서 점액을 채취했다. SCP-682의 몸 전체를 뒤덮을 수 있을 만큼의 충분한 양을 준비한 상태에서 실험이 진행되었다.

고압 호스를 이용해 SCP-811의 점액을 순식간에 흩뿌리자 예상대로 SCP-682의 신체는 빠르게 부패하기 시작했고 특유의 회복력에도 서서히 전체 질량이 줄어드는 것을 확인할 수 있었다.

하지만 녀석이 신체의 27%가량을 잃었을 무렵, 갑자기 부패가 완전히 멈춰버렸다. 이에 더 많은 양을 강력한 출력으로 분사했음에도 불구하고 더 이상 SCP-811의 점액은 녀석에게 효과적으로 작용하지 않았다. 실험은 종료되었다.

> 메모 682-811-X
>
> 단순히 '산성 물질'이라서 SCP-682에게 특별한 작용을 가하는 것은 아닌 것으로 보입니다. SCP-811의 점액에는 완벽하게 적응을 했거든요. 어째서 똑같은 '지속적인 부식 피해'임에도 어떤 것은 적응하고 어떤 것은 적응하지 못 하는 것일까요?
>
> 가장 결정적인 차이라고 한다면 '부식의 세기' 정도인데, 약한 수준의 부식 피해는 녀석의 적응력을 자극하지 못하기 때문일까요? 어쩌면 이러한 반응의 차이가 SCP-682가 가진 변칙성의 원리를 알아내는 데 도움이 될지도 모르겠군요.

SCP-682 제거 실험   대상 SCP-162   결과 실패   결재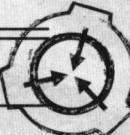

일정 자극 이상의 피해에만 적응한다면...?

실험 보고서

부디... 실험을 제안할 때는 충분한 시뮬레이션을 거쳐 주시길 간곡히 바랍니다. 물론 저희가 연구하는 존재들이 과학의 범주 밖에 있다는 것은 저도 인정하는 바입니다. 하지만 이런 뻔한 결과가 예상되는 실험이 허가되고 시행이 되었다는 사실은 저로선 이해할 수가 없군요. 피해자만 무려 99명이란 말입니다. 스스로의 목숨을 좀 더 소중히 여기길 바랍니다.

SCP-682 / SCP-162

SCP-162 격리 이후, 박사들은 꾸준히 연구를 이어나갔다. 그러던 와중 ■■ 박사를 포함한 몇몇 박사들은 "SCP-162를 활용한다면 SCP-682에게 치명적인 피해를 줄 수 있지 않을까?"라는 흥미로운 의견을 내놓았다.

박사가 내놓은 근거는 SCP-162의 연쇄적이고도 지속적인 공격 방식으로, 단순 공격력으로만 따지면 고작 날붙이 따위로 SCP-682를 어떻게 하긴 힘들겠지만 SCP-162는 몸부림을 치면 칠수록 온몸에 엉겨 붙어 상대의 행동을 억제시킴과 동시에 더 큰 피해를 안겨 준다는 것이 핵심이었다. 또한, 몸에 붙어 있는 것만으로도 피해를 입히는 SCP-162이다 보니 SCP-682가 아무리 회복을 한다고 하더라도 지속적인 피해를 입힐 수 있을 것으로 예상했다.

물론 이러한 박사의 주장에 대해 반대 의견도 적지 않았다.

"SCP-682라면 피부를 단단하게 만들어서 금세 162에게 적응할 것이다." - 로웰 박사 -

"지속적이고 연쇄적인 피해라고는 하나 날붙이 정도로 난 상처는 SCP-682에게 큰 피해를 주지 못할 것이다." - 카밀 박사 -

그도 그럴 것이 워낙에 다양한 공격들에 대해 즉각적인 적응을 해왔던 SCP-682인데 결정적으로 SCP-162로 인해 목숨을 잃는 경우는 대부분 지속적인 피해로 인한 과다 출혈이었기에 몸의 절반이 날아갈지언정 단 한 번도 과다 출혈로 목숨을 잃은 적은… 조금 더 정확히는 잃을 뻔한 적도 없었기 때문이다.

그럼에도 ■■ 박사는 설령 SCP-682를 제거하는 데 실패한다고 하더라도 딱히 손해가 없으며 오히려 SCP-682가 적응하는 방식을 통해 SCP-162를 막을 수 있는 효과적인 방법을 알아낼 수 있을지도 모른다고 주장했다. 거기에 더해 그는 현재 염산을 이용해 회복하는 데 에너지를 쏟게 만드는 격리 방식이 어느 정도의 효과를 보이는 것으로 미루어 보아 어쩌면 SCP-682는 일정 자극 이상의 피해에만 적응하는 것일지도 모른다고 주장했다. 또한, 만약 SCP-162의 공격이 SCP-682에게 치명적이진 않다고 할지라도 염산처럼 적응하지 못하는 약한 피해를 지속적으로 입혀 SCP-682가 회복에 에너지를 소비하게 만들 수 있을 것이라고 예상했다.

> 허가합니다. 조금의 가능성이라도 있다면 시도할 가치는 충분합니다. 그만큼 우리는 SCP-682의 제거에 진심입니다. - O5-? -

본격적인 실험에 앞서 혹시나 SCP-162의 공격이 전혀 통하지 않을 가능성을 염려해 먼저 조직 표본 실험을 진행했다. 다행히 SCP-162의 날붙이는 SCP-682의 조직 표본을 깔끔하게 꿰뚫었고 약간의 자신감을 얻은 박사들은 본격적인 실험에 돌입했다.

SCP-162를 SCP-682에게 던져 놓으며 시작된 실험, SCP-682와 접촉한 SCP-162는 평소처럼 갈고리를 이용해 녀석을 공격하기 시작했고 SCP-162의 공격이 SCP-682에게 통하는 것인지 SCP-682는 격렬한 몸부림과 함께 박사들을 향해 온갖 욕을 퍼붓기 시작했다.

■■ 박사의 예상대로 SCP-682가 저항을 하면 할수록 SCP-162는 SCP-682의 온몸에 뒤엉켰고 특히 완전히 뒤덮인 하체와 머리, 그리고 왼쪽 앞다리는 이미 큰 부상을 입은 듯 보였다. 이대로라면 생각보다 큰 성과가 기대되는 상황이었지만 약 4분 정도가 흐른 시점, SCP-682는 갑자기 자신의 아래턱과 왼쪽 뒷다리를 스스로 잘라내 버렸다. 하지만 SCP-162는 여전히 SCP-682의 왼쪽 앞다리에 붙어 녀석에게 지속적인 피해를 입히고 있었다. 특히, 많은 박사들의 우려와 달리 SCP-682는 몸을 단단하게 만드는 등 SCP-162의 공격에 적응하는 모습도 보이지 않았고 "혹시나?" 하는 생각이 들 정도로 SCP-162에게 고전하는 모습을 보였다.

하지만 앞다리에 SCP-162를 옮긴 SCP-682는 갑자기 격리실을 부수고 나가 요원들과 박사들에게 달려들기 시작했다. 특히 SCP-682는 흡사 무기를 휘두르듯 일부러 SCP-162가 붙어있는 앞다리를 휘둘러 공격했고 요원들은 속수무책으로 당할 수밖에 없었다.

이에 급하게 기특대가 출동했음에도 무려 13명의 사망자와 86명의 부상자가 발생하고 나서야 겨우 SCP-682와 SCP-162를 제압하는데는 성공했다. 역대급 피해를 불어온 이번 실험에 대해 "안 그래도 골치 아픈 괴물에게 아주 좋은 무기를 던져준 꼴"이라는 비난이 끊임없이 쏟아졌고 결국 ■■ 박사와 해당 실험을 승인한 박사들은 징계 청문회를 통해 중징계를 받으며 사건은 마무리되었다.

═══

SCP-682 제거 실험

| 대상 SCP-702 | 결과 실패 | 결재 |  |

이건 도대체 어떻게 해석을 해야 할지 모르겠단 말입니다.

실험 제안서 682-702Q

우리는 SCP-702와 다양한 물건을 교환하며 충분한 자료를 모은 결과, 어쩌면 녀석이 SCP-682도 '교환' 할 수 있다는 가능성을 엿볼 수 있었습니다. 첫째로, 적어도 SCP-702가 영혼을 제외하고는 교환을 거부한 적은 없기 때문이며, 둘째로는 교환되는 과정을 막을 수 없었기 때문이며, 셋째로는 교환이 완료된 물건을 다시 가져오는 것이 불가능 했기 때문입니다. SCP-682 제거의 목표는 녀석을 제어 가능한 방법으로 온전하게 제거하는 것이 겠지만 조금만 생각을 틀어 녀석을 어떻게든 없애는 데에 목표를 둔다면 충분히 실현 가능성이 높다고 볼 수 있습니다.

> 아니, 방법 자체는 저도 가능성이 있다고 봅니다. 하지만 말입니다. SCP-682의 교환 대가로 더 이상한게 튀어나오지 말란 보장도 없는 거 아닙니까?

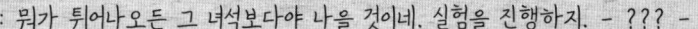
: 뭐가 튀어나오든 그 녀석보다야 나을 것이네. 실험을 진행하지. - ??? -

SCP-682 / SCP-702

SCP-702를 활용한 682 제거 실험 역시, 조직 표본을 활용한 실험으로 시작되었다. 박사들은 조직 표본을 SCP-702-1에게 건넸고 녀석은 흔쾌히 거래를 받아들이며 M사(맥도날드)의 더블 불고기버거를 내주었다. 예상 밖 결과에 '뭐야 이거... SCP-682의 조직 표본을 그냥 고깃덩어리로 본 건가?' 하는 위화감을 느끼긴 했지만 결과적으로 교환은 성공적이었기에 지체없이 본 실험에 돌입했다.

박사들은 SCP-682가 들어있는 격리 탱크를 통째로 SCP-702-1에게 건넸고, SCP-702-1은 현재까지 그 어떤 거래에서도 볼 수 없었던 진중한 표정으로 무려 13분간 고민하는 모습을 보였다. SCP-702-1의 고민이 길어지는 것을 본 박사들은 불현듯 불안감이 엄습했고 속으로 '교환은 바라지도 않을 테니 그냥 데려가기만 했으면'이라며 SCP-702-1을 응원했다.

이런 박사들의 마음이 전달된 것인지 잠깐의 침묵이 조금 더 이어진 이후 SCP-702-1은 연기를 내뿜으며 SCP-682의 격리 탱크를 통째로 꽃병 속으로 가져감과 동시에 꽃병 속에서 물건 하나를 꺼내왔다.

"콜렉터 SCP-702-1이 평가하는 SCP-682의 가치는?"

숨을 죽이고 기다리고 있는 박사들에게 SCP-702-1이 건넨 것은... 목도리 앵무새가 들어있는 철제 새장이었다.

이에 박사들은 '아니... 뭐야, SCP-682를 그냥 도마뱀 정도로 생각한 거야?'라는 배부른 투정을 아주 잠깐 했지만, 어쨌거나 녀석을 다른 공간으로 데려갔다는 사실에 환호성을 내질렀다. 더군다나 한 번 가져갔던 물건을 되돌려주는 경우는 지금까지 단 한 번도 없었던 SCP-702-1이었기에 정말로 끝..! 더이상 SCP-682는 재단의 소유가 아니라고 생각했다. 심지어 SCP-702 역시 평소와 동일하게 아주 평온한 상태로 보였기에 박사들은 더더욱 마음을 놓았다.

그런데... 16시간이 지난 시점, SCP-702-1와의 거래 장소에 갑자기 격리 탱크에서 풀려난 SCP-682가 나타났다. 격리 탱크가 사라졌을 뿐 아주 멀쩡한 모습으로 나타난 SCP-682를 본 박사들은 상실감에 빠졌다. 하지만 별수 있겠는가? 박사들은 덤덤하게 실험 기록을 실패로 수정했다.

이후 박사들은 SCP-702-1를 소환해 무슨 일이 있었는지 캐물었지만 왜인지 SCP-702-1은 철저하게 입을 다물었고, 심지어 'Give and take'를 그렇게나 철저히 주장하던 SCP-702-1 답지 않게 자신이 준 앵무새를 돌려달라는 말도 하지 않았다.

이러한 SCP-702-1의 반응과 돌아온 SCP-682에 몸에 다양한 물건들의 잔해가 있었던 것으로 미루어 보아, 박사들은 SCP-682가 꽃병 속에서 한바탕 난리를 쳤고 보다 못한 SCP-702-1이 녀석을 돌려보낸 것이 아닌가 추측했다.

> 메모 702-P
> 솔직히 다양한 종족들과 다양한 물품들을 거래해본 것으로 추정되는 SCP-702가 녀석을 데려가고 뱉어내는 물건을 통해 SCP-682에 대한 정보를 얻을 수 있지 않을까 하는 기대도 있었습니다. 변칙적 존재들 중에서 SCP-682의 위상(?)이 어느 정도인지 알 수 있지 않을까 하고요. 그런데... 앵무새라니요? 이건 도대체 어떻게 해석을 해야 할지 모르겠단 말입니다. 일단 결과가 나올 때까지 이 앵무새는 제가 맡도록 하죠. 일종의 기념품이니까요.

SCP-682 제거 실험

| 대상 SCP-123 | 결과 미실시 | 결재 |

상대는 블랙홀입니다.
뭐가 더 필요하단 말입니까?

조직 실험 기록: SCP-682의 표본이 성공적으로 핵으로 흡수됨.

메모 682-123-A

우리는 오래전부터 SCP-682를 블랙홀로 보내는 실험에 대해 다방면으로 검토했습니다. 단순히 제거 성공률만 놓고 보자면 상당히 긍정적이기도 했구요. 무엇이든 흡수해 소멸시켜 버린다고 알려진 블랙홀이라면 제아무리 SCP-682라고 할지라도 어찌 못할 것이라는 게 공통적인 의견이었거든요. 별마저 흡수해버리는데 도마뱀 괴물 따위가 뭐 어쩌겠습니까?

하지만 문제는 블랙홀 역시 아직까지는 과학적으로 완전히 해명된 현상이 아니기에 섣불리 활용할 수 없다는 것이었습니다. 애초에 성공적으로 블랙홀로 SCP-682를 보내는 것부터가 우리 마음대로 할 수 있는 일이 아니었죠. 그런데 말입니다! 공교롭게도 재단이 SCP-123을 발견한 겁니다.

SCP-123에 대해서도 여러 의견이 있는 건 알고 있습니다. 하지만 특유의 변칙성은 SCP-123이 블랙홀의 축소판일 가능성을 충분히 시사하고 있죠. 네, 우리는 어느 정도 통제할 수 있는... 그리고 아주 가까이 있는 블랙홀을 발견한 것이며, 이는 드디어 실험을 진행할 준비를 마쳤다는 것을 의미합니다. 망설일 이유가 무엇입니까?

메모 682-123-B

SCP-123을 활용한 SCP-682 제거 실험의 구체적인 방법은 다음과 같습니다. 먼저 특정 크기 이상은 완전히 흡수하지 못하는 SCP-123의 특성을 고려해 SCP-682를 충분히 작은 크기로 만든 다음 SCP-123에 노출 시킬 겁니다. 끝이죠. 녀석은 속수무책으로 SCP-123 속으로 빨려 들어갈 것이고 그다음은 녀석이 우주에서 떠돌든, 블랙홀 내부에서 완전히 소멸되든 더 이상 우리가 신경 쓸 영역이 아닙니다.

녀석을 작게 만들 방법이야 이미 기존 실험에서도 다양하게 활용되고 있으니 어려울 것이 없겠군요. 따로 준비할 것도... 없구요. 좋네요.

토론 682-123-B

■■ 박사: 아니요. 해당 실험은 충분히 시뮬레이션을 돌려볼 필요가 있습니다. 섣불리 진행할게 아니에요!

■■■ 박사: 상대는 블랙홀입니다. 뭐가 더 필요하단 말입니까?

■■ 박사: 블랙홀 맞죠. 우리가 통제할 수 있는 것도 맞구요. 그런데 박사님. 우리가 통제할 수 있다는 것은 SCP-682도 충분히 통제할 수 있다는 것을 의미합니다. 녀석이 흡수되기 전 갑자기 덩치를 키워 흡수되지 않는다면요?

■■■ 박사: 즉시 일정 수준 이상의 물리적인 공격을 가해 녀석의 덩치를 줄이면 됩니다. 녀석은 SCP-123과 우리를 동시에 상대해야 하니 훨씬 불리한 입장이지 않습니까?

■■ 박사: 공격 좋죠. 하지만 박사님의 의견은 전반적으로 상당한 변수를 만들 가능성이 다분합니다. 알고 계신가요?

■■■ 박사: 무슨...

■■ 박사: 자, 먼저 앞서 말했듯 SCP-123은 SCP-682 역시 충분히 통제할 수 있다는 것이 가장 큰 변수입니다. 우리가 녀석의 덩치를 줄이기 위한 공격을 하기 전에 녀석의 손에 SCP-123이 들어간다면 우리가 손수 SCP-682에게 블랙홀이라는 무기를 주는 꼴밖에 되지 않을 겁니다. 소형 블랙홀을 무기로 사용하는 도마뱀 괴물이라니... 이거 뭐 게임에서나 볼법한 풍경이겠군요.

■■■ 박사: 비꼬지 마십시오. 그 전에 공격을 한다면...

■■ 박사: 아무렴요. 하지만 현재 SCP-123은 구조적 완전성이 우려되어 폐기 용도로 사용하는 것조차 금지되고 있습니다. 알고 계십니까? 그렇다면... SCP-682도 제압할 수 있을 수준의 공격을 퍼붓다 SCP-123의 외부 구체가 깨지기라도 한다면 어떻게 하실 계획입니까? 이론상 어마어마한 크기의 블랙홀이 폭주하기 시작할 테고 우리는 고작 도마뱀 괴물 하나 처리하려다 지구 한중간에 블랙홀을 풀어놓는 미친 짓을 벌이게 되겠죠. 압니다. 제가 가지는 우려가 실제로 일어날 확률 역시 상당히 낮겠지요. 하지만 그 작은 확률이 현실이 되었을 때의 파장이 너무 크다는 겁니다.

■■■ 박사: ...

■■ 박사: 여러모로 제 표현이 기분 나쁘셨다면 사과하겠습니다. 하지만 저 역시 하루 빨리

SCP-682를 제거하길 원하는 사람중 하나라는 것을 알아주시길 바랍니다. 그래서 더 박사의 의견을 다방면으로 검토한 것이고요. 해당 실험은 적어도 우리가 SCP-682를 정상적인 행동이 완전히 불가능한 상태로 만들 수 있을 때 진행했으면 합니다. 녀석을 SCP-123 안으로 밀어 넣을 수만 있다면 제거 가능성이 높은 실험인 만큼 녀석이 적응이나 탈출을 할 수 없는 상태에서 한 방에 보내 버리자는 말입니다.

해당 실험은 보류 상태로 남겨둔다.

===

SCP-682 제거 실험

| 대상 SCP-096 | 결과 실패 | 결제 |

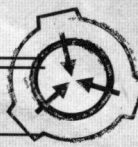

두 개체를
한 공간에 놓는 것은
위험천만한 일이 분명합니다.

메모 682-96

지난 레이저 실험 이후, 우리 재단은 깊은 고민에 빠졌습니다. 인간의 과학기술로 SCP-682를 제거하는 것이 가능할 것인가? 우리는 현재 시점에서는 불가능하다는 판단을 내릴 수밖에 없었습니다. 하지만 지난 SCP-409를 활용한 제거 실험을 통해 하나의 가능성을 볼 수 있었고, 보다 적극적으로 SCP 개체를 활용한 SCP-682 제거 실험을 진행하기로 결정했습니다.

메모 682-96-1: Dr. Hada

SCP-682의 제거에 있어 가장 핵심적인 부분은 바로 '끈질김'입니다. 지극히 제 개인적인 의견이긴 합니다만 녀석을 찍어 누를 수 있을 만큼 충분히 강력한 공격력은 기본적인 옵션입니다. 하지만 그 공격력이 단발성으로 끝난다면 녀석의 충격적인 회복력에 결국 굴할 수밖에 없겠죠. 즉, 그만한 공격력을 끈질기게... 조금 더 정확히는 녀석이 회복력을 상회하는 수준으로 발휘할 수 있어야만 제대로 된 제거까지 도달할 수 있다는 거죠.

그리고 제가 아는 한 이러한 조건에 정확히 부합하는 녀석이 있습니다. 바로 SCP-096, 부끄럼쟁이입니다.

네... 위험하다는 것쯤은 충분히 인지하고 있습니다...만! 충분히 설계된 상황에서 실험을 진행한다면 우려하는 일이 발생할 확률은 적습니다. 지금 우리가 상대하려 하는 건 SCP-682라는 사실을 다시 한 번 상기해주셨으면 합니다. 그저 그런 방법으로, 조금의 위험도 감수하지 않고 녀석을 제거하려 덤빌 수는 없지 않겠습니까?

적어도 현재까지의 데이터는 SCP-096의 얼굴을 보고 살아남은 존재가 없다는 사실을 명확히 보여주고 있습니다. 녀석은 목격자가 어디에 있든, 어떤 방해가 있든지에 상관없이 100% 성공률로 제거했습니다. 이를 막을 방법은 없다는 게 현재 재단의 결론이구요. 게다가 특수대가 무슨 종이 찢기듯 속수무책으로 찢겨 나가는 것 보셨잖습니까? 방어력은 어떻구요? 모르긴 해도 회복력만큼은 SCP-682와 견주어도 부족하지 않을 수준이었습니다.

녀석보다 제격인 개체가 어디 있겠습니까?

> 게다가 SCP-096 역시 제거 대상 1순위인 개체입니다. 실험 도중 SCP-682가 되었든, SCP-096이 되었든 둘 중 하나라도 제거되거나 무력화된다면 그것만으로도 충분히 해 볼 만한 실험이라고 생각합니다. SCP-682의 제거 실험에 SCP-096을 투입하는 것을 정식으로 신청하는 바입니다.
>
> O5-?: 두 개체를 한 공간에 넣는다는 것은 위험천만한 일이 분명합니다. 다만... 그 정도 리스크를 감수하지 않는다면 둘 중 어느 것도 제거할 수 없겠지요. Dr. Hada의 제안을 허가합니다.

조직 실험 기록: 해당 없음

제거 실험 기록

본 실험은 SCP-096를 가둔 격리 탱크를 SCP-682의 격리실로 옮기면서 시작되었다. 격리실에 투입된 격리 탱크가 개방되자 SCP-096은 목격자가 발생했을 때의 통상적인 반응을 보이기 시작했다. 하지만 잠시 후 두 개체는 지금껏 전혀 보지 못한 생소한 반응을 보였다.

두 개체가 서로의 존재를 확인한 듯한 반응 직후, 두 개체는 갑자기 비명을 내지르기 시작했다. 기괴한 비명은 하루 종일 계속되었고, 그동안 녀석들은 아무런 움직임을 보이지 않았다. 큰 전투가 벌어질 것이라는 예상이 완전히 빗나간 데다 녀석들이 지금껏 보여준 습성을 완전히 벗어나는 모습에 박사들도 그저 지켜볼 수밖에 없었다.

실험 시작 후 정확히 27시간이 되던 시점, 두 개체의 괴성이 멈췄다. 즉시 음파 탐지 영상을 이용해 격리실 내부를 확인한 박사들은 SCP-096이 심각한 부상을 당한 채 '속상한 듯'

한쪽 모서리에 웅크려 있는 것을 확인했다. SCP-682 역시 반대편 모서리에서 질량의 85%가 손실된 채 허덕이고 있는 것을 포착할 수 있었다.

정확한 전투 장면을 포착하진 못했지만 둘은 이미 한바탕 격렬한 전투를 벌인 듯 보였다. 다만, 둘 중 어느 쪽도 완벽하게 제거되거나 무력화되지는 않았다. 추가적인 관찰에도 왜인지 SCP-096은 더 이상의 공격성을 보이지 않은 채 그저 웅크린 상태를 유지할 뿐이었고, SCP-682 역시 회복에 집중하는 듯 별다른 움직임을 보이지 않았다. 이에 박사들은 더 이상의 관찰은 무의미하다고 판단했고 재격리 팀을 투입시켜 둘을 분리했다.

재격리 이후, 두 녀석 모두 얼마 지나지 않아 완벽하게 몸을 회복했다.

SCP-096을 활용한 SCP-682 제거 실험 '실패'.

> 메모 682-96-2
>
> 아무리 생각해도 이상합니다. 실험 당시는 두 녀석 모두 지쳐서 그렇다고 생각할 수 있습니다. 그런데... 완전히 회복한 녀석이 자신의 얼굴을 분명하게 봤을 SCP-682를 두고 얌전하게 있다는 건 녀석의 변칙성을 완벽하게 거스르는 모습입니다. SCP-096의 특이 반응을 확인하기 위해서라도 재투입할 것을 제안합니다.
>
> 이후 박사의 제안에 따라 SCP-096을 SCP-682의 격리실에 재투입했다. 하지만 SCP-682를 다시 마주친 SCP-096은 놀랍게도 스스로 얼굴을 가리며 비명을 내지르기 시작했고, 어떻게든 682에게서 멀어지기 위해 날뛰기 시작했다. 2차 시도 '실패'.

SCP-682 제거 실험

대상 SCP-204 | 결과 실패 | 결제

순수 전투력만으로는 SCP-682와 비슷하거나 조금 더 우세할 수도…?

메모 S1: 실험의 타당성

현재까지의 SCP-682 제거 실험으로 미루어 보아, 녀석이 적응할 여지가 있는 특수한 능력을 사용하는 개체보다는 SCP-096처럼 힘으로 찍어 누르는 개체를 투입했을 때 그나마 성공에 근접했던 것으로 확인됩니다. SCP-204-1의 경우 EMP 같은 특별한 방법을 동원하지 않는 이상 훈련된 재단 요원들조차 엄청난 피해를 감수해야만 제압할 수 있었던 만큼 강력한 전투력이 확인되었으며, 심지어 몇몇 박사들은 순수 전투력만으로는 SCP-682와 비슷하거나 조금 더 우세하다고 평가하고 있습니다.

또한 숙주의 상상력에 따라 얼마든지 다양한 모습과 전투력을 가진다는 특성은 SCP-

> 682의 적응 능력에도 대응할 수 있는 효과적인 수단이 될 것이며 여기에 고기를 섭취해
> 회복하는 능력까지 더 해진다면 SCP-682를 제압 후 녀석의 신체를 섭취함으로써 전투
> 지속성 면에서도 밀리지 않을 것이라 판단됩니다. 따라서 SCP-682 제거 실험에 SCP-
> 204를 투입할 것을 제안합니다.
>
> : 진행하세요 - O5-? -

SCP-682 / SCP-204

박사들은 먼저 SCP-204-2에게 들려줄 '이야기'를 준비했다. 아직 어린아이인 SCP-204-2의 특성상 사람이 아닌 SCP-682를 보면 아예 싸울 의지를 상실하거나 실컷 방어만 하다 실험이 종료될 가능성이 있었기 때문이다. SCP-682는 보통의 방법으로는 제거할 수 없는 특별한 존재이며 그렇기에 특별한 재능을 가진 전사인 바로 '너'만이 녀석을 물리칠 수 있다고 설명했다.

예상대로 SCP-204-2는 즉시 관심을 보였고 뭐든 데려오기만 하라며 자신감 넘치는 모습을 보였다. 이후 특별히 SCP-204-2의 안전과 보다 성공적인 실험을 위해 진정제를 잔뜩 주입한 상태의 SCP-682가 격리실에 투입되며 본격적인 실험이 시작되었다.

진정제 탓인지 정신을 못 차리고 있는 SCP-682, 그런데 저 멀리서 SCP-682의 정신을 번쩍 들게 만드는 소리가 들리기 시작했다. 다름아닌 고래고래 소리를 지르며 자극적인 말들을 내뱉는 SCP-204-2 였다. SCP-204-2는 특유의 자극적인 언행으로 SCP-682의 관심을 한

몸에 받았고 녀석은 진정제 효과도 무시한 채 괴성을 지르며 SCP-204-2에게 달려들기 시작했다.

그대로 SCP-682가 SCP-204-2를 들이받기 직전, SCP-204-1은 거대 도끼와 방패를 든 기사로 변신해 SCP-682를 앞을 막아섰고 두 녀석은 그대로 엄청난 굉음을 내며 충돌했다. 한참 힘겨루기를 하던 두 녀석이지만 먼저 그 균형을 깬 것은 다름아닌 SCP-204-1이었다. 녀석이 도끼를 이용해 SCP-682의 팔다리 일부를 제거하는 데 성공한 것이다.

하지만 이에 SCP-682도 지지 않고 맞대응하기 시작했고 그렇게 두 녀석의 난타전이 시작되었다. 무려 10여 분 동안 이어진 두 녀석의 난타전 끝에 어느샌가 두 녀석 모두 만신창이가 되어버렸다. SCP-204-1는 엄청난 피해 탓에 꼼짝도 못하는 듯 보였지만 SCP-682 역시 완전히 무력화된 상태였다. 물론 어느 쪽도 아직까지 목숨을 잃은 것 같지는 않아 보였다.

이에 박사들은 작전대로 SCP-204-2에게 SCP-682의 잔해를 이용해 회복할 것을 알려줬고 SCP-204-1은 빠르게 SCP-682의 잔해를 섭취하며 회복하기 시작했다. 이대로 SCP-204-1이 완전히 회복에 성공해 마무리 지을 수 있다면 실험의 성공 가능성은 훨씬 올라가는 상황이었지만 이제 질세라 SCP-682도 남은 잔해에서부터 빠르게 신체를 회복하기 시작했다.

거의 비슷한 속도로 회복했지만 결국 한끗 차이로 SCP-682가 먼저 회복을 완료했다. SCP-682는 곧바로 SCP-204-1을 공격하려 했지만 SCP-204-1도 곧이어 회복을 완료했기에 일방적으로 당하지는 않았다. 이윽고 두 녀석 모두 지친 것인지, 아니면 서로의 전투력에 놀란 것인지 섣불리 공격하지 않은 채 대치 상태에 돌입했다.

예상 밖의 상황에 계속 지켜보자는 의견도 있었지만 비슷해 보이는 전투력에 비슷한 회복속도까지 확인한 담당 박사는 쉽사리 승패가 나지 않을 것이라 판단했다. 두 녀석을 오래 방치할 시 어떤 돌발 상황이 발생할지 몰랐기 때문에 더 이상 실험을 진행하기는 어려워 보였다. 결국 기특대가 두 녀석을 분리시킨 뒤 염산을 이용해 SCP-682를 진정시키며 실험은 종료되었다.

이후 실험을 세밀하게 분석한 박사들은 SCP-204-1이 SCP-682를 뛰어넘는 회복 속도만 가진다면 실험 성공 가능성이 높다고 판단했지만 아쉽게도 SCP-204-1의 회복력을 높일 방법도, SCP-682의 회복력을 늦출 방법도 찾을 수 없었기에 추가적인 실험은 보류되었다.

제안 204 W1: 204 활용법

만약 SCP-682가 탈출할 경우 최후의 수단으로 SCP-204를 출동 활용할 것을 제안합니다. 압도적인 제압이 불가능하다는 것은 확인했으나 두 녀석이 동귀어진에 가까운 싸움을 이어 나가는 동안 제압할 시간을 충분히 벌 수 있을 것입니다.

> 아니오. 제안은 거부합니다. 통제가 불가능한 케테르 등급의 두 개체를 붙자는 제안을 하다니요. 우리가 케테르 등급을 부여한 의미에 대해 다시 한 번 인지하시길 바랍니다. - O5-? -

SCP-682 제거 실험

| 대상 SCP-017 | 결과 실패 | 결제 |

실험으로 인한 손실은 없을 것이다.

메모 CI: 실험 제안서

SCP-017, 통칭 그림자 인간은 다들 아시다시피 정체불명의 검은색 물질들로 이루어진 존재입니다. 그림자가 있는 대상이라면 무엇이든 자신의 신체 속으로 흡수해버리는 변칙성을 가지고 있지요. 그것이 물건이든 생명체든... 크기가 크든 작든... 무엇이든! 즉각적이고 신속하게 흡수해버립니다. 네, 적어도 현재까지 알려진바 녀석이 흡수하지 못하는 것은 없습니다.

조금의 흔적도 없이 완벽하게 사라져 버리죠.

이 세상에 그림자가 없는 존재가 있겠습니까? 이 말은 그 까다로운 녀석도 당연히 흡수할 수 있다는 말입니다. 흔적도 없이 말이에요.

아 물론, 몇몇 고리타분한 사고방식을 가진 선배 박사'님'들은 아직까지 정체는 물론 변칙성의 원리도 파악하지 못한 SCP-017을 동원하는데 거부감이 드실 수 있겠죠. 이해는 합니다...만 그런 접근 방식으로는 절대... 절대 녀석을 제거할 수 없지 않겠습니까?

SCP-017에게 흡수된 도마뱀 녀석이 소멸되는 것인지... 아니면 다른 공간으로 가는 것인지는 사실 중요하지 않습니다. 우리 정확히 목표에만 집중하자구요.

SCP-682의 제거 실험에 SCP-017을 투입할 것을 제안합니다.

해당 제안은 빠른 검토 후 허가되었다. 성공 가능성은 그 누구도 장담할 수 없었지만 적어도 물리적 공격이 전혀 통하지 않는 SCP-017이기에 실험으로 인한 손실은 없을 것이라 판단한 것이다.

SCP-682 / SCP-017

실험은 평소처럼 조직 표본을 이용한 테스트부터 시작되었다. 다행히 예상대로 SCP-017은 SCP-682의 조직 표본을 아무런 문제 없이 흡수했고 곧바로 본격적인 제거 실험이 시작되었다.

박사들은 SCP-682를 SCP-017의 격리실로 집어넣은 뒤 SCP-682에게 빛을 비추어 그림자를 만들어 SCP-017을 유인했다. SCP-017은 즉각적으로 반응해 SCP-682에게로 이동했고 순식간에 SCP-682의 몸 전체를 자신의 물질로 뒤덮기 시작했다.

처음만 해도 SCP-682는 전혀 저항하지도 반응하지도 못하는듯 보였다. 하지만, SCP-017이 SCP-682을 완전히 뒤덮고 흡수를 시작하려 순간, SCP-682는 갑자기 그 어느 때보다도 높은 고음의 소리를 내지르기 시작했다. SCP-682의 포효가 얼마나 크고 날카로웠던지 SCP-096과 둘이서 같이 소리를 지를 때조차도 멀쩡했던 오디오 장비들이 모조리 손상되어 버릴 정도였다.

'진짜 더럽게 지독한 포효네요.' - 박사 일동 -

이렇듯 지금까지와는 또 다른 반응을 보이는 SCP-682를 본 박사들이 약간의 기대감을 가지려는 찰나... 아쉽게도 반응은 SCP-682가 아닌 SCP-017에게서 나타났다. 현재까지 물리적 타격이 전혀 안 통한다고 생각했던 SCP-017, 게다가 SCP-682가 물리적 공격을 가하는 모습도 전혀 포착되지 않았음에도 어째서인지 몸을 비틀거리더니 SCP-682에게서 멀어졌다. 그리고는 흡사 SCP-096이 그러했듯 조용히 격리 구역 구석으로 돌아가 행동을 멈췄다.

SCP-017이 떨어지자 SCP-682의 샤우팅 역시 멈췄지만 곧바로 믿기 힘든 상황이 펼쳐졌다. SCP-682는 평소처럼 격리실을 파괴하고 탈출을 시도했는데, 중요한 건 본인만 탈출하려고 한 것이 아니라 SCP-017도 함께 데리고 탈출하려는 정황이 포착되었다는 것이다.

다행히 대기 중이던 요원들에 의해 금방 제압되기는 했지만 SCP-682는 의미심장한 한마디를 남겼다.

이 역겨운 살덩어리들아, 너희가 감히... [데이터 말소] - SCP-682 -

이번 실험 역시 실패했지만, 지금까지는 볼 수 없었던 녀석의 행동에 박사들은 수많은 추측들을 내놓았다. 그저 SCP-017의 능력에 저항하는 것으로 보였던 SCP-682의 샤우팅이 어쩌면 둘의 대화였을지도 모른다는 것... 즉, SCP-682가 SCP-017과의 대화 혹은 일방적인 설득이나 협박을 통해 SCP-017과 함께 탈출을 시도한 것이 아닌가 하는 추측이었다.

메모 682-017-X

만약 SCP-682가 의도적으로 SCP-017과 함께 탈출을 시도한 것이 사실이라면 이건 꽤 심각한 문제가 될 수 있습니다. 이런 반응을 보인 적이 처음이기도 하거니와... 적어도 SCP-682가 판단하기에 SCP-017의 능력 혹은 정체가 자신에게 도움이 된다고 판단했을 가능성이 높다는 의미이기 때문이죠.

또한, 이전부터 주장해왔다시피 SCP-682는 변칙적 존재에 대해 우리가 생각하는 것보다 훨씬 많은 것을 알고 있는 상태거나, 혹은 그들의 정체나 변칙성을 꿰뚫어 볼 수 있는 능력이 있는 것일지도 모릅니다.

녀석의 포효가 고통에 의한 비명이었든, SCP-017과 대화하기 위한 시도였든, 그것도 아니면 공격의 방법이었든 간에... SCP-682가 내지른 비명에 힌트가 있겠지요. 최대한 빠른 시일 내에 녹음장비를 복구해 녹음된 소리를 분석하는 것이 최우선 과제입니다.

SCP-682 제거 실험

| 대상 SCP-173 | 결과 실패 | 결제 |

SCP-682한테 꺾일 목은 있는 거야...?

사내 메신저 기록 682-173-A

발신: ■ 박사

수신: ■■ 박사

지금 바빠? 야, 결국 니가 SCP-173 연구팀 맡게 됐다며? 이번 기회에 우리 같이 실험 하나 진행하자. 내가 맡고 있는 SCP-682 말이야. 위에서 하루라도 빨리 제거할 방법을 찾아오라고 난리거든? 그래서 교차 실험 대상을 찾고 있는데 마땅한 게 없어서.

사실 SCP-173 앞에서 눈 감고 살아남은 녀석이 없다는 소리 듣고, 네 전임자한테 부탁을 했었는데 그 쫄보 양반 SCP-173이 파괴될 수도 있다고 단칼에 거절했단 말이지. 일단 자세한 이야기는 메신저로 하자. 인수인계 마무리되면 연락 줘.

사내 메신저 기록 682-173-B

■■ 박사: 뭐?? SCP-173으로 SCP-682를 제거하자고?

■ 박사: 어, 해보자. 성공만 하면 성과 인정은 확실할 거 아냐? 나 이번에 셋째도 태어났고 승진 꼭 해야 된다.

■■ 박사: 그걸로 승진이 돼?

■ 박사: 그래, 지금 윗대가리들 그 녀석 제거만 하면 밀어준다고 난리야. 오죽하면 그럴듯한 성과만 내도 점수 딸 상황이라니까. 부탁 좀 하자. 너네 이사관한테 잘 좀 말해서 성사만 시켜줘. 나머지는 내가 진행할 테니까.

■■ 박사: 확실히 SCP 중에서도 살상력이 높은 편이긴 하지만... 진짜 되겠냐?

■ 박사: 어쨌거나 도마뱀 녀석도 생명체인데 눈 한 번 안 깜빡일 수 있겠냐고. 또 보니까 어쭙잖은 공격보다는 한 번에 확실한 공격을 하는 게 더 효과적일 것 같아서 말이야.

■■ 박사: 일단 알겠다. 근데... SCP-682한테 꺾일 목은 있는 거야...?

SCP-682 / SCP-173

실험 시작과 동시에 SCP-173을 SCP-682의 격리실에 투입했다. 그런데 두 녀석이 마주한 순간 SCP-682는 얼어붙은 채 괴성을 내질렀고, 마치 SCP-173의 변칙성을 알고 있기라도 하듯 시선을 고정시킨 채로 최대한 거리를 벌리기 시작했다. 이후 녀석은 먼저 공격을 하기는커녕, 무려 6시간 동안이나 단 한 번도 눈을 깜빡이지 않은 채 SCP-173을 응시했다.

의외의 상황에 당황한 박사들은 억지로라도 실험을 진행하기 위해 저격총을 이용해 수차례 SCP-682의 눈을 공격했고 눈을 깜빡이는 찰나의 순간마다 SCP-173은 SCP-682에 대한 공격을 이어 나갔다. 다만 큰 덩치 차이 때문인지 SCP-173의 공격은 SCP-682에게 치명적인 피해를 주지 못했고 머리와 목, 그리고 다리 일부 조직을 파손시키는 것에 그쳤다.

하지만 그 와중에도 SCP-682는 SCP-173에게 일절 공격을 가하지 않은 채 어떻게든 SCP-173을 떼어놓으려 할 뿐이었고, 반복되는 공격에 몸 전체에 보호막을 가진 여러 개의 눈을 만들어내 SCP-173의 움직임을 멈추게 만들었다. 저격총은 SCP-682가 만들어 낸 보호막을 뚫을 수 없었고, 이후 12시간 동안 소강 상태가 지속되자 박사들은 실험 종료를 선언했다.

메모 682-173-M

이번 실험을 통해 지금까지 합리적 의심만 가득했던 부분이 확실히 증명되었습니다. 네, SCP-682가 몇몇 SCP의 변칙성을 알고 있을 것이라는 추측은 어느 정도 맞는 것으로 보입니다. 이번 실험에서도 마찬가지입니다. 녀석이 SCP-173의 변칙성을 확실히 아는 상태가 아니었다면 처음부터 6시간 동안 쳐다만 본 것을 설명하기 어렵습니다.

물론 얼마나 많은 개체에 대해 어떻게 알고 있는가는 차차 밝혀내야 할 문제겠지만 이 자체로도 큰 성과라고 할 수 있겠습니다.

또한 한 가지 더 주목할 점은 SCP-682가 SCP-173에게 일절 공격을 하지 않았다는 점입니다. 녀석은 분명 응시를 통해 SCP-173의 움직임을 봉쇄하는 완벽한 우위를 가지고도 거기서 딱 그쳤습니다. 심지어 이후에는 공격을 받았음에도 마찬가지였죠. 이러한 극도의 경계는 분명 처음 관찰된 반응이며, 이는 여러 가지로 해석이 가능하겠지만 하나 확실하게 고려할 수 있는 것은 그 영악한 SCP-682가 SCP-173을 공격하지 않는 것이 더 낫다고 판단할 만한 분명한 이유가 있을 것이라는 겁니다. 어쩌면 이는 SCP-173의 정체와 관련이 있을지도 모르고요.

추후 일정 시간 SCP-682의 크기를 SCP-173과 비슷한 수준으로 줄인 상태를 유지할 수 있게 된다면 확실한 제거를 위해 다시 한번 실험을 진행할 것을 제안합니다. 단, 한 번 당한 만큼 녀석이 어떤 대비를 할지 모르기에 보다 철저한 준비가 필요할 것입니다.

사내 메신저 기록 682-173-O

■■ 박사: 밥사라~~

■ 박사: 소고기로 드시죠. 박사님.

SCP-682 제거 실험 | 대상 SCP-173 + SCP-096 | 결과 실험 거부 | 결제

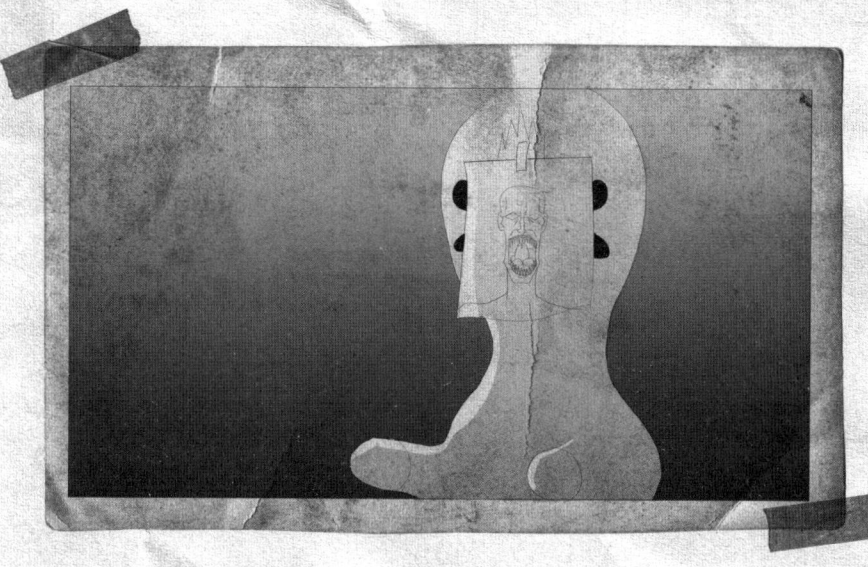

녀석의 선택이 궁금해지는군요.

메모 682-096+173-Q

현재까지 SCP-682 제거를 위한 여러 실험이 진행되어 왔습니다. 결과적으로 모두 실패하긴 했습니다만 동료들의 끊임없는 노력 덕분에 마냥 불가능할 것만 같았던 SCP-682 제거에 성큼 다가간 실험도 적지 않았습니다.

특히 녀석과 대등한 전투력으로 전투를 벌였던 SCP-096, 아직까지도 이유는 알 수 없으나 녀석이 공격조차 하지 않고 피하기만 했던 SCP-173의 경우는 베테랑 박사들조차 놀라게 만들기에 충분했습니다.

자, 그렇다면 만약 이 두 녀석을 함께 SCP-682의 제거에 사용해보는 것은 어떻겠습니까?

물론 이번 실험의 핵심은 SCP-173에 있습니다. SCP-682는 분명 어떻게든 SCP-173에게서 눈을 떼지 않으려 노력하는 모습을 보였습니다. 잠시긴 했지만 SCP-173의 공격을 받고도 그다지 치명적인 피해를 입지 않았음에도 불구하고요. 어쩌면 녀석은 본능적으로 알아챈 것일지도 모릅니다. SCP-173에 의한 지속적인 공격이 자신에게 큰 해를 끼칠 수도 있다고 말이죠. 그게 아니라면 움직일 수도 없는 녀석을 상대로 공격 한번 안 한다는 것이 우리가 아는 SCP-682의 모습과는 전혀 일치하지 않잖습니까?

그렇다면 문제는 어떻게 SCP-682가 SCP-173의 얼굴을 보지 않게 만드느냐인데, 여기서 SCP-096을 활용하는 겁니다. 녀석의 얼굴 사진을 SCP-173에게 부착하는 것만으로도 SCP-682는 진퇴양난에 빠지게 되는 겁니다. 얼굴을 보면 맹렬히 공격하는 SCP-096과 보지 않으면 맹렬히 공격하는 SCP-173, 이미 두 녀석을 모두 겪어본 SCP-682 입장에서는 볼 수도 없고 그렇다고 보지 않을 수도 없는 아주 골치 아픈 상대가 될 겁니다.

설령 녀석이 과감히 '보는' 선택을 하더라도, 단신으로도 SCP-682를 극한으로 몰고 갔던 SCP-096을 상대하면서 안정적으로 SCP-173에게 시선을 고정시키는 것은 쉽지 않을 테니 곧이어 녀석은 SCP-096과 SCP-173이 동시에 상대해야 하는 최악의 상황에 놓이게 될테구요.

이거 괜히 녀석의 선택이 궁금해지는군요.

메모 682-XZ

세계와 인류의 평화를 위해 밤낮없이 연구에 매달리는 재단 인원 여러분. 여러분들의 노고는 잘 알고 있습니다. 특히 SCP-682와 관련된 연구에 얼마나 많은 인력이 투입되고 있는지, 매번 아쉬운 결과로 인해 얼마나 큰 초조함을 느끼고 있는지도요.

하지만 여러분, 힘들고 지친다면 충분한 휴식을 취하십시오.

저는 이런 위험천만한 무리수가 여러 단계를 거치고도 끝내 저에게 도달했다는 것 자체에 적지 않은 충격을 받았습니다. 우리가 SCP-682를 하루라도 빨리 제거하려는 이유는 결국 세계와 인류의 평화를 위해서입니다. 그런데 위험을 제거하기 위해 더 큰 위험을 일부러 만든다? 이는 결과적으로 세계와 인류의 평화를 더욱 위협하는 일이라는 사실을 기억하셔야 합니다.

수많은 시행착오를 거친 덕에 우리 재단은 SCP-682의 경우라면 어느 정도의 피해를 감수해 충분히 격리할 수 있는 수준까지 도달했습니다. 하지만 SCP-096의 사진을 부착한 SCP-173의 경우는 분명히 다릅니다. 녀석들의 변칙성이 각각으로 존재한다면 SCP-173은 시선만 떼지 않는 한 평범한 조각상으로 남아 있을 것이며, SCP-096 역시 쳐다보지만 않는다면 얌전한 괴생명체일 뿐입니다.

하지만 두 녀석의 변칙성이 합쳐지는 순간 둘은 서로가 서로의 약점을 보완하며 누구도 막지 못하는 상태로 날뛸 겁니다. SCP-682조차도 어쩌지 못할 거라구요? 그건 우리도 마찬가지입니다.

해당 실험은 거절합니다. 쳐다볼 수 없는 SCP-173 따위는 절대 상상도 하기 싫군요.

SCP-682 제거 실험

대상 SCP-689 결과 실패 결제

우리는 SCP-682의 상태에 대한 정의를 완전히 잘못하고 있는 게 아닐까?

메모 682-689-C

압도적인 힘이요? 뭐든 먹어 치운다고요? 어차피 우리가 다양한 SCP까지 동원하면서 여러 실험을 거치는 것은 결과적으로 모두 녀석의 '죽음'을 위해서가 아닙니까. 그렇다면 아예 명확히 '죽음'과 관련된 변칙성을 가진 녀석을 동원하면 될 일 아니겠습니까? 그런 의미에서 왜 아직도 SCP-689를 SCP-682 실험에 활용하지 않았는지가 의문일 정도입니다.

저보다 잘 아시겠지만, 녀석은 자신을 본 대상이라면 어디에 있든 쫓아가 죽게 만듭니다. 비슷한 능력을 가진 조각상처럼 구태여 따라다니며 목을 꺾거나 하는 번거로운 절차도 없이 그저 죽게 만들죠. 네, 죽음으로 가는 과정이 없으니 적응할 수도, 또 회복력을 활용할 기회도 없을 것입니다. 적격이라구요!

게다가 현재까지 관찰한 바 녀석의 변칙성에서 벗어난 케이스는 없습니다. 악착 같기로는 SCP-173보다 더 하면 더 했지 결코 모자라지 않습니다. SCP-682 제거 실험에 SCP-689를 투입하는 것을 허가해주십시오.

: 허가합니다. 다만 SCP-689의 변칙성을 SCP-682에게 집중 시키기 위해서는 일련의 준비 과정이 필요하겠군요. 실수 없이 진행하도록 하세요. - O5-? -

SCP-682 / SCP-689

SCP-689를 SCP-682의 격리실에 투입 시키며 실험이 시작되었다. 투입과 동시에 SCP-682는 자연스레 SCP-689를 바라볼 수밖에 없었고, 그 즉시 박사들은 SCP-682의 시야를 차단하기 위해 격리실의 불을 껐다. 정확히 SCP-689의 변칙성이 발동되는 시간인 20초가 지난 후, SCP-682의 모든 생체 신호가 사라진 것이 확인되었지만, 어째서인지 그 과정에서 SCP-689의 움직임이 일절 없었다는 것이 확인되었다.

보고되지 않은 SCP-689의 반응에 실험 결과를 두고 의견이 분분했지만, SCP-682의 생체 신호가 사라진 것은 분명한 사실이었고 직접적인 확인을 위해 D계급이 격리실로 투입되었다.

SCP-682는 실험 전까지만 해도 없었던 검회색의 액체 웅덩이 안에 쓰러진 채 있었고, SCP-689는 앞선 보고대로 SCP-682 위가 아닌 실험 전과 동일한 위치에 있었다. D계급은 조심스레 SCP-682를 향해 걸어갔고 정확히 세 발자국을 떼는 순간 SCP-682가 빠르게 일어나 D계급을 공격하며 탈출했다.

이후 SCP-682를 재격리하는 과정에서 요원 1명이 목숨을 잃었다.

메모 682-689-Z1

이건 전혀 예상치 못한 결과입니다. 녀석의 생체 신호가 완벽히 죽음을 나타냈다는 사실은 모두가 확인하지 않았습니까? 이거... SCP-682에 대한 판단을 완전히 다시 해야 할지도 모르겠습니다.

우선 가장 우선적으로 할 수 있는 가정은 이미 SCP-682는 SCP-689의 변칙성을 알고 있었고 동시에 녀석의 변칙성에 저항할 방법 역시 완벽하게 알고 있는 상태였다는 겁니다.

즉, 녀석은 연기를 통해 역으로 우리를 속인 것이죠. 사실 '가장 우선적'이라는 표현을 하긴 했지만 이 역시 말도 안 되는 가정이긴 합니다. 하지만 SCP-682이기에 가능할지도 모른다는 겁니다. 녀석이 지금껏 보여준 모습만 봐도 여러 SCP를 이미 알고 있는듯한 경우가 한두 번이 아니었으니까요.

두 번째는 SCP-682가 SCP-689의 변칙성에 당하고도 되살아 났다는 것인데... 이건 뭐 인정하기가 싫군요. 녀석이 죽음마저 이겨낼 만큼의 회복력을 가졌다면 영원히 우리가 어찌할 수 없다는 의미니까요.

물론 SCP-682를 완전히 죽게 만드려면 어떤 특별한 조건이 필요하다는 가정도 할 수 있겠습니다....만 이건 이것대로 골치 아프겠군요.

사실 이번 실험은 논쟁의 요소가 너무 많습니다. 격리실 파괴로 인해 SCP-682가 빠져 있던 액체만 소실되지 않았더라도 더 논리적인 판단이 가능할텐데 상당히 아쉽군요.

메모 682-689-S

나는 그런 생각이 든다. 어쩌면 우리는 SCP-682의 상태에 대한 정의를 완전히 잘못하고 있는 게 아닐까? 모두가 동시에 잘못 본 게 아니라면 녀석의 생체신호는 분명 사라져 있었다. 생체신호를 자유자재로 조절할 수 있는 존재가 있다는 이야기는 여태껏 들어본 적이 없다.

즉, 녀석은 원래부터 '살아있지 않은 상태'일 가능성이 있다. 조금 더 정확히 표현하자면 녀석의 신체는 이미 우리가 생각하는 '죽음'의 상태와 동일하지만 어떤 특별한 메커니즘... 가령 SCP-682의 '영혼'이나 '의식'이 신체와 결합한 상태 유무에 따라 '살아있는 상태'가 될지도 모른다는 것이다. 알고 있다. 이런 가정은 과학자가 할 것이 아니라는 것쯤은. 하지만 이게 아니라면 '상식'이나 '과학'으로는 녀석의 반응을 해석할 수가 없다.

하지만 반대로 이 말도 안되는 가정이 맞다면 SCP-682의 생체신호가 없었다는 점이나 SCP-689의 변칙성이 전혀 발동되지 않았다는 점도 어느정도 설명이 가능하다. SCP-689가 '살아있는' 생명체에게만 반응해 '죽음'을 선사하는 것이라면 말이 되니까.

물론 이 모든 추측이 내 억측이길 바란다. '죽음의 상태'를 제멋대로 조절할 수 있는 녀석을 제거하려 뛰어든다는 건 농락당하기 딱 좋은 멍청한 짓이니까. 적어도 어느 정도 검증되기 전까지는 개인적으로 연구가 필요하다.

SCP-682 제거 실험

| 대상 기억소거제 | 결과 실패 | 결제 |

녀석의 재생력이 가진
기억적인 특성을
완전히 제거한다면

메모 682-M

우리가 SCP-682를 제거하려는 이유가 무엇입니까? 네, 인류와 세상에게 위협이 되기 때문입니다. 특히 녀석은 인간을 포함한 모든 생명체에게 이유 모를 증오심을 표출하기 때문에 더 위험하죠. 그게 핵심입니다. 다른 케테르 개체보다 녀석이 더 위험한 이유니까요.

그렇다면 말입니다. 녀석이 더 위험한 이유를 없애버리면 어떻겠습니까? 녀석의 증오가 원초적인 것이 아니라 어떤 계기에 의해 생긴 것이라면, 우리 재단이 가진 기억소거제로 해당 기억을 없앨 수도 있지 않을까요? 그렇다면 적어도 지금처럼 대화조차 통하지 않는 상태는 벗어날 수 있을 것이라 봅니다. 실제로 녀석은 어떤 계기를 통해 인간을 증오하게 된 것으로 추정되기도 하구요.

SCP-682: ...그놈들은.. 역겨웠지..

솔직히 그 녀석 적대 관계만 아니라면 여러모로 도움이 될 수도 있다는 데는 많은 분들이 동의하지 않습니까? 보다 근본적인 해결책을 찾을 기회가 될 수 있습니다.

O5-?: ...박사. 자네의 발상은 상당히 위험할 수 있다는 사실을 자각하길 바라네. 다만 그렇다고 자네가 제시한 가능성을 완전히 배제할 수도 없는 것이 사실이네. 추진해보게나.

실험기록 682-M-1

실험에 앞서 어떤 기억소거제를 사용할 것인지에 대해 논의가 이루어졌다. 재단에서 사용 중인 최신식 기억소거제를 비롯한 가공 처리 과정을 거친 기억소거제의 경우 인간의 신체 구조에 맞춰 만들어진 것이다 보니 SCP-682는 통하지 않을 가능성이 높아 보였기에 SCP-3000의 분비물이자 기억소거제의 원료인 Y-909 자체를 넣어보자는 결론에 도달했다.

만에 하나 예상치 못한 부작용이 발생할 것을 염려해, SCP-682이 들어있는 산성액에 정제되지 않은 Y-909 원액 1g만 섞어 넣어 먼저 녀석의 반응을 지켜보기로 했다. Y-909를 섞어 넣은 후 SCP-682는 한참 동안이나 아무런 움직임을 보이지 않았다.

그런데 어느 순간부터 녀석의 신체 일부가 서서히 사라지고 있는 것이 포착되었다. 알 수 없는 이유로 산성액에 대한 녀석의 회복력이 줄어든 것으로 보였고, 박사들은 기회를 놓칠세라 즉시 Y-909를 1:4 비율로 희석시킨 용액을 추가로 들이부었고 예상대로 녀석은 회복력을 더욱 잃은 것인지 엄청난 절규와 함께 빠른 속도로 신체가 손실되었다.

하지만 SCP-682의 신체가 약 70% 정도 손상 되었을 무렵 왜인지 녀석은 더이상 피해를 입지 않았고 절규도 서서히 줄어들기 시작했다. 약 10시간 정도가 지나자 SCP-682는 서서히 신체를 회복하기 시작했고 2시간 후 결국 완전히 원래의 모습으로 회복하는 데 성공했다.

메모 682-M-Q

애초에 기대했던 기억 제거의 효과는 전혀 확인할 수 없었던 실험이지만 녀석의 회복 및 적응력과 관련해 상당히 흥미로운 단서를 얻을 수 있었습니다. 분명히 Y-909 투입 후 SCP-682는 재생력이 급격히 감소했습니다. 이는 어쩌면 녀석의 재생력은 신체의 원래 상태를 기억하고 되돌리려 하는 기억적인 특성이나 원리를 가지고 있을 가능성을 의미합니다.

그리고 만약 이게 맞다면 지속적으로 Y-909를 SCP-682의 격리실에 투입함으로서 녀석의 재생력이 가진 기억적인 특성을 완전히 제거한다면 자연스레 재생력도 완전히 무효화될 수 있지 않을까요?

메모 682-M-R

SCP-682를 아예 SCP-3000에게 보내 버리면 어떻겠습니까? 분비물인 Y-909도 눈에 띄는 효과가 있었으니 아무리 SCP-682라 할지라도 SCP-3000을 직접 만난다면 모든 D계급이 그러했듯 정신이 완전히 날아갈 가능성이 있습니다. 게다가 SCP-3000이 가만히 있겠습니까? 녀석의 공격까지 더해진다면 SCP-682를 처리하는 것도 허무맹랑한 이야기가 아닐 것 같습니다만?

: 거부합니다. 일단 SCP-682를 SCP-3000이 있는 곳까지 안전하게 옮기는 것부터가 보통 일이 아닙니다. 게다가 설사 안전하게 옮기는 데 성공한다고 해도 SCP-682나 SCP-3000이 우리의 예상대로 반응한다는 보장은 어디에도 없습니다. 만에 하나 SCP-682가 SCP-3000을 제거하기라도 한다면요? 우리는 소중한 타우미엘 개체를 잃는 최악의 상황이 겪게될 수도 있습니다.

뭐... 그 정도까지 심각한 가정을 하지 않는다 하더라도 SCP-682가 SCP-3000만큼 덩치를 키운다거나 오히려 SCP-3000의 기억 제거 능력을 역이용하려 들기만 해도 아주 골치 아플 겁니다. SCP-682는 그럴 수 있는 녀석이니까요. - O5-? -

SCP-682 제거 실험

대상 SCP-001(문의 수호자) | 결과 실패 | 결제

두 녀석은 예전에 만난 적이 있을지도 모릅니다.

메모 682-001-P

우리는 과거부터 일명 문의 수호자로 불리는 SCP-001의 정체에 대한 연구를 진행해왔습니다. 그 결과 문의 수호자가 가진 여러 특징이 성경 속 케루빔과 상당 부분 공통점을 가진다는 것을 확인할 수 있었습니다. 또한, 그 외에도 문의 수호자가 특정 종교와 관련 있다는 여러 단서를 확보할 수 있었기에 녀석의 정체와 관련된 연구는 오랜 시간 일관된 방향성을 가지고 진행되었습니다.

하지만 얼마 전 이루어진 실험으로 인해 문의 수호자의 정체에 대한 다른 가설이 제시되고 있습니다. 문의 수호자가 천사를 흉내내는 전혀 다른 존재일 가능성이 있다는 겁니다. 물론 해당 단서를 제시한 존재의 신뢰성 문제로 인해 검증이 필요한 부분이긴 하나, 그렇다고 가능성을 완전히 배제할 수 없는 것도 사실입니다.

이에 현재 진행 중인 연구를 일시 중단하고 '그 녀석'의 발언을 검증하기 위한 연구에 전념하도록 하겠습니다.

메모 682-001-A

또다시 우리는 철저한 무력감을 느끼고 있습니다. 녀석은 분명 세계를 단시간에 멸망시키고도 남을 능력이 있고, 우리는 그것을 너무나도 잘 알고 있지만, 우리에겐 녀석을 막을 방법은커녕 제대로 연구할 힘조차 없습니다.

우리가 가진 다양한 수단을 통해 녀석을 소멸시키려 했지만 돌아오는 건 철저한 응징이었습니다. 드론으로 관찰을 시도하려 해도 근접하는 순간 순식간에 소멸되었죠. 대화요? 아무리 D계급을 보내도 녀석의 한마디면 우리의 명령 따위는 상관없이 되돌아옵니다.

네, 비참함을 느낄 지경입니다. 녀석은 우리가 만난 그 어떤 존재보다 압도적이고 강력합니다. 그렇기에 우리는 녀석이 그 자리에 가만히 있다는 것을 천만다행으로 여기며 그저 현재의 상황이 변하지 않기를 바랄 수밖에 없죠. 하지만 이렇게 해서는 나아질 것도 없습니다. 두려움과는 별개로 우리는 지금 우리가 할 수 있는 일을 해나가야 합니다.

우리가 두려워하는 건 문의 수호자가 가진 압도적인 힘입니다. 구체적으로는 대상을 '소멸'시키는 능력이죠. 그렇다면 이 능력을 활용해본다면 어떻겠습니까? 적어도 지금 확신할 수 있는 것은 녀석은 누군가 가까이 접근하는 것을 꺼려한다는 것과 자신을 공격한 대상을 소멸시킨다는 것입니다. 이 특성을 잘만 활용한다면 우리가 원하는 대상을 녀석의 공격에 노출시키는 것도 충분히 가능하다고 봅니다.

네, 압도적인 위협을 기회 삼아 우리의 골칫덩어리를 제거하는 겁니다.

메모 682-001

사실 처음엔 허무맹랑하고 어이없는 제안이라고 생각했습니다. 하지만 여러 방면으로 고려한 결과 해당 제안은 우리로선 꽤나 얻을 게 많다는 결론에 도달했습니다. 먼저 많은 분들이 걱정한 부분부터 짚고 넘어가겠습니다. SCP-682를 문의 수호자에게 노출시켰다가 괜히 문의 수호자를 자극해 대참사가 발생할 우려는 적어도 현재 시점에서 고려할 부분이 아닙니다. 오히려 이동의 조짐을 보이지 않는 현재 시점이 SCP-682 제거 실험을 진행할 적기라고 생각합니다.

또한 몇몇 분들은 우리가 기대하는 반대의 결과가 나오는 것에 우려를 표하시기도 하던데 말입니다. 문의 수호자 역시 SCP-682 못지않게... 아니, 오히려 잠재적인 위험만 두고 보자면 훨씬 더 위험한 녀석임이 분명하기에 두 녀석이 전투를 벌이는 과정에서 SCP-682든 문의 수호자든 한쪽이 제거된다면 우리로선 전혀 나쁠 것이 없습니다.

당장 실험을 준비하도록 하죠.

SCP-682 / SCP-001

해당 실험은 SCP-682의 조직 샘플을 이용하는 것에서부터 시작됐다. SCP-682의 조직 샘플을 실은 드론이 문의 수호자에 접근했고 예상했던 반응과 마찬가지로 1km 내에 접근하는 순간 드론과 함께 소멸되는 것을 확인했다.

본 실험은 SCP-682를 문의 수호자 담당 기지인 제0기지로 이송한 후 곧바로 무인 차량에 실은 채 문의 수호자에게로 보내며 시작되었다. 차량은 문의 수호자에게 접근하는 순간 녀석의 공격을 받았고 큰 폭발음과 함께 박살이 났다.

SCP-682는 완전히 소멸되지 않았지만, 녀석조차도 문의 수호자의 능력은 감당하기 힘들었던 것인지 단 한 번의 공격을 받았을 뿐인데도 상당히 심한 부상을 입은 채 괴로워하고 있었다. 지금까지의 경험상 SCP-682를 일격에 제거하는 데 실패한다면 두 녀석의 전투를 각오해야 하는 상황이었고 아니나 다를까 SCP-682는 기어가는 게 고작인 몸을 이끌고 서서히 문의 수호자에게로 다가갔다.

하지만 곧바로 이어진 SCP-682의 행동은 여러모로 놀라웠다. 녀석은 대뜸 어이없다는 듯이 껄껄껄 웃더니 "여기가 동산이냐"라며 "동산은 여기가 아니라 서쪽 저 멀리에 있다."라는 의미를 알 수 없는 말을 했다. 먼저 공격을 받고도 즉각적인 반격이 아닌 대화를 시도하는 것은 분명 지금까지 SCP-682가 보여준 행동 패턴과는 완전히 다른 모습이었고, 마치 문의 수호자의 존재에 대해 원래부터 알고 있다는 듯한 뉘앙스의 대화 내용에 박사들은 당황할 수밖에 없었다.

문의 수호자는 녀석의 말에 일절 대꾸하지 않은 채 다시 한번 SCP-682를 공격했다. 해당 공격으로 신체 대부분을 잃고서도 SCP-682는 문의 수호자 쪽으로 더 가까이 가며 다시 한번 큰 소리로 "지금 나더러 죽으라고 명령을 내렸냐"라며 "이것은 그 과일을 제안한 나의 저주다."라는 의미불명의 말을 이어나갔다.

하지만 문의 수호자는 별다른 반응 없이 다시 공격할 뿐이었고 SCP-682는 빈사 상태에서 겨우 회복을 이어 나가면서도 힘을 짜내 외쳤다. "이곳은 동산이 아니야!" "넌 우리엘도 뭣도 아닌 흉내나 내는 놈일 뿐이야!" SCP-682는 마지막 발악이라도 하듯 침을 뱉었고 그 순간 다시 한 번 문의 수호자의 공격을 받으며 완전히 정신을 잃고 말았다.

이후 왜인지 문의 수호자는 한참 동안 추가적인 공격을 하지 않았고 SCP-682 역시 움직임을 보이지 않았기에 더 이상의 실험은 의미가 없다고 판단한 박사들은 SCP-682 회수를 위해 D계급을 투입했다.

D계급 여럿이 근처로 다가가자 문의 수호자는 마치 기다렸다는 듯이 "제거하라"라는 명령을 내렸고 한참을 두려움에 망설이던 D계급들은 즉시 SCP-682의 시체 조각을 가지고 기지로 복귀했다.

메모 682-001-Q

SCP-682는 분명 문의 수호자를 이미 알고 있는 듯 보였습니다. 그것도 꽤나 구체적으로 말이죠. 즉, 두 녀석은 이전에 이미 만난 적이 있고 이는 어쩌면 문의 수호자가 SCP-682를 끝내 제거하지 않은 이유와 관련이 있을지도 모르겠습니다.

SCP-682 제거 실험

| 대상 SCP-682 | 결과 실패 | 결제 |

SCP-682와 대등한 존재

제안서 682-682-P

많은 전담자가 다양한 실험을 진행했다는 사실은 잘 알고 있습니다. 정말 수많은 개체에 대한 실험이 진행되었더군요. 모두 실패했지만요. 얼마나 초조했으면 SCP-173에게 SCP-096의 얼굴 사진을 부착할 생각을 하다니 싶기도 했습니다. 처음엔 말이죠.

하지만 저 역시 이 업무를 맡은 이후 여러 실험을 주도적으로 진행했고, 또 전부 실패하면서… 솔직히 말하면 조금 초조해졌습니다. 저에 대한 평가가 무능력으로 남을까 싶어서 말이죠. 제가 이러려고 재단에 입사한 게 아닌데… 아 물론 이 제안은 절대 초조함 때문만은 아닙니다. 저는 같이 작업중인 팀과 함께 충분한 시간을 고민했고 여러 방향으로 시뮬레이션을 돌려본 결과 상당히 높은 성공률이 기대된다는 것을 확인했습니다.

눈에는 눈, 이에는 이. SCP-682로 SCP-682를 제거할 것을 제안합니다.

지금까지 SCP-682에게 시도한 실험 중에는 정말로 "제거에 성공했나?"라는 생각이 들 만한 실험들도 있었습니다. 이런 유형의 실험을 집중적으로 검토해 본 결과 공통점은 압도적인 공격력을 가진 대상과의 실험이었다는 사실을 확인했습니다.

물론 우리가 어느 정도 통제가 가능하면서 동시에 SCP-682를 상회하는 강함을 가진 존재를 찾는 것은 그리 쉬운 일이 아니더군요. 강하다 싶으면 제어가 불가능하고, 어느 정도 제어가 된다 싶으면 SCP-682에게 투입하기엔 너무 약한 경우가 대부분이었습니다.

하지만 의외로 답은 아주 가까이에 있더군요. SCP-682와 대등한 존재… SCP-682와 똑같은 강함을 가진 존재… 네, 이 모든 조건에 맞는 존재는 바로 SCP-682 자신이었습니다. SCP-682와 똑같은 신체 능력과 변칙성을 가진 또 다른 SCP-682라면 당연하게도 대등하게 싸울 수 있을 것이고, 거기에 우리가 약간의 지원만 더해준다면 충분히 제압할 가능성이 있게 되죠.

게다가 우리는 꽤 다양한 경로로 평행우주에 접근할 수 있으니, 그중 한 곳에서 SCP-682를 빌려 온다면 실험 준비도 그리 어렵지 않을 겁니다. 우리도 마찬가지이지만 어떤 우주든 SCP-682를 빌려 간다고 하면 거부할 리가 없을 테니까요.

다른 우주의 SCP-682를 데려온 다음 서로 싸우게 만들어 양쪽이 다 제거되거나 무력화되면 베스트이겠지만 설령 한쪽이 겨우겨우 살아남는다고 해도 다시 원래 우주로 반납한다면 적어도 우리의 목적은 이룰 수 있을 겁니다.

답변 682-682-X

■■ 박사, 실험 제안은 잘 보았습니다. 하지만 제가 드릴 수 있는 답변은 단호하게 'NO' 입니다.

저의 단호한 대답이 박사가 제안한 내용에 대한 비난을 의미하는 것은 아닙니다. 다만 일단 다른 우주의 SCP-682를 우리 우주로 안전하게 데려올 적절한 방법이 떠오르지 않습니다. 수많은 피해를 감수해야겠지요.

설사 무사히 데려온다고 하더라도 문제입니다. SCP-682 두 녀석이 싸우며 날뛴다면 우리가 감당하지 못할 수준의 피해가 발생할 수 있으니까요. 물론… 여기까지는 어떻게든 해결할 수 있을지도 모릅니다.

하지만 말입니다. 가장 큰 문제는 상대가 SCP-682 라는 사실입니다. 가장 가까이서 지켜본 박사가 제일 잘 알겠지만 SCP-682는 그냥 무자비하기만 한 괴물이 아닙니다. 상당한 지능을 가지고 있죠. 심지어 녀석은 필요에 따라 다른 SCP와 협력하려는 모습도 보여 왔습니다. 그런데 그런 녀석이 자신을 마주한다면 어떻게 될까요?

치고 박고 싸우기는커녕 순식간에 상황 파악을 끝내고 서로 협력할 가능성이 더 높아 보이는 것이 사실입니다. 그리고 서로 힘을 합치는 SCP-682 두 마리를 막아내기 위해선 그에 상응하는 피해를 겪게 되겠지요. SCP-682 두 마리가 함께 날뛰는 모습은 감히 상상도 하기 싫군요. 하하…

솔직히 이 제안은 결과에 매몰되어 과정에서 발생할 여러 변수들을 충분히 고려하지 못했다는 생각밖에 들지 않는군요. 물론 박사가 느끼는 부담감은 잘 알고 있습니다. 그 업무가 얼마나 마음을 초조하게 하는지도요. SCP-682는 그런 녀석이니까요.

- 하지만 이걸 꼭 기억해주세요. 우리 재단은 직원들의 성과를 강요하지 않습니다. 적어도 재단에서 일한다는 것은 전 세계의 누구보다 엘리트라는 것이 검증되었다는 것이니까요. 그러니 박사, 조금은 여유롭게 업무에 임하시길 바랍니다.

═══

SCP-682 제거 실험

대상 SCP-3008 | 결과 실패 | 결제

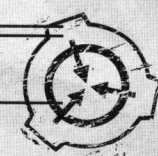

녀석은 신체 조립에 익숙하지 않다.

메모 3008-P-1

'제거'에서 '유기'로 발상을 약간 바꾼 것만으로도 우리는 꽤나 큰 성과를 얻을 뻔했습니다. 비록 결과적으로 다른 우주조차도 단호하게 녀석을 거부하긴 했지만요. 솔직히 우리에게 다른 우주의 SCP-682가 버려졌다고 상상해본다면 오히려 얌전한 반응이라 생각되지만요.

그래서 우리는 반품할 상대가 없는 장소로 녀석을 보내볼까 합니다. 그 시작은 SCP-3008이 될 거고요.

SCP-3008을 통해 이동하는 SCP-3008-1은 무한에 가까운 공간 속에서 계속해서 위치가 바뀌는 문을 찾지 않고서는 탈출이 불가능한 장소입니다. 현재까지 밝혀진 바 외부에서 올리적인 방법으로 SCP-3008-1에 간섭할 수 없었으니 내부도 비슷할 거고요. 게다가 SCP-3008-1에는 '직원'이라 불리는 녀석들이 득실득실하니 녀석이 온전히 탈출구를 찾는 데만 집중하기도 쉽지 않을 겁니다. 즉, 제아무리 환경에 적응하는 SCP-682라고 할지라도 손쉽게 탈출하는 것이 불가능한 장소인 거죠.

그리고 이건 개인적으로 기대하는 부분입니다만, SCP-3008-1은 여러 우주와 연결된 것으로 보이기 때문에, 설사 녀석이 언젠가 탈출구를 찾는다고 해도 다른 우주로 가버릴 확률이 충분히 존재하는 것이죠.

탐사나 탈출이 불가능해 골치를 썩이던 장소들이 이런 식으로 활용될 줄은 꿈에도 몰랐군요. 역시 뭐든 생각하기 나름이라니까요.

SCP-682 / SCP-3008

실험을 앞두고 몇몇 박사들의 반대 의견이 제시되었다. SCP-3008 내부에 존재하는 생존자들이 위험해진다는 이유였다. 하지만 장기적으로 SCP-682를 처리하지 못할 시 기준 우주에 더 많은 피해가 예상되는 바 윤리위원회의 허가가 내려졌다.

먼저 SCP-682를 안전하게 SCP-3008-1로 보내기 위해, 체력을 충분히 빼놓은 상태로 컨테이너에 투입 후 무선 조종이 가능한 차에 실었다. 차량은 한동안 SCP-3008 내부를 돌아다녔고 이내 시야에서 사라졌다.

이후 아무런 특이사항 없이 무려 6시간이 지났고, 박사들은 SCP-682가 체력을 충분히 회복하고도 남았을 시간임에도 아무런 반응이 없다는 사실에 실험이 성공적이라 판단했다.

메모 3008-P-2
■■ 박사: 솔직히 녀석이라면 내부에서 벽을 파괴하고 튀어나오진 않을까 걱정했는데, 괜한 우려였군요. 아주 좋습니다.

이후 지속적인 관찰이 이루어졌지만 여전히 SCP-3008에서는 특이사항이 관찰되지 않았다.

하지만 정확히 실험 시작 후 24시간이 되던 시점 돌발 상황이 발생했다. 갑자기 이케아 문이 열리더니 직원 18명이 동시에 나타났다. 지금까지 직원이 SCP-3008 외부로 나온 것은 딱 한 번밖에 없었던 데다, 당시도 1명 수준이었기에 재단은 비상사태를 선언하고 경계 태세에 돌입했다.

다만 그 와중에도 682의 모습은 전혀 보이지 않았다.

확인 결과 직원은 모두 커다란 판지 상자를 들고 있었고 아무런 공격도 하지 않은 채 상자만 내려놓고는 그대로 SCP-3008로 돌아갔다. 상자를 즉시 개봉하는 것은 위험하다는 판단에 비상 상황 발생 시 즉각적인 대처가 가능한 인근 기지로 우선 옮기기로 결정했다.

분주히 박스를 옮기는 도중 갑자기 박스가 부서지기 시작했고 안에 꿈틀대는 무언가가 있다는 게 확인되었다. 각 박스에 들어있던 것은 18조각으로 나눠진 SCP-682였다.

박스에서 빠져나온 SCP-682의 신체는 빠르게 회복하며 하나로 뭉치려 했지만 팔과 다리가 이상한 부분에 붙었다 떼어지기를 여러 번 반복했다. 이는 신체 조립에 익숙하지 않기 때문인 것으로 보였고 이 틈을 타 재빨리 격리를 진행했다.

> 메모 682-3008-Q
>
> 적어도 반품은 없을 줄 알았는데, 정성스럽게 포장까지 해서 반품할 줄은 상상도 못 했군요.
>
> 다만 이번 실험을 통해 몇 가지 흥미로운 사실은 확인할 수 있었습니다. 우선 SCP-3008 내부에서 정확히 무슨 일이 일어난 것인지는 알 수 없으나, '직원'이 SCP-682를 제압하고 분해할 수 있을 정도로 강력하거나 많은 수가 존재할 가능성이 있다는 겁니다.
>
> 또한 녀석들은 언제든 SCP-3008에서 나올 수 있는 것으로 보입니다, 어쩌면 얌전히 SCP-3008-1에서 지내는 것을 다행이라 여겨야 할지도 모르겠군요.

SCP-682 제거 실험

| 대상 SCP-053 | 결과 실패 | 결제 |

SCP-682가 사라진 것을
확인한 SCP-053은
몇 분간 울음을 멈추지 않았다.

메모 682-053-B

절대 안 됩니다. 절대요. 아무리 SCP-053이 변칙적 존재라고 해도 어린아이입니다. 도대체 어떤 사고방식을 가지면 어린아이를 SCP-682와 만나게 하려는 실험이 떠오르는 겁니까? 게다가 SCP-053의 변칙성을 고려한다면 필연적으로 SCP-053은 다칠 수밖에 없다는 것을 알 텐데요?

메모 682-053-C

박사님. 진정하십시오. 실험 제안서를 올린다는 것은 이미 당신이 말한 모든 경우의 수를 검토했다는 의미입니다. 변칙적 존재라고 해도 어린아이라고요? 그건 단지 입장의 차이일 뿐입니다. 제게 SCP-053은 어린아이이기 이전에 변칙적 존재로 보이거든요. 그것도 아주 위험하고 강력한 변칙성을 가진 존재 말이죠. 그렇기에 SCP-053은 SCP-682 제거 실험에 적격입니다.

우리는 항상 SCP-682 실험에 있어 녀석이 우리 계획대로 움직이지 않는 것에 대한 걱정을 안고 가죠. 워낙에 제 멋대로인 녀석이니까요. 하지만 SCP-053의 변칙성이라면 그런 걱정은 안 해도 되지 않겠습니까? SCP-053이 필연적으로 다치게 될 거라구요? 그게 우리가 노리는 겁니다. 박사. SCP-682는 SCP-053을 보는 순간 그녀를 공격할 것이고 이는 SCP-053의 변칙성이 성공적으로 발동되었다는 의미입니다. 그렇다면 SCP-682는 곧 죽겠죠. 끝입니다. 아주 간단하지만 강력한 방법 아닙니까?

게다가 SCP-053은 어떤 상처에서든 회복을 하지 않습니까? 동정의 대상이 아니란 소립니다. 아 물론 고통은 느끼겠지만 그 정도는 감수해야 할 문제입니다.

아, 박사의 의견을 '어느 정도'는 감안해 조직 실험은 생략하도록 하겠습니다. 그녀에게 SCP-682의 살점을 던져 줘봤자 놀라기만 할 테니까요.

: 진행하세요. - O5-? -

실험기록 682-053-1

SCP-053의 격리실로 SCP-682를 투입 시켰다. 왜인지 녀석은 상당히 혼란스러워하는 모습을 보였지만 SCP-053을 공격하지 않았고, 보통 SCP-053의 변칙성에 노출된 대상과는 확연히 다른 반응을 보였다. 공격성이나 비이성적인 모습은 찾아볼 수 없었고 이내 안정을 되찾은 듯 오히려 평소보다 더 차분한 모습을 보이며 그대로 바닥에 납작 엎드렸다.

SCP-053은 SCP-682를 보고는 깜짝 놀라 의자 뒤로 숨었지만, 얌전한 SCP-682의 모습에 곧 경계심을 풀고 조심스레 녀석에게 접근했다. 여전히 SCP-682은 엎드린 채 아무런 반응을 하지 않았고 오히려 SCP-053이 먼저 SCP-682를 툭 건드리고 머리를 쓰다듬는 등 지금까지와는 다른 반응을 보였다. SCP-053의 접촉에도 별다른 반응을 하지 않는 SCP-682의 모습에 박사들은 SCP-053의 변칙성이 통하지 않는다는 결론을 내리고 실험을 중단하려 했다. 그런데 그 순간 SCP-053은 박수를 치며 제자리에서 폴짝폴짝 뛰더니 SCP-682의 머리를 끌어안았다.

그럼에도 SCP-682는 얌전한 상태를 유지했고, 종종 탈출하려는 움직임을 보이기도 했지만 적극적인 시도는 이루어지지 않았다. 심지어 SCP-053이 녀석의 몸에 크레용으로 낙서를 해도 별다른 반응을 보이지 않았지만, 실험 종료를 위해 투입된 요원을 보고는 원래의 공격성을 보이며 날뛰기 시작했다.

두 개체는 즉시 분리되었다. SCP-682가 사라진 것을 확인한 SCP-053은 몇 분간 울음을 멈추지 않았다.

메모 682-053-P

SCP-053이 저렇게나 기뻐하는 것은 처음 보는군요. 아마도 SCP-053은 자신에게 접근하고도 자신을 공격하지 않는 대상을 처음 마주한 것으로 보입니다. 그래서 그렇게나 기뻐했던 겁니다. 물론 그 첫 대상이 끔찍한 괴물이라는 것과 원래의 의도는 상당히 위험했다는 것이 아이러니하지만 말이죠.

어린아이이기 이전에 변칙적 존재라구요? 실험 결과를 보고도 그런 생각이 드십니까? SCP-053은 그저 아무 생각없는 어린아이가 아니란 말입니다. 그저 위험하기만 한 SCP는 더더욱 아니구요. 오히려 자신의 의지와는 상관없는 변칙성으로 고통받는 불쌍한 녀석입니다.

유일하게 편한 마음으로 대할 수 있는 대상이 하필이면 도마뱀 녀석이라니...

메모 682-053-X

SCP-682 이 녀석... 의외로 어린아이에게 특별한 감정을 느끼는 것 아닐까요? 인간만 보면 발작을 일으키던 지금까지와는 확연히 다른 모습입니다. 그게 아니라면 말도 안 되는 반응 아닙니까? 가설을 확인하기 위해 어린아이를 투입할 것을 제안합니다. 이건 누구도 예상치 못한 대단한 발견입니다!

실험기록 682-B-X

SCP-682의 격리실로 5세 아이가 투입되었다. 녀석은 아이를 보는 순간 달려들어 공격했고 한입에 삼켜버렸다.

> 아니... 남자아이라서 다른 반응을 보였을 가능성도 있습니다! 여자아이로 다시 한 번 실험을... - 박사 -
>
> : 한 번은 실수이지만 두 번째부터는 실력입니다. 당신은 강등입니다, 박사. - O5-? -

메모 682-053-V

터무니없는 실험이었음에도 불구하고 SCP-682가 보인 반응은 충분히 주목할 만합니다. 사실 SCP-053의 변칙성이 SCP-682에게는 통하지 않았다는 것은 그다지 놀라운 일이 아닐지도 모릅니다. 오히려 우리는 녀석의 감정 변화에 주목해야 합니다. SCP-053의 변칙성을 제외하고도 SCP-682가 SCP-053을 공격한다는 것은 거의 확실하게 예상되었던 부분입니다. 하지만 녀석은 그러지 않았죠.

어쩌면 SCP-682는 SCP-053의 변칙성을 꿰뚫어 본 것일지도 모릅니다. 아주 잠시긴 하지만 녀석은 분명 적잖게 당황하는 모습을 보였고 평소와 같은 공격이 자신에게 해가 된다는 사실을 알고 얌전해졌을 가능성이 높습니다. 그렇지 않고서야 한 공간에 있는 생명체를, 그것도 자신을 장난감 삼아 노는 인간을 가만히 둘리가 만무합니다. 사실 녀석이 SCP의 변칙성을 꿰뚫어 본다는 추측은 여러 번 제기되어 왔습니다. 이에 대한 본격적인 연구가 필요하겠군요.

메모 682-053-L

차라리 SCP-682와 SCP-053을 같이 두면 어떻겠습니까? 사실 SCP-053의 심리 상태는 현재 상당히 불안정합니다. 아시다시피 SCP-682는 수시로 격리 실패를 일으키려 하고요. 하지만 두 개체를 함께 격리한다면 SCP-053에게는 안정감을 주면서 동시에 SCP-682를 얌전한 상태로 유지할 수 있습니다.

: 아무리 둘이 함께 있을 때 유의미한 수준의 양호한 반응을 보였다고 하나. 그것이 언제까지 유지될지는 모르는 일입니다. SCP를 또 다른 SCP의 격리에 활용하는 것은 아주 특수한 상황이 아니고서야 최후의 선택 정도로 남겨두길 바랍니다. 또한, 이유가 무엇이 되었든 SCP에 대한 지나친 개인적인 관심은 우리 모두에게 그다지 도움이 되지 않을 것입니다. 무슨 말인지... 알지요? 박사? <O5-4>

SCP-682 제거 실험

대상 SCP-294   결과 실패   결제

SCP-682를 제거할 수 있는 물질은 존재합니다.

메모 682-294-A

우리는 지금까지 무엇이든 뽑을 수 있는 자판기인 SCP-294를 활용한 다양한 실험을 진행해왔습니다. 물론 이를 통해 SCP-294의 여러 한계점이 밝혀지기도 했지만 확실한 것은 우리가 입력하는 물질이 세상에 존재하기만 한다면 그것이 무엇이든 SCP-294를 통해 얻을 수 있다는 겁니다.

이는 여러 어려움을 겪고 있는 연구에 상당히 효과적으로 활용될 수 있습니다. 가령, 우리는 현재 SCP-682를 제거할 수 있는 물질은 없다고 판단하고 있습니다. 하지만 SCP-294를 통해 SCP-682를 제거할 수 있는 물질을 뽑아낼 수 있다면요? 역추적으로 그것이 무엇인지 만 찾아내기만 하면 된다는 겁니다.

SCP-294를 활용한 SCP-682 제거 실험

실험에 앞서 SCP-294에 'SCP-682 킬러'를 입력했다. SCP-294는 잠시 후 불투명한 액체를 뽑아냈다.

즉시 액체의 성분을 밝혀내기 위한 연구를 진행했지만 현재 재단의 기술로는 똑같은 물질을 만들어 내는 것이 불가능하다는 결론에 도달했다. 결국 추가적으로 SCP-294을 통해 약 1L 의 'SCP-682 킬러'를 확보했다.

본격적인 제거 실험에 앞서 조직 검사가 먼저 진행되었다. SCP-682 킬러와 접촉한 SCP-682의 조직 샘플이 부패하며 부서지기 시작했고 약 3분 후 완전히 고운 가루로 변했다.

메모 682-294-K

역시 세상 어딘가에는 존재하리라 믿어 의심치 않았습니다. 비록 지금은 해당 물질을 재현하는 것이 불가능하다고 하지만 SCP-294가 '킬러'라고 판단할 정도의 물질이 있다는 것만으로도 충분한 것 아니겠습니까? 이렇게 하나씩 배워가는 거죠.

SCP-682 격리실 내의 염산을 완전히 제거한 다음 녀석이 회복하는 틈을 타 1L의 'SCP-682 킬러'를 녀석의 머리통에 들이부었다. SCP-682의 머리는 샘플 실험 때와 마찬가지로 즉시 썩어가며 부서지기 시작했다.

다만 심각한 타격을 주기에는 역부족인 듯 보였고, 실제로 녀석은 곧이어 소실된 신체 부위를 회복하기 시작했다. 또한 액체에 잠긴 격리실 바닥이 점점 소실되고 있다는 것이 확인되었고 격리 파기를 막기 위해 즉시 실험이 중단되었다.

메모 682-294-V

결과적으로 실험은 실패했습니다만 분명 녀석에게도 효과는 있었습니다. 만약 조금 더 많은 양을 확보해 녀석의 신체를 완전히 잠기게 할 수 있다면 제거도 충분히 가능하리라 기대됩니다.

그리고 SCP-294가 제공한 액체를 재현하는 실험과 더불어 자체적인 개발도 동시에 진행할 것을 제안합니다. 적어도 SCP-682를 제거할 수 있는 물질이 있다는 사실 만큼은 확실히 배울 수 있었으니, 우리도 충분히 만들 수 있지 않겠습니까?

SCP-682 제거 실험   대상 SCP-743   결과 실패   결재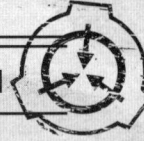

이 실험...
꼭 진행해야 합니다.

메모 682-743-A

사실 얼마 전까지만 해도 저의 오랜 숙원이자 재단의 숙원이라고도 할 수 있는 SCP-682 제거 실험을 포기하는 것에 대해 정말 많은 고민을 했습니다. 물론, 항상 터무니없는 실패만 있었던 것은 아닙니다. 몇 번은 분명 녀석을 제거 직전까지 몰아가기도 했었죠. 하지만... 어떤 상황에서도 녀석은 끝끝내 적응하고 회복하며 되살아났고 그때마다 절대적 무언가가 녀석의 제거를 막고 있다는 느낌마저 들기까지 하더군요. 그렇게 저를 포함한 수많은 동료들의 마음은 서서히 꺾여나갔죠.

하지만 며칠 전 다시 한 번 제 마음의 불을 지핀 녀석을 발견했습니다. SCP-743 '초콜릿 분수'죠. SCP-743은 달콤한 초콜릿으로 상대를 유인한 다음 금속이건 뭐건 전부 분해해버리는 수십억 마리의 벌레들을 뿜어대는 녀석입니다. 재단조차도 적절히 막아낼 방법을 찾아내지 못해 D계급들을 주기적으로 던져주며 겨우 진정시키고 있습니다만... 그마저도 언제든 격리 실패를 일으킬 수 있다며 박사들이 염려하고 있을 정도입니다.

743이 마음만 먹으면 격리 실패를 일으킬 수 있을 거라 단언합니다. -램버트 박사-

하지만 SCP-743의 이러한 까다로운 변칙성은 의외로 SCP-682를 제거하기에는 아주 적절한 점이 있습니다. 먼저 먹을 것을 좋아하는 SCP-682라면 초콜릿을 보는 순간 아무런 의심 없이 SCP-743에게 달려들 것이 불 보듯 뻔하기에, 여러 실험으로 경계심이 한껏 올라간 녀석이라도 어렵지 않게 실험을 진행할 수 있을 겁니다.

게다가 지금까지 SCP-743이 보여준 공격성이라면 SCP-682의 재생 속도보다도 빠르게, 그리고 재생할 살점 하나 남기지 않고 완전히 분해하는 것도 불가능한 일이 아니라고 생각합니다.

뭐... 물론 녀석의 실험은 예상대로 된 적이 없었으니 반대의 경우가 발생할 가능성도 고려해야겠지만... 반대로 SCP-682가 SCP-743을 파괴한다면 그건 그거대로 괜찮은 결과 아니겠습니까? 이 실험... 꼭 진행해야 합니다.

SCP-682 / SCP-743

본 실험에 앞서 실험 가능성을 확인하기 위한 표본 실험이 진행되었다. 특히, 과거 SCP-689 와의 실험에서 분명 살아있는 것으로 보였던 SCP-682가 살아있지 않은 무기물일 가능성이 제시 되었던 탓에 만약 SCP-743이 SCP-682를 무기물로 인식한다면 실험 자체가 진행되지 않을 가능성이 있었기 때문이다. 하지만 다행히도 SCP-743에서 나온 개미들은 순식간에 SCP-682의 조직 표본을 분해했고, 본 실험에 대한 진행 허가가 떨어졌다.

실험은 SCP-743을 실은 컨테이너를 SCP-682 앞에 놓으며 시작되었다. 처음만 해도 SCP-682는 SCP-743을 철저히 무시했지만, 컨테이너의 문이 열리고 SCP-743이 초콜릿을 뿜어내기 시작하자 곧바로 관심을 보였다. 다만 SCP-807의 경우를 경험한 탓인지 녀석은 아주 조심스럽게 다가가 슬쩍 맛을 봤고, 안전한 것이 확인되자 본격적으로 SCP-743의 초콜릿을 핥기 시작했다. 한동안 허겁지겁 초콜릿을 먹어 치우던 SCP-682는 급기야 SCP-743을 통째로 들고는 초콜릿을 입으로 들이붓기 시작했다.

하지만 그 순간에도 SCP-743에서는 슬금슬금 벌레들이 나오고 있었고, 10분도 채 되지 않아 SCP-682의 몸은 벌레들로 뒤덮인 상태가 되었다. 이후 SCP-743에서 나오던 초콜릿이 멈췄고 그제야 SCP-682는 위협을 눈치챈 것인지 벌레들을 떨쳐내려 몸부림을 치기 시작했지만 어마어마한 숫자의 벌레들에 의해 SCP-682의 신체는 빠른 속도로 분해되기 시작했다.

사실 일반적인 상황이었다면 SCP-682에게 벌레 제압 정도는 식은 초콜릿 먹기보다 쉬운 일이었겠지만 초콜릿에 정신이 팔린 동안 이미 팔과 다리 대부분을 잃은 탓에 저항도 여의치 않은 듯 보였고 벌레의 분해 속도 역시 SCP-682의 재생 속도에 전혀 밀리지 않는 것으로 보였다.

결국 SCP-682는 순식간에 신체의 79%를 잃었다. 이는 지금까지 진행된 어떤 실험보다도 치명적인 피해 수치였다.

하지만 그 순간 갑자기 SCP-682의 입에서 흡사 개미핥기가 떠오르는 5m 길이의 기다란 혀가 나왔고 벌레들을 빠른 속도로 핥기 시작했다. SCP-682는 벌레에 대한 적응으로 혀를 변형시킨 듯 보였다. 끈끈하고 긴 혀를 한 번 낼름 거릴 때마다 벌레들이 수천마리씩 사라졌다.

하지만 이에 질세라 SCP-743 역시 끊임없이 벌레를 뿜어냈고 둘의 먹고 먹히는 싸움은 무려 ■시간 동안이나 이어졌다. 둘은 막상막하라는 표현이 어울릴 정도로 예측 불가능한 싸움을 이어나갔지만 어느 순간부터 갑자기 SCP-682의 신체가 눈에 띄게 늘어나고 있는 것이 목격되었고, 확인 결과 알 수 없는 이유로 SCP-682의 회복력이 급증한 것으로 보였다.

결국 SCP-743은 SCP-682의 회복 속도를 따라가지 못했고, 서서히 벌레 수가 줄어들기 시작하더니 이내 SCP-743은 완전히 멈춰 버렸다.

메모 682-743-Q

이번 실험도 결국은 마찬가지군요... 사실 SCP-682의 신체 대부분이 사라졌을 때 저는 성공을 어느 정도 확실했습니다. 하지만 녀석은 또... 또...! 예상치 못한 방향으로 실험을 망쳐 버렸군요...

어찌 됐건 이번 실험의 결정적인 실패 요인은 녀석의 갑작스러운 회복력 상승입니다. 실험 내내 초콜릿과 초콜릿으로 만들어진 벌레 말고는 섭취한 게 없으니 아마 SCP-743의 초콜릿이 녀석의 회복력 증가와 관련이 있을 것으로 보입니다. 이에 대한 연구가 필요하겠습니다.

* 해당 실험 직후 ■ 박사는 조기은퇴를 신청했고, 그의 모든 업무는 ■■■ 박사에게 이관 되었다.

SCP-682 제거 실험 | 대상 SCP-343 | 결과 실패 | 결제

저건
내 권속이 아니네.

메모 682-343-Z

저는 딱히 '신'이라는 존재를 믿지는 않습니다. 하지만 그들이 가졌다고 하는 '전지전능'한 능력에는 관심이 있죠. 멋지지 않습니까? 무엇이든 알고, 무엇이든 할 수 있는 능력이라니. 말하고 보니 '신'이 정말로 존재한다면 딱 어울리는 능력 같기도 하고요.

정말 무엇이든 알고, 무엇이든 할 수 있다면 그가 해결하지 못하는 일 따위는 없다는 거 잖아요? 그죠? 그래서 저는 재단의 오랜 숙원이자 절대 해결하지 못할 것 같은 숙제를 그 신이라는 작자에게 맡겨 보려고 합니다.

비밀입니다만 사실 저는 그가 진짜 '신'이라고 생각하지는 않거든요. 뭐랄까... 제가 생각해봤던 신의 이미지랑은 너무 다르기도 하고... 전지전능한 능력을 보여 달랬더니 갑자기 사라져서는 햄버거를 사오는 걸 보고 많이 실망했지 뭐에요. 하, 참... 그래도 뭐 그가 신 행세를 한다고 해서 제가 손해 볼 것도 없었고, 워낙 다른 사람들이 신이라고 떠받드니 그러려니 하고 있었단 말이죠.

그래서 이참에 시험해보려고요. 그가 진짜 신이라서 SCP-682 제거쯤은 순식간에 끝내준다면 그건 그것대로 이득, SCP-682를 제거하지 못한다면 그가 신이 아니라는 것을 증명하는 꼴이니 그건 그것대로 이득이겠네요. 과연 어느 쪽이 정답일지... 이왕이면 서로 손해 볼 게 없는 전자면 좋겠지만 세상일은 아무도 모르는 거니까요.

SCP-682 / SCP-343

브라이트 박사의 부탁으로 SCP-343이 해당 실험에 참여하기로 결정했다. 사실 브라이트 박사는 SCP-343에게 위험한 SCP의 퇴역 작업을 도와달라고 말했을 뿐 대상이 SCP-682라는 말은 하지 않았는데, SCP-343이 딱히 묻지도 않았던데다 오히려 부탁이라면 뭐든 처리해준다며 호언장담을 했기 때문이다. 그렇게 SCP-682와 SCP-343은 서로가 만날 것이라는 사실을 모르는 상태로 실험이 시작되었다.

SCP-343가 있는 격리실에 SCP-682가 투입되었다. 녀석은 투입과 동시에 곧바로 SCP-343을 들이받을 기세로 그에게 돌진하기 시작했다. 하지만 SCP-343은 놀라는 기색 하나 없이 여유만만한 모습을 유지하고 있었다. 순식간에 SCP-682는 SCP-343에게 도달했고 두 개체가 충돌하기 직전 이해할 수 없는 상황이 발생했다. SCP-682가 SCP-343을 그대로 지나쳐 반대편 벽까지 돌진한 것이다.

게다가 더 이상한 것은 SCP-343 역시 바로 앞을 지나쳐 간 SCP-682를 인식하지 못한 듯 보였고, 되려 SCP-682가 들어온 입구를 가리키며 "저기? 자네들이 여기로 뭘 내보낼 건가, 아니면 내가 들어가라는 건가?"라고 질문했다.

왜인지는 알 수 없지만 둘은 서로를 전혀 인식하지 못하는 듯 보였다.

SCP-343은 계속해서 멍하게 서 있을 뿐이었고, SCP-682는 금방이라도 벽을 부술 기세로 몸을 박아대고 있었다. 이에 박사들이 SCP-343에게 "아무것도 보이지 않나?"라고 물었음에도 그는 방을 이리저리 본 후 "여긴.. 나밖에 없는데…?"라며 이해할 수 없는 반응을 보였다.

하지만 이후 두 박사의 대화를 통해 실험 상대가 SCP-682라는 사실을 알게 된 SCP-343은 불같이 화를 내며 순식간에 박사들의 옆에 나타났고, 의미를 알 수 없는 말을 내뱉고는 실험실을 떠났다.

브라이트 박사 : SCP-682 통제는 실패로군요. 제가 뭐라고 했습니까?

SCP-343 : 682?

(SCP-343가 박사들 앞에 나타남)

SCP-343 : 자네가 날 SCP-682한테로 데려왔다고?

브라이트 박사 : 그렇게 됐습니다, 343. 뭐 문제 있으십니까?

SCP-343 : 저건 내 권속이 아니네. 자네가 알아서 해 보게나.

(SCP-343이 벽을 통과해 사라짐)

메모 682-343-X

어느 쪽이든 명확한 답이 나올 것이라 기대한 실험이었지만 오히려 이번 실험은 더 많은 의문만 남겼습니다. SCP-682를 제거하는 것도, SCP-343이 신이 아니라는 확신을 가지는 것도 실패했죠. 그만큼 두 개체 모두 전혀 예상하지 못한 반응만 보였습니다.

물론 몇몇 속 편한 박사들은 SCP-343이 SCP-682를 제대로 인식조차 못 했으니 전지전능한 신이 아니라는 것은 확실한 게 아니냐고 말하기도 하지만, 이것은 그리 단순하게 생각할 문제가 아닙니다.

SCP-682의 일련번호를 듣고 보였던 SCP-343의 격렬한 반응은 분명 그가 SCP-682의 존재를 알고 있다는 것을 의미합니다. 하지만 정작 둘은 서로가 서로를 조금도 인식하지 못했죠. 마치 다른 차원에 있기라도 한 듯이요. 물론 두 개체가 동시에 연기를 했다는 가능성도 고려하지 않을 수 없지만…

또 그렇다기엔 SCP-343이 남긴 마지막 말이 걸립니다. '나의 권속이 아니다.'라는 말의 의미를 넘겨짚어 보자면 'SCP-343와 SCP-682는 다른 우주 혹은 다른 차원에서 기원한 존재이기에 제아무리 '신'이라고 할지라도 다른 우주의 피조물을 어찌할 수 없다고 해석할 수 있을 텐데, 이는 자신이 신이라는 주장은 유지하면서 동시에 SCP-682를 제거하지 못한 것에 대한 그럴싸한 이유도 되면서, 또 두 개체가 서로를 인식하지 못한 기묘한 상황까지 설명할 수 있는 아주 적절한 답변이라는 겁니다.

상대가 원하는 정보는 아무것도 주지 않으면서 자신은 유유히 빠져나가는 아주 기가 막힌 답변이죠.

이거 원… 양쪽에 보기 좋게 한 방씩 먹이려다 되려 제가 당했군요.

SCP-682 제거 실험

| 대상 | SCP-2935 | 결과 | 성공(단, 제거된 것은 다른 우주의 SCP-682일 뿐이다.) | 결재 |

우리는 아직까지 방법을 모를 뿐입니다.

*해당 문서는 SCP-2935 탐사 당시의 통신 내용을 기반으로 작성된 문서이다. (당시의 정확한 상황은 SCP-2935 문서를 참고하길 바람)

보존 기록 682-2935-A

SCP-2935를 탐사하던 MTF E-13이 제81기지를 수색하기 위해 돌입했다. 역시나 기지 내부의 모든 생명체는 죽어 있었고, 수많은 SCP 역시 마찬가지였다. 이후 한 시간 가량의 탐색이 이어졌고 특이사항을 발견하지 못한 E-13은 철수를 준비중이었다.

그런데 인디고 요원이 지하 격리실을 탐색하자는 의견을 제시했다. 약 2달 전, SCP-████ 와의 교차 실험을 위해 SCP-682가 제85기지로 옮겨졌는데, 이동 과정에서 제81기지에 들린 날짜가 SCP-2935의 날짜가 비슷하다는 것을 떠올린 것이다. 실제 당시 임무에 참여했던 로이 요원의 검증으로 동일한 날짜에 SCP-682는 제81기지에서 임시 격리를 진행 중이었다는 사실을 확인했고, E-13은 즉시 해당 격리실로 이동했다.

해당 격리실은 여전히 작동 중이었지만 내부에서는 쓰러진 채 미동도 없는 SCP-682를 발견할 수 있었다. 녀석의 생명 징후는 없었다.

메모 682-2935-X

이것은 엄청난 발견입니다. 안타깝게도 상당히 큰 희생이 있었음은 분명하지만 우리는 그 이상의 정보를 얻은 것입니다. 여러분 SCP-682의 제거는 절대 불가능하지 않습니다.

수많은 실험을 거치는 동안 저를 포함한 많은 박사들은 SCP-682 제거 실험 자체에 의문을 가지기도 했습니다. 솔직히 뭐랄까... 누군가가 녀석의 죽음을 기를 쓰고 막고 있는 것 같았거든요. 신체의 89% 가량을 잃고도 꾸역꾸역 회복하는 모습은 도무지 잊혀지지가 않습니다. 다른 우주로 완전히 보내 버렸다고 생각한 녀석이 돌아왔을 때는 솔직히 하늘이 원망스러웠습니다. 그만큼 우리는 많은 실험을 해왔고 그때마다 녀석은 어떻게든 적응하고 회복하며 살아남아 우리에게 절망감을 안겨주었죠.

그래서 우리는 실험을 하면서도 "이게 될까?"라는 생각을 마음 한켠에 가지고 있었습니다. 아니 그럴 수밖에 없었죠. 어떨 때는 억지스러운 수준으로 죽음을 피해가기도 했으니까요. 어쩌면 그래서 더 실험에 매달렸는지도 모르겠습니다. 우리의 모든 노력이 아무런 의미가 없었다는 사실만큼은 직면하기 싫었으니까요.

그런데... 그런 녀석이 죽은 채 발견되었습니다.

물론 우리 우주의 SCP-682가 아닌 죽음이 뒤덮은 또 다른 우주의 녀석이지만 녀석은 분명히 죽어 있었다구요. 물론 도대체 무엇이 녀석을 죽게 만든 것인지는 알 수 없지만 중요한 건 녀석이 죽었다는 사실이고, 녀석이 분명 불사신 따위가 아니라는 사실입니다.

네, 우리의 노력은 계속될 것이며, 우리는 끝내 우리 손으로 SCP-682를 제거하는데 성공할 수 있을 겁니다. 우리는 아직까지 그 방법을 모를 뿐이니까요.

SCP-657과 SCP-076의 접촉 실험

목적 1) SCP-657이 가진 '죽음 예지 능력'의 한계 검증
2) SCP-076의 부활 횟수 제한 확인

실험 결과 SCP-657의 갑작스러운 혼절

괜한 욕심을 부리다가…

메모 657-076-A: ■■ 박사

재단에서 오랜 시간 일하다 보면 참 재미난 변칙성을 가진 개체를 만나곤 합니다. 지극히 개인적인 의견이지만 SCP-657 역시 그런 개체 중 하나죠.

SCP-657은 간단한 신체 접촉만으로도 상대가 언제 죽음을 맞이하는지를 정확히 알아낼 수 있습니다. 심지어 상대가 죽을 시기가 가깝다면 몇 시, 몇 분에 죽는지까지도 알아 맞추더군요. 아주 정확하게요.

그런 그를 처음 본 날, 저는 어린 시절부터 궁금했던 호기심을 언젠가 파헤쳐보리라 다짐했습니다. 과연 '불멸' 혹은 '불사'의 능력을 가졌다고 알려진 사람은 정말로 영원히 죽지 않는지 궁금했거든요. 게다가 때마침 수명을 알아볼 아주 적절한 대상도 발견했고 말이죠.

실험기록 657-076-H

SCP-657의 상대로 SCP-076-2 '아벨'이 선정되었다. 이번 실험에는 SCP-657이 여러 번 죽음을 겪는 아벨이 죽는 순간도 정확히 맞출 수 있는지 확인함으로써 SCP-657이 가진 '죽음 예지 능력'의 한계를 확인할 수 있으며, 동시에 아벨의 부활 횟수에 제한이 있는지 알아낼 수 있을 것이라는 ■■ 박사의 의견이 적극 반영되었다.

> 해당 실험에 SCP-682의 수명을 알아보자는 의견도 꽤 많았던 걸로 압니다만... 여러분. 애초에 SCP-682는 인간이 아니라고요.
>
> 일단, 아벨의 부활 능력이 무한한 것인지... 아니면 횟수가 정해져 있는 있는 것인지 알 수 있으며...(중략) - ■■ 박사 -

현재 기동특무부대 오메가-7에 근무중인 아벨에게 SCP-657을 데려가 오메가-7의 신입 대원 후보자라고 소개했다. 둘은 자연스레 가볍게 인사하며 악수를 했고 그 순간 SCP-657이 갑작스러운 발작을 일으키며 정신을 잃었다. 이후 SCP-657은 1주일가량 혼수상태에 빠졌다. 다행히 건강에 큰 문제 없이 의식은 되찾았지만 아벨과의 만남 자체를 기억하지 못하는 것으로 보였다.

> 메모 657-076-V
>
> 사실 그가 아벨과의 만남을 일부러 부정할 이유는 없습니다. 실제로 거짓말 탐지기도 그의 말이 진실이라고 알려주고 있고요. 그렇다면 도대체 왜 기억하지 못하게 되었냐는게 문제인데... 현재 저는 일종의 '과부하'로 추정하고 있습니다.

과거에도 드물긴 하나 SCP-657이 수명을 예측하지 못한 경우는 있었습니다. 하지만 이렇게 쓰러지거나 기억을 잃은 경우는 처음이죠. 즉, 지금까지 SCP-657이 겪은 경우와는 달랐기에 다른 반응을 보였다고 보는 것이 합리적일 겁니다.

가령, 지금까지 수없이 겪어왔고 또 겪어나갈 아벨의 죽음에 대한 정보가 한 번에 밀려와 SCP-657의 능력에 과부하가 걸린 것일 수도 있고요. 아니라면 엄청나게 먼 미래까지 확인했음에도 아벨의 진짜 '죽음'에 도달하지 못해 과부하가 걸린 것일 수도 있겠고요. 이거 원... 괜한 욕심을 부리다가 이도저도 아닌 꼴이 되었군요.

해당 실험 이후 SCP-657의 격리 절차가 대폭 개정되었다. 특히, SCP-657은 인간형 SCP와 접촉해선 안 되며, 관련 실험을 진행하기 위해서는 O5의 인가가 필요하다.

Dr. Hada의
연구노트

Dr. Hada의 연구노트

항 목	SCP-500, SCP-038의 조합
활용 등급	S

본 연구는 재단이 격리중인 수많은 SCP를 보다 효율적으로 활용하기 위해 개인적으로 진행한 연구입니다. 재단이 가진 SCP에 대한 입장이 적극적인 활용이 아니라는 것은 잘 알고 있습니다. 다만 과학으로는 수십 년이 걸릴만한 일들을 SCP의 경우 즉각적으로 해낼 수 있다는 것은 명백한 사실이며 재단의 궁극적인 목표인 변칙성으로부터 인류와 지구를 수호하는데 이를 활용한다면 훨씬 쉽고 빠르게 목표에 다가갈 수 있을 것입니다. 실제 재단 내부적으로도 위험하지 않은 SCP를 이롭게 활용하는 연구가 조금씩 진행되고 있구요.

추가적으로 저는 이 연구가 SCP를 이해하는 데도 도움을 줄 것이라 믿어 의심치 않습니다.

SCP-500+SCP-038

현재 재단은 7천 개가 넘는 SCP를 격리 중에 있습니다. 말로는 표현할 수 없을 만큼 위험천만한 존재들이 많은 게 현실이지만, 저는 그중에서 가장 유용하게 활용할 수 있을 만한 두 개체를 찾아냈고 그 둘의 변칙성을 조합해보려 합니다. 바로 SCP-500과 SCP-038 입니다.

SCP-500은 재단 직원이라면 누구나 알고 있듯 모든 질병을 즉각적으로 치료해주는 만병통치약입니다. 대상이 어떤 종류의 병을 앓고 있던지 SCP-500을 삼키기만 한다면 평균 2시간 내로 모든 질병이 깔끔하게 치료되지요. 심지어 SCP-008, SCP-409 같은 SCP로 인한 질병이나 상처까지도 말끔하게 치료되는, 그야말로 재단의 보물이랄까요?

유일한 단점이라고 한다면 단연 '한정적인 수량'입니다. 현재 재단이 가지고 있는 SCP-500의 개수는 총 47개로 적극적으로 활용하기에는 너무나도 부족한 것이 사실입니다. 이제는 연구에도 사용하기가 애매할 정도니까요.

수많은 천재들이 SCP-500을 복제하기 위해 연구에 매진했지만 모두가 아시다시피 아직까지도 단서조차 찾지 못한 상황입니다. 네, 절망적이죠. 성분조차 파악하지 못 했으니 연구에 성공하려면... 아주 좋게 봐줘야 100년 정도 후면 성공하려나요? 하지만 변칙 개체를 하나만 활용한다면 아주 쉽게 복제가 가능합니다.

SCP-038은 몸통에 닿는 모든 것들을 똑같이 복제해 순식간에 열매를 맺는 신비한 나무로 알려져 있죠. 물건부터 음식은 물론 심지어 동물이나 사람까지도 똑같이... 그것도 다수를 빠른 시간 안에 복제하는 것이 가능합니다. 뭐... 90.9kg 이하의 물체만 완벽한 복제가 가능하다는 한계나 생물의 경우 복제되는 순간부터 빠르게 노화가 진행된다는 단점이 있긴 하지만 SCP-500에는 해당되지 않는 게 얼마나 다행입니까.

즉, 이론상으로 SCP-500과 SCP-038의 조합이면 '한정된 수량'이라는 SCP-500의 유일무이한 단점을 SCP-038의 복제 능력으로 깔끔하게 보완할 수 있는 겁니다.

진행하세요. 단, 사용된 SCP-500은 즉각적으로 반환해야 합니다. - O5-? -

실험기록 500-038-A

예상대로 복제는 아무런 무리 없이 진행 되었습니다...만. 이거 전혀 예상치 못한 결과가 나왔군요. 어째서인지 SCP-038로 만든 SCP-500은 약 30% 정도의 수량만 병을 완전히 치유하는 원래의 변칙성이 정상적으로 발현되었습니다. 나머지는 병의 진행을 멈추긴 했지만 치유는 되지 않더군요.

또한, 사물형치고 예외적으로 복제된 직후부터 약효가 감소하는 패널티까지 확인 되었습니다. 이에 대해서는 여러 추측이 가능한데, SCP-500의 성분이 너무 복잡해서거나... SCP-500이 생명체의 특성을 가지고 있을지도 모른다는 가능성 정도가 가장 그럴듯해 보입니다.

메모 500-038-B

이번 실험은 비록 기대했던 성과에 미치지는 못했으나 얻은 게 많습니다. 우선적으로 SCP 간의 변칙성이 융합되면 예상치 못한 결과가 나올 수 있다는 것이 가장 아쉬우면서도 가장 중요한 발견이라고 생각됩니다. 물론 이에 대해 섣부른 실험이 가져올 피해를 우려하는 목소리도 생기겠지요. 하지만 말입니다. 저는 오히려 이러한 실험이 더 필요하다고 확신하는 계기가 되었습니다.

완벽한 성공은 아님에도 불구하고 SCP-500과 SCP-038의 조합이 충분히 훌륭하게 활용될 수 있다는 것은 분명한 사실이니까요. 시간이 지남에 따라 약효가 떨어지는 탓에 SCP-500의 복제품을 비축해 둘 수만 없을 뿐 필요할 때마다 즉시 복제를 한 다음 바로 섭취한다면 그다지 치명적인 패널티도 아닐뿐더러 SCP-038로 SCP-500을 복제하는 데 소모값이 없으니 그저 완치가 가능한 SCP-500이 복제될 때까지 복제하면 그뿐입니다. 당장에 병이 악화되는 것을 막을 수 있는 것은 덤이구요.

네, 이 모든 발견은 실험을 했기에 알게 된 것입니다.

동료 여러분, 우리에겐 더 많고 다양한 연구가 필요합니다. 저의 연구 노트는 누구나 확인할 수 있게끔 재단 내부망에 주기적으로 업로드하겠습니다. 혹시나 관심이 생긴다면, 혹은 좋은 아이디어가 떠오른다면 누구든 메일로 연락을 주십시오. 우리가 힘을 합칠 때입니다. 보다 나은 세상을 만들기 위해서요.

Dr. Hada의 연구노트

항 목	SCP-073의 완전기억능력과 SCP-055의 항밈의 관계성
활용 등급	미지수

SCP-073의 완전기억능력은 SCP-055의 항밈에 저항할 수 있는가?

안녕하세요, 연구원분들. 이번에 연구성과를 발표하게 된 닥터 하다입니다. 미리 말씀드리지만, 해당 발표는 특수한 절차를 거친 장비를 통해 녹음되고 있다는 사실을 알려드립니다… 이런, 그렇다고 그렇게 움츠릴 필요는 없고요. 이번 발표에서는 녹화자료 확보가 꼭 필요한 절차니까요.

이 질문에서부터 시작해 봅시다. 우리 재단에서 가장 연구에 애를 먹고 있는 개체를 꼽아본다면 뭐가 있을까요? 하하… 제가 너무 논쟁이 심한 주제를 던졌나요? 물론 여기에 대해 다양한 의견이 존재할 것이라 생각합니다. 수십 년째 어쩌지 못하고 있는 도마뱀도 많이 언급될 것 같고… 기억소거제의 원료를 뿜어내는 커다란 장어도 빼놓으면 섭섭할 것 같고… 뭐 사실 자신이 맡고 있는 개체가 가장 연구하기 힘들다고 말한다면 저도 할 말이 없는 게 사실이구요.

하지만 제 개인적으로는 말입니다. 누구도 기억 못하는… 아, 정정합니다. 과학의 발전으로 '극소수'의 인원만 기억할 수 있는 SCP-055가 아닐까 싶습니다. 정체는커녕 생김새조차도 아는 사람이 없으니 연구를 진행하는 것도 일이지만 연구를 진행한다고 해도 싸그리 잊어버리는 것이 일상다반사니 사실상 연구가 안 된다고 봐야겠지요.

그래서 저는 SCP-055를 연구할 효과적인 방법에 대해 여러 가지로 고민을 해봤습니다. 물론 이 고민도 처음이 아닐지도 모르겠지만요.

'항밈' '자기보호적 비밀'이라고 불리는 SCP-055의 변칙성을 풀어 말해보자면 '자신의 존재를 잊게 만드는 특성'으로 축약할 수 있습니다. 사실 무언가를 '망각' 하는 것은 인간이 가진 가장 기본적인 특성 중 하나지만 그것을 억지로 가속시킨다고 생각하면 될 것 같습니다. 자, 그렇다면 누구나 가지고 있는 망각이라는 특성을 가지고 있지 않은 존재라면 SCP-055의 변칙성이 통할까요?

네, 마침 재단은 망각의 완전히 반대되는 특성인 '완전기억능력'을 가진 존재를 보유하고 있습니다. 우리의 살아있는 데이터베이스 SCP-073 '카인'이죠.

가만히 보면 카인의 완전기억능력은 참 부러운 능력입니다. 한 번 보기만 해도 절대로 까먹지 않는다니… 무려 800페이지짜리 사전을 단 1분 30초 만에 완벽히 외우더라고요. 제가 그 능력을 가지고 있었다면 그 고생을 하지 않고서도 박사 과정쯤은 10대에 끝냈을 텐데 말이죠. 아니지? 훨씬 생산적인 일을 했을지도 모르죠. 아무튼, 각설하고 자신을 잊게 만드는 능력과 절대 잊지 않는 능력의 대결! 궁금하지 않습니까? 하하.

하지만 정말 아쉽게도 카인조차도 항밈 만큼은 기억하지 못할 가능성이 높을 것 같습니다. 제가 이 연구를 진행하며 도달하게 된 사실인데 말이죠. 사실 SCP-055의 '항밈'이 작동하는 원리는 기억이 지워지는 것과는 상관이 없을 가능성이 높거든요.

재단에는 SCP-055 말고도 자신의 존재를 숨기는 '항밈류'의 능력을 가진 존재들이 몇몇 있습니다. 녀석들은 비슷한 것 같지만 조금씩 다른 원리로 자신의 존재를 숨기는데 가령, SCP-2256처럼 자신의 모습 자체를 인식하지 못하게 만들거나 자신에 대한 자료나 기억을 점차 소멸시키는 방식으로 자신의 존재를 숨기는 녀석이 있는가 하면 자신에 대해 아는 사람을 모두 똑같은 방식으로 죽게 만듦으로써 자신의 존재를 숨기는 녀석도 있습니다.

즉, 존재를 숨기는 방식에도 여러 가지가 있다는 겁니다. 그렇다면 SCP-055는 어떨까요?

잘 알려져 있다시피 SCP-055에 대한 자료는 연구로 이어지지 않을 뿐 사실 넘쳐날 정도로 많습니다. 즉, SCP-055에게는 자신에 대한 자료 자체를 소멸시키는 능력은 없다고 봐야겠죠. 더 나아가 인간의 기억 역시 자료의 일부라고 본다면 SCP-055에 대한 기억도 소멸되는 것은 아닐 가능성이 있다는 거죠.

물론 그렇다면 이런 의문이 자연스레 생기게 될 겁니다. "SCP-055에 대한 기억이 존재하는데 왜 우리는 SCP-055의 존재를 떠올리지 못하는 걸까?" 여기에 대한 답으로 저는 SCP-055가 자신과 관련된 기억에 접근하는 것을 막고 있기 때문이 아닐까, 하고 생각합니다.

자, 우리는 SCP-055에 대해 '동그랗지 않다.'라는 기억만큼은 유지된다는 것을 확인한 바 있습니다. 바로 'SCP-055가 무엇이 아닌가?'라는 우회적 접근을 통해 기억 속에서 SCP-055에 대한 정보를 추론하는 것이 가능하다는 의미이죠. 그리고 이 말은 SCP-055에 대한 기억이 완전히 지워진 상태가 아니라는 것을 반증한다고 볼 수 있습니다. SCP-055에 대한 기억이 아예 없다면 우회적인 접근 자체가 아예 불가능할 것이니까요.

하지만 녀석의 항밈에 의해 직접적인 접근이 막혀 있을 뿐 기억만큼은 분명히 존재하고 있기 때문에 편법을 이용한 간접적인 접근도 가능한 것이라 생각합니다. 네,,아마도 평범한 사람들의 기억 어딘가에도 SCP-055에 대한 기억은 그 정도가 다를 뿐 지워지지 않고 남아있지만 SCP-055의 변칙성으로 인해 기억에 접근하는 것이 불가능해 마치 기억이 지워진 것처럼 느껴지는 것이죠.

즉, SCP-055에 대한 기억의 존재 유무와 SCP-055의 기억을 떠올리는 것은 완전히 다른 문제라는 겁니다! 그리고 이 가설이 맞다면 아무리 카인이 지워지지 않는 기억력으로 SCP-055에 대한 완벽한 기억을 가지고 있다고 하더라도 카인 역시 SCP-055를 기억하지 못할 가능성이 높다는 거죠. 카인만의 특별한 접근 방법이 없다면 말이죠...

차라리 SCP-055가 아니라 자신과 관련된 자료와 기억을 지우는 방식의 항밈을 사용하는 SCP-2256이라면 카인의 완전기억능력이 활약할 가능성이 높아 보이고요.

앞으로도 SCP-055에 대한 연구는 계속... 그런데 잠시만요. 이번 발표 주제가 뭐였죠?

Dr. Hada의 연구노트

항 목	SCP-073와 SCP-3000의 관계성
활용 등급	미지수

SCP-073의 완전기억능력은 SCP-3000의 기억 제거에 저항할 수 있는가?

여러분들도 잘 아시다시피 우리에겐 살아있는 재단의 백업 디스크로 불리는 존재가 있습니다. 네, 바로 SCP-073 카인이죠. 사실 인류는 기술이 발달함에 따라 자연스레 많은 부분을 기계에 맡겨 왔습니다. 특히 그중에서도 '자료 보존'에 있어서만큼은 인간보다 기계에 의존하는 것이 당연시되어왔고 재단도 크게 다르지 않았죠. 그도 그럴 것이 이제는 기록할 것이 너무나도 많고, 그 모든 것을 완벽하게 기억하기엔 인간의 두뇌는 한정적이니까요.

그렇기에 카인의 경우는 더욱 특별했습니다. 어지간한 기계보다 빠르고, 정확하고, 안전하게 완벽한 기억을 보존한다는 것은 SCP가 아니라면 불가능한 일이니까요. 하지만 말입니다. 그래서인지 우리는 카인의 완전기억능력에 대해 조금도 의심하지 않았습니다.

최후의 데이터베이스로서 카인을 온전히 믿을 수 있을까요? 카인의 기억은 어떠한 경우에도 우리의 자료를 안전하게 지켜줄 수 있을까요?

아, 물론 저도 카인의 능력 자체를 의심하는 것은 아닙니다. 하지만 우리는 충분히 그의 능력을 위협할 수 있는 또 다른 변칙성을 알고 있지 않습니까? 네, 재단 역시도 적극 활용 중인 '기억제거' 말입니다. 간단한 방법으로 누군가의 기억을 지우거나 조작하는 것 역시 과거엔 비현실적인 기술이었지만 우리는 오랜 연구와 노력, 그리고 약간의 운 덕분에 필요할 때면 언제든 사용할 수 있는 것은 물론, 이제는 우리가 직접 기억제거 물질을 만들 수 있는 상황까지 왔습니다.

그리고 이 말인즉슨, 다른 누군가도 충분히 가능하다는 의미이죠. 실제로 안타까운 현실이지만 분명 몇몇 요주의 단체는 우리의 기술을 상회하는 수준을 가진 경우도 있으니까요. 그렇다면 만약 누군가 기억제거 물질을 통해 카인의 기억을 제거하려 든다면 어떻겠습니까? 수백 년간 쌓아온 우리의 자료가 지켜질 수 있을까요?

현재 알려진 기억제거 물질 중 가장 강력한 것은 단연 재단이 운용하는 중인 모든 기억제거 물질의 시초인 SCP-3000의 분비물입니다. 그리고 그 물질을 한껏 내뿜는 SCP-3000은 근처에 있기만 해도 인간의 기억을 날려버리죠. '그렇다면 카인은 SCP-3000 정도의 SCP를 만나고도 기억을 온전히 유지할 수 있을까?'가 이번 연구의 요지입니다.

이번 연구에 대한 제 의견은 지난번 SCP-055 때와 큰 맥락은 비슷합니다. 결국은 어떤 메커니즘으로 기억을 못 하게 만드는지가 핵심이라고 생각하거든요.

지난번 SCP-055가 가진 항밈적 특성의 경우는 기억에 대한 제거가 아닌 기억에 대한 직접적인 접근을 막는 방식으로 스스로를 기억하지 못하게 만들기에 카인조차도 기억하지 못할 것이라 조심스레 추측했습니다. 하지만 SCP-3000은 경우가 조금 다를 거라는 게 제 개인적인 의견입니다. 네, 카인은 SCP-3000 앞에서도 혹은 어떤 종류의 기억제거 앞에서도 재단 최후의 데이터베이스로 훌륭히 역할을 수행할 수 있을 것으로 보입니다.

먼저 카인의 완전기억능력부터 살펴보죠. 아직까지 '사람의 기억이 왜곡되거나 잊혀지는 이유'에 대해서는 과학적으로 명확히 밝혀진 것은 없습니다. 그저 '지속적으로 뇌에서 분비되는 망각을 일으키는 특정 물질 때문이다.', '새로운 기억이 생겨나면서 과거의 기억이 일부 사라지고 섞이기 때문이다.' 등이 원인으로 추정되고 있죠. 여기서 포인트는 어떤 기억이든 한순간에 뿅- 하고 사라지는 게 아닌 '점진적으로 사라진다는 것'입니다.

이를 기반으로 카인의 완전기억능력의 메커니즘을 예상해보자면 '망각을 일으키는 특정 물질이 아예 분비되지 않아서든', '과거의 기억을 보존하면서 새로운 기억이 생겨나는 것이 가능해서든' 보통 사람에게서 발생하는 점진적인 기억의 왜곡이나 소멸 과정 자체가 아예 발생하지 않는 것일 가능성이 높아 보입니다.

물론 단순히 기억이 소멸되는 과정이 엄청나게 느린 것일 가능성도 배제할 수는 없지만 지금까지 그가 보여준 정확도와 보존성이라면 아예 소멸되지 않는다고 보는 것이 더 정확하니까요.

그렇다면 SCP-3000의 기억 제거 능력은 어떨까요? 현재까지의 관찰 결과 SCP-3000에게 당한 사람들은 공통적으로 작은 혼란을 시작으로 기억의 순서가 마구잡이로 뒤섞이기 시작합니다. 곧이어 부분적인 기억 상실과 함께 기억 전체가 서서히 옅어져 가는 현상을 겪습니다.

만약 기억 소멸 도중에라도 녀석과 멀어지는 게 가능하다면 약간의 기억 상실이나 옅어진 기억 사이로 다른 사람의 기억이 섞여 들어오는 기억 왜곡 정도로 끝납니다만... 조금 더 노출될 경우 모든 기억이 지워져 그저 잡아 먹히기만을 기다리는 멍한 상태가 되어버리죠. 네, 속도의 차이가 있을 뿐 보통 사람이 겪는 '망각 현상'과 흐름은 비슷하며, 이는 SCP-3000의 기억 제거 능력은 인간이 가진 '망각 현상'을 촉진시키는 방식으로 기억을 제거하는 것일 가능성이 높습니다.

그리고 만약 이 두 가정이 맞다면, 결과적으로 '망각 현상' 자체가 발생하지 않는 것으로 보이는 카인의 경우는 SCP-3000의 기억 제거 능력의 영향을 아예 받지 않을 가능성이 높은 것이죠. 녀석의 분비물로 만든 기억제거제는 말할 것도 없구요.

물론 직접적인 실험이 불가한 현재의 상황에서 이 모든 것은 그저 추측의 영역일 뿐이지만, 그렇기에 더더욱 하루빨리 SCP가 가진 변칙성의 원리를 파악할 필요성을 느낍니다. 그런 날이 하루빨리 오기를 기원합니다.

Dr. Hada의 연구노트

항 목	SCP-682와 염산에 대해서
활용 등급	S

SCP-682를 어떻게 염산으로 격리할 수 있는가?

처음 녀석을 마주했을 때만 해도 대부분의 박사들은 녀석의 강력한 신체 능력에 혀를 내둘렀고, 이후에는 어떤 자극에든 '적응하는' 녀석의 신체에 혀를 내둘렀습니다.

네, SCP-682의 진짜 무서운 부분은 다름 아닌 '적응력'이었고 그 덕분에 우리는 정말 수많은 방법으로 제거를 시도했음에도 모두 하나 같이 실패할 수밖에 없었죠. 하지만 '제거'가 힘들 뿐 우리는 녀석에 대한 '격리'만큼은 의외로 손쉽게 진행하고 있습니다. 바로 '염산'을 통해서요.

그렇게 수많은 SCP를 동원했음에도 어찌할 수 없었던 녀석을 고작 특별할 것 없는 '염산'으로 격리한다는 사실은 꽤 아이러니합니다.. 실제로 많은 신입 요원들이 한 번쯤은 하고 넘어가는 단골 질문이기도 하고요. 하지만 애석하게도 우리는 그에 대한 명확한 답을 알 수 없습니다. 아직까지도요. 우리도 꽤나 운 좋게 '염산'이라는 희대의 격리 방법을 찾은 것뿐인 데다가 워낙에 미스터리한 녀석이다 보니 아는 것보다 알지 못하는 것이 더 많거든요. 물론 이에 대한 연구는 꾸준히 진행되어왔고 덕분에 그럴싸한 이론을 찾아내는 데는 성공했습니다.

'어떻게 염산으로 SCP-682를 격리할 수 있는가?'

제가 찾은 답은 바로 '역치'입니다.

사실 염산은 우리 인간조차도 적절한 방호복만 착용한다면 그다지 위협적이지 않을 수 있습니다. 하지만 녀석은 염산에서만큼은 새로운 신체를 만들어 내며 '적응'하지 못한 채 그저 회복하는 게 고작이죠. 바로 이 부분이 포인트입니다. '회복'은 하지만 '적응'은 못한다.

다시 말해 염산이 주는 자극이 SCP-682 적응력 역치에 도달하지 못하기 때문으로 보인다는 겁니다.

과학자분들이니 다들 아시겠지만... 보통 신체가 자극을 느끼거나 어떤 반응을 일으키기 위해 필요한 최소한의 에너지 값을 '역치'라고 합니다. 가령, 우리가 공기 중에 떠다니며 몸에 닿는 미세한 먼지를 전부 느낄 수 있다면 상당히 피곤한 일이겠지만 일정 크기 이상의 자극만 느끼고 반응하는 '역치' 덕분에 꽤나 덜 피곤하게 살아갈 수 있는 것이죠.

이와 마찬가지로 SCP-682 역시 적응력 발동되기 위해서는 역치 이상의 자극... 가령, 일정 크기 이상의 충격이나 공포 같은 자극이 필요할 가능성이 높다는 겁니다.

실제로 몇몇 제거 실험 기록들을 살펴보면(SCP-743을 상대로 길고 끈적한 혓바닥을 만들어 냈을 때도, 또 SCP-409의 변칙성에 완전한 면역력을 가졌을 때도) 꽤 강력한 피해를 입고 난 후에야 특유의 적응력이 발동된 것을 확인할 수 있습니다.

그리고 특히나 SCP-173을 상대했을 때는 녀석을 보자마자 변칙성을 알고 있는듯한 모습을 보였음에도 곧바로 수많은 눈을 만들어 내지 않았습니다. 역시나 꽤 강력한 공격을 받고 난 후에야 여러 개의 보호막을 가진 눈을 만들어 냈죠.

네, 어쩌면 SCP-682에게 염산을 견뎌내는 피부를 만드는 것쯤은 사실 너무나도 쉬운 일일지도 모릅니다. 하지만 염산이 주는 자극만으로는 적응력이 발동되는 역치에 도달하지 못해 적응을 하고 싶어도 못하고 있는 상황이 아닐까 생각됩니다.

아, 물론 높은 자극이 필요한 적응 능력과는 별개로 녀석의 회복 능력은 역치 값이 낮은 것인지 염산 속에서도 아주 잘 발동되고 있기에 제거는 꿈도 못 꿀 이야기입니다. 현재로선 회복하는 데 에너지를 지속적으로 소모하게 만들어 탈출에 필요한 에너지를 비축하지 못하게 만드는 것보다 더 나은 격리 방법은 찾기 힘들 것 같군요.

═══════════════════════════

Dr. Hada의 연구노트

항 목	SCP-682, SCP-323의 조합
활용 등급	불가

본 연구는 현재 절찬리에 진행 중인 'SCP의 조합에 의한 효율적인 활용 연구'의 일환으로 진행된 연구입니다. 우리 연구팀은 다양한 연구를 검토하는 도중 절대 조합 되어선 안되는 SCP에 대해서도 관심을 가지게 되었고 사고 방지를 위한 시뮬레이션 데이터 확보를 위해 본 문서를 작성하게 되었습니다.

본 문서는 해당 내용을 근거 삼아 유사한 실험이 진행되지 않기를 바라는 목적으로 작성 되었음을 다시 한 번 밝힙니다.

SCP-682+SCP-323

우리는 기본적으로 인간의 과학이나 상식으로 설명이 불가한 존재들을 SCP라고 부르고 있습니다. 하지만 문제는 상식을 뛰어넘는 수준이 말도 안 되는 녀석들도 꽤나 많다는 겁니다. 물론 그중에서도 감히 최악이라 부를 만한 녀석을 꼽자면... 네, 재단 직원이라면 대부분 떠올리실만한 SCP-682가 있겠군요. 아, 여기서 중요한 사실 하나를 짚고 넘어가죠.

사실 신입 티를 조금 벗어났다면 SCP-682가 최악으로 불릴 만큼 파괴적인 변칙성을 가지지 않았다는 것쯤은 알게 될 겁니다. 깨어나기만 해도 세상을 멸망시킬 녀석부터, 이미 반도 전체를 지배하고 있는 녀석도 있기 때문이지요. 하지만 사람이란 게 그렇지 않습니까? 잠재적인 위험보다는 당장 피부로 느껴지는 위험이 더 와닿기 마련이죠. 그런 의미에서 수시로 탈출을 해대며 동료 직원들을 죽음으로 몰고가는 SCP-682가 최악이라 느끼는 분들이 많다는 이야기입니다. 저 역시도 어느 정도 동의하는 부분이구요.

다시 본론으로 돌아와서... 우리는 SCP-682가 유난히 많은 SCP와의 교차실험이 진행된 부분에 주목했습니다. 사실 우리팀이 진행 중인 실험이 넓게 보면 교차실험이니까요. SCP-682의 경우 그 목적이 '제거'에 있다고는 하나 위험하게 취급되는 교차실험이 합법적으로 가장 많이 진행되었죠. 그래서인지 최근 접수된 실험 제안서를 보면 진짜로 위험해 보이는 것들도 많더군요.

물론 윗선에서 자연스레 걸러지긴 하겠지만 우리팀이 연구한 바 절대로 이루어져선 안 되는 실험이 있습니다. 바로 SCP-682와 SCP-323의 조합입니다.

SCP-682가 가진 변칙성에 대해서는 모르시는 분들이 없으시리라 생각됩니다. 엄청난 신체 능력, 파괴가 따라가지 못하는 회복력, 그리고 어떤 상황에서든 발휘되는 적응력까지... 게다가 SCP에 대해서 아주 잘 알고 있는 모습을 보이는 것은 물론이고, 최근에는 SCP와 협력하고 소통하는 모습까지 보이고 있습니다.

하지만 녀석이 SCP-323과 접촉하는 것만큼은 무슨 일이 있어도 발생해선 안 됩니다.

SCP-323은 착용하는 대상을 순식간에 괴물로 만들어 버리죠. 착용자는 즉시 엄청난 괴력과 고통을 느끼지 않는 신체를 얻게 되고 이후 채워지지 않는 허기를 채우려는 욕망으로 쉬지 않고 인간을 사냥하고 다니다 먹어도 먹어도 채워지지 않는 허기에 결국 죽게 되지요.

하지만 SCP-682라면 이야기가 조금 달라집니다. 녀석이 가진 특유의 회복력과 무기물에서도 에너지를 얻는 변칙성은 SCP-323의 모든 부작용을 깔끔하게 상쇄시켜 버리죠. 허기는 자동으로 채워질 것이고, 고통은 즉각적으로 회복될 겁니다. 즉, SCP-323으로 얻게 되는 이점만 남게 되는 것이죠.

네, SCP-682가 SCP-323을 착용하면 더 강력한 괴력과 함께 고통을 느끼지 못하는 신체를 얻게 될 뿐입니다. 평범한 사람이 SCP-323를 뒤집어 쓴 경우만 해도 10명의 요원들을 해치며 날뛰었으니... 평소에도 기지 하나를 파괴하고 다니는 SCP-682가 SCP-323을 착용한다면 글쎄요... 제압이 아예 불가능할 수도 있을 겁니다.

게다가 SCP-323의 변칙성으로 SCP-682가 원래 가지고 있던 이성까지 완전히 사라져 버린다면 녀석은 정말로... 오로지 사냥만 추구하는 완벽한 괴물이 되어 버리게 될 겁니다.

Dr. Hada의 연구노트

항 목	SCP-451, SCP-173의 상호작용
활용 등급	A

SCP-173과 SCP-451의 상호작용

얼마 전, 저는 아주 우연히도 흥미로운 광경을 목격할 수 있었습니다. 지금까지 우리가 잘 알고 있던 두 SCP의 다른 면모를 볼 수 있는 귀한 경험이었죠.

그날따라 SCP-451이 유난히 외로움을 느낀 것 같더군요. 그럴 만도 합니다. 그는 자신이 세상 모두를 없앴다고 생각하고 있었으니까요. 하지만 목숨을 끊기 위해 SCP-173을 찾아가리라곤 생각도 못 했죠. 잠시 감시가 느슨해진 틈을 타 그는 명확히 죽을 목적으로 SCP-173의 격리실에 들어갔습니다. 여기서 중요한 건 이론적으로 그가 SCP-173조차도 인식하지 못할 가능성이 높다는 겁니다. 하지만 그는 녀석의 앞에 똑바로 걸어가 두 눈을 질끈 감더군요. 네, 그가 분명 SCP-173을 인식하고 있다는 증거였죠.

물론 이것만 가지고는 SCP-173과 SCP-451이 특별하게 반응한 것이라 볼 수도 있습니다. 하지만 이를 계기로 실험을 통해 SCP-451과의 상호작용이 가능한 SCP를 더 찾아낼 수 있다면요? 어쩌면 우리가 그를 하루라도 빨리 구원할 방법이 생길지도 모르는 것 아니겠습니까?

또 비록 그 대상이 목을 꺾고 다니는 무시무시한 조각상이긴 하지만... 그가 세상에 혼자가 아니라는 사실을 느끼고 싶을 땐 언제고 희망이 돼줄지도 모르고요. 어떻습니까? 우연히 알게 된 것치고는 꽤 괜찮은 정보지요? 하지만 아직 하나가 더 남았습니다.

SCP-173의 반응도 아주 흥미로웠거든요. 제가 알기론 지금까지 녀석에게 눈길을 주지 않고도 목이 꺾이지 않은 존재는 없습니다. 그 SCP-682 조차도 여지없이 공격했을 정도니까요. 그래서 저는 SCP-173이 피도 눈물도 없는 살인 병기로 만들어진 존재라고 생각하기도 했습니다.

하지만 아니었습니다. 녀석은 스스로 자신의 앞에 걸어와 눈을 감은 SCP-451의 목을 꺾지 않았거든요.

혹시 반대로 SCP-173이 SCP-451을 인지하지 못한 것 아니냐고요? 저도 처음엔 그럴 가능성을 염두에 뒀습니다만 CCTV를 몇 번 돌려보고는 어느 정도 확신할 수 있었습니다. SCP-173 그 녀석은 일부러 SCP-451을 내버려 두었다는 것을요.

녀석은 분명 SCP-451을 인식하고 있었고, 나아가서는 SCP-451이 왜 자신을 찾아온 것인지... 그가 무엇을 원하는 것인지까지도 정확히 알고 있는 듯 보였습니다. 하지만 녀석은 몸을 돌렸죠. 목을 꺾기를 거절한 겁니다. 그가 죽음으로서 저주에서 벗어나는 것을 절대 도와줄 수 없다는 듯 말입니다.

물론 이건 지극히 저의 개인적인 생각일 뿐 SCP-173이 정확히 무슨 생각으로 SCP-451을 그냥 보낸 것인지는 알 수 없습니다. 하지만 한 가지 확실한 것은 SCP-173이 목을 꺾지 않는 경우가 발생했다는 사실이고, 이는 그 어떤 실험보다도 명확하게 SCP-173이 자아를 가졌을 가능성을 보여주는 것이니까요.

출처

10쪽, SCP-682: 죽일 수 없는 파충류 // 원작: www.scp-wiki.wikidot.com/scp-682 // 저자: Dr GearsDr Gears // 역자: Dr DevanDr Devan // 재번역자: Aiken DrumAiken Drum

14쪽, SCP-035: 빙의 가면 // 저자: Kain Pathos CrowKain Pathos Crow // 원작: www.scp-wiki.net/scp-035 // 역자: shfoakdlsshfoakdls

21쪽, SCP-2086: 경로 변경 // 저자: MorgiePieMorgiePie // 원작: www.scp-wiki.net/scp-2086 // 역자: MGPedersenMGPedersen

24쪽, SCP-3000: 아난타세샤 // 저자: A Random Day& Joreth& djkaktus // 원작: www.scp-wiki.net/scp-3000 // 역자: Cubic72

34쪽, SCP-1316: 아기고양이 루시 고양이형 첩보 도구 // 저자: gaffsey does not match any existing user name // 원작: www.scp-wiki.net/scp-1316 // 역자: Salamander724Salamander724

37쪽, SCP-2256: 엄청 키 큰 애들 // 저자: qntmqntm // 원작: www.scp-wiki.net/scp-2256 // 역자: Salamander724Salamander724

42쪽, SCP-2317: 또다른 세상으로 가는 문 // 저자: DrClefDrClef // 원작: www.scp-wiki.net/scp-2317 // 역자: kimnokchakimnokcha

57쪽, SCP-6622: 비버력(Beaver Power) // 저자: bigslothonmyfacebigslothonmyface // 역자: quiltquilt // 원작: scp-wiki.wikidot.com/scp-6622

61쪽, SCP-2490: 혼돈의 반란 특수공작원 알파-19 // 저자: A Random DayA Random Day // 원작: www.scp-wiki.net/scp-2490 // 역자: CrsskCrssk

67쪽, SCP-001: 클레프 박사의 제안 // 저자: DrClefDrClef // 원작: www.scp-wiki.net/dr-clef-s-proposal // 역자: Salamander724Salamander724

73쪽, SCP-2600-EX: 털난 송어 // 저자: RogetRoget // 원작: www.scpwiki.com/scp-2600-ex // 역자: MysteryInc

78쪽, SCP-204: 보호자 // 원작: www.scp-wiki.net/scp-204 // 저자: SpoonOfEvilSpoonOfEvil // 역자: jso9923jso9923

83쪽, SCP-642-KO: 불가사리 // 원작: scpko.wikidot.com/scp-642-ko 저자: Yodle-Latte

87쪽, SCP-2362: 행성 아님 // 저자: LeshLesh // 원작: www.scp-wiki.net/scp-2362 // 역자: Salamander724Salamander724

91쪽, SCP-3485: 오메가 메시에 // 저자: not_a_seagull does not match any existing user name // 원작: www.scp-wiki.net/scp-3485 // 역자: Salamander724Salamander724

98쪽, SCP-5131: D-13131 // 저자: TanhonyTanhony // 원작: www.scp-wiki.net/scp-5131 // 역자: MGPedersenMGPedersen

101쪽, SCP-722: 요르문간드 // 원작: www.scp-wiki.net/scp-722 // 저자: mirthless // 역자: MGPedersenMGPedersen

105쪽, SCP-323: 웬디고의 머리뼈 by Wilt, from the SCP Wiki. Source: scp-wiki.wikidot.com/scp-323. Licensed under CC-BY-SA.

110쪽, SCP-2006: 너무 무시무시한 // 저자: weizhongweizhong // 원작: www.scp-wiki.net/scp-2006 // 역자: MGPedersenMGPedersen

114쪽, SCP-106: 늙은이 // 저자: Dr GearsDr Gears // 원작: www.scp-wiki.net/scp-106 // 역자: Salamander724Salamander724

121쪽, SCP-4666: 율맨 // 저자: Hercules RockefellerHercules Rockefeller // 원작: www.scp-wiki.net/scp-4666 // 역자: Salamander724Salamander724

128쪽, SCP-096: "부끄럼쟁이" // 저자: Dr DanDr Dan // 원작: scp-wiki.net/scp-096 // 역자: QAZ135QAZ135

133쪽, SCP-939: 여러 목소리로 // 저자: Adam SmascherAdam Smascher & EchoFourDeltaEchoFourDelta // 원작: www.scp-wiki.net/scp-939 // 역자: lanlanmaglanlanmag

139쪽, SCP-169: 레비아탄 // 원작: www.scp-wiki.net/scp-169 // 저자: 미상 // 역자: Salamander724Salamander724

142쪽, SCP-999: 간지럼 괴물 // 저자: ProfSniderProfSnider // 원작: www.scp-wiki.net/scp-999 // 역자: Dr DevanDr Devan

146쪽, SCP-076: "아벨" // 저자: Kain Pathos CrowKain Pathos Crow // 재작성자: DrClefDrClef // 원작: scp-wiki.net/scp-076 // 역자: shfoakdlsshfoakdls

152쪽, SCP-073: "카인" // 저자: Kain Pathos CrowKain Pathos Crow // 원작: scp-wiki.net/scp-073 // 역자: shfoakdlsshfoakdls

156쪽, SCP-451: 외로운 남자 // 원작: www.scp-wiki.net/scp-451 // 저자: FlahFlah // 역자: Dr DevanDr Devan

161쪽, SCP-4026: 수호"천사" // 원작: scp-wiki.wikidot.com/scp-4026 // 저자: Uncle NicoliniUncle Nicolini // 역자: Langston77Langston77

165쪽, SCP-220-KO // 원작: scpko.wikidot.com/scp-220-ko 저자: swan 5892

170쪽, SCP-343: "신" // 원작: www.scp-wiki.net/scp-343 // 저자: 미상 // 역자: QAZ135QAZ135

174쪽, SCP-049: 흑사병 의사 // 저자: Gabriel Jade // 재작성자: Gabriel Jade& djkaktus // 원작: www.scp-wiki.net/scp-049 // 역자: Kaestine

180쪽, SCP-4999: 우리를 굽어살필 누군가 // 저자: CadaverCommander // 원작: SCP-4999 // 역자: Aiken Drum

184쪽, SCP-087: 계단통 // 저자: ZaeydeZaeyde // 원작: scp-wiki.net/scp-087 // 역자: Salamander724Salamander724

189쪽, SCP-3008: 완벽하게 평범하고 일반적인 낡은 이케아 // 저자: MortosMortos // 원작: www.scp-wiki.net/scp-3008 // 역자: KaestineKaestine

196쪽, SCP-5062: 죄를 씻는 방 // 원작: www.scpwiki.com/scp-5062 // 저자: TanhonyTanhony // 역자: Langston77Langston77

200쪽, SCP-2881: 오르지 못할 나무 // 저자: Zmax15Zmax15 // 원작: www.scp-wiki.net/scp-2881 // 역자: MGPedersenMGPedersen

204쪽, SCP-144: 티베트 승천 밧줄 // 원작: www.scp-wiki.net/scp-144 // 저자: FritzWillieFritzWillie // 역자: Salamander724Salamander724

208쪽, SCP-1437: 다른 곳으로 통하는 구멍 // 저자: TanhonyTanhony // 원작: www.scp-wiki.net/scp-1437 // 역자: Salamander724Salamander724

211쪽, SCP-2000: 데우스 엑스 마키나 // 저자: HammerMaidenHammerMaiden // 원작: www.scp-wiki.net/scp-2000 // 역자: kimnokchakimnokcha // 재번역자: KaestineKaestine

224쪽, SCP-5153: 양치기 운석 // 원작: www.scpwiki.com/scp-5153 // 저자: TheMightyMcB // 역자: Langston77

228쪽, SCP-4194: 추락하는 것에는 날개가 있다 // 저자: Gua1ngHa3iGua1ngHa3i // 원작: www.scp-wiki.net/scp-4194 // 역자: Gua1ngHa3iGua1ngHa3i

232쪽, SCP-8900-EX: 하늘색 하늘 // 저자: tunedtoadeadchanneltunedtoadeadchannel // 원작: www.scpwiki.com/scp-8900-ex // 역자: Cubic72Cubic72

238쪽, SCP-158: 영혼 추출기 // 원작: www.scp-wiki.net/scp-158 // 저자: Kain Pathos CrowKain Pathos Crow // 역자: QAZ135QAZ135

242쪽, SCP-914: 태엽장치 // 저자: Dr GearsDr Gears // 원작: www.scp-wiki.net/scp-914 // 역자: Salamander724Salamander724

250쪽, SCP-029-KO: 완전범죄 계획서 // 원작: scpko.wikidot.com/scp-029-ko 저자: tuebee

255쪽, SCP-424-KO: 모든 장기 삽니다 // 원작: scpko.wikidot.com/scp-424-ko 저자: Fissh

260쪽, SCP-217: 태엽장치 바이러스 // 원작: www.scp-wiki.net/scp-217 // 저자: Dr GearsDr Gears // 역자: QAZ135QAZ135

265쪽, SCP-500: 만병통치약 // 원작: www.scp-wiki.net/scp-500 // 저자: snorlisonsnorlison // 역자: crane135crane135

268쪽, SCP-038: 만물나무 // 저자: 작자 미상 // 원작: www.scp-wiki.net/scp-038 // 역자: AsalainAsalain

271쪽, SCP-2295: 심장을 가진 누비 헝겊 곰 // 저자: K MotaK Mota // 원작: www.scp-wiki.net/scp-2295 // 역자: CatSiCatSi

274쪽, SCP-348: 아버지의 선물 // 원작: www.scp-wiki.net/scp-348 // 저자: ZynZyn // 역자: KKH313KKH313

278쪽, SCP-2258: 대탈주 // 저자: rockyred9rockyred9 // 원작: www.scp-wiki.net/scp-2258 // 역자: KaestineKaestine

282쪽, SCP-055: [정체불명] // 저자: qntmqntm & CptBellmanCptBellman // 원작: www.scp-wiki.net/scp-055 // 역자: crane135crane135

287쪽, SCP-699: 수수께끼 상자 // 원작: www.scp-wiki.net/scp-699 // 저자: eric_heric_h // 역자: Salamander724Salamander724

291쪽, SCP-162: 날카로운 공 // 원작: www.scp-wiki.net/scp-162 // 저자: Dr GearsDr Gears // 역자: Dr DevanDr Devan

294쪽, SCP-048: 저주받은 SCP 일련번호 // 저자: DrClefDrClef // 원작: www.scp-wiki.net/scp-048 // 역자: Dr DevanDr Devan

297쪽, SCP-485: 죽음의 펜 // 원작: www.scp-wiki.net/scp-485 // 저자: NerfJihadNerfJihad // 역자: lanlanmaglanlanmag

---

300쪽, 실험 기록 T-98816-OC108/682 // 원작: www.scp-wiki.net/experiment-log-t-98816-oc108-682 // 저자: Dr GearsDr Gears et al. // 역자: various users

304쪽, 실험기록 SCP-682 / SCP-409 // 원작: scp-wiki.wikidot.com/scp-682 // 저자: Dr GearsDr Gears // 역자: Dr DevanDr Devan // 재번역자: Aiken DrumAiken Drum

309쪽, 실험 기록 T-98816-OC108/682 // 원작: www.scp-wiki.net/experiment-log-t-98816-oc108-682 // 저자: Dr GearsDr Gears et al. // 역자: various users

312쪽, 실험 기록 T-98816-OC108/682 // 원작: www.scp-wiki.net/experiment-log-t-98816-oc108-682 // 저자: Dr GearsDr Gears et al. // 역자: various users

316쪽, 실험 기록 T-98816-OC108/682 // 원작: www.scp-wiki.net/experiment-log-t-98816-oc108-682 // 저자: Dr GearsDr Gears et al. // 역자: various users

319쪽, 실험 기록 T-98816-OC108/682 // 원작: www.scp-wiki.net/experiment-log-t-98816-oc108-682 // 저자: Dr GearsDr Gears et al. // 역자: various users

323쪽, 실험 기록 T-98816-OC108/682 // 원작: www.scp-wiki.net/experiment-log-t-98816-oc108-682 // 저자: Dr GearsDr Gears et al. // 역자: various users

327쪽, 실험 기록 T-98816-OC108/682 // 원작: www.scp-wiki.net/experiment-log-t-98816-oc108-682 // 저자: Dr GearsDr Gears et al. // 역자: various users

331쪽, 실험 기록 T-98816-OC108/682 // 원작: www.scp-wiki.net/experiment-log-t-98816-oc108-682 // 저자: Dr GearsDr Gears et al. // 역자: various users

335쪽, 실험 기록 T-98816-OC108/682 // 원작: www.scp-wiki.net/experiment-log-t-98816-oc108-682 // 저자: Dr GearsDr Gears et al. // 역자: various users

339쪽, 실험 기록 T-98816-OC108/682 // 원작: www.scp-wiki.net/experiment-log-t-98816-oc108-682 // 저자: Dr GearsDr Gears et al. // 역자: various users

342쪽, 실험 기록 T-98816-OC108/682 // 원작: www.scp-wiki.net/experiment-log-t-98816-oc108-682 // 저자: Dr GearsDr Gears et al. // 역자: various users

346쪽, 실험 기록 T-98816-OC108/682 // 원작: www.scp-wiki.net/experiment-log-t-98816-oc108-682 // 저자: Dr GearsDr Gears et al. // 역자: various users

350쪽, 실험 기록 T-98816-OC108/682 // 원작: www.scp-wiki.net/experiment-log-t-98816-oc108-682 // 저자: Dr GearsDr Gears et al. // 역자: various users

355쪽, 실험 기록 T-98816-OC108/682 // 원작: www.scp-wiki.net/experiment-log-t-98816-oc108-682 // 저자: Dr GearsDr Gears et al. // 역자: various users

359쪽, 실험 기록 T-98816-OC108/682 // 원작: www.scp-wiki.net/experiment-log-t-98816-oc108-682 // 저자: Dr GearsDr Gears et al. // 역자: various users

363쪽, 실험 기록 T-98816-OC108/682 // 원작: www.scp-wiki.net/experiment-log-t-98816-oc108-682 // 저자: Dr GearsDr Gears et al. // 역자: various users

369쪽, 실험 기록 T-98816-OC108/682 // 원작: www.scp-wiki.net/experiment-log-t-98816-oc108-682 // 저자: Dr GearsDr Gears et al. // 역자: various users

372쪽, 실험 기록 T-98816-OC108/682 // 원작: www.scp-wiki.net/experiment-log-t-98816-oc108-682 // 저자: Dr GearsDr Gears et al. // 역자: various users

376쪽, 밝은 쪽,에서 본 이야기들 1 // 저자: AdminBrightAdminBright // 원작: www.scpwiki.com/tales-from-the-bright-side-chapter-one // 역자: Jaques0819

380쪽, 실험 기록 T-98816-OC108/682 // 원작: www.scp-wiki.net/experiment-log-t-98816-oc108-682 // 저자: Dr GearsDr Gears et al. // 역자: various users

385쪽, SCP-657: 죽음을 예견하는 사나이 // 원작: www.scp-wiki.net/scp-657 // 저자: LuxtizerLuxtizer // 역자: Salamander724Salamander724

388쪽, SCP-500: 만병통치약 // 원작: www.scp-wiki.net/scp-500 // 저자: snorlisonsnorlison // 역자: crane135crane135
SCP-038: 만물나무 // 저자: 작자 미상 // 원작: www.scp-wiki.net/scp-038 // 역자: AsalainAsalain

392쪽, SCP-055: [정체불명] // 저자: qntmqntm & CptBellmanCptBellman // 원작: www.scp-wiki.net/scp-055 // 역자: crane135crane135
SCP-073: "카인" // 저자: Kain Pathos CrowKain Pathos Crow // 원작: scp-wiki.net/scp-073 // 역자: shfoakdlsshfoakdls

396쪽, SCP-3000: 아난타세샤 // 저자: A Random Day& Joreth& djkaktus // 원작: www.scp-wiki.net/scp-3000 // 역자: Cubic72
SCP-073: "카인" // 저자: Kain Pathos CrowKain Pathos Crow // 원작: scp-wiki.net/scp-073 // 역자: shfoakdlsshfoakdls

400쪽, 실험 기록 T-98816-OC108/682 // 원작: www.scp-wiki.net/experiment-log-t-98816-oc108-682 // 저자: Dr GearsDr Gears et al. // 역자: various users

403쪽, SCP-682: 죽일 수 없는 파충류 // 원작: scp-wiki.wikidot.com/scp-682 // 저자: Dr GearsDr Gears // 역자: Dr DevanDr Devan // 재번역자: Aiken DrumAiken Drum
SCP-323: 웬디고의 머리뼈
by Wilt, from the SCP Wiki. Source: scp-wiki.wikidot.com/scp-323. Licensed under CC-BY-SA.

406쪽, 문서 451-A // 원작: www.scp-wiki.net/document-451-a // 저자: FlahFlah // 역자: shfoakdlsshfoakdls